Hans Werner Kettenbach

# *Zu Gast bei Dr. Buzzard*

*Roman*

Diogenes

Umschlagfoto: Alfred Seiland,
›Guadalupe, California‹, 1979 (Ausschnitt)
Bei dem auf den Seiten 141ff. angesprochenen Buch
handelt es sich um ein Werk des
Schweizer Germanisten Peter von Matt,
›Liebesverrat. Die Treulosen in der Literatur‹,
erschienen 1989 im Carl Hanser Verlag,
München/Wien, und 1991
als dtv 4566


www.diogenes.ch
80/06/8/1
ISBN 3 257 06508 6

# I

In ebendem Augenblick, in dem Lilly Hanebeck den kleinen Saal betrat, wußte er, daß etwas passiert war.

Er hatte von seinem Platz auf dem Podium Hanebecks Frau durch die offene Flügeltür schon gesehen, als sie in das Foyer gekommen war. Hin und wieder wurde sie von den Leuten verdeckt, die zeitig den Saal aufsuchten, um sich ihre Plätze zu sichern. Aber er sah ihren rotbraunen Haarschopf immer wieder. Sie blieb in seinem Blickfeld, tat in dem Foyer ein paar ziellose Schritte, als warte sie auf jemanden, blieb stehen, schaute um sich.

Daß sie wartete, mußte noch nichts bedeuten. Es fehlten ja noch zwei.

Sie hatten sich für den heutigen Morgen verabredet gehabt, er und seine Frau mit den Hanebecks. Am Vorabend waren sie noch getrennt zum Essen ausgewesen. Er hatte mit Charlotte an einer Dinnerparty der Architekten von Savannah teilgenommen. Unterdessen waren Roland und Lilly Hanebeck einer privaten Einladung gefolgt; ein Arzt, den Roland noch aus der High School während seines Austauschjahres in Savannah kannte, hatte die beiden zum Essen bei sich zu Hause abgeholt.

Hernach fanden sie sich dann doch wieder zusammen, bei einem Absacker in der Bar des ›Marriott‹. Der Arzt hatte die Hanebecks vor dem Hotel abgesetzt, sie hatten an der Rezeption erfahren, daß er und Charlotte schon zurück und eben in die Bar gegangen waren, und sie folgten ihnen auf der Stelle. So kam die Gemeinsamkeit, die Schumann schon seit dem Abflug in Düsseldorf gelegentlich ein wenig lästig geworden war, erneut zustande.

Er hatte vorbeugen wollen und noch während des ersten Drinks erklärt, er müsse heute abend aber endlich ein bißchen früher ins Bett kommen, wegen des Referats, das er am anderen Vormittag zu halten hatte. Lilly hatte gezögert, aber dann, als könnte sie damit nicht an sich halten, mit einem etwas verlegenen Lächeln gesagt, sie käme mit Roland allzugern zur Academy, um ihm zuzuhören; doch da seien wohl nur geladene Gäste zugelassen. Er hielt es zwar für sehr unwahrscheinlich, daß Roland sich tatsächlich für Überlegungen zum Museumsbau interessierte, aber er hatte erwidert, er werde versuchen, außer für Charlotte auch noch für sie beide einen Platz reservieren zu lassen. Und Roland hatte tatsächlich mit einem »Sehr schön, danke!« seinen Arm berührt.

Es war also nicht alarmierend, daß Lilly wartete. Aber es war schon recht merkwürdig, daß Roland und Charlotte offenbar nicht gemeinsam mit ihr zur Academy gekommen waren.

Als er gegen halb neun das Hotel verlassen hatte, um in der frischen Morgenluft zu Fuß zum Ort der Konferenz zu gehen, war Charlotte gerade in die Badewanne gestiegen, er hatte den Duft ihres Schaumbads durch die Tür riechen können. Von Roland und Lilly war im Frühstückszimmer noch nichts zu sehen gewesen.

Er hatte, während er in den Sonnensprenkeln unter den Bäumen der Liberty Street entlangging, sich vorgestellt, daß die drei ausgiebig miteinander frühstücken und schwätzen und vielleicht gegen halb elf ein Taxi nehmen würden, Charlotte und Lilly auf dem Rücksitz und Roland neben dem Fahrer, um im Gespräch mit ihm seine Erinnerungen an Savannah aufzufrischen. Der Fußweg hätte auch den dreien gutgetan, aber Lilly ging nicht gern zu Fuß; sie hatte einige Kilo zu viel, und es war ihr peinlich, daß sie schon nach ein paar hundert Metern kurzatmig wurde.

Um zehn hatte er im Hotel angerufen und ihnen ausrichten lassen, daß drei Plätze für sie reserviert seien. Diesen Anruf hatte er mit ihnen verabredet, denn er war nicht sicher gewesen, ob das Sekretariat der Konferenz die Reservierung so spät noch annehmen würde; allerdings hatte er die drei auch indirekt mahnen und dafür sorgen wollen, daß sie nicht in letzter Minute oder gar verspätet ihre Plätze einnähmen. Sein Referat sollte um elf Uhr beginnen, und er war schon seit dem Vorabend nervös. Um Viertel vor elf ließ er sich auf dem Podium hinter seinem Namensschild nieder, begann, in seinen Papieren zu kramen, und entdeckte schließlich Lilly im Foyer.

Um fünf vor elf trat Lilly allein in den Saal ein. Ihr Mann und Charlotte waren nicht erschienen. Irgend etwas mußte passiert sein.

Er suchte Lillys Blick, aber sie sah ihn nur kurz an, nickte ihm mit einem Lächeln zu und begann dann, die Blätter mit dem Programm des heutigen Tages zu studieren, die auf den Stühlen ausgelegt worden waren. Der kleine Saal war voll geworden, einige Leute standen im Hintergrund und an den Seiten neben den Stuhlreihen. Die beiden Plätze, die er für seine Frau und Roland Hanebeck hatte reservieren lassen, waren als einzige frei geblieben. Kurz vor elf beugte ein Herr, der in Begleitung einer Dame neben der Reihe, in der Lilly saß, gestanden hatte, sich zu Lilly hinüber und deutete fragend auf die leeren Stühle. Lilly nickte, der Herr und die Dame rückten in die Reihe und nahmen neben ihr Platz.

Ihm blieb keine Zeit mehr nachzudenken. Der Tagungsleiter, ein Experte namens Samuel Harper, der die Stadt Savannah vertrat, eröffnete die Sitzung des Vormittags und kündigte einen sehr interessanten Exkurs nach Deutschland an. Zur Debatte werde ein Werk von Professor Kurt Schöne-Bergmann gestellt, dem wohlbekannten und international angesehenen deutschen Architekten, der erst kürzlich durch einen progressiven Museumsneubau in einer mittelgroßen Stadt – einer Stadt von der Größe Savannahs – weithin Aufmerksamkeit auf sich gelenkt habe.

Leider habe Professor Schöne-Bergmann nicht persönlich zu diesem Symposion nach Savannah kommen können; er habe vor drei Wochen einen Unfall erlitten und müsse noch das Bett hüten. Es sei gewiß im Sinne aller Teilnehmer der Tagung, wenn er Professor Schöne eine gute und schnelle Genesung wünsche.

Nachdem der Beifall verebbt war, sagte Sam Harper, um so mehr freue er sich, daß der Erste Assistent des Professors, Diplom-Architekt Hans Schumann, im Auftrag Professor Schönes nach Savannah gekommen sei. Mr. Schumann habe seit einer Reihe von Jahren an allen Projekten Schöne-Bergmanns verantwortlich mitgearbeitet, so auch bei dem jüngsten Museumsbau. Er werde über diese höchst interessante Novität berichten und habe sicher eine Fülle von Anregungen für das gleichgeartete Projekt in Savannah mitgebracht.

Harper trat einen Schritt zur Seite, lächelte ihn an, wies mit einer einladenden Geste auf das Rednerpult und sagte: »Your turn, Mr. Schumann!«

Er griff nach seinen Papieren, nickte lächelnd Harper zu, der seinen Platz am Tisch des Panels einnahm, und ging zum Pult. Die dunkelhäutige Studentin, die neben dem Pult saß, um ihm bei der Präsentation zu assistieren, bedeutete ihm durch ein strahlendes Lächeln, daß sie bereit sei. Er schlug sein Manuskript auf, ließ einen Blick über das Auditorium wandern und begann mit seinem Referat.

Anfangs bedrückte ihn noch die Frage, was mit Charlotte und Roland geschehen sein mochte. In den kleinen Pausen, die er einlegte, blickte er hinab zu Lilly und versuchte, in ihrem Gesicht zu lesen; aber sie saß da, offenbar entspannt, mit verschränkten Armen, den Kopf leicht zur Seite geneigt, als interessiere sie nichts anderes als sein Vortrag. Später, als die Leuchten an der Decke und den Wänden des Saals gedämpft wurden und die Studentin seine Fotos und Zeichnungen auf die Projektionswand schickte, entfiel auch diese Ablenkung, er nahm die Gesichter des Auditoriums nur noch als eine Ansammlung heller Flekken wahr und gab es auf, nach Lilly zu suchen und nach dem, was sie wissen mochte.

Mehr und mehr absorbierte ihn auch sein Thema, zu dem er in den vergangenen Jahren eine sehr enge Beziehung entwickelt hatte. Dieses Museum war und galt als das

Werk seines Chefs; aber daß sein eigener Anteil an der Verwirklichung des Projekts sehr beachtlich war, stand für ihn außer Zweifel.

Außerdem war ihm jederzeit bewußt, daß sein Auftritt ihrem Büro einen Zugang zu dem höchst interessanten Museumsprojekt von Savannah eröffnen konnte, und das bedeutete, wenn auch nur mit viel Glück, den Zugang zu einem millionenschweren Auftrag von internationalem Gewicht. Einstweilen war freilich davon auszugehen, daß einer der namhaften Amerikaner der Westküste oder New Yorks oder vielleicht auch ein Japaner am Ende das Rennen machen würde. Aber eine Außenseiterchance hatten sie, sonst wären sie wohl gar nicht zu dieser Konferenz eingeladen worden. Und er war, nachdem nun auch noch Schöne-Bergmanns Pech ihm dazu verholfen hatte, das Büro zu vertreten, ehrgeizig genug, diese Chance zu der seinen zu machen.

Als er nach fast einer Stunde zum Ende des Referats kam, hatte er Charlotte und Roland völlig vergessen. Er nahm wie in Trance den starken Beifall wahr und den kräftigen Händedruck, mit dem Harper ihn am Rednerpult abholte. Erst als er wieder Platz genommen hatte, fielen ihm seine Frau und sein Jugendfreund ein, und daß sie offenbar nicht hatten hören wollen oder hören können, was er zu sagen hatte. Er hielt nach Lilly Ausschau. Sie lachte ihn an und klatschte noch immer mit erhobenen Händen Beifall.

Er stand die Diskussion ohne große Mühe durch, und auch die Einzelgespräche, die etliche Leute noch mit ihm führen wollten. Als er sein Pensum absolviert hatte und sich in dem Saal umsah, der sich allmählich leerte, fand er

Lilly nicht mehr. Ihm wurde kalt. Es war völlig albern, aber ihm fielen das Voodoo-Geraune und die Schauergeschichten ein, die Roland von Savannah zu berichten gewußt hatte, von »America's most haunted city«, der am meisten von Gespenstern heimgesuchten Stadt Amerikas, in der schon so mancher als Schemen wiedergekommen war.

Auf der Suche nach Lilly ging er hinaus in das Foyer. Sie stand, eine Zigarette rauchend, in der offenen Tür zur Terrasse und sah ihm entgegen. Als er zu ihr trat, streckte sie die Rechte aus. »Ich gratuliere dir. Das war großartig.« Sie lächelte. »Und ich hab sogar alles verstanden. Fast alles.«

Er sagte: »Danke. Aber wo waren denn dein Mann und Charlotte? Sind sie nicht mit dir gekommen?« Sie schüttelte stumm den Kopf. Er fragte: »Ist irgendwas passiert?«

Sie sagte: »Ich weiß es nicht.« Nach einer Pause sagte sie: »Ich hab nur eine Vermutung.«

## 2

Eine der Sekretärinnen der Konferenz, eine stattliche Schwarze von Mitte Vierzig, die einen lachsfarbenen Hosenanzug trug, näherte sich ihnen. Sie blieb drei Schritte vor ihnen stehen und sagte: »Mister Schumann – entschuldigen Sie bitte.«

»Ja, bitte?«

»Mister Davenport möchte Sie gern zum Lunch einladen. Kann ich ihm zusagen?«

Er sah sie ein wenig ungläubig an. »Luther Davenport?«

»Ja, Sir. Mr. Luther Davenport, junior.«

Er räusperte sich, dann sagte er: »Oh … o ja, gern. Sagen Sie ihm bitte zu. Ach so, und … wo soll das sein? Und wann?«

»Um ein Uhr in ›The Olde Pink House‹. Es ist nicht weit von hier, wenn Sie zu mir kommen, zeige ich Ihnen den Weg auf dem Stadtplan. Wir können Ihnen aber auch einen Wagen bestellen.«

Er sah auf seine Uhr. »Okay, ich komme gleich zu Ihnen.«

»Danke, Sir.« Sie nickte, warf einen Blick auf Lillys Zigarette und wandte sich ab.

Er sagte hastig: »Und vielen Dank, Ma'am!«

Sie blickte zurück, lächelte. »Gern geschehen, Sir.«

Er sah Lilly an, die interessiert zugehört hatte. »Tut mir leid, Lilly, aber das konnte ich nicht abschlagen.«

»Nein, natürlich nicht.« Sie lächelte. »Warum solltest du das denn abschlagen?«

»Luther Davenport ist der Spiritus rector dieses ganzen Museumsprojekts, der Big Boss, weißt du. Heißt zwar Luther junior, aber ist ziemlich ausgewachsen, Chef einer Anwaltskanzlei, steinreich, und einer der bedeutendsten Kunstsammler in dieser Region.« Sie nickte anhaltend, aber er war nicht zu bremsen. »Wenn nicht der ganzen Ostküste. Und er will sich unbedingt ein Denkmal setzen, hier, in seiner Heimatstadt. Dieses Museum, verstehst du, und darin seine Sammlung.«

Sie öffnete den Mund, aber er war noch immer nicht fertig: »Und es schreckt ihn auch nicht ab, daß gerade jetzt ein anderes, großes Museum hier gebaut wird.«

Sie hob die Hand, lächelte. »Ja, ja, ich weiß. Ich hab ja darüber gelesen. Das ist doch toll, daß er dich einlädt. Dein Referat muß ihm sehr gefallen haben.«

»Ich weiß gar nicht, ob er hier war. Ich hab ihn jedenfalls nicht gesehen.«

»Dann wird man ihm gesagt haben, wie gut es war.«

Er zuckte die Schultern. »Schön wär's.« Er räusperte sich. »Na ja, kann sein, natürlich.« Nach einem Blick auf die Uhr sah er sie an. »Und was machst *du* jetzt?«

Sie zog an ihrer Zigarette, schloß die großen braunen Augen bis auf einen Spalt und blies den Rauch zur Seite. »Ich werd ins ›Marriott‹ fahren.« Sie lächelte. »Und dann werde ich abwarten, was passiert. Und ob überhaupt etwas passiert.«

Ihm wurde heiß. Charlotte, verdammt. Er hatte sie schon wieder vergessen. Charlotte und Roland, ja. »Natürlich, entschuldige. Du hattest... du hast gesagt, du hättest eine Vermutung?«

Sie drückte in der schmiedeeisernen Schale, die neben ihr auf einem Sockel stand, sorgfältig die Zigarette aus. »Die beiden haben mich... versetzt.« Sie sah ihn an. »Ja, so kann man sagen. Sie haben mich in voller Absicht ausgetrickst.« Sie lachte. »Sie haben mich mit einem primitiven Trick abgehängt.«

»Entschuldige, aber... warum sollten sie das denn tun?«

Sie sagte: »Ich bin nach dem Frühstück noch mal aufs Zimmer gegangen. Ich hab im Frühstückszimmer gegenüber von einem Spiegel gesessen, dieser Spiegel auf dem Pfeiler in der Mitte, weißt du, und ich hab dauernd die Ohrclips gesehen, die ich angezogen hatte.« Sie lachte. »Sie haben mich gestört. Und deshalb bin ich noch mal aufs Zimmer gegangen und hab ein paar andere angezogen.« Sie hob die Rechte zum Ohr, drehte das Ohr ein wenig in seine Richtung. »Diese hier.«

Er sah flüchtig auf den Clip, warf dann einen Blick auf seine Uhr: »Ja, sehr schön. Und was dann?«

»Ganz einfach.« Sie zuckte die Schultern. »Wir sind alle drei zusammen vom Frühstück aufgestanden und in die Lobby gegangen und ich zum Aufzug und die beiden zu dem Shop, dem gleich neben der Rezeption, weißt du, Charlotte hat gesagt, sie wolle noch ein paar Ansichtskarten kaufen. Und ich bin in den Aufzug gestiegen, und die beiden sind in den Shop gegangen.«

Sie schwieg. Er starrte sie an. Sie sagte: »Ich nehme an, sie sind ohne Aufenthalt durch den Shop hindurchmarschiert und an dem Ausgang zur Straße gleich wieder raus. Und da haben sie ein Taxi genommen. Und weg waren sie.«

Er räusperte sich. »Und warum sollten sie das tun?«

Sie zuckte die Schultern, lächelte. Nach einer Pause sagte sie: »Ich hab die Verkäuferin in dem Shop gefragt, aber die konnte sich nicht einmal an die beiden erinnern. Geschweige denn an die Ansichtskarten, die Charlotte kaufen wollte.«

Er schwieg eine Weile, dann sagte er: »Hat Roland hier Kontakte aufgenommen... zu irgendwelchen Leuten, die er vielleicht von früher kannte, außer dem Arzt, meine ich, bei dem ihr eingeladen wart, und der Familie, bei der er damals gewohnt hat? Ich meine... zu irgendwelchen, sagen wir – zweifelhaften Leuten?«

Sie zog die Augenbrauen hoch, sah ihn aus den großen

Augen an. Plötzlich begann sie zu lachen. »Glaubst du etwa, daß die beiden unter die Räuber gefallen sind? Daß sie womöglich entführt worden sind?«

Die stattliche Frau in dem lachsfarbenen Anzug erschien in der Tür des Foyers, warf einen Blick herein und ging wieder. Lilly sagte: »Ja, sicher, ich weiß, er hat mir ja auch seine Gruselgeschichten erzählt, die von früher, und außerdem, daß diese Stadt ein heißes Pflaster ist, die Kriminalitätsrate ist hoch und was sonst noch. Aber du glaubst doch nicht im Ernst, daß jemand sie verhext hat? Oder entführt?«

Er wandte den Blick ab. Sie sagte: »Du hast doch dein Handy dabei, oder? Ist denn schon eine Lösegeldforderung eingegangen?« Sie lachte wieder.

Er sah auf die Uhr. »Tut mir leid, Lilly, aber ich muß jetzt gehen. Wir können ja nachher weiterdiskutieren. Falls das dann noch nötig sein sollte.«

Sie sagte: »Ja, natürlich.« Plötzlich faßte sie ihn am Arm, rüttelte den Arm ein wenig. »Hör zu, mein Lieber: Diese beiden mußt du nicht entführen, damit sie von der Bildfläche verschwinden. Meinen Mann nicht, und deine Frau auch nicht.«

Sie schob ihn in Richtung des Ausgangs, gab ihm einen Klaps auf den Rücken. »Und jetzt geh zu dem großen Zampano, *das* ist wichtig.«

Er sah sie an, zögerte einen Augenblick. Dann sagte er: »Ich komme so schnell wie möglich ins Hotel.«

## 3

Er ging zu Fuß zum ›Olde Pink House‹, ging schnell, weil bis ein Uhr nicht mehr viel Zeit übrig war, warf hin und wieder einen Blick auf die alten, gepflegten Häuser inmitten üppiger Gärten und lief, als er die Drayton Street noch überqueren wollte, obwohl die Ampel schon auf Rot gesprungen war, fast vor ein Auto. Aber als er an dem zweigeschossigen, tatsächlich pinkfarben schimmernden Gebäude am Reynolds Square ankam, las er zufrieden von seiner Uhr die Zeit ab – eine Minute vor eins.

Er hätte sich gern das Haus ein wenig genauer angesehen; er wußte, daß es eines der ältesten Häuser von Savannah war, er hatte gelesen, daß es 1771 für den reichen James Habersham gebaut worden war. Doch das blonde Mädchen in schwarzem Kleid, das ihn am Empfang begrüßte, führte ihn sogleich über die gewundene Treppe ins Obergeschoß und dort in einen der hinteren Räume des Restaurants.

Luther Davenport saß bei einem Whiskey mit Eis und las in der *Washington Post,* die er zusammengefaltet neben sein Gedeck auf den Tisch gelegt hatte. Er stand auf, ein mittelgroßer, breitschultriger Mann mit rotem Gesicht und weißen Haaren, schüttelte dem Gast die Hand und entschuldigte sich dafür, daß er ihm erst so spät diese Einladung habe zukommen lassen. Aber er habe ihn unbedingt näher kennenlernen wollen, nachdem er gehört habe, daß sein Vortrag in der Academy so interessant gewesen sei.

Lillys Vermutung war offenbar richtig gewesen. Das Gespräch entwickelte sich höchst angenehm, nachdem sie ihre Bestellung aufgegeben hatten. Er ließ sich von Davenport beraten und nahm einen Black Grouper, einen Fisch, gefüllt mit Krabben, und dazu einen kalifornischen Chardonnay. Der Kellner, ein schon älterer Schwarzer mit spiegelnder Glatze und in blendendweißer Jacke, beteiligte sich an der Beratung. Die Art, in der er mit Davenport und der mit dem Kellner umging, erinnerte ihn an Filme aus den alten Südstaaten, an Baumwollplantagen und Herrenhäuser hinter Säulen, in denen treue, alte Diener wirkten, die mehr oder weniger zur Familie gehörten und ihre Meinung ungeniert kundtaten.

Nach den Präliminarien wollte Davenport offensichtlich eine Kurzfassung seines Referats hören, und die gab er ihm bereitwillig. Er verzichtete auch dieses Mal auf Geschwafel, sparte sich Klischees wie die Transparenz des Bauwerks und das Licht als Baumaterial, die Durchdringung des Raumes und dergleichen, konnte aber, als Davenport ihn fragte, welche Vorstellungen er denn von der Sammlung habe, die in dem neuen Museum ihren Platz finden sollte, ihm antworten, daß er einen repräsentativen Teil dieser Sammlung kenne. Er hatte schon am ersten Tag nach ihrer Ankunft, mit der Zeitverschiebung noch in den Knochen, die Ausstellung etlicher der Schätze Davenports besucht, die zur Zeit in einer der Galerien Savannahs stattfand.

Es war nicht zu übersehen, daß er mit dieser Antwort Punkte gesammelt hatte. Und das setzte sich fort, als er gestand, daß er seine allererste Bekanntschaft mit der frühen amerikanischen Kunst – der Kunst, die Davenport sammelte – einer Ausgabe des *Lederstrumpf* verdankte, einem zerlesenen Buch, auf dessen Umschlag ein Bild von John

Kensett abgebildet war, eine Ansicht des Lake George. Später habe er wissen wollen, was es mit diesem Bild und seiner atemberaubenden Stille auf sich habe, und so sei er auf die Hudson River School gekommen und auf Kensett und Bierstadt und natürlich Winslow Homer und von dem auf den Bürgerkrieg und den Süden.

Irgendwann sagte Davenport wie beiläufig, die Konferenz mit ihren zahlreichen Veranstaltungen lasse ihm wahrscheinlich ja gar keine Zeit, sich in der Stadt umzusehen; oder ob er Savannah schon von früher kenne? Er sagte nein, er sei zum erstenmal hier, und dann lachte er unversehens. Davenport sah ihn erstaunt an.

Er entschuldigte sich und sagte, es gebe da eine absonderliche Parallele zwischen ihm selbst und einem Bestsellerautor, den Davenport sicherlich kenne, und zwar habe er Clint Eastwoods Film über Savannah gesehen, und dann habe er das Buch gelesen, auf dem der Film beruhe, John Berendts *Midnight in the Garden of Good and Evil*, und genau wie der New Yorker Berendt habe er schon als kleiner Junge zum erstenmal von Savannah erfahren, nämlich auch er, als er die *Schatzinsel* verschlungen habe, die Abenteuergeschichte von Robert Louis Stevenson.

Es war anzunehmen, daß Davenport nicht nur John Berendt, sondern auch Stevenson und die *Schatzinsel* kannte, aber seine Erinnerungen trieben Schumann weiter, und Davenport hörte sich tatsächlich geduldig an, wie Kapitän John Flint, der blutdürstige Pirat, durch allzuviel Rum ans Sterben kam und seinem Maat Billy Bones den Fetzen Papier übergab, auf dem die Insel und der Ort darauf skizziert waren, wo Flints zusammengeraubter Schatz vergraben lag, und daß dies alles laut Stevenson am 20. Juli 1754 geschehen sei, und zwar, wie Davenport natürlich wisse, nirgendwo anders als in Savannah.

Seither, fuhr er fort, habe das Wort für ihn jedenfalls eine ganze Reihe von Assoziationen transportiert, Seehafen, heiße Nächte und Sonne über Tag und natürlich Rum (dessen Geruch er durch die Backzutaten seiner Mutter gekannt habe) und Abenteuer und dunkles Geheimnis und wer weiß was sonst noch. Diese wunderbare Fracht von Impressionen und Gefühlen habe sein Begriff von Savannah auch nicht verloren, als er während des Studiums den General James Oglethorpe und dessen geometrischen Plan für den Bau der Stadt kennengelernt habe. Und daß in dieser Gegend gleichwohl nicht alles nach geometrischen Plänen verlaufen sei, habe er dann noch einmal erfahren, als er versucht habe, sich auf die gegenwärtige Konferenz vorzubereiten. Er lachte wieder.

Davenport fragte: »Wie meinen Sie das?«

Er sagte, ihm sei ein Buch über die ganz eigene Kultur der Neger in die Hände gefallen, die hier an der Küste Georgias und weiter hinauf in South Carolina lebten, die Gullahs oder Geechee oder so ähnlich, der Titel laute jedenfalls *Drums and Shadows*, ein faszinierendes Buch.

Davenport fragte: »*Drums and Shadows*? Das haben Sie gelesen?«

Er sagte, er habe es nicht Wort für Wort gelesen, aber genug, um sehr beeindruckt zu sein – und auch ein bißchen unsicher, offen gesagt, nämlich wegen dieser Voodoo-Künste, die die schwarzen Sklaven aus Afrika mitgebracht hätten. Allerdings sei die Studie, über die das Buch berichte, ja schon etwas angejahrt, und deshalb wisse er nicht, ob ihre Kultur tatsächlich noch immer unbeschadet existiere.

Davenport nickte und lächelte. Plötzlich hob er die Hand, sah auf seine Uhr. Er sagte, er müsse abermals um Entschuldigung bitten, aber es sei Zeit für ihn, in sein Büro zurückzukehren.

Der schwarze Kellner sagte beim Abschied: »Bye, Mister Luther« und wünschte ihnen einen schönen Tag. Als sie vor die Tür traten, stand ein Mercedes an der Bordsteinkante, der Fahrer stieg aus und öffnete die Tür zum Rücksitz. Schumann wollte sich schon bei Davenport bedanken und sich verabschieden, aber Davenport fragte, wohin er ihn bringen könne. Lieber wäre er zu Fuß gegangen, um aufzuräumen, was ihm durch den Kopf schwirrte, aber er stieg dann doch ein.

Während der kurzen Fahrt zum ›Marriott‹ spürte er den Wein, er hätte gern die Beine von sich gestreckt und die Augen geschlossen. Aber sein Gastgeber wollte noch dieses und jenes und noch etwas mehr über das Museum wissen, das auch in den USA so glänzende Kritiken gefunden habe. Er war erleichtert, als sie vor dem Hotel anlangten. Der Fahrer öffnete ihm die Tür und ließ ihn aussteigen.

Er war schon im Begriff, an dem Portier, der zur Seite trat, mit einem Gruß vorbeizugehen, als er plötzlich einhielt. Er hob die Hand, sagte: »Excuse me!« und wandte sich zurück. Dann ging er ein paar Schritte über den Gehsteig, ging schließlich bis zur Ecke der Montgomery Street und blieb dort stehen. Er sah geistesabwesend die Straße hinab.

Lilly wartete auf ihn, ganz gewiß. Womöglich saß sie in

der Halle des Hotels, um ihn nicht zu verpassen. Womöglich hatte sie ihn schon gesehen, würde aus der Halle hinauslaufen auf die Straße, um festzustellen, wohin er verschwunden war, und zu ihm kommen. »Warum bist du denn umgekehrt?«

Er trat hinter die Ecke der Montgomery Street. Was würde sie ihm zu berichten haben? Unversehens wurde ihm wieder heiß. Vielleicht waren Charlotte und Roland aus dem Nirgendwo zurückgekehrt. Das war es doch auch, was er hoffte.

Roland hatte sich telefonisch bei Lilly gemeldet und ihr gesagt, sie brauche sich keine Sorgen zu machen, und Hans auch nicht. Es habe ihn nur der Teufel geritten heute morgen, ja, und es tue ihm leid. Er habe bei dem schönen Wetter auf einmal keine Lust mehr gehabt, sich in einen verdunkelten Saal zu setzen, und das habe er Charlotte gesagt, und sie habe gesagt, das könne sie verstehen.

Es sei nicht Charlottes Schuld gewesen, aber sie habe sich von ihm überreden lassen. Sie seien durch den Shop auf die Straße hinausgegangen, und als zufällig ein Taxi gekommen sei, habe er es angehalten, und sie seien eingestiegen, er und Charlotte auch. Ja, und dann seien sie nach Tybee Island hinübergefahren und hätten einen langen Spaziergang am Strand entlang gemacht, es sei wirklich wunderschön gewesen in der Spätsommersonne, und dann hätten sie zu Mittag gegessen, und jetzt wollten sie dann allmählich wieder aufbrechen und ins Hotel zurückkommen.

Lilly solle das auch ihm, Hans, sagen und ihn beruhigen; es sei ja möglich, daß er die Sache in den falschen Hals bekommen habe. Charlotte wolle ihn jedenfalls im Augenblick lieber nicht anrufen; sie fürchte auch, daß er gekränkt sei, weil sie sein Referat geschwänzt habe. Aber sie sei wirklich nicht daran schuld gewesen. Und ob denn das Referat auch viel Beifall bekommen habe? Es sei doch sicher gut angekommen.

Ja. Und alles wäre wieder in Ordnung. Oder etwa nicht?

Nun ja – daß seine Frau die Gesellschaft eines Mannes wie Roland seinem öffentlichen Auftritt in dieser wichtigen, letzten Endes doch auch für sie selbst wichtigen Konferenz vorgezogen hatte, irritierte ihn, es kränkte ihn, ja doch. Aber das war zu verschmerzen, oder? Sie hatte nicht nachgedacht, und ehe sie sich's versah, saß sie schon in diesem Taxi. Roland hatte sie überrumpelt. Roland, dem er ja von Anfang an nicht abgenommen hatte, daß er sich für sein Referat interessierte.

Er ging auf dem Bürgersteig fünf Schritte voran, blieb stehen und ging fünf Schritte zurück.

Lilly würde von dieser Geschichte kein Wort glauben. »Diese beiden mußt du nicht entführen, damit sie von der Bildfläche verschwinden. Meinen Mann nicht, und deine Frau auch nicht.«

## 4

Lilly würde ihm sagen, was sie glaubte: Es war schon möglich, daß die beiden nach Tybee Island hinausgefahren waren, Tybee oder irgendeine andere der Inseln vor der Atlantikküste. Roland liebte diese Inseln, er hatte ja oft genug davon geschwärmt, sie steckten für ihn voll von Erinnerungen an das Jahr, das er als Schüler hier verbracht hatte. Wahrscheinlich waren er und Charlotte heute morgen auch am Strand spazierengegangen. Aber vor allem hatten sie sich so schnell wie möglich ein Hotelzimmer genommen, damit sie ungestört übereinander herfallen konnten.

Hatte er denn nicht gemerkt, was sich da angebahnt hatte? Angebahnt schon in Düsseldorf, am Abfertigungsschalter der Fluggesellschaft? Hatte er keine Augen im Kopf? Kein Gespür im Leib?

Doch, hatte er. Er spürte plötzlich den Schmerz wie einen brutalen Stich in die Brust.

Seit dem Morgen, seit der Minute, in der er wußte, daß Charlotte und Roland nicht in die Academy gekommen waren, hatte er nur ein dumpfes Unbehagen empfunden, die Sorge natürlich, daß Charlotte etwas passiert sein könnte, ein Unfall womöglich. Sie war auf den beiden Stufen vom Frühstückszimmer hinab in die Lobby gestolpert, hatte sich den Fuß verdreht. Roland war mit ihr in die Praxis seines Schulfreunds, des Arztes, gefahren. Oder es war noch unangenehmer gewesen. Ein gebrochenes Bein, eine Kopfverletzung.

Die Möglichkeit, daß Charlottes Ausbleiben etwas mit Roland und seinen Verführungskünsten zu tun haben könnte, war ihm zum erstenmal durch Lillys Unterstellung bewußt geworden, die beiden seien einträchtig und in voller Absicht verschwunden. Und doch hatte er das nicht ernst genommen, er hatte es als bloße Boshaftigkeit Lillys zu verdrängen versucht.

Jetzt aber überkam ihn eine widerwärtige Vorstellung, ein Albtraum geradezu, der ihm die Luft nahm und ihn lähmte. Er sah Charlotte und Roland. Er sah sie, als stünde er neben ihnen.

Sie betraten ein Hotelzimmer. Beide kämpften anscheinend mit einem heftigen, einem unbändigen Lachen, ja, tatsächlich, auf dem Flur haben sie es noch mühsam unterdrückt, aber nun, da Roland die Tür schließt und der Riegel einschnappt, bricht es aus ihnen heraus, sie lachen laut und wie von Sinnen, Charlotte krümmt sich nach vorn, hält sich an Rolands Schulter, die Tränen schießen ihr in die Augen.

Worüber lachen sie? Sie lachen über die beiden, die sie so findig abgehängt und hinter sich gelassen haben, was sonst. Charlotte hat, während sie sich auf dem Flur dem Zimmer näherten, halblaut gefragt: »Was mögen die beiden jetzt wohl machen?«, und unversehens ist in ihr wie in Roland dieses infernalische Lachen emporgekommen, es hat etwas mit der Erleichterung zu tun, ohne Zwischenfälle bis in dieses Zimmer gelangt zu sein, und etwas mit der Freiheit, die sie sich genommen und jetzt auch gewonnen haben. Aber es ist nicht zuletzt eine Spur von Hysterie in ihrem Lachen, eine Überspannung, die sich entladen muß: Sie ängstigen sich in ihrer Freiheit, und sie versuchen unbewußt, die Angst zu kompensieren.

Doch dabei bleibt es nicht, natürlich nicht. Roland greift an Charlottes Arm, versucht, sie an sich zu ziehen. Sie reißt sich los, geht zu der Tür, die auf den kleinen Balkon führt, und tritt hinaus. Sie wischt sich die Lachtränen aus den Augen, reckt sich, atmet tief ein, schaut hinaus auf den Atlantik. Ein großes, rostrotes Frachtschiff scheint auf dem Horizont zu ruhen, man muß geduldig hinschauen, um zu erkennen, daß es sich bewegt.

Roland ist hinter Charlotte getreten, er umfaßt sie mit beiden Armen, schließt die Hände über ihrem Bauch. Und diesmal widersetzt sie sich nicht. Sie läßt sich von Roland hochheben, sie lacht sogar, als er das tut, er hebt sie hoch und trägt sie zum Bett, diesem breiten, widerlichen Bett, das bereitwillig die Konvulsionen abfängt, die sich…

Ja, das genügt.

Unversehens kehrte er um und ging zurück zum Hotel. Auf den wenigen Metern bis dorthin traten aus seiner Erinnerung plötzlich zwei, drei Bilder aus seiner Jugendzeit hervor, der Zeit, die er gemeinsam mit Roland im Rheiderland verbracht hatte, an der Emsmündung, in einer Kleinstadt und ihrer weiten, flachen, grünen Umgebung. Roland, der Segler. Roland, der Tänzer. Roland, der Austauschschüler, der von seinem Jahr in Savannah mit einem breiten amerikanischen Akzent und einer lässigen Attitüde zurückgekehrt war, die offenbar vielen der Daheimgebliebenen imponierte, nicht zuletzt den Mädchen. Vielleicht sogar ihm selbst, Rolands bestem Freund.

Roland, der Unwiderstehliche. Aber auf den Gedanken, daß dieser Mensch, dem er nach Jahren durch einen Zufall wiederbegegnet war, ihm seine Frau würde wegnehmen können, wäre er nie gekommen. Jedes dumme Ding, ja, das er mit seiner breitschultrigen Schönheit, seinem beschränkten Charme einzunehmen verstand, mochte für ihn zu haben sein. Aber doch nicht Charlotte, doch nicht seine Frau, die ihm, dem Architekten Hans Schumann, angetraute Frau! Die Frau, die ihm Treue bis in den Tod gelobt hatte.

Als die Glastür des Hotels vor ihm aufglitt, kam ihm

noch einmal der Gedanke und erleichterte ihn, daß wahrscheinlich alles viel weniger dramatisch und ganz anders war. Wahrscheinlich hatte Charlotte sich eben doch den Fuß vertreten, und Roland hatte sich bloß nicht die Mühe gemacht, ihn beizeiten zu verständigen.

Er sah sich in der Lobby um, aber er konnte Lilly nicht finden. Er hätte sie auf ihrem Zimmer anrufen oder zu ihr gehen können, aber das ließ er. Abermals schob er die Möglichkeit auf, Gewißheit zu erlangen. Er hatte ja auch Dringenderes zu tun, das fiel ihm rechtzeitig wieder ein, und es hätte noch gefehlt, daß Roland ihn daran gehindert hätte.

Auf dem Weg zum Aufzug verharrte er noch einmal. Dann ging er zurück zum Empfang und fragte, ob eine Nachricht für ihn gekommen sei. Die Erleichterung, die er empfand, als die kleine Asiatin hinter dem Tresen die Frage verneinte, befremdete ihn, aber er mochte sie nicht analysieren.

Sobald er auf sein Zimmer kam, goß er sich einen Schluck von dem Bourbon ein, der auf dem Schreibtisch stand. Er trank, ließ sich nieder, nahm den Telefonhörer ab und wählte die Nummer von Schöne-Bergmanns Handy. Während die Verbindung hergestellt wurde, sah er auf seine Uhr. Fünf vor drei, das war fünf vor neun Uhr abends in Deutschland. Der Patient würde noch nicht schlafen.

In der Tat meldete er sich sofort. Es schien sogar, als habe er auf den Anruf gewartet. Als Schumann sagte, es sei ein wenig später geworden, weil Davenport ihn zu einem Lunch zu zweit gebeten habe, gab er ein anerkennendes Knurren von sich. Er ließ sich den Verlauf der Veranstaltung bis ins Detail schildern, stellte eine Reihe von Fragen zu der Diskussion und zu den Einzelgesprächen hernach, wollte wissen, welche Details die Zuhörer und wen davon besonders interessiert hätten, und erkundigte sich eingehend auch nach den Themen der Unterhaltung mit Davenport. »*Die Schatzinsel,* nein! Und das hat er ernst genommen? Sind Sie sicher?«

Einige seiner Fragen klangen so, als habe er bereits einen Bericht über die Veranstaltung bekommen und wolle jetzt seine Informationen gegeneinander abwägen. War es möglich, daß er noch einen zweiten Informanten unter den Teilnehmern hatte, den er insgeheim als Kontrolleur seines Beauftragten einsetzte? Ja, aber gewiß doch! Bei Schöne-Bergmann war vieles möglich, wenn er erst einmal die Witterung eines großen Projekts aufgenommen hatte, das nicht nur Ruhm, sondern auch Kohle versprach.

Nach fast einer halben Stunde schickte der Professor sich an, das Gespräch zu beenden. Das tat er, indem er fragte: »Wie geht's Ihrer Frau?«

»Danke, gut.«

»Langweilt sie sich denn nicht?«

»Aber nein. Die Stadt ist sehr interessant. Auch die Umgebung.«

»Ah ja. Sagen Sie ihr einen schönen Gruß von mir.«

»Danke. Schönen Gruß auch an Ihre Frau. Und an die Kolleginnen und Kollegen.«

»Ich werd's ausrichten. Gute Nacht.«

»Ja, danke, ich nehm's auf Vorrat. Hier ist es gleich halb vier. Gute Nacht.«

Nachdem er den Hörer aufgelegt hatte, blieb er eine

Weile vor dem Schreibtisch hocken. Er stützte das Kinn in die Hände, stierte vor sich hin.

Er mußte aus diesem Büro heraus, so bald wie möglich. Er mußte sich selbständig machen, das Risiko endlich eingehen. Diesem Mann war es scheißegal, wie es ihm ging und wie er sich fühlte, er glaubte, er könne ihn für ein lächerliches Gehalt als Domestiken verschleißen, der für ihn die Arbeit tat und das Geschäft besorgte.

Er goß Whiskey nach und trank einen kräftigen Schluck. Als er das Glas absetzte, glaubte er, ein Geräusch gehört zu haben. Er lauschte, und nach einer Weile hörte er es noch einmal. Jemand klopfte an die Tür. Es war wirklich lächerlich, aber ein Schauer lief ihm über den Rücken. Er stand auf, ging zur Tür, zögerte einen Augenblick, rief dann: »Who's there?«

Lillys Stimme antwortete: »Ich bin's, Lilly!«

Sie stand da, dicht vor der Tür und wieder mit diesem ein wenig verlegenen Lächeln, als fürchte sie, sie nehme sich zu viel heraus. Sie sagte: »Ich hab die Rezeption angerufen, und die haben mir gesagt, daß du kurz vor drei zurückgekommen bist.«

»Ja, das stimmt.« Er trat zurück und öffnete ihr die Tür. »Entschuldige, aber ich mußte zuerst meinen Chef anrufen, um ihn zu informieren. Ich hab gerade erst aufgelegt.«

»Ist doch klar.« Sie blieb mitten im Zimmer stehen, warf einen Blick ringsum.

»Willst du dich nicht setzen?«

Sie nickte, dann setzte sie sich in den Sessel unter der Leselampe. Aber sie lehnte sich nicht zurück, sondern blieb auf der Kante sitzen, schloß die runden Knie zusammen.

»Magst du einen Whiskey? Ich hab da einen ziemlich guten Kentucky Bourbon.«

Sie lächelte. »Ja. Ich nehm einen, danke.«

»Soll ich dir Eis holen? An den Aufzügen steht –«

»Nein, danke! Ich nehm ihn so.« Sie lächelte. »Dann wirkt er besser.«

Sie nahm das Glas entgegen, prostete ihm zu, trank einen Schluck und noch einen. Sie senkte das Glas auf ihr Knie, lächelte ihn an. Dann fragte sie: »Und? Was sagst du dazu?«

»Zu was?«

Sie zog die Augenbrauen hoch, als sei das eine müßige Frage, aber sie schwieg. Er fragte: »Haben die beiden sich etwa gemeldet?«

»Nein.« Sie trank wieder zwei Schlucke, lächelte. »Das war ja auch nicht nötig.«

Er starrte sie an. Sie schwieg. Als er schon drauf und dran war, die Geduld zu verlieren, sagte sie: »Hast du dich denn noch nicht umgesehen?«

»Wo denn umgesehen?!«

»Na hier! In eurem Zimmer!«

Er wurde ein wenig laut, lauter, als er es wollte: »Wozu soll ich mich denn hier umsehen, verdammt noch mal?!«

Sie sah ihn schweigend an. Unversehens seufzte sie. Sie sagte: »Schau doch mal in den Kleiderschrank.«

Er erwiderte ihren Blick mit Augen, die sich merklich vergrößerten. Dann wandte er sich ab, ging mit schnellen Schritten in den Flur des Eingangs, stieß die Schiebetür des Kleiderschranks zur Seite.

Charlottes Kleider waren verschwunden. Auch ihr Koffer

und die Reisetasche, die er in den Schrank geräumt hatte, fehlten. Er öffnete den Seitenschrank, zog die Schubladen heraus. Charlottes Wäsche lag nicht mehr darin.

Er schloß den Schrank, blieb mit gesenktem Kopf davor stehen. Dann kehrte er ins Zimmer zurück. Er glaubte, Lillys Blick auf sich zu spüren, aber er war nicht imstande, darauf zu reagieren. Seine Knie schienen weich zu werden, er ließ sich auf dem Bett nieder, Charlottes Hälfte des Doppelbetts, wandte Lilly den Rücken zu. Sie schwieg. Er hörte ihren Atem.

Als sein Blick auf Charlottes Nachttisch fiel, sah er, daß auch das Buch, in dem sie gelesen hatte, Eileen Lottmans *Das Herz von Savannah,* verschwunden war. Ihm fiel eine Episode der Handlung ein, in der er sich beim Durchblättern festgelesen hatte, eine Schmuddelgeschichte: Ein Pressefotograf wird von seiner Herausgeberin losgeschickt, um belastendes Material über eine junge Frau beizubringen, die ihr zuwider ist, die ihrem Sohn aber den Kopf verdreht hat. Der Fotograf versteht sein Handwerk – an Bord der »ss Savannah«, die als Restaurantschiff im Hafen verankert liegt, spürt er bei Nacht, als alle anderen Gäste das Schiff schon verlassen haben, die junge Frau mit einem fremden Mann auf, der ihr in eine Kabine folgt.

Durch das Bullauge der Kabine fotografiert der Berichterstatter mit seiner Infrarotkamera die Intimität der beiden, er lauscht »dem Gestöhne und Gekichere«. Und dazu gibt es »einen wunderschönen Ausblick auf den Fluß und die Stadt«, und natürlich auch den Duft der Magnolien, der über das Wasser heranweht.

Es mußte wohl so sein in dieser Stadt, ähnlich wie in

Dallas und in Denver. Es gehörte anscheinend alles dazu, Geld und Schönheit und Liebe und Hinterlist.

Plötzlich stand er auf, ging zum Bad, öffnete die Tür und sah hinein. Er wollte in das Bad eintreten, aber das ließ er, es war nicht nötig. Es war deutlich zu erkennen, daß Charlottes Hälfte auf dem Waschtisch leer war.

Er schloß die Tür. Nach einer Weile brachte er es fertig, Lilly anzusehen. Sie saß wie zuvor in ihrem Sessel, das Glas auf einem Knie. Er versuchte zu lächeln.

Sie sagte: »Tut mir wirklich leid. Aber ich hab geglaubt, du wüßtest es schon.«

»Nein.« Er nahm sein Glas, das er neben Lilly auf den kleinen Tisch unter der Leselampe gestellt hatte, und trank. »Und woher hast du es gewußt?«

»Woher denn wohl?« Sie lächelte. »Ich hab im Bad gesehen, daß sein Rasierzeug fehlte. Und sein Reisenecessaire. Und die ganzen Schönheitsutensilien, die er darin mit sich schleppt, die Wässerchen, Davidoff oder Tommy Hilfiger oder sonst was, ich weiß nicht mehr, womit er sich zur Zeit einsprüht. Jedenfalls hab ich in den Kleiderschrank gesehen. Die eine Hälfte leer, genau so wie hier. Aber da hab ich's schon gewußt.« Sie trank einen kräftigen Schluck. »Ich hab's schon heute morgen gewußt, als sie mich ausgetrickst und abgehängt haben.«

Er setzte sich auf das Bett ihr gegenüber. Nach einer Weile sagte er: »Das scheinen sie aber doch … Ich meine, es sieht ja ganz so aus, als hätten sie das schon vorher besprochen. Und verabredet.«

»Na klar. Und ich dumme Kuh hab mich von ihnen auch noch einspannen lassen.«

Er sah sie fragend an. »Wieso?«

»Roland hat mich gestern, als wir in der Lobby auf diesen Arzt warteten, gefragt, ob bei deinem Vortrag eigentlich auch Gäste eingelassen würden, und wenn das so wäre, würde er ganz gerne mitgehen. Er sähe ja doch mal gern, was du bei so einer Gelegenheit für eine Figur machst.« Sie lachte. »Natürlich hat ihn interessiert, was du für eine Figur machst. Aber daß er dir deshalb eine Stunde lang zuhören würde, ohne selbst was sagen zu können, das habe ich ihm sowieso nicht geglaubt.«

Nach einem Seufzer sagte sie: »Na ja, ich hab dich dann trotzdem wegen der Plätze gefragt. Weil mir selbst was daran lag. Und damit hab ich ihnen auch noch diese fabelhafte Gelegenheit verschafft, sich zu verkrümeln.«

Sie lachte, trank ihr Glas leer. Als er fragend auf die Flasche deutete, nickte sie. Er goß ihr ein, und dann auch sich selbst.

Sie trank einen Schluck, kratzte sich die Wange. »Wahrscheinlich sind sie ein kleines Stück die Straße raufgelaufen, dann haben sie ein Taxi genommen, das ihnen entgegenkam, und gewartet, bis sie mich aus dem Hotel haben kommen sehen. Roland wußte, daß ich nicht darin hocken bleiben würde, bloß weil er mit deiner Frau verschwunden war. Aber sie wollten auf Nummer Sicher gehen.«

Wie aus weiter Entfernung hörten sie die Sirene eines Streifenwagens. Es war nicht zu erkennen, ob sie sich näherte. Das Geräusch erstarb.

Sie lauschte einen Augenblick lang, dann sagte sie: »Wahrscheinlich sind sie hinter meinem Taxi hergefahren bis zur Academy. Und erst als sie mich haben reingehen sehen, sind sie ins Hotel zurückgekehrt und haben ihre Sachen zusammengerafft.« Sie lachte. »Perfekt, das muß man sagen. Aber so ist er nun mal, mein Roland.«

Er fühlte sich auf unangenehme Weise unter Druck gesetzt. Sie hatte kein Blatt vor den Mund genommen, was ihren Roland anging. Erwartete sie nun, daß er sich revanchieren, sich über eventuelle Tücken Charlottes äußern, daß er womöglich sogar sagen würde: »Und meine Charlotte ist genauso«? Charlotte war eben nicht genauso, sie war ganz anders. Zumindest hatte er das sein halbes Leben lang geglaubt. Freilich – sie verteidigen mochte er auch nicht.

Er räusperte sich, dann sagte er: »Und warum haben sie nicht wenigstens eine Nachricht hinterlassen?«

Sie lachte. »Entschuldige, aber ist das nicht ein bißchen naiv? Sie haben's ziemlich eilig gehabt, denke ich. Sehr eilig.« Sie sah ihn lächelnd an. »Zunächst wollten sie doch wohl so schnell wie möglich aus diesem Hotel raus.« Und mit einem Schulterzucken fuhr sie fort: »Und dann möglichst schnell in ein anderes Hotel rein.«

Er schob ihre Anspielung beiseite, tat, als habe er sie nicht verstanden. Er sagte: »Und warum rufen sie jetzt nicht wenigstens an? Sie können sich doch denken... sie müßten doch wissen, daß wir... daß man sich in so einer Situation Sorgen macht.«

Sie nickte. Dann sagte sie: »Ja, müßten sie. Bloß fürchte ich, das wird *ihre* größte Sorge nicht sein. Verstehst du?«

»Ja, sicher, sicher!« Er schüttelte heftig den Kopf. »Aber...«

Sie unterbrach ihn: »Nichts aber. Mach dir doch nichts vor. Die haben Wichtigeres zu tun. Angenehmeres.« Sie stieß die Luft durch die Nase. »Außerdem sind sie ganz einfach zu feige, um anzurufen. Das ist doch völlig klar. Sie schieben es vor sich her. In der Hoffnung, es erledigt sich irgendwann von selbst.«

Er sah in sein Glas, schüttelte es ein wenig, trank einen kleinen Schluck. Nach einer Weile sagte er: »Und... wozu soll das alles gut sein?«

Sie hob die Augenbrauen ein wenig, sah ihn schweigend an. Er sagte: »Wollen sie... wie heißt der Spruch noch mal: wollen sie gemeinsam ein neues Leben beginnen? Das alte vergessen, weil es... weil es total verfehlt war?« Er räusperte sich heftig. »Das alte Leben verbrennen?«

Er war peinlich betroffen, als er merkte, daß seine Stimme ein wenig ins Schwanken geraten war. Er versuchte sich zusammenzureißen, um auch noch den nächsten Satz herauszubringen: »Alle Brücken hinter sich abbrechen...?«

Sie zog die Stirn zusammen, sah ihm in die Augen. Dann schüttelte sie den Kopf und begann zu lächeln. »Ich hab Zweifel an solch dicken Sprüchen, weißt du. Und ganz bestimmt, was Roland angeht. Es würde mich nicht wundern, wenn er in zwei Wochen wieder bei mir wäre. Es wäre ja nicht das erste Mal.«

## 5

Er wollte dieses Gespräch nicht fortsetzen. Er fürchtete noch immer, daß ihm beim nächsten Satz, der nächsten Spekulation über das, was auf diese Flucht folgen könnte, die Stimme brechen und die Tränen in die Augen treten würden. Noch ein Satz mehr, und er hätte sich auch damit auseinandersetzen müssen, was denn *er* täte, wenn Charlotte ebenfalls nach zwei Wochen zurückkäme. Es schien ihm unmöglich, nein – ganz unerträglich, diese Frage jetzt zu beantworten und noch dazu seine Antwort einem fremden Menschen wie Lilly zu offenbaren.

In seiner Verlegenheit warf er einen Blick auf die Uhr, und Lilly verstand diese Ausflucht, eine bloße Geste, sofort. Er hätte ihr soviel Feingefühl nicht zugetraut, aber sie gab ihm die Gelegenheit, sich aus seiner Kalamität zu befreien. Sie fragte, als hätte sie den Blick auf die Uhr für bare Münze genommen: »Müßtest du nicht schon wieder bei deiner Konferenz sein? Oder findet da heute nachmittag nichts statt?«

»Doch, doch. Bloß die ersten beiden Programmpunkte… sie waren nicht so wichtig.« Er sah wieder auf die Uhr. »Um halb fünf gibt es allerdings ein interessantes Referat.«

»Das schaffst du doch leicht.« Sie stand auf. »Oder bist du jetzt zu müde?«

»Nein, nein, ich bin fit. Ich könnte ja auch zu Fuß gehen, die frische Luft wird mir guttun.«

»Also dann.« Sie lächelte.

Er brachte sie zur Tür. Einen Augenblick lang zögerte er, dann sagte er: »Um sechs Uhr ist Schluß in der Academy. Wollen wir nicht zusammen essen gehen?«

Sie schien sich sehr zu freuen. »Gern. Sehr gern. Soll ich dich in der Academy abholen?«

»Das wäre vielleicht am praktischsten. Aber vielleicht mußt du warten. Es kann ja auch ein bißchen später werden als sechs.«

»Das macht nichts.« Sie lachte. »Du weißt doch, daß ich Zeit habe.«

Sie warf ihm einen Fingerkuß zu und ging. Nachdem er die Tür geschlossen hatte, blieb er einen Augenblick lang stehen, starrte vor sich hin. Schließlich ging er ins Bad und duschte.

Während er sich umzog, fiel sein Blick auf die leere Platte von Charlottes Nachttisch. Er zögerte, dann ließ er sich wieder auf Charlottes Bett nieder. Nach einem Blick über die Schulter, als fürchte er, beobachtet zu werden, faßte er an den Knopf der Schublade, zog langsam die Lade auf. Darin lag die Gideons-Bibel, sonst nichts.

Er traf rechtzeitig in der Academy ein. Als er den Saal betrat, sah er Davenport, der vor dem Podium mit Sam Harper und ein paar anderen Leuten zusammenstand. Er überlegte, ob er zu ihm gehen sollte, aber er folgte dem Gefühl, daß es besser sei, die Bekanntschaft nicht zu strapazieren. Er entschied sich für einen Platz in einer Reihe weiter hinten. Als er in die Reihe einrückte, begegnete er Davenports Blick, Davenport hob grüßend die Hand und lächelte.

Der Referent war ein Wirtschaftsjournalist aus New York, der über den Nutzen von kommunalen Investitionen in kulturelle Einrichtungen sprach und seine These – solche Investitionen lohnten sich auch wirtschaftlich in den weitaus meisten Fällen – durch mehrere ausführliche Beispiele zu untermauern versuchte. Die Diskussion wurde lebhaft und dauerte lange, weil einige lokale Politiker und Journalisten, darunter zwei aus Atlanta, die These in Zweifel zogen. Am heftigsten umstritten war das Argument, das die Chefredakteurin eines Rundfunksenders einbrachte: John Berendts Buch habe die Stadt keinen Cent gekostet, aber die Zahl der Touristen, die in Savannah ihr Geld ausgäben, schlagartig vermehrt.

Davenport, der sich an der Diskussion nicht beteiligte, kam hernach zu ihm und fragte ihn, ob er etwas Neues erfahren habe. Er antwortete, eigentlich nicht; er kenne die wesentlichen Argumente aus den Auseinandersetzungen, die er zu Hause erlebt habe. Davenport lächelte, aber er verfolgte das Thema nicht weiter, sondern sagte wie nebenher, er vermute, daß er an der Besichtigung des Geländes, auf dem das Museum errichtet werden solle, teilgenommen habe.

Das sei richtig, erwiderte Schumann, er habe natürlich von dem Angebot Sam Harpers Gebrauch gemacht, der schon für den zweiten Tag der Konferenz diese Busfahrt zu dem Gelände organisiert hatte; er habe sich allerdings gewundert, daß nur zwei oder drei andere Teilnehmer der Konferenz sich ebenfalls dafür interessiert hätten. Die anderen hätten wohl schon einmal an solch einer Besichtigung teilgenommen.

Davenport sagte: »Das glaube ich nicht.« Nach einer Pause fuhr er fort: »Es war ihnen vielleicht zu früh am Morgen.« Er lächelte, und dann fragte er ihn, ob er denn Lust habe, sich auf diesem Baugrund noch einmal allein umzusehen, unter privater Führung. Nach einer kleinen Pause setzte er hinzu: »Unter meiner Führung.«

Schumann war so überrascht, daß er zunächst einmal schlucken mußte, bevor er antworten konnte. Er sagte, natürlich täte er das sehr gern.

Davenport sah ihn, während sie langsam in das Foyer hinausgingen, von der Seite an. »Und wie sieht es morgen früh aus? Keine wichtigen Referate hier? Keine Diskussionen, die Sie nicht verpassen dürfen?« Er antwortete, nach dem Programm sei das nicht unbedingt zu erwarten.

»Also dann um zehn Uhr? Ich lasse Sie in Ihrem Hotel abholen.«

Als sie in das Foyer kamen, sah er Lilly. Sie stand mit ihrer Zigarette wieder an der offenen Terrassentür. Er hoffte, sie würde dort bleiben, bis Davenport gegangen war, aber sie drückte die Zigarette aus und trat ihnen entgegen. Er stellte sie als die Frau eines Schulfreundes vor, die mit ihrem Mann ebenfalls Savannah besuche. Davenport beobachtete sie aufmerksam, als sie sofort von der Stadt zu schwärmen begann; aber zu Schumanns Erleichterung verabschiedete er sich bald darauf.

Lilly zischelte aufgeregt: »Hör mal, das sieht aber ganz so aus, als ob du den Auftrag bekommst!«

Er schüttelte ärgerlich den Kopf. »Ach, was redest du denn da!«

»Na, das spür ich doch, der Mann hält große Stücke auf dich!«

Er faßte sie am Arm und zog sie sanft zu der Sesselgruppe, die gegenüber der Terrassentür stand. Ihn beunruhigte die Erinnerung, daß er und Charlotte bei dem Empfang zur Eröffnung der Konferenz Davenport als Ehepaar vorgestellt worden waren; er wollte ihm nicht noch einmal allein in Lillys Gesellschaft begegnen.

Lilly sträubte sich ein wenig, während er sie zu den Sesseln bugsierte. Er ließ sich nieder, deutete auf den anderen

Sessel. Sie fragte: »Warum setzen wir uns denn noch mal? Wir wollten doch essen gehen, dachte ich?«

»Ja, natürlich.« Er schaute Davenport hinterher, der in der Halle stehengeblieben war.

Lilly setzte sich, sah ihn an. »Oder hast du deine Pläne geändert? Mußt du irgendwohin?«

»Nein, nein. Aber wir wissen doch noch gar nicht, wohin wir gehen wollen.«

»Hast du denn keinen Tisch bestellt?«

Er schüttelte den Kopf. »Ich bin nicht dazu gekommen.«

Sie schien nicht im geringsten verschnupft, sondern geradezu begeistert: »Dann weiß ich, wohin wir gehen!« Sie war in ihrem Reiseführer auf ein Restaurant gestoßen, von dem es hieß, während der Dreharbeiten zu dem Film nach John Berendts Buch hätten Clint Eastwood und John Cusack dort wiederholt gegessen.

Er hatte große Mühe, ihr diese Idee auszureden. Er sagte, dann wäre ein wirklich historisches Haus, ein Restaurant mit einer interessanten Vorgeschichte, wohl doch reizvoller.

»An was für ein Haus denkst du denn da?«

»Na ja...«, er überlegte einen Augenblick lang, dann sagte er: »Vielleicht ›The Pirates' House‹?«

»O nein, nein!« Sie hob beide Hände. »Ist das nicht dieser alte Schuppen, in dem es auch noch spukt?«

Er hob die Schultern. »Ich weiß nicht, ob es da spukt. Es ist nur das Haus, in dem Captain Flint, bevor er sich totsoff, seinem Maat die Skizze der Schatzinsel vermachte. Angeblich. Die Abenteuergeschichte von Stevenson, die kennst –«

Sie fiel ihm ins Wort: »Ja, ja, ich weiß. Ich hab sogar den Film gesehen. Aber Roland hat mir auch erzählt, daß sie früher aus der Kneipe in diesem Haus durch einen unterirdischen Gang die Leute schanghait haben. Und daß es auf der Kellertreppe noch immer nach Blut riecht. Du weißt, was das ist, schanghaien?«

»Ja, das weiß ich. Aber das Essen soll sehr gut sein.« Er sah auf seine Uhr. »Ich bin bloß nicht sicher, ob wir jetzt noch einen Tisch bekommen.«

Es nutzte alles nichts, sie wollte partout nicht in dieses Haus, das er gern kennengelernt hätte. Schließlich erklärte sie sich mit ›John & Linda's‹ einverstanden, das die schwarze Sekretärin der Konferenz ihnen vorschlug. Die Sekretärin besorgte ihnen auch einen Tisch.

Auf der Taxifahrt offenbarte Lilly dann, warum sie das, was sie am Vormittag noch ein wenig spöttisch Rolands Gruselgeschichten genannt hatte, unversehens so ernst nahm. Sie hatte auf dem Weg zur Academy, um die Zeit totzuschlagen, einen Abstecher zum Low Center gemacht, dem historischen Haus von 1818, in dem Juliette Gordon Low geboren wurde, die Gründerin der amerikanischen Girl Scouts. Lilly hatte eine Führung durch das Haus mitgemacht und war tief beeindruckt.

Sie erzählte ihm zunächst die Anekdoten, in denen die Familie Gordon weiterlebte, so die von Juliettes Urgroßmutter Elizabeth, die sich 1812 dem Verbot des Handels mit England widersetzte – »ich weiß nicht, ob's stimmt, aber sie soll ihre Baumwolle für die Kunden in England persönlich zum Hafen gebracht haben, den Savannah River runter, auf einem Schiff, das vollgepackt war mit den Baumwollballen, und obendrauf saß sie in einem Schaukelstuhl und paßte auf, und die Soldaten an den Ufern ließen sie tatsächlich ohne einen Schuß passieren, das find ich irre!«

Nachdem sie bei ›John & Linda's‹ angekommen waren und ihr Abendessen bestellt hatten, kam sie dann zu dem ominösen Punkt dieser Familiengeschichte, nämlich dem Geist des Brigadegenerals Willie Gordon, Juliettes Vater, der beim Tod ihrer Mutter Nellie leibhaftig in Erscheinung getreten sein sollte, obwohl er selbst bereits fünf Jahre zuvor gestorben war. »Nellies Schwiegertochter Margaret war mal eben aus dem Sterbezimmer rausgegangen und saß nebenan, als sie plötzlich den General sah – er kam aus Nellies Zimmer und ging die Treppe runter.«

Schumann sagte: »Na ja, na ja... das hat sie wohl geträumt. Vielleicht ist sie in ihrem Sessel mal eingenickt?«

»Eben nicht! Denn gleich darauf kam ihr Mann aus dem Sterbezimmer und sagte ihr, daß die Mutter gestorben sei. Und sie gingen zusammen die Treppe runter, die gerade noch der General runtergegangen war, und unten stand der alte Butler der Familie, ich hab den Namen vergessen, aber ein Schwarzer, klar, und er weinte wie ein Kind und sagte, gerade sei der General die Treppe runtergekommen und habe das Haus verlassen, er habe wohl Miss Nellie abgeholt, persönlich.«

Er sah sie an, lächelte. »Und das glaubst du?«

Sie schien ein wenig empört zu sein. »Was heißt hier glauben, das müßtest du selbst mal erleben, diese Treppe, so eine gewundene, mit einem gedrechselten Geländer oder wie man dazu sagt, und in diesem Treppenhaus ist es ein bißchen dämmrig, und dann diese uralten Möbel, sehr gut erhalten natürlich und piekfein poliert, aber eben alt, und so riecht es auch in diesem Haus. Alt eben. Bohnerwachs, ganz schön alt. Was Besseres fällt mir nicht ein. Wirklich ganz merkwürdig, dieser Geruch, ich hab so was noch nie gerochen. Noch nie erlebt, meine ich. Wirklich, da kann einem schon ein bißchen schummrig werden.«

Er wollte es nicht, aber plötzlich ertappte er sich dabei, wie er ihre Hand tätschelte. Er zog die Hand sofort zurück, aber als sie ihn ansah, sagte er auch noch: »Ich glaub dir ja. Wahrscheinlich wäre es mir auch so ergangen.« Sie lächelte ihn an.

Während er ein scharf gewürztes Steak und sie ein exotisches Pilzgericht aß, erzählte er ihr, um sie abzulenken, daß in Savannah nicht nur das Low Center, sondern eines der größten historischen Stadtgebiete der USA restauriert worden sei, mit Hunderten von Häusern, an denen sich die Baustile des 19. Jahrhunderts studieren ließen. Aber auch das schien den Schock, den sie in Miss Nellies Sterbehaus erlitten hatte, nicht zu mildern, sie hörte ihm zwar zu, sah ihn an, während sie aß, und nickte, doch wurde er den Eindruck nicht los, daß alle diese alten Häuser ihr suspekt waren, weil schließlich in jedem von ihnen ein ehemaliger Bewohner wie der General Gordon herumspuken konnte, um nach dem Rechten zu sehen oder jemanden abzuholen.

Erst als er das Thema wechselte, wurde sie wieder gesprächig. Ihm war, während er sich noch über die viktorianischen Häuser Savannahs verbreitete, schmerzlich und jäh bewußt geworden, daß Charlotte verschwunden war, nein: daß es sie in seiner Welt nicht mehr gab. Sogleich stellte sich auch sein Verdacht wieder ein, daß Roland schuld daran war, Roland, weil er sie in etwas Kriminelles hineingezogen hatte, ein krummes Ding aus seiner Schulzeit in Savannah, das ihn jetzt eingeholt, oder auch eines seiner undurchsichtigen Geschäfte, bei dem er vielleicht erst vor kurzem Leute aus den USA, die keinen Spaß verstanden, übers Ohr gehauen hatte.

Er wollte wegen dieses Verdachts noch einmal auf den Busch klopfen und erwähnte wie beiläufig, daß viele der alten Häuser auch von Schwarzen übernommen worden waren, was kein Wunder sei, denn Savannah habe seit jeher einen hohen Bevölkerungsanteil von Schwarzen gehabt, zuletzt fast 60 Prozent. Das habe jedoch nie zu größeren Rassenkonflikten und Kriminalität, die ja oft damit einhergehe, geführt. Erst in jüngerer Zeit sei die Stadt offenbar ein wenig unsicherer geworden. Er habe irgendwo gelesen, daß innerhalb eines Jahres 26 Morde und fast 100 Vergewaltigungen registriert worden seien, und noch dazu einige Entführungen. Das sei nicht gerade wenig für eine Stadt von 130 000 Einwohnern.

Sie legte ihr Besteck ab, trank einen Schluck Wein. Dann sagte sie: »Du hast immer noch die Idee im Kopf, daß unsere beiden gekidnappt worden sind, nicht wahr?«

Er sah sie an. »Kannst du das etwa ausschließen?«

»Nein, kann ich nicht. Aber ich hab ein Näschen für so was, verstehst du? Ich hab Augen im Kopf. Und ich habe gesehen, daß es zwischen den beiden sofort gefunkt hat, schon auf dem Flughafen, als sie sich zum erstenmal gesehen haben. Ich hab gesehen, daß sie geil aufeinander waren, verstehst du?«

Er warf sein Besteck auf den Teller. Sie sagte: »Entschuldigung. Ich will deiner Frau nicht zu nahe treten. Und dir sowieso nicht. Aber Roland war geil auf Charlotte. Und du kannst dich drauf verlassen, daß er alle Hebel in Bewegung –«

Er fiel ihr ins Wort: »Und warum sollten sie weder dir noch mir eine Nachricht hinterlassen haben? Warum sollten sie sich« – er hob mit einer heftigen Bewegung das Handgelenk und sah auf seine Uhr –, »warum sollten sie, wenn sie sich frei bewegen können, sich acht Stunden lang nicht melden, nachdem sie verschwunden sind? Acht Stunden!«

Ihm fiel ein, daß sie ihm dafür schon einmal eine ziemlich rüde Erklärung angeboten hatte. Doch sie erinnerte ihn nicht daran. Sie nahm ihr Besteck auf und aß weiter, deutete mit dem Messer auf seinen Teller: »Laß das Steak nicht kalt werden. Wäre doch schade drum.«

Er nahm sein Besteck auf und aß weiter. Nach einer Weile sagte sie: »Hast du schon mal darüber nachgedacht, warum sie ihre sämtlichen Sachen eingepackt und mitgenommen haben? Ich meine ... was sollen das für Kidnapper gewesen sein, die ihnen dazu die Zeit gelassen haben?«

Er tupfte sich den Mund ab, trank einen Schluck Wein, bevor er antwortete. Er sagte: »Sie haben sie dazu gezwungen. Sie haben sie gezwungen, ihre Sachen mitzunehmen, damit es so aussieht, als seien sie miteinander ... durchgebrannt.«

Sie starrte ihn an, dann aß sie weiter. Nach einer Weile sagte er: »Roland hat viel mit ausländischen Geschäftspartnern zu tun, nicht wahr?«

»Ja, das meiste. Das allermeiste, denke ich. Er macht ja Import und Export, verstehst du?«

»Natürlich, ja.« Nach einer kleinen Pause sah er sie an.

»Glaubst du, daß alle seine Geschäftspartner sich von ihm gut bedient fühlen?«

Sie lächelte. »Du willst wissen, ob er seine Partner auch schon mal bescheißt?«

»So würde ich das nicht formulieren, aber –«

»Ja, ja, schon gut! Ich nehme an, das tut er. Wer so viel Geld verdient wie er, der schafft das nicht, ohne andere Leute zu bescheißen. Er hat mir nie was davon erzählt, aber… mit ehrlicher Arbeit schaffst du das nie und nimmer.«

Er nickte. Sie sagte: »Und bevor du fragst: Ja, er hat viel mit Amerika zu tun. Mit amerikanischen Geschäftspartnern, auch aus dem Süden. Miami, Atlanta und so. Vielleicht auch Savannah, ich weiß es nicht.« Sie seufzte. »Aber weißt du… daß das nun gleich solche Gangster wie im Kino sein sollen, das glaubst du doch selbst nicht. Und überhaupt: Wieso haben sie dann Charlotte mitkassiert, den Unschuldsengel, die gar nichts mit seinen Geschäften zu tun hat?«

Der sarkastische Akzent des Wortes Unschuldsengel brachte ihn auf, aber er hielt sich zurück. Er sagte: »Weil sie Charlotte für dich gehalten haben. Sie haben geglaubt, sie sei seine Frau.«

»Aha. Na gut.« Sie schwieg, bis die Kellnerin, ein hübscher Mischling mit krausem Haar und seltsamerweise geschlitzten Augen, die Teller abgeräumt hatte. Dann sagte sie: »Genausogut könnte man natürlich auch sagen, es war Voodoo, daß sie verschwunden sind. Irgendein Wurzeldoktor hat sie verhext. Nicht bloß so, natürlich nicht, nein, nein, er hat einen Auftrag bekommen, von einer kleinen Tussi aus Savannah, die Roland damals mit einer anderen betrogen hat, sie ist groß und stark geworden und ziemlich gemein und hat sich jetzt an ihm gerächt, an ihm und seiner Frau, na klar, der Wurzeldoktor hat von der Tussi Geld dafür bekommen, aber er hat sich leider vertan, er hat Charlotte und mich verwechselt.«

Sie lachte. »Vielleicht ist die Tussi die berühmte *Hard-hearted Hannah, the vamp of Savannah.*« Fast in demselben Augenblick gab sie einen unwilligen Laut von sich, dann sagte sie: »Entschuldigung!« Wieder ein wenig später fragte sie: »Kennst du den Song?«

Er sagte: »Nein.«

»Hübscher Song, Roland hat ihn mir vorgesungen. Und er hat auch eine Platte davon, mit Ella Fitzgerald.«

»Ich wußte gar nicht, daß er auch singen kann.«

»O ja, er kann sehr schön singen.«

Er war wütend wegen der Sticheleien, die sie sich herausnahm. Aber zugleich scheute er diese Diskussion über die Gründe von Charlottes Verschwinden, und so fühlte er sich groteskerweise erleichtert, als der Kellner mit dem Servierwagen an ihren Tisch kam, nach ihren Wünschen fragte und das Dessert auftrug. Sie widmete sich ihrem *chocolate flan,* einem Schokoladekuchen, der, seinem Geruch nach zu schließen, mit Alkohol getränkt war. Doch sie verlor den Faden nicht.

Nach den ersten Gabeln sagte sie: »Er hat in seiner Schulzeit hier eine ganze Reihe von Liedern gelernt. Auch solche, die von den Schwarzen stammen, von den... Dingsda, ich weiß nicht mehr, wie man sie nennt, das sind diese waschechten Schwarzen, die im Sumpfland und auf den Inseln vor der Küste wohnen...«

Er sagte: »Die Gullahs, meinst du.«

»Richtig, ja.« Sie lächelte ihn an. »Hätte mich auch gewundert, wenn du das *nicht* gewußt hättest.« Ihre dunklen Augen schimmerten.

Er fühlte sich angenehm berührt, aber sie gönnte ihm das Wohlgefühl nur einen Augenblick lang. Sie sagte: »An eins erinnere ich mich, eine Ballade, sie handelt von einem Mann namens Bo-Cat, der mit seiner Frau in einem Ruderboot rausfährt in die Sümpfe und sie am Ende mit dem Ruder totschlägt und im Wasser versenkt.«

Wider seinen Willen zitierte er: »It a shame how Bo-Cat done he wife.«

»Ja, genau so geht das, sag nur, das kennst du auch!«

Er nickte. Sie sagte: »Na, das war ja klar!« Dann lächelte sie. »Roland hat mir erzählt, der Text schweigt sich darüber aus, warum Bo-Cat das getan hat, aber es ist klar, meint er, daß die Frau ihren Mann betrogen hat. Ich hab ihn gefragt, ob er auch eine Ballade kennt, in der der Mann seine Frau betrügt und sie *ihn* mit dem Ruder totschlägt, oder vielleicht mit dem Nudelholz, aber so was kannte er nicht, natürlich nicht.« Sie lachte.

Er löffelte schweigend sein Dessert. Unversehens legte sie ihre Hand auf seine, hielt sie fest und drückte sie. »Entschuldige, das war jetzt ziemlich blöd. Es tut mir leid, wirklich.«

## 6

Als sie im Hotel ankamen und in die Halle traten, hob der livrierte Schwarze mit dem Stiernacken, der den Nachtdienst an der Rezeption versah, einen Finger, zog die Augenbrauen hoch und nickte ihnen zu. Dann griff er in ein Fach, holte einen Zettel heraus und beugte sich damit über den Tresen. Er sagte: »Eine Nachricht für Sie, Sir« und hielt ihm den Zettel entgegen.

Lilly, die ihm langsam folgte, sagte: »Na, jetzt bin ich aber mal gespannt.«

Er las die Nachricht, lachte mühsam und gab ihr den Zettel. »Kein Anlaß zur Aufregung.« Davenport hatte ihm mitteilen lassen, er würde sich freuen, wenn er am nächsten Morgen schon um halb zehn bereit sein könne. Jedenfalls werde der Fahrer um diese Zeit am Hotel sein und auf ihn warten.

Sie las den Zettel, gab ihn ihm zurück. »Na hör mal! Der bekommt aber anscheinend wirklich nicht genug von dir.«

»Soll ich dir was sagen?« Er schüttelte den Kopf. »Das ist mir im Augenblick so was von ... egal!«

»Na, das gibt's doch nicht! Was der Mann dir anzubieten hat, das ist doch genau das, worauf es ankommt! Alles andere kannst du doch erst mal vergessen!« Sie faßte ihn unter den Arm, zog ihn mit sich. »Komm! Jetzt nehmen wir noch einen in der Bar, damit du wieder klar siehst!«

Er hatte sofort auf sein Zimmer gehen wollen; Lilly allein einen ganzen Abend lang, das schien ihm mehr als genug. Aber merkwürdigerweise empfand er das Bedürfnis, noch einmal und möglichst noch ein drittes Mal von ihr zu hören, worauf es ankam und was umgekehrt so unwichtig war, daß er es vergessen konnte, und er war sich zudem ziemlich sicher, daß er ihre körperliche Nähe, die Ausstrahlung ihrer Wärme vermissen würde, sobald ihn dieses leere, lautlose Zimmer wieder in sich aufgenommen hatte.

Es gab nur wenige Gäste in der Bar, eine Gesellschaft von vier Männern und zwei Frauen, die hin und wieder ein wenig laut wurden, und in der Ecke am Ende des Tresens einen Mann von Mitte Dreißig mit starkem Bartschatten und dunklen vollen Haaren, der Lilly anstarrte, bevor er seine Aufmerksamkeit wieder der blonden Pianistin am Flügel zuwandte. Der Barkeeper kam zu ihnen an den kleinen Tisch, den sie sich ausgesucht hatten; Lilly wollte einen Manhattan haben, und Schumann nahm dasselbe, obwohl er wußte, daß der Wermut ihn einnebeln würde.

Lilly gab sich Mühe, ihn aufzumuntern, sie wollte von ihm wissen, wieviel er denn, wenn er den Auftrag für das Museum bekomme, daran verdienen werde, das sei doch sicher eine schöne Stange Geld, und es war nicht einfach, ihr klarzumachen, daß nicht er, sondern das Büro seines Chefs diesen Auftrag bekäme, wenn sie ihn denn bekämen, was angesichts der internationalen Konkurrenz eher unwahrscheinlich sei, und daß, wenn sie wider Erwarten diese Konkurrenz ausstechen sollten, nicht er, sondern sein Chef das Honorar kassieren würde, und daß seine, Hans Schumanns, Arbeit für dieses Projekt grundsätzlich als durch sein Gehalt bezahlt gälte, und fertig, es sei denn, sein Chef gewährte ihm für diese Arbeit einen zusätzlichen Bonus, was er wahrscheinlich tun würde, aber wieviel er für diesen Bonus auswerfen würde, das liege allein in seinem Ermessen, Ansprüche gäbe es da nicht.

Sie sagte mit großen Augen: »Das gibt's doch nicht! Das ist doch Ausbeutung!«

Er machte »Pscht!« Dann flüsterte er: »Na, na! So was sagt man aber nicht!«

»Aber das ist es doch! Der Kerl liegt mit seinem Gipsbein und seinem dicken Hintern... oder hat er etwa einen kleinen?«

»Nein, einen ziemlich dicken sogar.«

»Das dachte ich mir, mit seinem dicken, fetten Hintern liegt der Kerl im Bett, und du tust hier die Arbeit, und wenn du den Auftrag bekommst, dann läßt er dich wahrscheinlich *auch* noch die Hauptarbeit tun, oder nicht?«

Er lächelte. »Kann schon sein.«

»Na bitte! Und da soll man nicht von Ausbeutung reden?!« Sie griff in die Schale mit Erdnüssen, führte die Fingerspitzen mit einer ordentlichen Ladung zum Mund und begann heftig zu kauen. Unversehens schlug sie sich mit den Fingerspitzen auf die Lippen: »O Gott, jetzt hab ich mich auch noch an diesem Zeug vergriffen, das sind ja Hunderte von Kalorien.« Sie hörte auf zu kauen, als habe der Schreck sie gelähmt, sah starr auf die Schale, schüttelte dann jäh den Kopf und kaute weiter: »Herrje, was soll's, der Schokoladekuchen war sowieso schon das reine Gift.«

Sie schluckte die Erdnüsse hinunter, trank einen kräftigen Schluck von ihrem Manhattan, sah ihn an. »Warum läßt du dir das gefallen? Warum kündigst du nicht? Mach dich doch selbständig!«

Er lachte. »Ganz so einfach ist das nicht, weißt du. Zu so was brauchst du zumindest ein Startkapital. Und wenn du dann keine Aufträge hast und keine bekommst, dann nutzt dir nicht einmal das Startkapital was.«

Sie runzelte die Stirn. Nach einer Weile sagte sie: »Das

Startkapital könntest du dir leihen. Und wenn die Bank nicht mitzieht, was ich mir nicht vorstellen kann, dann könntest du zum Beispiel irgendwen, der Geld hat, zum Beispiel Roland« – sie stutzte, dann sagte sie: »Na gut, den vergessen wir jetzt mal. Aber irgendwen könntest du doch fragen, ob er dir...« Sie unterbrach sich, starrte abwesend zu dem Mann mit dem Bartschatten hinüber, der für die Pianistin einen Drink bestellt hatte und ihn ihr persönlich servierte.

Er folgte ihrem Blick, dann fragte er: »Was hast du denn?«

»...ob er dir dein Startkapital leiht.« Sie sah ihn an. »Und einen ersten dicken Auftrag hättest du auch schon. Und zwar einen extradicken!«

»Ach ja? Und woher hast du *den* jetzt geholt?«

Sie nickte anhaltend. »Dieser Davenport... er denkt offenbar darüber nach, ob er den Auftrag für sein Museum vielleicht eurem Büro, und das heißt doch wohl: ob er ihn dir geben könnte. Und warum kannst du ihm nicht sagen, er soll ihn dir direkt und persönlich geben, denn du wolltest dich selbständig machen? Und wenn er ihn deinem Chef gäbe, könntest du dich leider nicht mehr darum kümmern? Warum sagst du ihm nicht so was? Der Mann ist doch an *dir* interessiert, nicht an deinem Chef, das ist doch sonnenklar!«

Er sagte: »Du spinnst dir ganz schön was zusammen, Lilly. Nur hat das leider mit der Realität nicht mehr viel zu tun.«

Nein, das hatte es nun wirklich nicht. Und trotzdem tat es ihm wohl. Er lehnte sich in seinem Sessel zurück, lächelte sie an, als habe er ihr mit seinem Widerspruch nur einen sanften Verweis erteilen wollen. Aber plötzlich wurde ihm die Realität, die er ihr vorgehalten hatte, sehr schmerzlich bewußt: Diese naive Lilly zerbrach sich den Kopf über seine berufliche Perspektive; und seine Frau, die ihm angetraute Ehefrau, hatte es nicht einmal für nötig gehalten, ihn in einer entscheidenden Stunde zu begleiten und ihm zur Seite zu stehen.

Es kostete ihn große Mühe, sich klarzumachen, daß Lillys Verdacht ja keineswegs bewiesen war. Vielleicht saß Charlotte ja eben jetzt in einem dieser alten, wunderschönen Häuser gefangen, auf dem Speicher, hinter schweren Portieren. In der ehemaligen Remise im Hof. Oder in einem Schuppen am Hafen. Auf einer der Inseln vor der Küste oder in den Sümpfen im Süden der Stadt. Gefangen und gefesselt. Geknebelt. Oder sie lebte schon nicht mehr, weil die Kidnapper ihren Irrtum erkannt und sich ihrer entledigt hatten?

Ihm wurde klar, daß diese Kidnapper schon in dem Augenblick, in dem sie sich der beiden bemächtigten und sich anschickten, sie an einen verschwiegenen Ort zu bringen, dahintergekommen sein mußten, daß sie die falsche Frau entführten: Roland und Charlotte hatten ja nicht freiwillig ihre Koffer gepackt, sie hatten das unter Aufsicht tun müssen, und dabei hatte sich natürlich herausgestellt, daß sie in verschiedenen Zimmern wohnten, und jeder mit einem anderen Partner. Die Gangster hatten Charlotte nur mitgenommen, weil sie eine gefährliche Zeugin war. Das bedeutete aber, daß auch Lilly unverändert in Gefahr schwebte. Vorausgesetzt, seine Entführungstheorie traf zu.

Während er noch darüber nachdachte, sagte sie: »Denk doch wenigstens mal darüber nach.«

Er zog die Augenbrauen zusammen. »Worüber?«

»Na, ob das nicht eine einmalige Gelegenheit ist, dich selbständig zu machen!«

Nach einem Seufzer, als habe er nun aber genug davon gehört, lächelte er sie an. »Ja, ich werd drüber nachdenken.« Dann sagte er: »Aber du könntest mir auch einen Gefallen tun.«

»Und das wäre?«

»Paß ein bißchen auf dich auf.«

Sie hob fragend die Augenbrauen. Er sagte: »Geh nicht allein irgendwohin. Halt dich möglichst nur an Orten auf, wo viele Menschen sind. Und wenn du merkst, daß jemand dir folgt, sprich den erstbesten in deiner Nähe an und zeige ihm den, der dir folgt. Zeig ruhig mit dem Finger auf ihn, so, daß alle es sehen.«

Sie lächelte. Er sagte: »Hör mal, das ist nicht komisch!«

Sie legte ihre Hand auf seine Hand. »Nein, natürlich nicht. Es tut mir ja auch gut, daß du dir Gedanken um mich machst.« Sie lachte. »Aber im Augenblick hab ich in dieser Stadt tatsächlich mehr Angst vor den Geistern als vor den Gangstern.«

»Aber das ist doch ... das ist doch albern, entschuldige!«

»Ja, das sagst *du*!« Sie zog ihre Hand zurück, legte sie in ihren Schoß. Er fühlte sich versucht, nach der Hand zu greifen und sie zurückzuholen. Sie war ihm sehr angenehm gewesen, weich und warm auf seiner Haut.

Sie warf einen Blick hinüber zu dem Mann mit dem Bartschatten. Dann sagte sie: »Vielleicht *ist* es ja albern, aber seit ich in diesem… diesem Gespensterhaus war heute nachmittag… mir fallen alle diese Geschichten wieder ein, die Roland mir erzählt hat. Und einige hat er mir sogar vorgelesen.«

»Warum hat er das denn getan?«

Sie zuckte die Schultern. »Na ja, seit wir uns überlegt hatten, mit euch hierherzufliegen, hat er sich halt an vieles erinnert. Aus der Zeit, in der er schon mal hier war. Und er hat sich auch besonders vorbereitet auf diesen Besuch, er hat eine Menge gelesen. Die neuesten Reiseführer. Die hat er sich aus Amerika kommen lassen, per Express.«

Er sagte: »Und alte Geistergeschichten.«

»Ja, die auch, na sicher. Aber die Stadt ist ja auch voll davon. Es gibt doch sogar besondere Führungen hier, für Touristen, sie werden von einem Spukhaus zum anderen gefahren, und auch noch auf den Friedhof. Und der Kerl, der die Führung macht, ist angezogen wie ein Totengräber! Und blaß wie eine Leiche!«

»Ich weiß. Es sind trotzdem Phantastereien. Oder gerade deshalb.«

»O nein, das sind sie nicht! Zum Beispiel die Geschichte von diesem Arzt, darüber gibt's schließlich eine Polizeiakte, ich meine den Arzt, dessen Sohn ein berühmter Dichter geworden ist, er ist hier geboren in Savannah, warte mal…«

Er runzelte die Stirn. »Meinst du etwa Conrad Aiken?«

»Ja, ich glaube, so hieß er, und vorhin, als ich aus diesem Haus mit dem toten General rausgekommen bin, da ist mir das Straßenschild an der Ecke in die Augen gesprungen, Oglethorpe Avenue, war das nicht der Gründer von Savannah?«

»Ja, das war er. Schon wieder ein toter General, der General James Oglethorpe.«

»Na schön, aber das ist ja auch egal, in dieser Oglethorpe Avenue ist der Dichter jedenfalls geboren, und eines schönen Morgens, er war gerade elf Jahre alt, da hört er seinen Vater und seine Mutter in ihrem Schlafzimmer streiten, und dann hört er den Alten zählen: ›Eins, zwei, drei‹, und dann kracht ein Schuß, und dann zählt der Alte noch einmal: ›Eins, zwei, drei‹, und schon wieder kracht ein Schuß, und der Kleine wußte sofort, was passiert war, er ist schreiend auf die Straße gelaufen, barfuß, und zur Polizeistation gerannt, die war in der Nähe, und er hat geschrien, der Papa hätte die Mama erschossen, und sich selbst auch.« Sie nickte, sah ihn wie triumphierend an.

Er sagte: »Und wo ist da das Gespenst?«

»Wie, das Gespenst?! So was macht doch kein normaler Mensch! Der Mann war Arzt, der war normalerweise so zuverlässig wie ein Schweizer Uhrwerk!«

»Ja, ja, sicher, ist ja alles richtig!« Er schüttelte den Kopf. Dann beugte er sich ein wenig zu ihr hinüber, sah sie eindringlich an. »Aber er hatte Streit mit seiner Frau. Ich kenne die Geschichte. Er war mit ihrem Lebenswandel nicht einverstanden. Sie ist von einer Party zur nächsten geflattert. Und sie hat eine Party nach der anderen in ihrem eigenen Haus veranstaltet, ein halbes Dutzend in einem einzigen Monat! Der Mann war es leid! Das hatte mit Gespenstern nichts zu tun, absolut gar nichts.«

Er lehnte sich zurück. »Das war ein Mord, Lilly, ein ordinärer Mord mit Selbstmord, wie er in jeder anderen Stadt hätte passieren können. Und immer noch passiert.«

Sie öffnete den Mund, als ob sie auf der Stelle widersprechen wollte, aber dann schloß sie ihn wieder, richtete den Blick zur Decke. Nach einer Weile sah sie ihn an. »Kennst du die Geschichte von René Rondolia? René Rondolia Asch, glaube ich. Die Leute nannten ihn auch das Riesenbaby.«

Er seufzte, dann sagte er: »Ich bin mir nicht sicher.«

»Siehst du. Alles weißt du eben auch nicht.« Sie trank ihr Glas leer, stellte es ab. »Der hat ebenfalls in Savannah gelebt. Und als er fünf war, fiel er dadurch auf, daß er kleine Tiere, Mäuse und solches Viehzeug, einfing und umbrachte. Und als er ausgewachsen war, wog er dreihundert Pfund und war mehr als sieben Fuß groß. Wieviel ist das noch mal?«

»Mehr als zwei Meter. Zwei Meter zehn und noch was.«

Sie schüttelte sich. Dann sagte sie: »Und eines Tages wurde in seiner Nachbarschaft ein Mädchen gefunden, ermordet. René wurde beschuldigt, aber die Polizei fand keine Beweise. Die Nachbarn haben dann einen Wachdienst eingerichtet, der das Haus von Renés Eltern Tag und Nacht bewachte. Doch dann kam das große Feuer von 1820, und die Leute hatten was anderes zu tun, als auf René aufzupassen, der Wachdienst wurde eingestellt. Einige Zeit später haben sie wieder ein Mädchen gefunden, ermordet, auf die gleiche Art ermordet wie das erste. Und diesmal haben die Leute das Haus gestürmt und René herausgeholt und ihn aufgehängt.«

Er sah sie an. »Ja, und? Sie haben ihn gelyncht, hingerichtet ohne Prozeß und Urteil, was damals nicht nur im Wilden Westen schon mal vorkam, sondern auch hier im Süden, und kein Mensch weiß, ob er tatsächlich die Mädchen umgebracht hat oder ob er nur deshalb an den Strick kam, weil er zu groß geraten war, nach dem Geschmack der Leute, und zu dick. Aber auch das ist doch nur ein Kriminalfall, so oder so. Ich weiß wirklich nicht, wo du da die Gespenster siehst!«

Sie ließ sich Zeit mit ihrer Antwort. Und während sie antwortete, sah sie ihn nicht an, sondern schaute in eine entfernte Ecke der Bar, als hätte er sie schwer beleidigt und sie wäre nicht gesonnen, sich seinen Anblick länger zuzumuten.

Sie sagte: »Ich weiß nicht, ob du dich so gut im Voodoo auskennst. Aber nach dem, was die Leute hier glauben, ist ein Zombie ja nicht nur ein Toter, der herumläuft. Es kann vielmehr auch die Seele eines Toten sein, die in einen Menschen hineinfährt und ihn dazu bringt, Dinge zu tun, die er sonst nie tun würde. Zum Beispiel dieser Arzt. Ich bin sicher, daß manche Leute hier sagen, er war von einem Zombie besessen. Wie sonst hätte so ein Mann etwas so Schreckliches tun können! Oder auch das Riesenbaby, René. So beschränkt kann er doch gar nicht gewesen sein, daß er sich getraut hätte, seinen zweiten Mord exakt so zu begehen wie den ersten. Es war doch klar, daß jeder sagen würde: ›Der war's schon wieder, wer denn sonst?!‹«

Er sagte: »Lilly!« Er faßte sie am Arm, schüttelte sie sanft. »Lilly, um Gottes willen! Du glaubst doch wohl nicht wirklich, daß in den beiden die Zombies steckten?!«

»Warum denn nicht? In einer Stadt wie dieser?! Weißt du, daß es hier regelrechte Exorzismen gegeben hat, zuletzt noch vor ein paar Jahren, vor ein paar Jahren, hast du gehört, und zwar in einem Haus an der St. Julian Street, und der Teufelsaustreiber war ein richtiger Reverend der Church of England, nicht irgendein Wurzeldoktor. Das Haus kennst du bestimmt, im Reiseführer steht, es ist das berühmteste Spukhaus von ganz Savannah, es hat so eine Art Laufstall auf dem Dach, einen Widow's Walk, wie die Häuser in Neu England, wo die Kapitänsfrauen –«

Er sagte: »Lilly!«

»– wo sie Ausschau hielten nach ihren Männern, wenn die auf See überfällig waren, so eine Art Ausguck –«

»Lilly!« Sie hielt ein, sah ihn aus den weit geöffneten, dunklen Augen an. Er sagte: »Ich kenne das Haus. Und ich kenne die Geschichte von dem Exorzismus. Aber daß die Church of England für solch eine Narretei einsteht, das beweist doch noch lange nicht, daß hier die Zombies herumfuhrwerken und in die Leute hineinfahren und sie dazu antreiben, andere Leute umzubringen! Herrgott noch mal!«

Er erschrak, als er plötzlich sah, daß diese Augen sich mit Tränen füllten. Sie schwieg einen Augenblick lang, dann sagte sie: »Warum bist du denn so stur?«

Sie wandte sich ab, fing an, in den Taschen ihrer Jacke herumzusuchen, zog die Nase hoch. Er holte sein Taschentuch hervor und reichte es ihr. Als sie nicht sofort danach griff, faßte er an ihr Kinn, drehte ihr Gesicht sanft zu sich herüber und tupfte ihr die Augen aus. Schließlich beugte er sich vor und trocknete auch noch die beiden Tränen, die auf ihren Wangen saßen. Sie sah ihm in die Augen, begann zu lächeln. Er ließ ihr Kinn los, steckte das Tuch ein.

Er sagte: »Tut mir leid, Lilly. Vielleicht sind wir beide ein bißchen überdreht.« Nach einer kleinen Pause sagte er: »Wir sollten jetzt besser schlafen gehen, denke ich.«

»Schon?« Das Lächeln erlosch. Sie sah ihn enttäuscht an.

»Nun ja, ich muß ja auch morgen wieder früh raus. Herr Davenport, du weißt doch.«

Sie nickte. Er stand auf und ging an die Bar, um zu zahlen. Der Mann mit dem Bartschatten hatte anscheinend die Szene verfolgt, er betrachtete ihn aufmerksam.

Lilly stand auf, als er an ihren Tisch zurückkam. Während sie zu den Aufzügen gingen, sagte sie: »Die Leute hier erzählen tatsächlich, daß man in Winternächten schon mal einen riesigen Schatten gesehen hat, Renés Schatten, der durch die Stadt geisterte.«

Er sagte: »Hör jetzt auf damit. Du machst dich bloß selbst verrückt, wirklich!«

Es schien, als könnte sie sich nicht zügeln. Sie sagte: »Er ist nicht kirchlich beerdigt worden, verstehst du. Sie haben ihn auf dem Friedhof nicht zugelassen. Er ist irgendwo verscharrt worden. Deshalb.«

Sie schwiegen beide, bis sie in den Aufzug gestiegen waren und die Türen sich schlossen. Unvermittelt fragte sie: »Wie alt ist dieses Hotel?«

Er schüttelte den Kopf, faßte sie am Arm, lächelte sie an. »Nicht alt genug für Gespenster. Sie fühlen sich nur in den alten Häusern wohl, weißt du. Wo sie mit den Dielen knarren und die Türen quietschen lassen können.«

Ihre Augen wurden sehr groß. »Sag doch nicht so was, bitte!«

»Entschuldige.« Er legte einen Arm um sie, zog sie an sich, rüttelte sie ein wenig. »Ich werd's nicht wieder tun.« Dann ließ er sie los.

Als sie aus dem Aufzug gestiegen waren, reichte er ihr die Hand. Sie beugte sich vor und küßte ihn auf die Wange. Einen Augenblick lang ließ sie ihre Wange an seinem Hals ruhen. Er spürte ihre dichten Haare wie ein Polster, er roch ihr Parfum, eine merkwürdige Mischung aus einem schweren, trägen Aroma und einem frischen Duft, der sich darüberbreitete. Dann löste sie sich und ging zu ihrem Zimmer.

Er wandte sich ab und ging zu seinem Zimmer. Als er die Codekarte in den Schlitz gesteckt hatte, warf er einen Blick über die Schulter. Sie hatte ihre Tür geöffnet, wandte sich noch einmal zurück und sah ihn an. Sie lächelte. Dann verschwand sie, die Zimmertür fiel ins Schloß. Er hörte den Riegel zuschnappen.

## 7

Er blieb, nachdem er seine Zimmertür geschlossen hatte, stehen, schaute durch den Gang zwischen Bad und Kleiderschrank in das Zimmer. Die Frau vom Service hatte die Lampen an den Betten eingeschaltet, aber sie verbreiteten nur ein gedämpftes, sanftes Licht, er konnte die rechte Ecke des Doppelbetts sehen, Charlottes Bett, und dahinter seine Hälfte des Betts und fast schon im Halbdunkel die Sessel und den kleinen Tisch.

Er zog sein Jackett aus und hängte es in den Schrank, band seine Krawatte auf und hängte sie über die Schulter des Jacketts. Wie er es erwartet hatte, spürte er das Verlangen, die Schranktür so weit aufzuschieben, daß er bis in den letzten Winkel von Charlottes Hälfte sehen konnte. Er widersetzte sich, wandte sich ab und war schon drei Schritte ins Zimmer hineingegangen, als er umkehrte. Er öffnete die Schranktür bis zum Anschlag.

Charlottes Hälfte war leer wie zuvor. Er schloß die Tür, ging ins Zimmer, setzte sich schließlich in einen der Sessel.

Die Stille legte sich auf seine Ohren. Er lauschte, versuchte, sein Herz schlagen zu hören oder seinen Puls, irgendwann hatte er einmal gelesen, das sei möglich nicht nur mit dem Ohr am Kissen, sondern auch, wenn man sich in absoluter Stille aufhalte, und er glaubte sogar, es einmal selbst erlebt zu haben. Aber er konnte nichts hören, nichts wahrnehmen außer dieser einförmigen, uferlosen Stille.

Ihm fiel das Lächeln ein, mit dem Lilly sich abgekehrt hatte und in ihr Zimmer gegangen war. Es hatte ihn an etwas erinnert, und jetzt wußte er, an was. Es war merkwürdigerweise kein optisches, sondern ein akustisches Phänomen, das durch dieses Lächeln in ihm wachgerufen worden war, nämlich das Pfeifen des Kindes, das sich im stillen, bedrückenden Wald verirrt hat und seiner Angst Herr zu werden versucht, indem es die Lippen spitzt und sich ein Liedchen pfeift. Er war sich nicht sicher, ob diese Begebenheit einem Märchen entstammte oder nur einer Redensart.

Er dachte darüber nach, aber es wollte ihm keine Erklärung einfallen. Auch die Pointe der Geschichte, wenn sie denn eine hatte, fand er nicht mehr: War das Kind heil aus dem Wald herausgekommen?

Nach einer Weile stand er abrupt auf, trat an den Schreibtisch und goß ein Glas von dem Bourbon ein. Er schaltete den Fernseher an und ließ sich mit dem Whiskey im Sessel nieder. Nachdem er ein paarmal weitergeschaltet hatte, blieb er bei einem Football-Spiel. Aber er ertappte sich dabei, daß er nicht auf das Bild sah, sondern auf ein imaginäres Objekt hinter dem Fernsehgerät, irgendwo im Halbdunkel der Zimmerwand. Er wollte weiterschalten, aber jäh erstarrte er in der Bewegung, hielt die Fernbedienung auf das Gerät gerichtet, drückte jedoch keinen der Knöpfe.

Der Tresor. Vielleicht hatte sie ihm im Zimmertresor eine Nachricht hinterlassen – im Tresor, damit kein anderer sie finden und lesen konnte?

Er stellte hastig das Glas ab, ein Tropfen von dem Whiskey sprang hoch und benetzte seine Hand, er ging zum Schrank und öffnete das Fach, in dem der kleine Tresor eingebaut war. An die Zusammensetzung des Codes, die Charlotte und er sich gemeinsam ausgedacht hatten, *platz1sav*, wußte er sich sofort zu erinnern, er gab sie ein, die Frontplatte ließ sich aufschwenken.

Der Tresor war völlig leer.

Er starrte ungläubig in die Öffnung, beugte sich vor, steckte die Hand in den Tresor und tastete die Ecken ab. Aber er fand nicht einmal einen Fetzen Papier.

Er wandte seinen Blick ab, starrte ins Leere. Nach ihrer Ankunft hatte er Charlottes Schmuck, außerdem eintausend Dollar in bar und eintausendfünfhundert in Travellerschecks hineingelegt. Er hatte Charlotte gefragt, ob sie eine Idee für den Code der Verriegelung habe, und sie hatte gesagt, na klar, er wolle hier doch alle anderen ausstechen, also solle er »Erster Platz Savannah« eingeben. Er hatte erwidert, das sei zu lang, und sie hatten sich auf die Abkürzung *platz1sav* geeinigt.

Während der vier Tage seit ihrer Ankunft hatte er nur einmal dreihundert Dollar in bar entnommen, die meisten ihrer Ausgaben hatten sie mit ihren Kreditkarten bezahlt. Die Travellerschecks lauteten auf Charlottes Namen, er hatte vor der Abreise keine Zeit mehr gehabt, zur Bank zu gehen, und so hatte Charlotte sie abgeholt und allesamt unterzeichnet. Sie waren für sie also ebenso verwendbar wie das Bargeld.

Er schloß den Tresor, ging langsam in das Zimmer zurück, nahm das Glas und trank. Mit dem Glas in der Hand setzte er sich auf die linke Hälfte des Doppelbetts, sein Bett. Die Vorhänge hatte er noch nicht zugezogen, er konnte hinausschauen auf den nächtlichen Himmel und die Rückseite der Häuser gegenüber. Viele Fenster in diesen Häusern waren noch erleuchtet. Einen Augenblick lang glaubte er, Musik zu hören, ein Klavier, wie John Berendts Erzähler nach seiner Ankunft in Savannah die Geräusche einer Party, irgendwo in einem benachbarten Haus.

Es gab eine einfache Erklärung für den leeren Tresor: Die Entführer hatten Charlotte gezwungen, die Verriegelung zu öffnen und ihnen den Inhalt auszuhändigen. Hätte sie nicht sagen können, sie wisse den Code nicht? Sie hatten ihr gedroht. Sie hatten gesagt, wenn sie zickig sein wolle, würden sie ihren Mitbewohner umlegen, egal, ob er ihr Ehemann sei oder bloß ihr Sugar Daddy.

Ja, so mußte es gewesen sein. Vorausgesetzt, seine Entführungstheorie stimmte.

Und wenn sie nicht stimmte?

Hätte sie etwa so kaltschnäuzig sein können, sein Bargeld mitgehen zu lassen, um sich mit einem fremden Mann, mit seinem einstmals besten Freund, aus dem Staub zu machen? Und das ohne ein Wort, ohne einen erklärenden Satz, ohne einen schäbigen Zettel, auf dem ein Lebewohl hätte stehen können oder eine halbwegs plausible Beschönigung, »Es tut mir leid« oder irgendeine andere barmherzige Lüge?

Er konnte das nicht glauben.

Vielleicht hatte sie keine Schulden hinterlassen wollen? Vielleicht hatte sie die Hotelrechnung, die bis zum Zeitpunkt ihrer Abreise aufgelaufen war, mit dem Geld aus dem Tresor bezahlt, mit einem Teil des Geldes jedenfalls?

Er stand auf, nahm sein Jackett aus dem Kleiderschrank, zog es über, warf einen Blick in den Spiegel. Nein, die Krawatte brauchte er um diese Zeit nicht mehr. Er hängte sie in den Schrank, verließ das Zimmer und fuhr hinunter in die Lobby.

Der Schwarze an der Rezeption würde ihm sagen können, ob sie die Rechnung bezahlt hatte. Er hatte zwar um die Zeit von Charlottes Abreise wahrscheinlich keinen Dienst gehabt; aber er brauchte bloß in seinem Computer nachzuschauen. Außerdem war ihm durchaus zuzutrauen, daß er, wenn er des Abends zum Dienst antrat, von seinen Kolleginnen und Kollegen einen Bericht über den Tag hören wollte und daß er den auch bekam. Der Mann hatte Autorität, das war unverkennbar.

Er stand nicht am Tresen, sondern saß in dem Zimmer dahinter an einem Schreibtisch und sah ein Bündel von Zetteln durch. Als er durch die offene Tür den Gast sah, legte er die Zettel ab und kam heraus. »Yes, Sir?«

»Sagen Sie… hat meine Frau heute vormittag unsere Rechnung bezahlt? Oder einen Teil der Rechnung?«

»No, Sir. Soviel ich weiß, hat sie das nicht.« Er trat an den Monitor, der einen Schritt weiter stand. »Wie war noch Ihre Zimmernummer, Sir?«

»Vierhundertneunzehn.«

»Natürlich, ja.« Er gab die Nummer ein, schaute auf den Bildschirm. »Mr. und Mrs. Schumann, nicht wahr?«

»Ja. Schumann mit s-c-h.«

»Ich weiß, Sir.« Er hob die Augen. »Nein, Sir. Die Rechnung ist offen.«

»Ah ja. Danke sehr.« Er nickte, trat einen halben Schritt beiseite, blickte hinaus auf die Straße. Dann wandte er sich noch einmal zurück. Der massige Mann in der Livree stand hinter dem Tresen, beide Hände aufgestützt, und lächelte freundlich.

»Sie hatten heute vormittag keinen Dienst, nehme ich an?«

»Nein, Sir.« Nach einer Pause sagte er: »Aber ich habe gehört, daß Ihre Frau gegen halb zwölf das Hotel verlassen hat. Mit ihrem Gepäck.« Er legte abermals eine Pause ein, dann sagte er: »Sie war wohl in Begleitung. Der Gentleman von Zimmer vierhundertachtundzwanzig.«

»Ah ja.« Er überlegte einen Augenblick, doch er konnte nun nicht mehr einhalten. Er fragte: »Sagen Sie... Haben die beiden ein Taxi genommen, oder... war es ein Privatwagen, sozusagen?«

Er stutzte, dann sagte er: »Das weiß ich nicht, Sir.« Er fuhr sich mit der Hand übers Kinn. »Ich bin davon ausgegangen, daß es ein Taxi war. Aber ich will mich gern noch einmal erkundigen.«

»Das wäre nett.« Er trat wieder näher an den Tresen

heran. »Und... hat es irgend etwas Auffälliges gegeben bei dieser Abreise?«

»Auffälliges?«

»Ja, ich meine... Waren vielleicht noch andere Leute bei ihnen? Ich meine, Leute die sie begleitet haben. Und die vielleicht mit den beiden in das Auto eingestiegen sind?«

Nach einem Zögern begann der Schwarze zu nicken, dann sagte er: »Auch das weiß ich nicht, Sir. So etwas ist mir nicht berichtet worden.« Dann sagte er: »Aber ich will mich auch danach gern noch einmal erkundigen.«

Schumann nickte, griff in seine Tasche, holte einen Zehndollarschein heraus und gab ihn dem Schwarzen. »Ich danke Ihnen.«

»Ganz meinerseits, Sir.« Er steckte den Schein in die Seitentasche seines Jacketts.

Schumann ging zwei, drei Schritte in Richtung des Ausgangs, blieb stehen, sah zu Boden, stand da wie angewurzelt. Nach einer Weile hörte er die Stimme des Schwarzen: »Wenn ich sonst noch etwas für Sie tun kann, Sir?«

Er wandte sich zurück, als habe die Stimme ihn erschreckt. »Nein, nein, danke! Alles in Ordnung.«

Er trat hinaus auf die Straße.

Nur wenige Leute waren zu sehen. Hin und wieder fuhr ein Auto vorbei. Der Tag war warm gewesen, doch der leichte Wind, der jetzt vom Fluß heraufkam, war deutlich kühler. Er schloß seinen Hemdkragen. Zum erstenmal seit langer Zeit fühlte er sich einsam. Er fühlte sich verlassen. Natürlich, was auch sonst?

Es sah so aus, als hätte Lilly recht. Aber er konnte einfach nicht glauben, daß die Charlotte, die er seit einem halben Menschenleben kannte und doch nicht ohne Grund geliebt hatte, die Frau, die er noch immer liebte, sich auf ein Abenteuer mit Roland, mit einem so windigen Schönling wie diesem, eingelassen haben sollte. Sie hatte doch Lebenserfahrung. Sie hatte Menschenkenntnis.

Und sie hatte Selbstbewußtsein. Sie hätte doch nie und nimmer jeden schmutzigen Geldschein, dessen sie habhaft werden konnte, an sich gerafft, sich damit aus dem Staub gemacht und es ihm überlassen, die Rechnung, in der doch ihre Ausgaben ebenso wie die seinen zu Buche schlugen, allein zu bezahlen. Charlotte hatte Charakter. Sie wäre zu einer so ordinären Schmarotzerei gar nicht fähig.

Eben. Genau so war es. Und daß sie die Rechnung nicht bezahlt hatte, war *auch* kein Argument für Lillys Verdächtigung. Es stand vielmehr in Einklang mit seiner Entführungstheorie: Nicht Charlotte hatte den Schmuck und das Geld aus dem Tresor an sich genommen, sondern die Gangster. Und natürlich hätten die Gangster sie ohnehin nicht zum Tresen gehen und nach der Rechnung fragen lassen.

Während er ein paar Schritte über den Gehsteig wanderte, erinnerte er sich an die Reaktion des Schwarzen auf seine Frage, ob die beiden begleitet worden wären, von anderen, von fremden Leuten. Der Mann hatte durchaus verstanden, worauf die Frage abzielte. Ihm war unbehaglich geworden, und er hatte gesagt, er werde sich danach erkundigen.

Eine Entführung hatte er offenbar für möglich gehalten.

Von irgendwoher hörte er Musik, ein Klavier, wie es schien. Er blieb stehen, lauschte. Ja, es war ein alter Song, gespielt von einem Klavier. Er erkannte den Titel, »Jeepers

Creepers«, Sinatra hatte ihn gesungen, aber nicht nur der. Es war ein Evergreen gewesen. War es nicht einer der vielen Evergreens, die Johnny Mercer geschrieben hatte, der Stolz von Savannah? Der Pianist spielte die Melodie in einem bedächtigen, tapsenden Jazz-Stil, mit stockenden, manchmal stolpernden Synkopen.

Oder die blonde Pianistin? Vielleicht wehte die Musik aus der Hotelbar herauf?

Er kehrte um, ging in das Hotel zurück und stieg die Treppenstufen hinab zur Bar. »Jeepers Creepers«, ja. Vielleicht konnte er der Pianistin einen Drink spendieren und sie bitten, danach noch einen anderen Song von Johnny Mercer für ihn zu spielen. »Laura« vielleicht.

Er blieb in der offenen Portiere an der Tür der Bar stehen, warf einen Blick in das Halbdunkel, erschrak heftig, trat einen Schritt beiseite in den Schutz der Portiere. Nachdem er noch einmal hineingeschaut hatte, zog er sich vom Eingang der Bar zurück. Er blieb wieder stehen, seine Gedanken überschlugen sich.

Aber es gab gar keinen Zweifel: Am Tresen der Bar, den Rücken dem Eingang zugewandt, saß Lilly. Und neben ihr saß der Mann mit dem Bartschatten, der auf sie einredete.

## 8

Nachdem er in sein Zimmer zurückgekehrt war, versuchte er sich klarzumachen, daß es nichts als überhitzte, völlig haltlose Spekulationen waren, die ihn so intensiv beschäftigten, daß ihm der Schweiß aus den Poren trat.

Der Mann mit dem Bartschatten gehörte zu den Gangstern, jaja, und Lilly steckte mit ihnen unter einer Decke, sie wollte Roland loswerden, und deshalb hatte sie den Gangstern bei der Entführung in die Hände gespielt, und Charlotte war mit Roland entführt worden, um das Komplott zu verschleiern, und in wenigen Tagen würden die Leichen der beiden irgendwo gefunden werden, die vermeintlichen Opfer von Straßenräubern, denen sie bei ihrer vermeintlichen Flucht in ein neues Leben fatalerweise über den Weg gelaufen waren.

Ja, fabelhaft! Aber vielleicht war es auch ein bißchen weniger kompliziert, nicht gar so hochdramatisch. Vielleicht war es ganz simpel: Lilly hatte noch nicht schlafen können, sie hatte allein in ihrem Zimmer, allein in einer dieser lautlosen, vollklimatisierten Zellen, Angst bekommen, Angst vor den hohläugigen Spukgestalten Savannahs, sie war ausgebrochen und hatte sich in die Bar geflüchtet, dort waren ja immerhin noch Menschen gewesen, die Lebensäußerungen von sich gaben.

Nein, noch einfacher, es war noch primitiver gewesen: Lilly, von ihrem Roland verlassen, hatte ein Abenteuer gesucht, den Sex, zu dem sie schon ihn, den Freund ihres Mannes, vielleicht hatte verleiten wollen, den er ihr aber verweigert hatte.

Das klang plausibel. Sex konnte ein Tröster sein. Roland hatte sie gedemütigt, und wenn nun Rolands Freund mit ihr ins Bett gegangen wäre, hätte sie ihrem Mann die Demütigung heimgezahlt. Sie hätte ihr Selbstwertgefühl reparieren können. Und sogar ihr Horror vor den Gespenstern, der ihn hier und da ein wenig gewollt angemutet hatte, hätte dazu gepaßt: Sie hatte ihm diese Angst nur vorgespielt, um seinen Beschützerinstinkt zu kitzeln und auf diese Weise ihn näher an sich heranzuziehen.

Und als das nicht funktionierte, hatte sie halt versucht, den ersten besten ins Bett zu bekommen. Sie war in die Bar zurückgegangen, und der Mann mit dem Bartschatten hatte denn auch angebissen. Oder – und damit wäre dann auch die Entführungstheorie wieder im Spiel – dieser Mann gehörte tatsächlich zu den Gangstern, aber er war mit dem Auftrag gekommen, diesmal die richtige Ehefrau, nämlich Lilly, zu kassieren. Und auf solch eine Gelegenheit, wie Lilly sie ihm bei ihrer Rückkehr in die Bar eröffnete, hatte er nur gewartet. Er würde ihr vielleicht sogar den Gefallen tun und mit ihr ins Bett gehen. Aber was er dann mit ihr machen und wo sie am Ende landen würde, das stand auf einem ganz anderen Blatt.

Einen Augenblick lang überlegte er, vor seinem Bett stehend und auf die erleuchteten Fenster der Häuser gegenüber hinausblickend, ob er noch einmal in die Bar gehen und Lilly aus solch lebensgefährlicher Gesellschaft herausholen sollte. Aber sofort meldete sich auch der Zweifel, ob ein derartiger Handstreich überhaupt Erfolg haben könnte. Lilly würde mit Sicherheit sehr böse werden. Sie würde, nachdem er ihr mehr oder weniger deutlich die kalte Schulter gezeigt hatte, sich eine so anmaßende Einmischung verbitten.

Vielleicht war er nur zu feige, in die Bar zu gehen und den Mann mit dem Bartschatten, diesen Bewerber um Lillys Gunst, herauszufordern?

In einer Aufwallung von hilfloser Wut trat er gegen das

Bett. Er traf nicht die Matratze, sondern das metallene Gestell, ein stechender Schmerz durchfuhr den Fuß. Er ließ sich auf dem Bett nieder, zog den Schuh aus und rieb sich den Fuß.

Vielleicht würde Lilly ja auf ihn hören und ihm folgen. Aber dann hätte er mit einer Konsequenz zu rechnen, deren bloße Vorstellung ihn in Panik versetzte: Sie würde sich um so hemmungsloser ihm an den Hals hängen. Und so schnell würde sie ihn nicht mehr loslassen.

Am Ende war er völlig durcheinander. Er hatte das Gefühl, daß er keinen klaren Gedanken mehr zustande brachte. Er schaltete den Fernsehapparat ein, geriet an eine Nachrichtensendung, die er bis zum Ende ansah, von der er aber kein Wort behielt, schaltete von der Werbung, die sich anschloß, weiter über mehrere Kanäle bis zu einem Dokumentarfilm über Vermont, bei dem er blieb, weil die grüne, friedliche Landschaft ihm gefiel und ihn ein bißchen beruhigte. Unterdessen trank er ein halbes Glas Bourbon und wenig später noch einmal ein halbes Glas.

Als der Dokumentarfilm zu Ende war, wollte er weiterschalten, aber ihm fiel ein, daß Davenports Fahrer um halb zehn vor dem Hotel warten würde. Er stand auf, hinkte auf einem Schuh ins Badezimmer, betrachtete einige Zeit lang sein Spiegelbild über dem Waschbecken, bevor er sich aufraffte, die Zähne zu putzen.

Es ging auf halb elf, als er im Bett lag. Er wollte den Radiowecker im Nachttisch stellen, aber er fand sich mit den Knöpfen nicht zurecht, ließ sich zurück aufs Kissen fallen und brauchte eine Weile, bevor er auf den Gedanken kam, die Rezeption anzurufen. Der Schwarze meldete sich, er notierte die Zeit: »Sieben Uhr dreißig, jawohl, Sir, und eine angenehme Ruhe wünsche ich Ihnen!«

Er dachte eine Weile an das Rheiderland, die weite Landschaft, über die der Wind und die Wolken von der Nordsee hereinzogen, die Szenerie, in der er aufgewachsen war. Dieser Weltgegend fehlten die sanften Hügel und Berge Vermonts, aber sie war ebenso still, so grün und friedlich. Er glaubte, das satte Gras zu riechen und das Wasser der Ems und das Dieselöl der Schiffe, wie einst, wenn er mit dem Fahrrad von Ditzum nach Hatzum fuhr, um auf dem Hof seiner Tante die frische Butter und die Eier abzuholen. Schließlich schlief er ein.

Hernach versuchte er, sich an die wirren Träume zu erinnern, die ihn heimgesucht hatten, von denen seine Erinnerung aber nur ein paar widerliche Fetzen aufbewahrte. Was in ihm haftete, war nicht viel mehr als die tiefe Dunkelheit, die ihn umgeben hatte, als er hochfuhr, weil irgend etwas in seinen Schlaf eingedrungen war. Er tastete nach dem Lichtschalter, schaltete die Nachttischlampe ein, blieb mit hängendem Kopf im Bett sitzen und überlegte, was ihn geweckt hatte.

Dann wußte er, was es gewesen war. Es klopfte leise, aber deutlich an seine Zimmertür.

Er fuhr zusammen, wollte aus dem Bett springen, blieb jedoch sitzen, lauschte. Ein Frösteln kroch ihm über den Rücken.

Was für ein Unsinn! Er schüttelte heftig den Kopf. Aber er brauchte noch immer einige Sekunden, bis er sich ermannte und aus dem Bett stieg. Auf bloßen Füßen ging er zur Tür. Er bemühte sich, kein Geräusch zu machen.

Als er in die Nähe der Tür kam, klopfte es wieder. Er blieb stehen. Dann beugte er den Kopf nach vorn, lauschte. Es war nichts zu hören.

Die Gangster? O Gott, was für ein Schwachsinn! Warum zum Teufel sollten sie nachts an seine Zimmertür klopfen? Er hatte nichts mit ihnen zu schaffen, hatte nie etwas mit ihnen zu schaffen gehabt. Außer, daß sie irrtümlich seine Frau entführt hatten.

Hatten sie sie laufenlassen? Stand Charlotte vor der Tür? Eine warme Welle durchfuhr ihn, einen Augenblick lang hoffte er, seine Frau sei tatsächlich zu ihm zurückgekehrt. Es war dem Mann mit dem Bartschatten gelungen, Lilly zu entführen; sie brauchten Charlotte nicht mehr.

Dann wurde ihm wieder klar, daß Charlotte eine für die Entführer höchst gefährliche Zeugin sein würde. Sie konnten sie ganz einfach nicht laufenlassen.

Aber vielleicht war sie ihnen entkommen?

Er fuhr zusammen, als es noch einmal klopfte. Schließlich raffte er sich auf. Er näherte seinen Mund der Tür. Seine Stimme klang heiser, als er fragte: »Wer ist denn da?«

Er hörte eine leise Stimme antworten: »Ich bin's!« Und dann sagte die Stimme: »Lilly.«

Für den Bruchteil einer Sekunde, wie im Schein eines Blitzlichts, sah er sie vor der Tür, verängstigt, und neben ihr den Mann mit dem Bartschatten, eine Hand auf ihrer Schulter, in der anderen eine Pistole, deren Mündung er ihr in die Seite drückte. Die Vision erlosch, er riß sich zusammen. Er drehte die Verriegelung zurück und öffnete, langsam freilich, mit angespannten Muskeln.

Sie stand wieder sehr nahe an der Tür, allein, in einem

himmelblauen, flauschigen Bademantel und auf dazu passenden Pantoletten. Aber diesmal blieb sie nicht stehen. Nach einem schnellen Blick über die Schulter trat sie ein, griff nach der Tür und drückte sie ins Schloß. Sie atmete hörbar auf, als sei sie soeben einer großen Gefahr entronnen.

Er fragte: »Was ist passiert, um Himmels willen?«

Sie schluckte laut, dann sagte sie: »Na, ich hatte Angst, es hätte jemand über den Flur kommen können. Oder aus einem Zimmer. Und mich sehen können.« Sie lächelte. »Das wäre dir doch auch nicht recht gewesen?«

»Nein, ganz gewiß nicht. Aber warum machst du dich auch mitten in der Nacht auf den Weg zu mir?« Er sah auf die Uhr. »Es ist Viertel nach zwölf, weißt du das?!«

»Ja, ich weiß.« Sie zog die Augenbrauen hoch, als habe sie ein schlechtes Gewissen. »Aber eben deshalb!« Ihm fiel auf, daß ihre Lippen ungeschminkt waren.

»Eben deshalb?« Er seufzte, fast klang es wie ein Ächzen. »Und was soll das heißen?«

Sie holte tief Atem, hob die Schultern, ließ sie sinken. Dann sagte sie: »Na, du kennst doch das Buch, das von diesem Journalisten. Das Buch über Savannah.«

»John Berendt? *Mitternacht* –«

Sie fiel ihm ins Wort. »Ja, ja, genau.« Sie zögerte, dann sagte sie: »Da kommt doch diese Alte vor, du weißt schon, die Alte, die man im Film als erstes sieht, sie sitzt auf einer Bank in dem wunderschönen Park, und das Eichhörnchen –«

Er seufzte noch einmal. Dann fragte er: »Minerva? Die Frau von Dr. Buzzard?«

»Die Witwe, ja, genau. Der alte Hexenmeister ist ja schon begraben.«

»Ja und? Was ist mit ihr?«

Sie wandte den Blick zur Seite, lächelte. Dann sah sie ihn wieder an. Das Lächeln verschwand. Sie sagte: »Sie geht doch zusammen mit dem Journalisten und dem Mann, der seinen Strichjungen erschossen hat, auf den Friedhof und zaubert da herum, mit Wurzeln und Zweigen und Münzen und –«

»Hör auf!« Und dann sagte er noch einmal: »Hör auf, bitte! Ich hab's begriffen. Ich weiß, was dir im Kopf herumspukt!«

Sie senkte den Kopf ein wenig, aber sie wandte die braunen, schimmernden Augen nicht von ihm ab. Er sagte: »Mitternacht, nicht wahr? Die halbe Stunde vor Mitternacht ist für die guten Zaubersprüche und die halbe Stunde danach für die bösen, die gefährlichen. Sagt Minerva.« Er warf einen Blick auf seine Armbanduhr. »Und es ist jetzt... null Uhr siebzehn. Also sind wir noch mittendrin in der gefährlichen Zeit, nicht wahr?«

Sie versuchte zu lächeln, nickte. »Ich weiß ja, du sagst, das ist alles nichts als Blödsinn, aber...«

Er tat einen tiefen Atemzug. Dann sagte er: »Lilly... willst du jetzt völlig durchdrehen? Du kannst doch nicht im Ernst an dieses Geisterzeug glauben! Du machst dich doch selbst total verrückt damit. Du wirst hier keine ruhige Minute mehr haben, wenn du weiter...« Er verstummte, als er sah, daß ihr die Tränen in die Augen schossen. Dann hob er die Hand, wedelte zum Zimmer hin. »Komm, das müssen wir ja nicht hier vor dem Kleiderschrank besprechen, geh erst mal rein.«

Sie sagte: »Aber ich wollte dich wirklich nicht im Schlaf stören, ich dachte –«

»Jaja, geh rein!« Plötzlich wurde ihm bewußt, daß er nur seine Nachtshorts trug. Er nahm seinen Bademantel aus dem Kleiderschrank, zog ihn über und band den Gürtel zu. Sie war langsam ins Zimmer hineingegangen, wandte sich nach ihm um.

»Setz dich!«

Sie ließ sich zögernd im Sessel nieder.

Er fragte: »Willst du einen Schluck trinken?«

»O ja, bitte.«

Er füllte ein halbes Glas, überlegte einen Augenblick und goß dann für sich selbst auch noch ein halbes Glas ein.

Sie sagte: »Ich bin noch mal in die Bar gegangen.« Sie zögerte, dann sagte sie: »Ich hab mir eine Flasche Wermut gekauft.« Sie lachte. »Ich wollte mich ja nicht ratzfatz besaufen. Aber ohne Bourbon kann man das Zeug wirklich nicht trinken.« Ihre Lippen waren, obwohl sie keine Schminke trugen, nicht blaß.

Er nickte, setzte sich auf sein Bett. Dann sagte er: »Und wozu wolltest du den Wermut trinken?«

»Na ja, um besser einschlafen zu können.«

Er nickte. Sie sagte: »Ich weiß, du verstehst das alles nicht, ich meine... diese Angst, die ich habe. Es ist ja wahrscheinlich auch ziemlich albern, aber jetzt, wo ich allein bin...« Ihre Stimme schien zu ersticken. Sie begann zu weinen, leise, griff in eine Tasche des Bademantels und holte ein kleines Taschentuch hervor.

»Lilly, komm!« Er streckte die Hand aus, klopfte ihr sanft aufs Knie. »Im Augenblick bist du ja nicht allein.«

Sie tupfte das Taschentuch auf die Augen, fuhr sich damit über die Wangen, hielt es dann dicht vor die Augen und betrachtete es. »Ich hätte ja auch nicht in dieses Spukhaus zu gehen brauchen.« Ihre Stimme war dünn und klein geworden, fast klang sie wie die eines eingeschüchterten Kindes. »Und dieses ganze Zeug hätte ich nicht lesen sollen. Und Roland nicht zuhören sollen. Diesem Dreckskerl. Erst schleppt er mich hierhin, und dann läßt er mich im Stich. In dieser Gespensterstadt.«

»Komm, Lilly. Das nutzt jetzt nichts.« Er klopfte noch einmal ihr Knie, sehr behutsam.

»Ja, da hast du recht. Es nutzt nichts, ich bin nun mal allein.« Sie tupfte sich noch einmal über die Augen, betrachtete das Taschentuch. Dann sah sie ihn an.

Sie schluckte. Und dann sagte sie: »Hans... kann ich heute nacht nicht bei dir bleiben? Hier, in deinem Zimmer? Du darfst das bitte nicht mißverstehen, ich will nicht mit dir ins Bett, ich weiß ja, daß du das nicht möchtest, nur hier sitzen, ganz still, ich werd dich nicht stören. Der Sessel ist doch sehr bequem, da kann ich wahrscheinlich sogar ein bißchen schlafen. Oder wir rücken die beiden Sessel aneinander, da kann ich mich zusammenrollen, das genügt mir, wirklich, ist gar kein Problem...«

Sie schwieg still, aber sie sah ihn unablässig an. Nach einer Weile fragte er: »Lilly, willst du mich in Teufels Küche bringen?«

Sie schien zu überlegen, dann fragte sie: »Wegen Charlotte, meinst du?«

»Auch ihretwegen, ja.«

Sie runzelte die Stirn, als dächte sie noch einmal angestrengt nach. Plötzlich sagte sie: »Wegen Davenport, nicht wahr? Du denkst, er ist irgend so ein Bibelfreak, so ein Betbruder wie dieser Bush, und daß er von dir nichts mehr wissen will, wenn er erfährt, daß deine Frau dir weggelaufen ist? Und daß du gleich darauf mit einer anderen auf deinem Zimmer die Nacht verbracht hast? Du denkst, daß er dich deshalb aus seiner Favoritenliste streichen würde?«

»Ich weiß nicht, ob er ein Bibelfreak ist oder ein Betbruder. Ich weiß nur, daß Leute wie er manchmal sehr strikte Moralvorstellungen haben.« Er trank einen Schluck. »Das hat Tradition in dieser Stadt, weißt du. Hier hat ein paar Jahre lang John Wesley gelebt, dem haben sie sogar ein Denkmal errichtet.«

»Und wer war das?«

»Einer der Gründer der Methodistenkirche. Ein berühmter Prediger. Und sein Bruder Charles hat ein paar tausend Hymnen geschrieben, Kirchenlieder, die singen sie heute noch.«

»Ja, in der Kirche.« Sie lachte. »Und danach lügen und betrügen sie und vögeln doch wieder alle durcheinander.«

Er sagte: »Du hast manchmal eine wirklich bemerkenswerte Ausdrucksweise.«

»Entschuldige.« Sie trank einen Schluck. »Natürlich wäre ich an deiner Stelle auch vorsichtig. Jeder wäre das, na klar. Ist ja durchaus möglich, daß dieser Davenport auch so ein Scheinheiliger ist. Und deshalb würde kein Mensch so eine Chance riskieren, wie du sie hier hast, klar.«

Ihm war unbehaglich. Er fühlte sich mehr und mehr in die Rolle des Opportunisten gedrängt, der um Hilfe gebeten wird und sich der Bitte aus Furcht verweigert, die Hilfe könnte ihn etwas kosten. Er hätte einem solchen Verdacht gern widersprochen, aber es wollte ihm nicht einfallen, wie.

Als er den Mund öffnete und ihn wieder schloß, beugte sie sich vor. Sie legte die Hand auf sein Knie, sah ihn mit großen Augen an. »Aber ich würde dich nicht bloßstellen, Hans, ganz bestimmt nicht! Ich würde...« Sie stockte, überlegte einen Augenblick, dann sagte sie lächelnd, als hätte sie die Lösung aller Probleme gefunden: »Ich würde morgen in aller Herrgottsfrühe wieder auf mein Zimmer gehen. Sobald es hell geworden ist!«

Er seufzte. Sie sagte hastig: »Und ich würde nicht einfach rausgehen. Ich würde mich erst vergewissern, daß niemand auf dem Flur ist, der mich sehen könnte!«

Er schüttelte langsam den Kopf, als falle ihm dazu nichts mehr ein. Sie sah ihn gespannt an. Er stand auf, ging an den Betten vorbei bis zum Eingang des Zimmers, kehrte um, blieb am Fernsehapparat stehen, rieb sich die Stirn. Dann blickte er auf. »Okay, Lilly. Ich kann dich ja schlecht vor die Tür setzen.«

Sie begann zu lächeln. »Danke. Danke, Hans! Das werd ich dir nicht vergessen, verlaß dich drauf!« Unversehens stand sie auf, betrachtete die beiden Sessel, griff an die Lehne des einen und rückte ihn mit einem unterdrückten Ächzen zur Seite.

Er sagte: »Lilly, laß den Quatsch!« Sie hielt ein, aber sie richtete sich nicht auf, ließ die Hände an der Lehne des Sessels und sah ihn an. Er sagte: »Da kannst du doch nicht schlafen. Leg dich in Charlottes Bett.« Er zeigte auf das rechte Bett. »Das da.«

Sie richtete sich auf, kam mit ein paar schnellen Schritten zu ihm und küßte ihn auf die Wange. Er sagte: »Aber wenn ich Charlottes Bett sage, dann meine ich das auch. Ich schlafe in *dieser* Hälfte, und du in der da. Okay?«

Sie lächelte. »Okay.«

»Willst du noch ins Bad?«

»Nein, danke, hab ich alles schon erledigt.« Sie lachte. »Ich bin frisch geduscht.«

Er ging ins Bad, schloß die Tür hinter sich und verriegelte sie. Einen Augenblick lang blieb er regungslos stehen, dann trat er wieder an den Spiegel, betrachtete die scharfen Falten in seinem Gesicht, versuchte, sie mit den Fingerspitzen zu glätten. Plötzlich wandte er sich ab und blickte auf die Duschkabine, deren Vorhang zugezogen war.

Wenn sie eben noch geduscht hatte, mußte sie ihre Angst vor den Gespenstern zumindest für die Zeit dieses Duschbads gebändigt haben. Er war sicher, daß sie Hitchcocks *Psycho* kannte, und wer diesen Film gesehen hatte, kam wohl kaum daran vorbei, beim Duschen hin und wieder, während das warme Wasser strömte und rieselte, durch den Nebel des Vorhangs zu spähen, um zu sehen, ob die schwarze, hoch aufgerichtete Gestalt sich näherte. Mrs. Bates mit dem grausigen, breiten, spitz zulaufenden Messer in der Hand. Norman Bates, der Irre, bärenstark. So stark wie René Rondolia, das Riesenbaby.

Als er zurück ins Zimmer kam, lag sie in Charlottes Bett. Die Nachttischlampe auf ihrer Seite hatte sie gelöscht. Sie lag auf dem Rücken, die rotbraunen Haare rahmten das runde Gesicht ein. Sie trug wie zuvor den Bademantel, er konnte den himmelblauen Kragen erkennen, aber sie hatte die Decke hochgezogen und die Augen geschlossen.

Es würde ihr ziemlich warm werden im Lauf der Nacht. Sie würde in Schweiß geraten. Ein dünner, glitzernder Film auf der Stirn und unter der Nase. Feuchtigkeit in den Achselhöhlen.

Der Gedanke durchfuhr ihn, daß sie zumindest den Geruch ihres Parfums in Charlottes Bett hinterlassen würde. Wie oft wurde die Bettwäsche in diesem Hotel gewechselt? Er hatte nicht darauf geachtet, er wußte es nicht. Wenn die Wäsche nicht gewechselt wurde, bevor Charlotte zurückkehrte, würde er an dem Eingeständnis, einen Gast an seiner Seite gehabt zu haben, nicht vorbeikommen.

Er zog seinen Bademantel aus, warf ihn über einen Sessel, legte sich ins Bett und löschte das Licht.

Sie sagte: »Gute Nacht, Hans.«

»Gute Nacht, Lilly.«

## 9

Nach einer Weile wurde ihm bewußt, daß durch die Fenster ein schwacher Lichtschimmer hereindrang. Er hatte vergessen, die Vorhänge zuzuziehen; in den Häusern gegenüber waren noch immer einige Fenster erleuchtet. Er überlegte, ob er noch einmal aufstehen und die Vorhänge schließen sollte. Aber er fürchtete, daß Lilly die Gelegenheit wahrnehmen und versuchen würde, noch ein wenig zu plaudern.

War dieses Geplauder ihm so zuwider?

Vielleicht hatte er eher ein wenig Angst, daß er sich zu sehr daran gewöhnen könnte. Und vielleicht sogar an diese Lilly.

Er wußte nicht viel von ihr. Beim Abflug hatte er sie zum erstenmal gesehen. Sie stammte aus Bremen, wo Roland, als er noch Angestellter bei einem Makler war, sie kennengelernt hatte. Sie hatte eine Fremdsprachenschule besucht und wohl auch ein Examen abgelegt, aber in einem Beruf konnte sie danach nicht sehr lange gewesen sein, ihre Kinder waren beide schon an die Zwanzig, ein Sohn und eine Tochter. Roland und sie waren nicht sehr viel älter gewesen, als sie geheiratet hatten.

Roland hatte ihn damals auch als Trauzeugen eingeladen, aber er hatte absagen müssen, weil um die Zeit der Hochzeit eine Exkursion seines Semesters nach Griechenland stattfand, zu der er sich angemeldet und auf die er nicht hatte verzichten wollen. Er war von der Einladung zu dieser Hochzeit sehr überrascht gewesen, denn er hatte sich nicht vorstellen können, daß Roland wegen einer einzigen Frau es mit allen anderen verderben wollte. Das hatte er Roland auch geschrieben, aber der hatte ihm geantwortet, er sei wohl über die Lebensregeln des Konfirmandenunterrichts nicht hinausgekommen.

Eine Zeitlang hatte er auch angenommen, die Braut habe Geld oder Roland habe sie unfreiwillig geschwängert und deshalb sich zur Ehe bequemt oder bequemen müssen. Aber später war er auf eine andere Erklärung gekommen, und die schien ihm noch immer plausibel: So früh zu heiraten, früher als die anderen, paßte zu Rolands Ehrgeiz, den anderen stets voraus zu sein, weiter als sie, reifer, erfahrener, erwachsener. *The top dog,* wie die Amerikaner sagten. Der Chef des Rudels.

Und Lilly war ja auch ein Besitztum, mit dem man sich

sehen lassen konnte. Sie war für manch einen sogar heute noch eine attraktive Frau, ungeachtet ihrer Naivität, ihrer geschwätzigen Spontaneität, ihrem, nun ja: diesem Stich ins Ordinäre. Ein wenig freundlicher ließe sich vielleicht auch sagen: ungeachtet ihrer Leichtlebigkeit. Oder vielleicht gerade deshalb.

Und attraktiv trotz ihrer fleischigen, atmenden Fülle. Oder gerade deshalb. Sie war auch körperlich völlig verschieden von der schlanken Charlotte mit ihren goldblonden Haaren. Aber manche Männer, denen Charlotte womöglich zu kühl war, zu reserviert, fänden Lilly vermutlich begehrenswert. Und vor gut zwanzig Jahren hatte es solcher Verehrer wohl noch mehr gegeben.

Er lauschte. Sie schien ruhig und regelmäßig zu atmen, anscheinend war sie eingeschlafen. Eine Weile sah er, mit geschlossenen Augen auf dem Rücken liegend, ihr Bild vor sich, den Haarschopf, das runde Gesicht, die Lippen, die Haut. Die Haut war, anders als bei vielen Rothaarigen, nicht weiß, sondern hatte einen robusten, bräunlichen Ton.

Vielleicht waren die Haare nur gefärbt. Vielleicht hatte sie von Natur aus viel dunklere Haare, braune oder schwarze. Dazu hätten ja ohnehin die dunklen, tiefbraunen Augen gepaßt. Die roten Lippen. Vielleicht war sie aber auch blond gewesen. Nicht wenige blonde Frauen hatten braune Augen und keine weiße Haut.

Oder sie legte sich regelmäßig auf die Sonnenbank. Und die Männer, die ebenfalls Kunden dieses Instituts waren, versuchten, einen Blick in ihre Kabine zu erhaschen. Zuhälter womöglich. Oder etwas Ähnliches. Zuhälter verkehrten in solchen Instituten. Sie legten Wert auf einen satten

Braunton. Sonnenbraune Haut, die ihre goldenen Kettchen und Armbänder voll zur Geltung brachte.

Über solchen Erwägungen schlief er ein, fest und traumlos. Hernach hatte er wieder keine Ahnung, wie lange er geschlafen hatte. Und auch dieses Mal wurde er jäh geweckt. Nur war dieses Mal das Erwachen nicht irritierend, nicht erschreckend.

Ein Atem hatte ihn gestreift, und merkwürdigerweise war er sich schon im Aufwachen sicher, daß Lilly sich im Halbdunkel über ihn gebeugt hatte. Er hielt die Augen geschlossen und atmete weiter, als hätte er nichts bemerkt. Noch einmal spürte er einen Atemzug, und er glaubte auch, ihr Parfum zu riechen. Wollte sie ihn küssen? Ihm wurde bewußt, daß sich die Muskeln in seinen Oberschenkeln und in seinem Gesäß zusammenzogen.

Nach einer Weile hörte er die Bettdecke rascheln, und er spürte, wie das Bett neben ihm federte. Er öffnete die Augen einen Spaltbreit, drehte den Kopf ein wenig auf die Seite. Sie hatte ihre Decke zurückgeschlagen und war aufgestanden. In dem vagen Licht von draußen konnte er ihre Umrisse erkennen. Sie stand neben dem Bett, den Rücken ihm zugewandt, und streifte den Bademantel von den Schultern.

Ihm war, als werfe sie einen Blick nach hinten, zu ihm hinüber, aber er schloß die Augen nicht. Sie rieb sich mit dem Bademantel den Bauch und die Brust ab, fuhr sich durch die Achselhöhlen. Dann legte sie den Bademantel auf den Hocker, der im Winkel neben dem Bett stand.

Als sie sich zurückwandte, glaubte er den hellen Fleck des Slips zu erkennen, den sie trug. Er schloß die Augen.

Sie stieg in das Bett, zog die Decke hoch und räusperte sich unterdrückt. Nach einer Weile hörte er ihre Atemzüge. Sie schien zu schlafen wie zuvor.

Ob sie tatsächlich schlief? Oder war es nur ein Test? Ein raffinierter Annäherungsversuch, abermals.

Vielleicht hatte sie, als sie sich so nahe über ihn beugte, daß ihr Atem ihn weckte, sehr wohl bemerkt, daß diese Intimität ihm nicht entgangen war. Vielleicht hatte sie gewollt, daß er wach wurde und reagierte; aber es war ihr nicht minder willkommen, daß er sich schlafend stellte, denn so konnte sie, ohne sich zu weit vorzuwagen, ihm ihren Körper nackt präsentieren und ihm vorführen, wie sie sich den Schweiß von den Brüsten und dem Bauch und aus den Achselhöhlen wischte. Der Blick über die Schulter hatte ihr bestätigt, daß er ihr dabei zusah.

Sie hatte die Rolle der Verführerin nicht einmal übernehmen müssen. Sie hatte ihn in die Rolle des Voyeurs gedrängt. Susanna im Bade. Er hatte sie belauscht, und nun wußte er, daß sie nackt unter ihrer Decke lag, mit nichts als einem Fetzen dünnem Stoff bekleidet. Und sie wartete darauf, daß er nicht länger widerstehen könnte und seine Hand ausstreckte und ihre nackte Schulter umschlösse und massierte und dann die Decke höbe und an sie heranrückte, eng, hautnah.

Abrupt wandte er sich von ihr ab, er drehte sich auf die andere Seite. Es dauerte eine Weile, aber schließlich schlief er ein.

## 10

Als das Telefon ihn weckte, schien die Sonne bereits durch die Fenster. Er blinzelte ins Licht und bedankte sich bei der Stimme, die ihm die Uhrzeit ansagte, bevor ihm klar wurde, daß diese Stimme von einem Tonband kam. Er ließ den Hörer auf die Gabel fallen und schloß die Augen noch einmal. Die Schlaftrunkenheit ließ ihn einige Sekunden lang nicht los, aber schließlich erinnerte er sich an die Nacht.

Er tastete mit der Hand hinter sich, fand die Decke, fand auch das Kissen. Unversehens fuhr er empor, wandte sich um. Das Bett war leer. Das Kissen lag an seinem Platz, die Decke war glattgezogen. Er blieb eine Weile im Bett hokken, senkte das Gesicht auf die Knie.

Was täte er, wenn es jetzt klopfte und Charlotte stünde vor der Tür, im Morgengrauen den Gangstern entkommen? Oder von ihnen freigelassen, nachdem sie die offene Rechnung mit Roland eingetrieben und sich abgesetzt hatten?

Er beugte sich zu Lillys Bett, Charlottes Bett hinüber, schlug die Decke zurück, roch am Laken, dann am Kissen. Lillys Parfum, ganz unzweifelhaft. Ihr Parfum und ihr Schweiß. Ihre Aura.

Als er in das Frühstückszimmer kam, saß sie an dem Tisch, an dem sie bisher zu viert gesessen hatten; diesmal waren nur zwei Gedecke aufgetragen. Sie las in der *Savannah Morning News*, neben ihrem Gedeck lag ein Reiseführer. In dem blauen Kostüm und der weißen Bluse, die sie trug, sah sie frisch und geradezu jugendlich aus. Er hob die Hand zum Gruß und setzte sich an das Gedeck zu ihrer Rechten, auf den Platz, auf dem bisher Charlotte gesessen hatte. Lilly lächelte ihn an. Sie hob die Tasse und trank einen Schluck Kaffee.

Er fragte: »Du hast schon gefrühstückt?«

»Nein. Ich hab auf dich gewartet. Irgendwann mußtest du ja kommen.« Sie lächelte. »Und wenn du nicht erschienen wärest, wäre ich raufgekommen und hätte dich rausgetrommelt.«

»Nicht nötig. Ich hatte den Weckservice bestellt.«

»Na klar. Das hab ich mir auch gedacht.« Sie sah auf ihre Uhr. »Jetzt hast du aber noch reichlich Zeit.«

Nachdem er betont den Tisch gemustert hatte, fragte er: »Haben die von sich aus nur zwei Gedecke aufgetragen?«

»Nein. Ich hab der Serviererin gesagt, sie kann zwei Gedecke wegnehmen.«

Er sah sie schweigend an. Sie stand auf. »Kommst du mit?«

Nach einem Zögern folgte er ihr zum Büfett. Sie schien bei gutem Appetit zu sein, sie bediente sich reichlich mit Rührei und Speck.

Als er den ersten Schluck Kaffee getrunken hatte, sagte er: »Lilly, ich hab mir alles überlegt.«

Sie ließ ihre Gabel sinken, sah ihn gespannt an. Er sagte: »Sobald ich von diesem Treffen mit Davenport zurück bin, werde ich die Polizei verständigen. Ich wollte das eigentlich gleich noch erledigen. Aber womöglich wird es eine etwas... umständlichere Prozedur. Und ich sollte den Termin mit Davenport nicht verpassen.«

Sie nickte. Dann aß sie weiter. Nach einer Weile sagte sie: »Und was versprichst du dir davon?«

Er zog die Augenbrauen zusammen. »Wie bitte? Was soll

denn *die* Frage?« Sie aß schweigend weiter. Er sagte: »Ich will, daß die Polizei nach Charlotte sucht. Und daß sie sie findet. Und in Sicherheit bringt.« Nach einer Pause sagte er: »Und deinen Mann natürlich auch.« Er nahm eine Gabel Rührei, biß in seinen Toast. »Schließlich werden sie ja dafür bezahlt, daß sie hier für Sicherheit sorgen. Und nicht zuletzt für die Sicherheit der Besucher.« Er stieß die Luft durch die Nase. *»Savannah – the Hostess of the South!«*

Er aß weiter.

Nach einer Weile sagte sie: »Da steht so ein altgedienter Polizist hinter dem Tresen. Auf einer Polizeiwache in Savannah, Georgia. So ein Sergeant, den nichts mehr erschüttern kann. Und da kommt ein Ausländer und sagt, seine Frau ist verschwunden. Und der Sergeant fragt ihn, wann und wie.«

Er ließ die Gabel sinken, sah Lilly an. Sie erwiderte den Blick nicht, aber sie fuhr mit ihrer Geschichte fort. »Na, gestern morgen ist sie verschwunden, sagt der Ausländer. Vor rund vierundzwanzig Stunden. Und der Sergeant fragt, ob sie allein irgendwohin gegangen ist. Nein, sagt der Ausländer, allein war sie nicht; sie war in Begleitung eines Mannes. Der Mann ist sein Freund, sagt er, er ist mit ihnen nach Savannah gekommen. Aber der ist auch verschwunden.«

Er begann, leise, aber unüberhörbar mit den Fingern auf den Tisch zu trommeln. Sie trank einen Schluck Kaffee, dann bestrich sie ein Stück Toast mit Butter, während sie weitersprach. »Ach ja? sagt der Sergeant. Und dann fragt er, ob die beiden denn nichts hinterlassen haben, eine Nachricht zum Beispiel. Nein, sagt der Ausländer. Keine Nachricht. Und sie haben auch ihr Gepäck mitgenommen. Und der Sergeant starrt ihn an und fragt: Könnten Sie das bitte noch mal sagen? Ja, zum Teufel, sagt der Ausländer, sie haben ihr Gepäck mitgenommen! Und dann sagt er auch noch, daß nur der Freund etwas zurückgelassen hat. Nämlich seine *eigene* Frau.«

Sie schwieg, blickte auf ihren Teller, während sie kaute. Nach einer Weile, in der er versuchte, seinen Zorn zu bändigen, fragte er: »Das findest du wohl witzig?«

»Nein, das finde ich nicht witzig.« Sie sah ihn an. »Ich fände es nur witzig, wenn du damit zur Polizei gehst und glaubst, daß die so eine Vermißtenmeldung ernst nehmen. So wie diese Geschichte aussieht, würden sie nicht einmal einen Finger rühren, um die beiden zu suchen. Der Sergeant würde wahrscheinlich *Fuck you!* sagen und dich vor dem Tresen stehenlassen.«

Er wischte sich den Mund ab, warf die Serviette auf den Tisch und stand auf. Sie fragte: »Wohin willst du denn? Es ist doch noch viel zu früh! Außerdem willst du doch wohl nicht dieses gute Frühstück stehenlassen? Komm, setz dich!« Sie streckte eine Hand nach ihm aus. »Sei doch nicht albern, bitte! Bitte!«

Er zögerte einen Augenblick lang, dann setzte er sich wieder.

Er fühlte sich so miserabel wie kaum einmal zuvor. Die Leute vom nächsten Tisch waren schon aufmerksam geworden, sie hatten herübergeschaut. Er wollte ihnen nicht auch noch das Schauspiel eines dramatischen Abgangs bieten. Aber sich wieder an diesen Tisch zu setzen und zu dieser Frau war genauso peinlich. Am liebsten hätte er das Tischtuch mit dem ganzen Geschirr vom Tisch gerissen.

Sie beugte sich ein wenig zu ihm, sagte halblaut: »Das finde ich wunderbar, daß du bleibst. Ich meine… daß du über deinen Schatten springen kannst. So etwas würde Roland nie und nimmer fertigbringen.« Sie richtete sich wieder auf, biß in ihren Toast. Dann sagte sie: »Es tut mir leid, wirklich. Ich wollte nicht in deinen Gefühlen herumstochern. Aber die Vorstellung, wie so ein Polizist…« Sie lachte.

Er wandte sich, um dem Blick dieser dunklen Augen nicht begegnen zu müssen, wieder seinem Frühstück zu. Er wußte nicht, wo ihm der Kopf stand. Diese Frau war unmöglich. Nein – sie war unerträglich! Das Kompliment, das sie ihm gemacht hatte, war ihm nicht unangenehm gewesen, natürlich nicht; er war ja schließlich kein Macho, der immer recht behalten will. Aber wie kam sie überhaupt dazu, über sein Verhalten Urteile abzugeben? Was nahm sie sich heraus?

Und überdies auch noch diese Szene auf der Polizeiwache! Sie hatte sie geschildert, als sähe sie dabei zu. Sie hatte ihn wie einen weltfremden Narren dargestellt, der auf einen Menschen mit Verstand, mit schlichter Lebenserfahrung stößt und sich auf der Stelle zurechtweisen lassen muß. *Fuck you!* Sie hatte ihn, Hans Schumann, in diesem Sketch die Rolle des Clowns spielen lassen. Was erlaubte sie sich?

War das die Rolle, in der sie ihn sah, das Bild, das sie sich von ihm gemacht hatte? Ein Clown, dieser Architekt?

Unversehens fragte sie: »Ist dies das erste Mal, daß Charlotte dir fremdgeht? Ich meine, wenn sie tatsächlich mit Roland fremdgegangen ist, was wir ja nicht wissen.« Sie hob den Blick. »Wäre es das erste Mal?«

Er starrte sie an. Nach einer kleinen Pause sagte er: »Ich wüßte nicht, was dich das anginge.« Sofort fürchtete er, sie könne diesen Satz anders verstehen, als er ihn gemeint hatte, er fügte hastig hinzu: »Aber bitte sehr, wenn es dich so sehr interessiert: Nein, Charlotte ist mir nie fremdgegangen. Wie du das nennst.«

Sie nickte. Dann fragte sie: »Wie würdest du es denn nennen?«

Er zog die Augenbrauen zusammen: »Was denn? Das Fremdgehen?«

»Ja, klar. Was denn sonst?«

Er sagte: »Ich würde es Ehebruch nennen. Untreue.« Er räusperte sich. »Liebesverrat.«

Plötzlich wurde ihm heiß. Ihm waren die zwei, drei Gelegenheiten eingefallen, bei denen er fehlgetreten war. Drei, vier Gelegenheiten. Die Praktikantin im Büro, am letzten Tag ihres Praktikums und auf Nimmerwiedersehen. Die Bauherrin, die ihn an einem heißen Sonntagmorgen gebeten hatte, mit ihr den Rohbau aufzusuchen; Mörtelstaub, der Teergeruch des Dichtungsmaterials; das Tattoo auf ihrer linken Hinterbacke. Die Freundin aus der Studienzeit, ein Wiedersehen nach vielen Jahren, auf einem Kongreß in München, zu dem Schöne-Bergmann ihn geschickt hatte, als Belohnung nach einem strapaziösen Projekt, für das er Tage und Nächte geschuftet hatte.

Sie halbierte mit ihrem Messer die letzte Scheibe Toast, nahm sich eine Hälfte. »Und du?«

»Was ›und du‹?«

»Hast du auch noch nie... Ehebruch begangen? Liebesverrat?«

»Nein.« Es waren Fehltritte gewesen, im Wortsinn. Er hatte geirrt, es war nichts gewesen, was er gewollt hätte. Er würde niemals behaupten, er sei verführt worden, natürlich nicht. Aber er hatte keine dieser Intimitäten beabsichtigt, er hatte, bevor es dazu kam, nicht einmal daran gedacht, daß es geschehen könnte. Die Bauherrin vielleicht ausgenommen. Ja, doch, sie ausgenommen. Sie hatte ihm schon lange vorher Avancen gemacht, und als sie an diesem Sonntag vor der Baustelle aus ihrem Auto stieg, sehr leicht bekleidet, sehr leicht und durchscheinend und, wie sich dann herausstellte, auch noch unvollständig, da ahnte er, worauf sie aus war.

Plötzlich wurde ihm bewußt, daß das Lächeln, mit dem Lilly ihm anhaltend zunickte, nicht unbedingt respektvolle Anerkennung bedeuten mußte. Es ließ sich auch als leiser Spott verstehen, nicht wahr? Er sagte: »Allerdings frage ich mich auch in diesem Fall, was das dich überhaupt angeht.«

»Nichts, gar nichts, natürlich!« Sie lachte. »Ich war nur neugierig. Entschuldigung!«

Er trank seine Tasse leer. Dann sagte er: »Darf ich auch einmal neugierig sein?«

»Na klar, nur zu!«

»Was werden eure Kinder sagen … ich meine, in dem Fall, daß deine Vermutung zutrifft? Wie werden sie das finden, wenn ihr Vater nicht nach Hause zurückkommt? Weil er sich mit der Frau eines anderen davongemacht hat?«

»Ach, du lieber Himmel!« Sie lachte wieder. »Ich hatte schon geglaubt, du wolltest wissen, ob ich auch schon einmal Ehebruch begangen habe. Liebesverrat!« Sie tupfte sich den Mund ab, faltete die Serviette zusammen. »Na schön, unsere Kinder also.« Sie sah ihn an. »Sie sind daran gewöhnt, weißt du. Ich weiß nicht mehr, wie oft ich ihnen weisgemacht habe, ihr Vater hätte ganz plötzlich eine Geschäftsreise antreten müssen. Und ich wüßte noch nicht, wann er zurückkäme. Irgendwann haben sie das Theater durchschaut. Und ich hab's aufgegeben, ihnen was vorzumachen.«

»Und wie finden sie das? Ich meine ... Rolands Hang zu ... Eskapaden?«

»Beschissen. Sie finden es total beschissen. Entschuldige das unanständige Wort. Aber genau so ist es.« Sie legte die Serviette auf ihren Teller. »Und sie mögen die Flittchen überhaupt nicht, mit denen sie ihren Vater hin und wieder gesehen haben. Er hat manchmal ja sogar den Nerv gehabt, sie mit nach Hause zu bringen.«

Sie seufzte. »Na gut. Mittlerweile regt es sie nicht mehr auf. Ich meine ... es setzt ihnen nicht mehr so zu wie früher einmal. Sie wohnen ja auch beide nicht mehr bei uns zu Hause. Jens studiert in Hannover, und Sjoukje ist auch vor einem halben Jahr ausgezogen. Sie wollte unbedingt eine eigene Wohnung haben.«

Sie merkte, daß er sie nicht anblickte, sondern die Augen gesenkt hatte. Er blickte auf seinen Teller. Sie sagte: »Entschuldige das mit den Flittchen. Ihm haben natürlich nicht nur Flittchen gefallen, sondern auch ... wie soll ich sagen?«

Er sagte: »Schon gut.«

Nach einer kleinen Pause sagte sie: »Wenn *ihr* Kinder hättet ... das wäre wohl eine Katastrophe für sie gewesen, wenn ... wenn einer von euch beiden ...«

Er sagte: »Ja. Eine Katastrophe. So wie Charlotte sie erzogen hätte. Wie wir sie erzogen hätten, meine ich.« Er sah auf seine Uhr. »Jetzt muß ich aber aufbrechen.« Er stand auf, berührte mit den Fingerspitzen ihre Hand. »Danke für das Gespräch. Du warst … du bist sehr offen zu mir.«

Sie lächelte. Dann griff sie nach seiner Hand und drückte sie.

Er fragte: »Hast du für den Vormittag etwas vor?«

Sie schüttelte den Kopf. »Eigentlich wollte ich ein bißchen shoppen gehen. Aber ich glaube, ich bin zu faul.« Sie lächelte. »Ich werd mich an den Pool in die Sonne schmeißen. Und einen Platz für dich freihalten.«

## 11

Als er in die Halle kam, stand Davenports Wagen bereits an der Gehsteigkante, er erkannte ihn durch die Glasscheiben. Es war fünf vor halb zehn. Er wollte zur Tür gehen, aber plötzlich sah er die kleine Asiatin von der Rezeption, sie stand in ihrer weinroten Hoteluniform hinter dem Tresen und winkte ihm mit beiden Händen. »Sir! Excuse me, Sir!«

Er ging zu ihr, sie beugte sich über den Tresen ihm entgegen. »Guten Morgen, Sir. Entschuldigen Sie, aber ich soll Ihnen sagen, daß der Portier draußen« – sie deutete durch die Glastür auf den Portier, der im Schatten unter der Markise stand –, »es ist der Portier, der auch gestern morgen Dienst hatte.« Sie legte den Kopf ein wenig zur Seite, hob die Schultern, als wolle sie sich entschuldigen. »Gestern morgen, als Ihre Frau … abgereist ist.«

»Danke.« Er wandte sich ab, schaute noch einmal zurück. »Sonst haben Sie nichts für mich?«

»Nein, Sir. Tut mir leid. Das heißt ... ich weiß nicht, ob es wichtig ist?«

»Was denn?« Er lächelte. »Sagen Sie's nur!«

»Der Gentleman, ich meine ... der Gentleman, der mit Ihrer Frau ...«

»Ja?«

»Er hat gesagt, die Zimmer bleiben belegt.«

Er dachte einen Augenblick lang nach. Dann nickte er. »Danke.« Er gab der Kleinen einen Fünfdollarschein und ging hinaus. Der Portier, ein Mann in seinem Alter, hob grüßend die Hand an die Krempe seines Zylinders. Davenports Fahrer stieg aus und öffnete die Tür zum Rücksitz.

»Einen Augenblick noch, bitte!« Er nickte dem Fahrer zu, trat zu dem Portier.

»Yes, Sir?«

»Sagen Sie – ich habe gehört, daß Sie gestern vormittag Dienst hatten?«

»Das ist richtig, Sir.«

»Und zwar in der Zeit, in der meine Frau ... das Hotel verlassen hat – die große schlanke Dame mit den blonden Haaren, sie –«

»Ich weiß, Sir. Sie ist mit dem Gentleman abgereist, der so aussieht wie Rhett Butler.«

Er runzelte die Stirn. Der Portier sagte: »Entschuldigung, Sir, ich dachte, Sie kennen den Film. Der große dunkelhaarige Gentleman mit dem Schnurrbart – er sieht tatsächlich fast so aus wie Clark Gable. Nur der Schnurrbart ist ein bißchen buschiger.« Er lächelte. »Ich liebe die alten Filme, verstehen Sie? Ich sammle sie sogar. Soweit das Geld reicht.«

»Ja, ich verstehe. Ist Ihnen irgend etwas aufgefallen? Ich meine, als die beiden abgereist sind?«

»Eigentlich nicht, Sir. Mr. Hamilton hat mich heute früh schon danach gefragt, aber aufgefallen ist mir nichts.«

»Mr. Hamilton – ist das der Kollege, der gestern abend an der Rezeption Dienst hatte?«

»Yes, Sir, das ist er. Also, es war jedenfalls kein Yellow Cab, in dem sie weggefahren sind. Aber das ist ja auch nichts Besonderes.«

»Sie meinen, es war kein übliches Taxi?«

»Nein, es war ein großer schwarzer BMW. Und der Fahrer trug eine Uniform. Es war also wohl ein Mietwagen. Es gibt zwei oder drei von solchen Firmen hier in Savannah. Sie finden die Telefonnummern in der Hotelbroschüre.« Nach einer kleinen Pause sagte er: »Allerdings kannte ich den Fahrer nicht. Und die meisten von ihnen kenne ich.« Er zuckte die Schultern. »Na gut, sie wechseln natürlich ziemlich oft. Diese Jungs haben nicht viel Ausdauer, wissen Sie, sie machen mal diesen Job und dann wieder einen anderen.«

Schumann nickte, sah die Straße entlang. Dann fragte er: »Und das war's?«

»Ja, das war wohl alles. Das heißt… Sie wollten ja auch wissen, ob Leute bei den beiden waren, als sie abgereist sind? Hat Mister Hamilton mir gesagt.«

»Ja. Danach hatte ich ihn gefragt.«

Der Portier schüttelte den Kopf. »Nein, Sir, tut mir leid. Sie sind allein gewesen. Der Page und der Fahrer haben das Gepäck eingeladen, und die beiden sind eingestiegen…

Ihre Frau, meine ich, und der Gentleman. Und dann ist der Fahrer eingestiegen, und sie sind abgefahren.« Er hob die Hand und deutete in die Richtung der Montgomery Street. »Tut mir leid.«

Schumann nickte, zog einen Zehndollarschein heraus und gab ihn dem Portier.

»Danke, Sir.« Als Schumann sich schon abwenden wollte, sagte er: »Ich hab noch gesehen, ich glaube nicht, daß es wichtig ist, aber vielleicht wollen Sie es ja trotzdem wissen, zwei Männer sind also hinter den beiden aus dem Hotel gekommen und haben einen Augenblick auf dem Gehsteig gewartet und zugesehen, wie das Gepäck eingeladen wurde, aber dann kam auch schon ein anderer Wagen, und die beiden Männer sind eingestiegen und abgefahren.«

Nach einer Pause fragte er den Portier: »Ist der Wagen mit den beiden Männern vor oder nach dem Mietwagen abgefahren?«

Der Portier wandte den Blick ab, nagte an seiner Unterlippe. Dann sagte er: »Nach dem Mietwagen, glaube ich. Aber ich bin mir nicht sicher.«

»Okay. Trotzdem vielen Dank. Sie haben mir sehr geholfen.«

Schumann wandte sich ab. Davenports Fahrer öffnete ihm die Tür, er setzte sich auf den Rücksitz.

Sie überquerten die Barnard Street und fuhren weiter nach Osten. Er fragte den Fahrer: »Wohin fahren wir?«

»Azalea Square, Sir. Mr. Davenports Kanzlei.«

»Wie weit ist das?«

»Sehr nahe, Sir. Ein paar Blocks südlich vom ›Olde Pink House‹.«

»Ah ja.« Er blickte hinaus auf die Bäume der Liberty Street. Die Sonne durchbrach die Wipfel in Hunderten und Tausenden von flirrenden Lichtpunkten.

Was er erfahren hatte, bewies gar nichts. Ja, es war schon möglich, daß der schwarze BMW nur ein Mietwagen war, wie man ihn in jeder Großstadt fand. Roland legte Wert auf Abenteuer mit Stil, er hatte seine jüngste Eroberung nicht in einem gewöhnlichen Taxi verschleppen wollen, womöglich auch noch mit einem Gepäckstück auf dem Beifahrersitz, weil der Kofferraum zu klein war. Nein, da mußte schon etwas Besseres her.

Und die beiden Männer, die aus dem Hotel gekommen waren und zugesehen hatten, wie das Gepäck verladen wurde, und die dann in einem anderen Wagen dem Mietwagen folgten, sie konnten natürlich irgendwelche Geschäftsleute oder Touristen gewesen sein, die sich im Hotel mit irgendwelchen anderen harmlosen Leuten zum Frühstück getroffen hatten und danach zu ihrem nächsten Termin gefahren waren, zufällig um die gleiche Zeit, wie Roland und seine Begleiterin zu ihrem großen Abenteuer.

Jaja, natürlich konnte es genau so gewesen sein, in allen Einzelheiten! Vielleicht würde jeder, der mit dem sogenannten gesunden Menschenverstand begabt war, und gewiß würde Lillys Sergeant auf dem Polizeirevier sofort sagen, na bitte, der Fall ist doch glasklar, die beiden sind miteinander durchgebrannt. Aber die unabdingbare Voraussetzung für ebendiesen Fall war, daß Charlotte sich auf ein solches Abenteuer mit einem Kerl wie Roland eingelassen hätte. Einem Weiberhelden wie Rhett Butler. Und ebendas war nicht möglich. Es war ausgeschlossen.

Nein, nein! Die Gangster, Rolands düpierte Geschäftspartner, hatten die beiden in dem Shop oder davor abgefangen, sie hatten sie bedroht und gezwungen, in die Autos einzusteigen, die hernach ihre Opfer und sie selbst vor dem Hotel abgeholt hatten, und Roland hatte gesagt, daß Charlotte nicht seine Frau sei und daß seine Frau sich noch im Hotel aufhalte und daß sie sofort Alarm schlagen werde, wenn sie ihn und Charlotte nicht wiederfände.

Und sie hatten gewartet, bis Lilly, im Gegensatz zu Rolands Vorhersage, das Hotel verlassen hatte und seelenruhig in dem Taxi weggefahren war, und dann hatten die Gangster Gewißheit haben wollen und die beiden gezwungen, mit ihnen zurück in das Hotel zu gehen, nacheinander, und ihr Gepäck zu holen, jeder der beiden begleitet von jeweils einem Entführer, der versteckt eine Pistole trug.

Davenports Fahrer wählte eine Nummer auf seinem Autotelefon. Eine Frauenstimme antwortete: »Mr. Davenports Kanzlei, guten Morgen.« Der Fahrer sagte: »Wir sind gleich da, Becky.« Die Frauenstimme sagte: »Danke, John.«

Und Charlotte hatten die Gangster mitgenommen, weil sie sonst ihnen die Polizei auf den Hals gehetzt hätte, sie konnte die Täter ja beschreiben und hätte das gewiß unverzüglich getan. Noch mehr als das: Sie war ihnen sogar willkommen gewesen, um das Verbrechen zu verschleiern – daß sie zusammen mit Roland und noch dazu ihrer beider Gepäck verschwunden war, ließ die niederträchtige Entführung wie ein Liebesabenteuer erscheinen. Was sie aber nicht war, verdammt noch mal!

Himmelherrgottsakrament, es war kein Liebesabenteuer!

Der Wagen bog in den Azalea Square ein, verlangsamte

seine Fahrt und hielt neben einer hüfthohen Balustrade, in deren Mitte ein kleines, eisernes Gittertor in einen üppigen Vorgarten führte. Der Fahrer stieg aus und trat auf den Gehsteig vor der Balustrade.

Schumann reckte den Kopf, um das Haus im Hintergrund besser sehen zu können. Nicht nur der Fahrer erschwerte ihm die Sicht; gleich hinter dem Eingang zum Vorgarten stand eine Gruppe von drei alten Eichen, von deren Ästen die grüngrauen Girlanden des Spanischen Mooses wie ein löchriger Vorhang lang herabhingen. Lousiana-Moos. Tillandsia usneoides.

Das Haus war ein zweistöckiger, breitgelagerter Bau mit cremefarbenem Verputz und grünen Fensterläden. Eine zweiflügelige, geschwungene Treppe mit Eisengeländern, an deren Fuß zur Rechten wie zur Linken ein Kandelaber stand, führte zum Eingang empor. Vier ionische Säulen trugen den halbrunden Balkon im ersten Stock, welcher den Eingang überdachte. Weiße, schräggestellte Jalousien hinter den hohen Sprossenfenstern hielten die warme Morgensonne zurück und verwehrten zugleich den Blick ins Innere des Hauses.

In Savannah gab es nicht selten Mischformen der architektonischen Stile zu sehen. Aber dieses gut erhaltene, gepflegte Haus sah aus, als sei es ein Original aus der Regency-Epoche. Das würde bedeuten, daß es fast zweihundert Jahre alt war. Und Schumann war sich sicher, daß Davenport, wenn das zutraf, auch für eine Ausstattung mit Möbeln der Zeit gesorgt hatte. Alles in allem konnte es sich um ein Objekt von einigen Millionen Dollar handeln.

Er überlegte, ob er aussteigen und vielleicht ein Stück in

den Vorgarten hineingehen solle, um sich einen besseren Blick zu verschaffen. Während er sich noch mit dem Gedanken auseinandersetzte, daß das zudringlich wirken könnte, sah er Davenport mit seinen schlohweißen Haaren behende die Treppe hinuntersteigen und durch den Vorgarten kommen. Der Fahrer öffnete die Tür des Rücksitzes, Schumann rückte nach links, um Davenport die rechte Hälfte des Sitzes frei zu machen.

## 12

Davenport lächelte und gab ihm die Hand. »Nun, gut geschlafen?«

»Danke, ja. Ja, doch … ganz gut.«

Der Anwalt hob die Augenbrauen. »Also nicht so perfekt? Probleme?«

»Nein, nein, ich … bin zufrieden.« Er blickte zurück. »Das ist ein sehr schönes Haus, in dem Sie Ihre Kanzlei haben.«

»Ja.« Davenport nickte. Nach einer kleinen Pause sagte er: »Der Architekt war William Jay.«

»Oh!«

»Sie kennen ihn?« Er warf ihm einen Seitenblick zu.

»Ich denke, ja. Er kam doch von England hierher, von London? Und er war einer der ersten professionell ausgebildeten Architekten in den USA. Wenn ich das richtig behalten habe.«

Davenport lächelte. »Aber gewiß doch, das haben Sie richtig behalten. Ende 1817 kam er herüber. Und mit diesem Haus ist er bekannt geworden. War damals noch ein junger Mann. Gerade mal fünfundzwanzig Jahre alt.«

»Bemerkenswert.«

»Ach, wissen Sie ... er hat auch Glück gehabt. Ohne Glück bringt man so etwas nicht fertig.«

Der Wagen fuhr über den Reynolds Square. Schumann warf einen Blick hinüber zum ›Olde Pink House‹, dann sagte er: »Ich dachte, er hätte eher Pech gehabt?«

»Ja, hernach schon, aber als er rüberkam, hatte unser Land sich gerade vom Krieg erholt, und er profitierte noch von dem deftigen Boom. Nur war der nach ein paar Jahren vorüber, und er bekam keine Aufträge mehr, nicht hier und auch nicht in Charleston, wo er es anschließend versucht hat.« Er hob die Schultern. »Aber im Business passiert das schon mal, wissen Sie. Und den Mann, der ihn rübergeholt hat, hat's schlimmer erwischt.«

Schumann sah ihn fragend an. Davenport nickte. »Er hat in diesem schönen Haus, das Jay für ihn gebaut hat, nur drei Jahre verbringen können. Dann starb ihm die Frau weg, und er verlor sein ganzes Vermögen. Und das war einiges. Er war Baumwollmakler gewesen.« Er lachte. »Und nebenbei ein Berufskollege von mir. Anwalt. Na gut, ich bin gewarnt. Ich hoffe, daß sein Schicksal mir erspart bleibt.«

»Das hoffe ich aber auch.«

Sie fuhren über die Bay Street nach Westen, den Savannah River entlang stromauf. Davenport erzählte ihm noch mehr über den Boom nach dem zweiten Krieg gegen die Engländer, auch über die berühmte »ss Savannah«, die zwei Jahre nach William Jays Ankunft vom Hafen der Stadt aus als erstes Dampfschiff den Atlantik überquert hatte, und alsdann kam er auf das große Feuer von 1820 und die Depression zu sprechen, die wenig später die USA durchgeschüttelt hatte, und noch dazu beantwortete er die Fragen Schumanns offenbar interessiert und ohne jeden Überdruß.

Während Schumann zuhörte, fuhr ihm der Gedanke durch den Kopf, was Charlotte wohl sagen würde, wenn sie ihn so sähe, im Fond dieses Autos neben dem mächtigen Mann, der den von so vielen so heißbegehrten Auftrag zu vergeben hatte, und in einem fast schon vertrauten Gespräch mit ihm. Einen Augenblick lang erwärmte ihn Stolz, aber auch eine Art von Genugtuung. Er war sich sicher, daß er in Charlottes Augen bei einem Vergleich mit dem Schwätzer, dem Aufschneider Roland deutlich besser abschneiden würde.

Aber das Hochgefühl verging ihm von einer Sekunde auf die andere. Ihm wurde jäh bewußt, daß Charlotte irgendwo im Umkreis der Stadt mit Roland zusammen war, vielleicht auch schon etliche Dutzend oder hundert Meilen weiter weg, die Küste hinauf oder hinunter, in Charleston oder irgendwo an einem Strand in Florida. Und wenn seine Entführungstheorie nicht zutraf, dann war sie mit dem Schwätzer, dem Aufschneider ebendeshalb zusammen, weil sie die Gesellschaft eines solchen Mannes der seinen vorgezogen hatte.

Er biß die Zähne zusammen, um sich dem schneidenden Schmerz zu widersetzen, den er wieder wie ein Messer in seinen Eingeweiden spürte. Was sie von ihm und seiner Seriosität hielt, hatte sie, wenn diese Entführungstheorie falsch war, ja auch schon gestern, aber zum erstenmal in ihrer Ehe herausgelassen, als sie seinen Auftritt in der Academy offenbar für so belanglos hielt, daß sie ihn versäumte. Und seither hatte sie ihm ihre Mißachtung in jeder Minute demonstriert, in der sie sich nicht meldete, weit mehr als tausend Minuten mittlerweile, vierundzwanzig Stunden, in denen sie ihn im ungewissen über ihren Verbleib gelassen hatte. Über das, was aus ihr geworden war. Und demzufolge über das, was aus ihm werden würde.

Vielleicht würde es sie ja ein wenig irritieren, wenn sie wüßte, wie sein Verhältnis zu Davenport sich mittlerweile entwickelt hatte. Vielleicht würde es ihr Abenteuer mit Roland ein wenig trüben, wenn sie ihn, ihren angetrauten Ehemann, jetzt sähe. Es könnte ja einen Schatten auf dieses neue, hitzige Liebesglück werfen, nicht wahr, der eine leichte Abkühlung nach sich zöge? Und womöglich würde sie, wenn er am Ende gar diesen imponierenden Auftrag in die Scheuer bringen sollte, dann doch das bereuen, wozu sie sich hatte hinreißen lassen, und sich wünschen, sie könne ihren Treubruch ungeschehen machen.

Davenport fragte: »Sind Sie wirklich ganz in Ordnung?« Er sah ihn prüfend an, als sei er wahrhaftig um ihn besorgt.

»Aber ja, mir fehlt gar nichts!« Schumann lachte. »Ganz im Gegenteil, ich fühle mich gegenwärtig sehr wohl.«

Der Anwalt nickte und warf einen Blick aus dem Fenster. Nach einer kleinen Pause sagte er: »Ich will Ihnen nicht lästig fallen. Aber, wissen Sie…« Er wandte sich ihm zu, lächelte, »manchmal sind so ein paar Jahre mehr an Lebenserfahrung ja doch ganz nützlich.« Er hob die Hände. »Sie sind natürlich kein grüner Junge mehr, bei weitem nicht, das wollte ich auch nicht unterstellen. Ich brauche mir ja nur anzusehen, was Sie in Ihrem Beruf für eine Figur machen.« Er überlegte einen Augenblick, dann fuhr er fort: »Ich wollte damit nur sagen, daß ... nun, ein alter Mann weiß manchmal vielleicht einen Rat, auf den man in jüngeren Jahren ganz einfach nicht kommen würde.«

Nach einer kleinen Pause sagte Schumann: »Danke. Ich werde es nicht vergessen.« Dann sagte er: »Ich bin Ihnen wirklich sehr dankbar.«

Der Wagen, der zuletzt eine kurze Strecke über einen holprigen Weg gefahren war, hielt an. Der Fahrer stieg aus, ging um den Wagen herum und öffnete Davenports Tür. Davenport stieg aus, Schumann trat zu ihm. Sie standen in einer Ausbuchtung, in die der Weg mündete. Hier hatte auch der Bus geparkt, mit dem Sam Harper am zweiten Tag der Konferenz die wenigen Interessenten unter den Teilnehmern zu dem Baugrund hatte bringen lassen, auf dem das neue Museum errichtet werden sollte.

Sie gingen langsam ein Stück voran. Es war ein im wesentlichen flaches, von saftigem Gras und nur wenigen Sträuchern und Baumgruppen bewachsenes Gelände, an dessen östlichem Rand einige anscheinend verlassene Hallen und halbhohe Häuser standen; dahinter erhob sich aus dem gekräuselten Grün der vielen Wipfel die Silhouette der Stadt. Voraus, in Richtung Norden, war schon ganz in der Nähe das im Sonnenschein schimmernde Band des Savannah River zu sehen, ein nicht sehr breites Band, weil der Fluß an dieser Stelle durch eine Insel geteilt wurde. Schumann sog die Luft ein, er konnte das Wasser riechen und den Schlick und den feuchten Bewuchs des Ufers.

Er sagte: »Ich habe schon Sam Harper gefragt, aber er sagt, das sei hier ein solider Untergrund?«

»Ja, das ist es. Kein Marschland.« Davenport lächelte. »Es sei denn, Sie wollen einen dreistöckigen Keller bauen; das könnte so nahe am Fluß schwierig werden.«

Schumann nickte. »Das wäre ja nicht nötig, denke ich.« Er ging langsam weiter, Davenport folgte ihm. Schumann fragte ihn, wie weit das Grundstück ihm gehöre.

»Sie sehen die Hallen da vorn, und die Häuser?« Davenport deutete auf die Bauwerke zu ihrer Rechten. »Die habe ich vor längerer Zeit schon gekauft. Dazu gehört hier herüber ein Streifen von nicht ganz fünfzig Meter Tiefe. Und von dessen Grenze an gehört alles der Stadt, bis zu dieser Stelle, auf der wir stehen, und noch ein wenig weiter nach Westen. Bis zu dem Gehölz da vorn.«

»Und dieses Stück soll die Stadt Savannah Ihnen zur Verfügung stellen?«

»Nicht mir, sondern dem Museum, ja.«

»Natürlich. Aber das ist noch nicht alles.«

»Nein. Die Stadt muß natürlich auch die Folgekosten des Baus übernehmen. Die Gehälter des Personals, die Betriebskosten und so weiter.«

»Wird sie das?«

»Ich denke schon.« Davenport lächelte. »Sie bekommt ja das Museum und meine Sammlung dafür. Das ist kein schlechtes Geschäft für die Stadt, denke ich.«

Schumann sah ihn an. »Und vor der gewaltigen Konkurrenz mitten in der Stadt haben Sie keine Angst?«

»Sie meinen das Jepson Center?« Davenport schüttelte den Kopf. »Nein.« Er lächelte. »Die haben ja nicht meine Sammlung, verstehen Sie? Außerdem streiten die Leute noch immer darüber, ob es überhaupt vertretbar ist, eine solche

Baumasse mitten in das historische Viertel der Stadt zu setzen.«

Schumann nickte. Er blickte hinüber zu den Hallen, dann drehte er sich einmal langsam um seine eigene Achse. Davenport sah ihm interessiert zu. Schließlich verharrte Schumann. Nach einer Weile deutete er auf die Insel, die den Fluß zweiteilte.

»Sam Harper hat uns erzählt, dies da sei eine Art historischer Platz. Hutchinson Island, nicht wahr? Da drüben habe einer der ersten Siedler, die mit Oglethorpe herübergekommen sind, sein Land gehabt, und es gebe eine Skizze dieses Besitzes ...«

»Jonathan Bryan junior, richtig. 500 Acres haben ihm gehört, und sie sagen, die Skizze sei der erste Stadtplan von Savannah. Na ja, das ist vielleicht ein bißchen hoch gegriffen.«

Schumann musterte die Insel. Dann sagte er: »Der Anblick von hier ist leider auch nicht sehr instruktiv.« Er sah Davenport an. »Aber gibt es denn sonst keinen Platz in dieser Gegend, den man in irgendeiner Form als Orientierung nutzen könnte?« Er deutete stromauf. »Ich meine ... aus dieser Richtung muß doch General Sherman gekommen sein? Bevor er Savannah besetzte? Wo lag denn die Straße?«

»So dürfen Sie sich das nicht vorstellen.« Davenport stieß die Luft durch die Nase. »Dieser Irre hat sich nicht an eine Straße gehalten, als ob es rechts und links nichts gäbe, was so einen beutelüsternen Haufen reizen könnte. Nein, nein! Er hat seine 70 000 Mann in zwei Kolonnen aufgeteilt. Und die haben, nachdem sie Atlanta in Brand gesteckt hatten, von dort bis hierher eine sechzig Meilen breite Spur gezogen, einen Streifen, auf dem sie alles stahlen oder verwüsteten, was sie vorfanden. Das war William Tecumseh Shermans berühmter ›Marsch zum Meer‹. Er hat nicht umsonst seinen Indianernamen gehabt.«

Schumann nickte ein wenig betroffen. Dann sagte er: »Aber Savannah hat er doch verschont? Zum Glück, meine ich?«

»Könnte man vielleicht so sehen, ja. Aber vielleicht war er auch nur so großzügig, weil die 10 000 Mann der Konföderierten, die zur Verteidigung übriggeblieben waren, sich beizeiten über den Fluß nach South Carolina abgesetzt haben. Und er hatte noch einen weiteren Grund, einen triftigen, unsere Stadt nicht abzubrennen.«

Davenport lächelte grimmig. »Dieser berühmte Stratege ist am Weihnachtstag 1864 in Savannah eingezogen und wurde im schönsten Haus der Stadt einquartiert. Einem Haus mit Gaslicht und einer sensationell modernen Badewanne. Und wissen Sie, was seine erste Amtshandlung war? Sie bestand darin, dem Präsidenten in Washington ein Telegramm zu schicken. Und darin bat er Mr. Lincoln, seinen Kriegsherrn, um die Erlaubnis, ihm die Stadt Savannah als Weihnachtsgeschenk überreichen zu dürfen.« Er zog verächtlich die Mundwinkel herab. »Ein Haufen rauchender Trümmer wäre da wohl nicht ganz passend gewesen.«

Schumann, der mit einer solch emotionalen Erwiderung nicht gerechnet hatte, zog es vor zu schweigen. Der Anwalt griff in die Innentasche seines Jacketts, brachte eine Zigarre hervor. Er biß die Spitze ab und spuckte sie aus, beugte sich ein wenig vornüber und zündete die Zigarre an. Während er die ersten Wölkchen auspaffte, sagte er undeutlich: »Entschuldigen… Sie, ich habe… Ihren Gedankengang unterbrochen.« Er richtete sich auf, rollte die Zigarre zwischen Daumen und zwei Fingern, betrachtete sie prüfend. Dann sah er Schumann an. »Sie haben eine historische Markierung in der Umgebung gesucht?«

»Ach, das war nur so eine Idee.« Schumann nagte an seiner Unterlippe. Nach einer Weile sagte er: »Wissen Sie, die ganze Umgebung hier ist doch durchweg flach. Und vielleicht sollte man dieser… diesem Charakter durch einen vertikalen Bau begegnen. Einen Kontrapunkt. Eine Komplettierung, wenn Sie so wollen.«

Davenport zog an der Zigarre. Dann sagte er: »Sie denken an einen Turm?«

»Nicht an einen Turm.« Schumann schüttelte den Kopf. »Nur ein vertikales Element. Sieben, acht Stockwerke würden in dieser Umgebung genügen. Mehr wäre wohl schon zu viel.« Nach einer Pause murmelte er: »Vielleicht in der Form eines Schiffsbugs.« Er sah Davenport an. »Die Baubestimmungen würden etwas Derartiges erlauben?«

Davenport nickte stumm. Er kniff die Augen ein wenig zusammen.

Schumann fuhr fort: »Und natürlich müßte man an die Vertikale einen deutlich flacheren Bau anschließen. Oder zwei. Zwei Flügel. Wie die Wasserlinien hinter dem Bug.« Er warf einen Blick zur Seite. »Was sich auf diesem Gelände anböte.« Dann sagte er: »Aber eine deutliche Marke in der Umgebung, an der man sich auch aus der Höhe des Bugs orientieren könnte, wäre natürlich willkommen. Oder eine klar unterscheidbare Fläche. Eine Linie, nicht nur der Fluß. Eine alte Straße, zum Beispiel.«

Davenport nickte. Nach ein paar Zügen an der Zigarre sagte er: »Gleich gegenüber, auf dem South-Carolina-Ufer, liegt ein großes Wildreservat. Einschließlich der Alligatoren, die die Touristen immer sehen wollen. Wald- und Marschland. Interessante Landschaft. Erholsame Aussicht, denke ich.«

»Das ist schon mal gut. Da wird natürlich nicht mehr gebaut.«

»Nein. Das gäbe ja einen Aufstand der Naturschützer. Gott sei Dank.«

Schumann nickte. Nach einer Weile sagte er: »An wieviel Ausstellungsfläche hatten Sie gedacht?«

Davenport zuckte die Schulter. »Ein Kustos, den ich das habe schätzen lassen, hat für meine eigene Sammlung 800 Quadratmeter veranschlagt. Ein anderer hat neunhundert gemeint. Für besondere Ausstellungen müßte natürlich noch etwas dazukommen. Sie wissen ja, daß wir hier das ›Savannah College of Art and Design‹ haben, mit einem sehr interessierten Umfeld.«

Sie sprachen noch eine Weile über das Museum, über Schumanns Vertikale, über Blobs, die Davenport nicht mochte, und das Kunsthaus Graz, das er ein Warzenschwein nannte, und Fournier und Cook und Frank Gehry und das Guggenheim in Bilbao, über die erforderlichen Verwaltungsflächen des Davenportschen Museums, die Betriebseinrichtungen und ihre Plazierung. Schließlich sah der Anwalt auf die Uhr. »Tut mir leid, aber allmählich muß ich wieder in die Kanzlei.«

Während sie langsam zurück zum Auto gingen, sagte er unvermittelt: »Vielleicht haben Sie sich gewundert über meine Reaktion auf Ihre Frage nach Sherman; und nach seinem sogenannten Befreiungsfeldzug.«

Schumann zögerte, dann sagte er: »Ja, das habe ich. Aber wahrscheinlich haben wir in Europa über unseren eigenen Kriegen nie wahrgenommen, wie hart und wie unerbittlich dieser Bürgerkrieg hier in Amerika ausgetragen worden ist.« Er fügte hinzu: »Mir ist eingefallen, daß ich einen Hinweis darauf, einen ganz unerwarteten, schon einmal bekommen habe. Bei einer früheren Reise, in New Orleans.«

Davenport sagte: »Einen Hinweis auf Benjamin Butler.«

Schumann sah ihn überrascht an. »Ja. General Butler. Im Schreibzimmer des Hotels hing, eingerahmt und hinter Glas, ein zeitgenössisches Pamphlet. Es beschrieb die Brutalität, mit der Butler New Orleans für den Norden erobert hat. Und eine Zeitlang verwaltet.«

»Butler, die Bestie.«

Schumann nickte. »Und Butler, der Schlächter wurde er in diesem Text genannt. Butcher Butler.«

»Ja. Sie standen sich in nichts nach, diese beiden Nordstaatler. Sherman hat in Savannah selbst nicht gerade so gehaust wie Butler in New Orleans. Aber von hier ist er weitergezogen nach South Carolina, und dort hat er Columbia kurzerhand eingeäschert. Die Hauptstadt. Und in Savannah hat er eines der ersten schwarzen Regimenter der US-Army stationiert, die 33. US Colored Troops. Ehemalige Sklaven aus Georgia und South Carolina, die dann die Bürger herumkommandierten. Ein Mann ohne jeden Anstand, dieser Sherman. Das ist bis heute nicht vergessen.«

Schumann nickte. Dann sagte er: »Aber jetzt haben Sie ja wieder einen Mann aus dem Süden in Washington.«

»George Bush, meinen Sie?« Davenport schüttelte den Kopf. »Das ist kein Mann des alten Südens. Der ist geboren in Connecticut und aufgewachsen in Texas.«

Sie waren am Auto angelangt. Der Fahrer hatte die Tür des Rücksitzes geöffnet. Davenport betrachtete seine Zigarre, dann sah er Schumann an. »Kennen Sie die Geschichte von den drei texanischen Chirurgen?« Schumann verneinte. Er sah, daß der Fahrer zu grinsen begann.

»Aber Sie wissen, was man den Texanern nachsagt?«

Nach einem Zögern sagte Schumann: »Daß sie ein wenig… großspurig sind? Oder großmäulig?«

Davenport nickte. »Richtig. Also, diese drei Mediziner treffen sich auf dem Golfplatz, sagen wir: in Dallas. Und sie kommen auf ihre Erfolge zu sprechen, die gelungensten Operationen. Nun, sagt der eine, ich hab vor zwei Jahren einen jungen Mann auf den Tisch bekommen, dem der Mähdrescher auf der Farm seines Vaters ein Bein abgequetscht hatte. Ziemlich weit oben. Das Bein haben sie mitgebracht, und ich hab's mit dem Stumpf verbunden. War nicht ganz einfach, muß ich sagen. Aber jetzt, bei den All American Athletics, ist er im 5000-Meter-Lauf Dritter geworden. Bronzemedaille.«

Der Anwalt tat einen Zug an der Zigarre. »Guter Job, sagt der zweite. Etwas in der Art ist mir allerdings auch gelungen. Junge Frau, Studentin an der Musikhochschule. Meisterklasse. Hatte bei einem Unfall beide Hände verloren. Sah gar nicht gut aus, aber ich hab's versucht. Und diesen Sommer hat sie in Warschau den Chopin-Wettbewerb gewonnen. Erster Preis für Klavier.«

Er ließ die Zigarre fallen und trat sie mit der Sohle aus.

Der Fahrer sah ihn erwartungsvoll an, offenbar voller Vorfreude auf die Pointe. »Nun«, fuhr Davenport fort, »die beiden schauen also den dritten an. Der nickt beifällig, dann sagt er: Na ja. Bei mir ging's leider nur noch um einen Behelf. Allerletzter Versuch. Ein Cowboy, er war mit seinem Pferd in vollem Galopp gegen einen Überlandzug geritten. Der Zug hatte Verspätung, hatte die Höchstgeschwindigkeit drauf. Sie brachten mir das, was übrig war, den Cowboyhut und den Arsch des Pferdes. Mehr war's nicht. Okay, ich hab getan, was ich konnte. Und heute ist er Präsident der Vereinigten Staaten.«

Der Fahrer lachte glucksend. Davenport faßte Schumanns Arm und schob ihn in den Wagen. »Rein mit Ihnen, lachen können Sie unterwegs. Jetzt wird's wirklich Zeit für mich.«

Als sie sich der Straße näherten, sagte er: »Diese Vertikale und daran die Flachbauten wie Wasserlinien... ich kann mir's noch nicht so richtig vorstellen. Würden Sie mir's noch mal erklären?«

Schumann zögerte einen Augenblick, dann griff er in seine Tasche und zog sein Notizbuch heraus. Er nahm den Stift in die Hand und schlug eine leere Seite auf.

Davenport sagte zu dem Fahrer: »Augenblick, John! Halten Sie hier noch mal an!«

Der Fahrer bremste und parkte den Wagen am Wegrand vor der Einfahrt in die Straße. Schumann begann zu zeichnen. Er brauchte nicht lange, dann hatte er das Museum so skizziert, wie es nach seiner Vorstellung bei einer Annäherung von der Straße her aussehen konnte. Er trennte das Blatt aus dem Notizbuch und gab es Davenport, der es betrachtete. Nach einer Weile fragte der Anwalt: »Darf ich das behalten?«

Schumann zögerte, dann sagte er: »Ja. Aber es ist natürlich nur eine Skizze. Die Skizze einer Idee. Und man könnte das auch ganz anders machen.«

»Warum denn anders? Das gefällt mir.«

Bevor er am Azalea Square vor seiner Kanzlei ausstieg, sagte er: »Ich lasse Ihnen eine genaue Karte des Grundstücks ins Hotel bringen. Und das Gutachten über den Boden dort.« Er streckte ein Bein aus dem Wagen, hielt ein und wandte sich zurück. »Ach so, das hätte ich jetzt beinahe vergessen.« Aus seiner Jackentasche zog er ein kleines Päckchen in Seidenpapier hervor und gab es Schumann. »Das ist für Sie.«

Als Schumann ihn fragend ansah, sagte er: »Schauen Sie rein! Es gehört Ihnen!«

Schumann riß das Papier auf. Es enthielt ein Taschenbuch, *Everything That Rises Must Converge,* Kurzgeschichten von Flannery O'Connor. Er sagte: »Das ist ja wunderbar! Ich hab zu Hause versucht, es zu bekommen. Aber bei uns ist es vergriffen, ebenso wie der erste Band ihrer Stories.«

Davenport sagte: »Bei uns auch. Deshalb ist es ja ein gebrauchtes Exemplar.« Er hob die Hand und stieg aus.

## 13

Auf der Fahrt zum ›Marriott‹ schloß Schumann plötzlich beide Hände im Schoß zusammen, krampfte sie ineinander. Er fürchtete, anders sein Glücksgefühl nicht bändigen zu können, einen lauten Jubelschrei auszustoßen oder den Fahrer von hinten heftig auf die Schulter zu schlagen: »Na, John, was sagst du jetzt, das hättest du wohl nicht geglaubt, daß dein Chef mich so – na ja, du weißt schon, was!«

Ihm fiel ein, daß Lilly an den Pool hatte gehen wollen. Als er die Lobby betrat, mußte er sich überwinden, zur Rezeption hinüberzuschauen – als fürchte er sich vor einer Nachricht, die ihn aufhalten und womöglich sogar davon abhalten könnte, zu Lilly zu gehen. Aber er blieb verschont. Die kleine Asiatin, die hinter dem Tresen stand und ihn ansah, hob bedauernd die Schultern. Er nickte, lächelte ihr zu und ging zu der Treppe, die ins Untergeschoß und zum Ausgang in den Garten führte.

Wieder fiel ihm verspätet ein, daß er Pflichten übernommen hatte, bevor er zu dieser Reise nach Savannah aufgebrochen war. Er blieb stehen, sah auf die Uhr. Fünf nach zwölf, die Zeit war günstig. Günstig für was? Was sollte er Schöne-Bergmann sagen? Was konnte er ihm sagen? Falsch – was *wollte* er ihm sagen?

Er ging zurück zu den Aufzügen und fuhr hinauf. Als er sich in seinem Zimmer an den kleinen Schreibtisch setzte, fiel sein Blick auf die Bourbon-Flasche. Nein, nicht schon jetzt. Er wählte Schöne-Bergmanns Nummer, wartete.

Jählings schallte es grob aus der Muschel: »Was ist denn?!«

Oh. Da war wohl etwas passiert. Wahrscheinlich hatte er sich gerade erst mit seiner Frau am Telefon gestritten und nun geglaubt, sie rufe ihn schon wieder an.

»Ich bin's, Schumann.«

»Was Sie nicht sagen!?« Was sollte der ironische Unterton? Hatte er etwa schon wieder einen Bericht vorab bekommen? »Ist das nicht ein bißchen früh? Oder ist die Sitzung etwa schon zu Ende?«

»Das glaube ich kaum. Aber ich habe heute morgen gar nicht daran teilgenommen.«

»Wie bitte?« Schöne-Bergmann holte Luft. Vielleicht versuchte er sogar, seinen Zorn zu bändigen, aber es gelang ihm auch dieses Mal nicht. Er fragte in scharfem Ton: »Machen Sie da vielleicht einen Spontan-Urlaub? Ich kann mir jedenfalls nicht vorstellen, daß ich Ihre Urlaubsanmeldung nicht mitbekommen hätte.«

Schumann erwiderte gereizt: »Sie können sich sowieso nicht vorstellen, was alles Sie nicht mitbekommen haben!«

»Da bin ich aber neugierig.« Anscheinend hatte er begriffen, daß er in seiner Rage den Bogen überspannt hatte. »Dann erzählen Sie mal.«

»Gerne, sobald Sie mich dazu kommen lassen.«

Schumann berichtete knapp, aber ohne die Besonderheit dieses Ereignisses zu kurz kommen zu lassen, von der Besichtigung des Baugrunds zu zweit, zu der Davenport ihn eingeladen hatte Er hielt sich bei der Darstellung seines eigenen Anteils an diesem Austausch vor Ort ein wenig zurück; aber er sagte schließlich, daß Davenport ihn gebeten habe, ihm zu verdeutlichen, wie er selbst, Schumann, sich das Museum am Flußufer vorstelle, und daß er dazu eine Skizze gezeichnet und ihm überlassen habe.

Bis zu diesem Punkt hatte Schöne-Bergmann den Bericht mit seinen üblichen Brummlauten begleitet, denen manchmal nur schwer zu entnehmen war, ob sie Beifall oder Mißbilligung bedeuteten. Als Schumann jedoch die Skizze erwähnte, reagierte er offenbar alarmiert. Er fragte mit unverhohlenem Grimm: »Waren Sie da nicht ein bißchen voreilig?«

»Voreilig? Wieso denn das? Sollte ich ihm etwa sagen, ich sei leider nicht fähig, ihm meine Vorstellungen zu verdeutlichen!?«

Schöne-Bergmann schlug auf der Stelle den arroganten Ton an, den Schumann haßte wie die Pest: »Ihre persönlichen Vorstellungen in Ehren, mein lieber Herr Schumann, aber Sie sind da drüben in meinem Auftrag und auf meine Kosten. Also sind nicht Ihre persönlichen Vorstellungen von Bedeutung, sondern allenfalls die des Büros, das Sie dort vertreten.«

Schumann griff nach dem Kugelschreiber des Hotels, der auf dem Notizblock bereitlag, und spannte ihn zwischen Finger und Daumen, als wolle er ihn mit einer Hand zerbrechen. Seine Stimme klang verzerrt, als er fragte: »Würden Sie mir mal erklären, wie ich Herrn Davenport die Vorstellungen des Büros entwickeln und darlegen soll, will heißen, die Denkfiguren einer Einrichtung, die an keiner der Sitzungen hier teilgenommen hat und keine der Unterlagen kennt und auch nicht den Baugrund für dieses Projekt?«

Schöne-Bergmann ging auf die Frage nicht ein. Er sagte: »Ich will jedenfalls in Ihrem eigenen Interesse hoffen, daß Sie nicht einen abenteuerlichen Plan verfolgen!«

»Was für einen Plan denn, Herrgott noch mal?!«

»Muß ich Ihnen das wirklich sagen? Ich rede von dem Plan, werter Herr Schumann, sich selbständig zu machen und zu diesem Zweck den Auftrag von Herrn Davenport abzufischen!«

»Das reicht, Herr Professor Schöne! Es reicht voll und ganz!« Schumann war im Begriff, die Verbindung zu beenden, als Schöne-Bergmann sagte: »Moment noch, bitte! Einen Augenblick, Herr Schumann!«

Schumann fragte: »Haben Sie vielleicht noch mehr davon auf dem Herzen?«

»Die Konferenz geht morgen zu Ende, nicht wahr?«

»Nein. Die Teilnehmer sind zum Abschluß am Sonntag morgen noch zu einem Chorkonzert eingeladen, in die Kirche der First African Baptist Church, das ist die älteste Kirche der Schwarzen in den USA.«

»Und für wann haben Sie den Rückflug gebucht?«

»Ab Savannah für den frühen Sonntag nachmittag.«

»Dann möchte ich Sie bitten, mir noch vor Ihrem Abflug übers Internet eine schriftliche Zusammenfassung der Konferenz zu schicken. Und Ihrer Gespräche am Rande natürlich auch.«

Schumann begann zu lachen. Schließlich sagte er: »Sie meinen, ich kann mir dieses Konzert sparen?«

Schöne-Bergmann sagte: »Seit wann sind Sie denn ein Freund von Negerchören?«

Schumann sagte: »Seit meiner frühesten Jugend in Ostfriesland!« Er beendete die Verbindung.

## 14

In einer jähen Aufwallung warf er den Kugelschreiber gegen die Wand, zuckte zurück, als er abprallte und auf den Schreibtisch fiel. Er fixierte den Kugelschreiber. Nach einer

Weile hob er langsam, als geschehe es unter angestrengtem Bedacht, beide Hände, ballte die Hände zu Fäusten und legte sie auf die Platte des Schreibtischs. So blieb er schweratmend sitzen. Unversehens stand er auf und verließ das Zimmer.

Er fuhr hinunter ins Untergeschoß und öffnete mit seiner Code-Karte die Tür, die zum Ausgang in den Garten führte. Gleich hinter der Tür lag zur Rechten wie zur Linken ein Umkleideraum. Ein schwacher Hauch von Chlor wehte durch den Ausgang herein. Er blieb stehen und sah an sich hinunter, sah auf seine Füße. Mit den Straßenschuhen konnte er wohl nicht an den Pool gehen. Andere Gäste würden sich beschweren, weil er den Boden beschmutze, man würde ihn hinaussetzen.

Aber er mochte den Austausch mit Lilly nicht noch einmal aufschieben, nicht noch einmal umkehren, um auf sein Zimmer zu gehen und sich umzuziehen. Er wollte jetzt endlich zu Lilly kommen, sonst gar nichts. Kurz entschlossen trat er in einen der Umkleideräume, öffnete ein freies Spind, zog Schuhe und Strümpfe aus und stellte sie hinein, verschloß das Spind und steckte den Schlüssel in die Jackentasche. Auf bloßen Füßen ging er hinaus und die fünf gefliesten Stufen empor, die zum Pool führten.

Lilly lag am anderen Ende des Pools in der Sonne. Sie hatte sich bäuchlings auf einer der dick gepolsterten weißen Liegen ausgestreckt und las in einem Buch. Auf dem Kopf trug sie einen kleinen, runden, gelben Hut. Von ihrem Bikini war in der Position, die sie eingenommen hatte, allerdings nicht mehr zu sehen als der schmale gelbe Träger, mit dem das Oberteil rücklings gehalten wurde, und ein ebenso schmales Band, das ihre Hüften umspannte und V-förmig zwischen ihren Beinen nach vorn führte. Die gebräunte Haut des Gesäßes schimmerte feucht, vielleicht von einer Lotion, vielleicht vom Schweiß.

Schumann geriet, während er sich ihr näherte, in ein Wechselbad von Gefühlen; der Anblick reizte und schokkierte ihn zugleich, er versuchte, sich in die Überlegung zu flüchten, ob man diese Bekleidung einen String nannte und nicht einen Bikini. Er ging an einer Reihe von Liegen vorbei, die von Leuten in Badezeug belegt waren, grüßte im Vorbeigehen und spürte, daß die Blicke ihm folgten. Einmal schaute er zurück, er sah, daß einige Gesichter sich in seine Richtung gewandt hatten, in Lillys Richtung.

Sie bemerkte ihn erst, als er neben ihre Liege trat. Ihr Blick wanderte von seinen nackten Füßen empor, sie begann zu lächeln, streckte ihm die Hand entgegen und sagte: »Na endlich, da bist du ja! Ich hab doch gehofft, daß du kommen würdest!« Sie zeigte auf die Liege neben der ihren, auf der eine Jacke aus dünnem, blau und gelb gemustertem Stoff und ein himmelblaues Handtuch lagen. »Wort gehalten, siehst du! Ich hab dir den Platz reserviert.«

Sie drehte sich auf die Seite, stützte sich auf einen Arm. Das Oberteil war knapp, aber es saß offenbar sicher. Er schob die Jacke und das Handtuch beiseite, setzte sich auf die Liege, warf einen Blick auf den Pool, dessen leuchtendblaues Wasser von ein paar Schwimmern durchpflügt wurde. »Schön hier.«

»Ja, finde ich auch.« Unversehens begann sie zu lachen. Er sah sie überrascht an, sie schüttelte den Kopf. »Entschuldige bitte... aber dein Outfit hat wirklich was!«

»Nun ja.« Er blickte hinab auf seine Füße, lachte ein wenig verlegen. »Es hat mir zu lange gedauert, erst noch mal aufs Zimmer zu gehen und mich umzuziehen.«

»Oh! Wirklich?« Sie lächelte ihn an. Ihm fiel plötzlich die viel bessere, viel weniger verfängliche Erklärung ein. Er sagte hastig: »Ich wußte ja auch gar nicht, ob du noch hier sein würdest. Was sollte ich denn hier in der Badehose?« Nach einer kleinen Pause fügte er hinzu: »Ohne dich, meine ich.«

»Danke!« Ihr Lächeln wurde noch ein wenig inniger. Ihm dämmerte, daß er sich nur noch zweideutiger, noch mißverständlicher ausgedrückt hatte. Es konnte doch wohl nicht wahr sein, daß Rolands Frau ihn durcheinanderbrachte! Die Frau, die ein wenig geschwätzig war. Und auch ein wenig ordinär, oder?

Er wies auf das Buch, das vor ihr lag. »Was liest du denn da?«

Es fiel ihr anscheinend schwer, den Blick von ihm zu lösen. Sie nahm das Buch auf, das vor ihr lag. »Hab ich aus der Hotelbibliothek.«

»Was denn? So was haben die hier?«

»Ja, ich hab mich auch gewundert. Im Schreibzimmer, hinter Glas. Aber abgeschlossen. Wenn du was ausleihst, wird es an der Rezeption eingetragen, und wenn du es bis zur Abreise nicht zurückgibst, bleibt es auf der Rechnung, du mußt dafür blechen.«

Er schüttelte den Kopf, lächelte. »Und wie hast du das herausgefunden?«

»Ich bin ins Schreibzimmer gegangen, weil ich Sjoukje eine Ansichtskarte schreiben wollte. Und Jens auch eine, klar.

Und da hab ich den Schrank gesehen. Schmöker meistens, Eugenia Price und so, aber nicht nur. Ich hab an der Rezeption gefragt, und die ältere Blonde, die Strenge, ist mit mir gegangen und hat mir gegeben, was ich wollte. Ich hab mich gefreut wie ein Schneekönig. Roland, der Schweinehund, weißt du – er hat alle Bücher eingesackt, die ich mir mitgenommen hatte!«

Er sagte, und er bereute es sofort: »Charlotte auch.«

»Na, da haben sie ja was zu tun, wenn ihnen die –« Sie schlug sich mit zwei Fingern auf den Mund. Dann sagte sie: »Wenn es ihnen langweilig werden sollte.«

Er warf noch einmal einen Blick auf den Pool. Dann fragte er: »Und was ist das, was du da liest?«

Sie hielt das Buch so empor, daß er den Umschlag sehen konnte, er zeigte das Foto eines kleinen schwarzen Jungen, der durch einen üppigen Wald wandert, und über dem Jungen, in die Wipfel eingebettet, den Kopf einer älteren, schwarzen Frau mit weißen Haaren. Der Titel lautete: *God, Dr. Buzzard and the Bolito Man*. Lilly sagte: »Es handelt von Sapelo Island. Kennst du das?«

»Ist das eine der Küsteninseln?«

»Ja, und da gab es, gibt es, glaube ich, immer noch so eine Art Reservat für die Geechee, das sind die Nachkommen der ehemaligen Negersklaven, die von Afrika nach Georgia und South Carolina verschleppt worden sind. Und die hier auf den Plantagen schuften mußten, bis sie im Bürgerkrieg befreit wurden.« Sie ließ das Buch sinken. »Und diese Leute, die Küstenneger, die Geechee, sie waren ja gewissermaßen abgekapselt, durch das Wasser und die Sümpfe, und daher kommt es wohl, daß sie sehr lange so eine merkwürdige

Kultur bewahrt haben, was Afrikanisches, weißt du, die Kultur ihrer Vorfahren da drüben, und dazu gehört ...« Sie stockte, dann sagte sie: »... dazu gehört auch Zauberei. Voodoo, verstehst du?«

Sie warf einen Blick auf den Titel des Buchs und legte es so auf die Liege, daß der Umschlag ihm zugewandt blieb. Dann tippte sie mit einem Finger auf das Bild der weißhaarigen Schwarzen. »Und diese Frau hier, die Autorin, Cornelia Walker, sie ist eine echte Küstennegerin, eine Salzwasser-Geechee, sie weiß also, worüber sie schreibt. Und sie schreibt etwas sehr Interessantes, finde ich, nämlich daß die Leute von Sapelo Island an ... an dreierlei glauben: an den lieben Gott, an Dr. Buzzard und an den Bolito Man, das ist der Mann von der Zahlenlotterie.«

Er nickte. Sie sagte: »Gott mischt natürlich in allem mit, aber man kann ihn nicht um alles bitten, zum Beispiel nicht, wenn man jemandem was Böses will. Wenn man sich zum Beispiel an jemandem rächen möchte, verstehst du. Dafür ist Dr. Buzzard zuständig. Und mit Geld hat der Herr Jesus, der liebe Gott, meine ich, natürlich auch nichts zu schaffen. Das besorgt der Bolito Man.«

Sie kratzte sich am Kinn, als müsse sie ihm etwas Kompliziertes, etwas sehr Schwieriges erklären. »Es hat ihn noch nie einer zu sehen bekommen, den Bolito Man. Aber sie glauben ganz fest daran, daß er irgendwo im verborgenen sitzt, in einem Zimmer auf dem Festland, und die Zahlen auswählt, die in der Lotterie gewinnen. Das heißt, daß er über das Glück entscheidet, das einer hat. Oder das Pech.«

Sie sah ihn eindringlich an. »Verstehst du ... Gott, und dann Dr. Buzzard, der Wurzeldoktor, der Voodoo-Meister, und dazu der Bolito Man, das sind die drei ... sagen wir: die drei Mächte, die über das Leben entscheiden. Vielleicht könnte man auch sagen: die drei sind das Schicksal.« Nach einem Schnaufer, als habe sie ein riskantes Werk vollbracht, sagte sie: »Und deshalb hat das Buch auch diesen Titel.«

Er lächelte. »Und deshalb hast du es dir auch ausgeliehen, nicht wahr?«

Sie sagte: »Ach, ich wollte mir eigentlich was anderes ausleihen. Ein ziemlich altes Buch, aber sie haben es tatsächlich in ihrem Schrank, *The View from Pompey's Head*, und die Stadt, die da Pompey's Head genannt wird, ist eigentlich Savannah, ich weiß nicht, ob du das Buch kennst?«

Er nickte. »Hamilton Basso.«

»Genau, so heißt der Autor. Roland hat es damals nach seinem Jahr in Savannah mitgebracht, ich hab's irgendwann gelesen und vor dieser Reise noch mal reingeschaut, das ist ein wirklich schönes Buch. Auch schön böse.« Sie lachte.

Er nickte, lächelte. »Aber dann hast du doch lieber Doktor Buzzard genommen, den alten Hexenmeister, nicht wahr? Denn um den ging es dir doch. Hab ich recht?«

Sie seufzte, dann ließ sie sich auf den Rücken sinken. Sie hob noch einmal den Kopf, nahm den kleinen Hut ab, legte ihn neben sich, schüttelte ihre Haare. Dann bettete sie sich wieder und schloß die Augen. Sie tat ein paar tiefe Atemzüge, er hörte es, und er sah es an den Bewegungen ihres Busens und ihres Bauchs.

Er ließ seinen Blick wandern. Das, was sie am unteren Ende des Bauchs trug, gehörte wohl eher zu einem String. Das gelbe Stück Stoff erfüllte so gerade noch die Aufgabe des Cache-Sexe.

Er schrak zusammen, als sie zu sprechen begann, aber sie öffnete die Augen nicht. Sie sagte: »Wahrscheinlich wirst du es nicht glauben, aber du kannst es ja selbst mal lesen, wenn du mir nicht traust. Diese Frau, sie schreibt, daß auch ihr Großvater was von Wurzeln verstand. Von Voodoo, verstehst du? Die Leute kamen zu ihm, wenn sie Angst hatten, sie wären von jemandem verhext worden, denn der Großvater konnte den Fluch von ihnen nehmen und ihn zurückschicken. Wie einen Bumerang. Aber sie hatte den Alten auch im Verdacht, daß er selbst jemanden verhexen konnte und daß er das auch schon mal tat. Sie schreibt, da sei was Böses an ihm gewesen.«

Er seufzte. Sie sagte hastig, als wolle sie ihm zuvorkommen: »Er hat damit sogar Geld verdient, der Großvater, und es sind immer wieder Leute zu ihm gekommen, und das hätten sie ja nicht getan, wenn er keinen Erfolg gehabt hätte. Und solche Geschichten gibt es noch mehr in diesem Buch, Geschichten, die tatsächlich passiert sind. Die Frau spinnt nicht, sie macht Führungen auf der Insel und hält überall Vorlesungen über die Kultur von Sapelo. Sie wird ernstgenommen.« Nach einem Zögern sagte sie hastig: »Nur eine Geschichte noch, dann höre ich auf.«

Sie hielt die Augen geschlossen, holte tief Luft, ihre Brust und ihr Bauch bewegten sich. Dann sagte sie: »Als sie in der dritten Klasse war, ist sie eines Nachmittags, nachdem die Schule aus war, mit ihrem kleinen Bruder nach Hause gegangen. Und an diesem Tag war Mama Lizzie gestorben, das war eine Frau aus ihrem Dorf, die ebenfalls hexen konnte, aber daß sie tot war, wußten die beiden noch nicht. Und auf einmal sehen sie auf der Straße vor sich einen riesengroßen schwarzen Vogel, er sah aus wie ein Bussard, aber statt wegzufliegen, geht der Vogel vor ihnen her auf der Straße, er geht auf seinen Krallenfüßen, als ob er nie was anderes gelernt hätte, und erst als sie fast schon zu Hause sind, verschwindet er im Wald.«

Er sagte: »Lilly!«

Sie öffnete die Augen, warf ihm einen schnellen Seitenblick zu und schloß die Augen wieder. Er sagte: »Warum liest du denn ausgerechnet dieses Buch, Lilly? Du wirst dich heute nacht schon wieder vor Angst nicht lassen können!«

Sie sagte, ohne die Augen zu öffnen: »Du glaubst gar nicht, wieviel Angst ich jetzt schon habe.« Es sah so aus, als bebten ihre Lippen ein wenig. »Wenn du nicht hier wärst, ginge es mir verdammt dreckig. Ich weiß nicht, ob ich –«

»Lilly!« Er faßte sie an der Schulter. »Es ist heller Tag! Die Sonne scheint, der Himmel ist blitzeblau, und von einem Bussard ist weit und breit nichts zu sehen! Jetzt mach mal die Augen auf, verdammt noch mal!«

Sie schlug vorsichtig die Augen auf, blickte starr geradeaus. Er spürte die warme, glatte, pralle Haut zwischen seinen Fingern, ließ sie erschrocken los. Sie sagte: »Ich weiß nicht, warum du nicht wenigstens mal darüber nachdenken willst. Du magst doch nicht glauben, daß Roland und Charlotte abgehauen sind, weil sie … verrückt aufeinander waren. Zu geil aufeinander, um sich beherrschen zu können. Um noch auf irgend etwas Rücksicht nehmen zu können. Aber warum willst du dann nichts davon wissen, daß Voodoo dahinterstecken könnte?«

Sie richtete sich auf, schwenkte ihre Beine zur Seite und setzte sich ihm gegenüber auf den Rand ihrer Liege, sah ihm in die Augen. »Vielleicht hat Charlotte meinem Angetrauten die kalte Schulter gezeigt, das glaubst du doch sowieso. Und vielleicht ist er deshalb zu einem Wurzeldoktor gegangen, das war für ihn doch leicht bei seinen alten Beziehungen hier, und hat sich einen Liebeszauber bestellt. Oder ein Pülverchen mixen lassen, das er Charlotte untergejubelt hat. Du willst nicht glauben, daß Charlotte freiwillig mit ihm verschwunden ist, nicht wahr? Aber um so mehr spricht doch dafür, daß er sie tatsächlich hat verhexen lassen?«

Er verdrehte die Augen zum Himmel. Dann sah er sie an. »Lilly! Hör endlich auf zu spinnen! Das ist doch alles Unsinn!« Sie wandte ihren Blick ab. Nach einer Pause sagte er: »Sie sind wahrscheinlich entführt worden, glaub es mir. Wegen irgendeiner Sache, die Roland auf dem Kerbholz hat. *Das* wäre plausibel. Alles andere nicht.«

Sie sah ihn an, nickte. Unversehens sagte sie: »Ich hab Hunger.«

»Ich auch.« Er stand auf, sah sich um. »Ich weiß nicht, was sie hier unten servieren. Aber je nachdem könnten wir uns ja an einen der Tische da drüben setzen. Da sitzen auch schon Leute.«

Sie sagte: »Sie haben hier eine Salatkarte, sehr schön, und dazu ein paar Kleinigkeiten, Austern, Garnelen und so. Und Dessert natürlich auch. Sieht sehr gut aus.« Sie bewegte die Lippen. Es schien, als laufe ihr das Wasser im Mund zusammen.

»Na, wunderbar. Dann gehen wir doch da rüber!«

»Ja.« Aber sie blieb sitzen. Er sah sie fragend an.

Sie sagte: »Läufst du eigentlich immer in diesen schwarzen Anzügen herum?«

Einen Augenblick lang fühlte er sich sehr unangenehm berührt, auf ungehörige Weise angegangen. Dann überwand er sich und lachte. »Ja. *Fast* immer jedenfalls. Das ist eine Art Berufskleidung, verstehst du? Architekten tragen Schwarz. In Deutschland zumindest.«

Sie nickte. Nach einer kleinen Pause sagte sie: »Ist das nicht ein bißchen schwachsinnig? Und überhaupt... Du mußt doch auch schon mal auf den Bauplatz? Das bekommt solch schwarzen Klamotten bestimmt nicht, nehme ich an. Das staubt doch irre da, denke ich!«

Er zuckte die Schultern. »Ja, vielleicht hast du recht. Ist vielleicht ein bißchen schwachsinnig.« Er lächelte sie an. »Und deshalb gehe ich jetzt auch aufs Zimmer und ziehe mir die Badehose an.«

»Bravo!« Sie stand auf. Da der Platz zwischen den Liegen eng war, geriet sie fast auf Tuchfühlung mit ihm; in unmittelbarer Nähe vor seiner Brust sah er den Spalt zwischen ihren Brüsten, er glitzerte feucht vom Schweiß. Sie lächelte. »Und ich verspreche dir auch, daß ich dir nicht weglaufe. Ich warte hier unten auf dich.«

Er nickte. Dann trat er aus dem Gang zwischen den Liegen hinaus und wandte sich zurück zum Hotel. Nach zwei Schritten blieb er stehen, blickte über die Schulter. Sie stand da und sah ihn an. Er sagte: »Und der Bussard ist verschwunden, glaube ich.«

Sie sagte: »Genau. Ich hab gesehen, wie er in den Wald spaziert ist.«

# 15

Er holte seine Schuhe und Strümpfe aus dem Umkleideraum und fuhr hinauf. Erst als er schon dabei war, den Anzug auszuziehen, wurde ihm bewußt, daß der Gedanke, Charlotte könne in der Zwischenzeit zurückgekehrt sein, ihm nicht eine Sekunde lang in den Sinn gekommen war, als er sich dem Zimmer genähert und die Türsperre geöffnet hatte. Er hielt ein, ging dann hastig zum Bad, schaute hinein, ging auch noch zu der Dusche und schob den Vorhang beiseite. Nein, Charlotte war nicht zurückgekehrt.

Er nahm sich nicht die Zeit, seine Kleider wegzuhängen. Er warf sie auf Charlottes Bett, zog die Badehose an, nahm auch seine Badeschuhe und den Bademantel aus dem Schrank. Aus dem Badezimmer holte er sich eines der großen Frotteetücher. Er wollte schon das Zimmer verlassen, kehrte um und nahm das Buch, das Davenport ihm geschenkt hatte, aus der Jackentasche.

Lilly saß unter einem Sonnenschirm an einem der Tische des Pools. Sie blickte ihm mit einem erwartungsvollen Lächeln entgegen. Ringsum waren die Tische von anderen Leuten besetzt. Er sah, daß Lillys dünne Stoffjacke, die sie übergezogen hatte, lang genug war, um ihr Gesäß zu bedecken, und er fühlte sich erleichtert.

Als er sich niederließ, deutete sie auf das Buch in seiner Hand. Sie sagte: »Hast du mir was mitgebracht?«

»Ja, aber nur zum Angucken.« Er gab ihr das Buch.

»Mein Gott, bist du habsüchtig!« Sie nahm das Buch, las die Aufschrift. »Flannery O'Connor? Kenne ich die nicht? Ich glaub, wir haben zu Hause auch ein Buch von ihr.«

»Doch nicht etwa *A Good Man Is Hard to Find?*«

»Doch, ich glaube, so heißt es. Das ist auch eines von denen, die Roland damals aus Savannah mitgebracht hat. Lauter Kurzgeschichten. Und nach einer davon ist das Buch benannt. Ja, jetzt erinnere ich mich, eine schlimme Geschichte.« Die großen braunen Augen weiteten sich. »Eine Familie aus Atlanta fährt in Urlaub, Papa, Mama und die kleinen nervigen Kinder. Und die Großmutter, die noch mehr nervt. Das fängt an wie ein Familiendrama, ein komisches. Aber dann verfahren sie sich. Und dann ...«

Sie schauderte, dann richtete sie sich auf, nahm die Schultern zurück. »Nein! Ich will das jetzt nicht erzählen!«

Er nickte. »Wird zur großen amerikanischen Literatur gezählt, glaube ich. Sie ist in Savannah geboren und ziemlich jung gestorben, die Story wird auch immer wieder zitiert. Aber das Buch ist nirgendwo mehr zu haben. Auch antiquarisch nicht. Ich hab alles versucht, aber es ist vergriffen.« Er deutete auf den Sammelband, den Davenport ihm geschenkt hatte. »Das da auch.«

»Und wie bist du daran gekommen?«

Er versuchte, gelassen zu antworten, cool, ja; aber er fürchtete, daß sein Stolz trotzdem durchschien. Er sagte: »Davenport hat es mir geschenkt.«

Sie starrte ihn an: »Was?!« Dann klapste sie sich mit der Hand auf den Mund. »Menschenskind, ich hab total vergessen, daß du ja mit dem unterwegs warst! Vor lauter Voodoo und Gespenstern, verdammt! Kannst du mir noch mal verzeihen?« Sie legte die Hand auf seinen Arm.

»Kein Problem.« Er lächelte. »Warum in aller Welt sollte dich denn der Herr Davenport interessieren?«

»Also, jetzt mach aber mal einen Punkt! Der Herr Davenport interessiert mich vielleicht ja auch nicht, aber du! Ich hab dir den ganzen Morgen die Daumen gedrückt, hast du das etwa nicht gespürt?!« Sie rüttelte seinen Arm, er spürte den Druck ihrer Finger. »Jetzt erzähl schon – wie war's?«

Während er noch so tat, als müsse er sich auf den Verlauf seines Ausflugs ans Flußufer besinnen, hob sie die Hand, wedelte damit. »Nein, halt, brauchst du mir gar nicht zu sagen, du bist ja doch zu bescheiden. Ihr seid prima miteinander zurechtgekommen, stimmt's? Ihr habt euch blendend verstanden, nicht wahr?« Sie deutete auf das Taschenbuch. »Sonst hätte er dir ja wohl kaum so eine Rarität geschenkt.«

»Nun mal langsam, mal langsam!« Er schüttelte den Kopf. »Das Gespräch war tatsächlich ganz … instruktiv, will ich mal sagen. Wirklich sympathischer Mann.« Er lachte. »Und offenbar kein Freund von George Bush.«

»Ach ja? Und wieso?«

Er nahm sich, auch weil er sich selbst daran hindern wollte, mit seinem Erfolg herauszuplatzen, die Zeit, ihr den Witz von den drei Texanern zu erzählen. Sie lachte ausgiebig, aber nach einer kleinen Pause beugte sie sich vor, sah ihm lächelnd in die Augen und fragte: »Und?«

»Was und?«

»Bekommst du den Auftrag?«

Er erschrak, weil ihm unversehens bewußt wurde, daß er drauf und dran war, mit einem Ja zu antworten. Er sagte: »Das ist doch Unsinn, Lilly! So weit ist das Projekt noch lange nicht, daß er den Auftrag schon vergeben würde. Zunächst wird er sich jetzt mal die Ergebnisse dieser Konferenz ansehen. Und dann schreibt er womöglich auch noch einen regelrechten Wettbewerb aus.«

»Glaube ich nicht. Du bist doch schon jetzt sein Favorit. Der will, daß du sein Museum baust, das ist doch so klar wie Kloßbrühe!«

»Lilly, hör auf damit. Du hast wirklich keinen blassen Dunst!«

Sie war keineswegs beleidigt. Sie stülpte die Oberlippe hoch, zog die Mundwinkel herunter, wandte den Kopf zur Seite und nickte irgendwohin, mit einer Art stillvergnügtem Ausdruck, als wolle sie einem imaginären Dritten bedeuten: »Ja, ja, laß den nur reden!« Er fragte sich wider Willen, wie Charlottes Reaktion ausgefallen wäre, wenn er ihr jemals vorgeworfen hätte, sie habe von irgend etwas keinen blassen Dunst.

Er sagte: »Was ist eigentlich mit unserem Essen? Ich dachte, du hättest Hunger?«

»Und wie.« Sie stand sofort auf und ging voraus an das Büfett, das unter einer großen Markise aufgebaut war. Er nahm ein Frogmore Stew, eine Art Eintopf aus geräucherter Wurst und Mais und Shrimps, von dem der Schwarze in der fußlangen Servierschürze, der hinter dem Büfett stand, sagte, das sei eine Spezialität des Lowcountry, der flachen Küstenregionen South Carolinas und Georgias.

Lilly liebäugelte mit den gebackenen Austern, aber sie sagte, das könne sie sich einfach nicht erlauben, sonst müsse sie sich noch in Savannah neu einkleiden. Sie nahm statt dessen ein kleines Schüsselchen Frogmore Stew, nur zum Kosten, und als Hauptgang gebratenes Hühnchen mit rotem Reis und Salat und ein wenig Seafood. Später ergänzte sie diesen Lunch noch durch Trifle, ein Biskuitdessert mit Vanillesoße und Schlagsahne, das der Schwarze mit der Servierschürze als Hinterlassenschaft der englischen Kolonisten empfahl. Er brachte es ihr an den Tisch, gab vor ihren Augen zur Abrundung des Geschmacks noch einen kräftigen Schuß Sherry dazu.

Sie aß mit offenkundiger Lust, aber sie ließ nicht locker. Nachdem sie das Hühnchen gekostet und ihm ein Stück davon angeboten hatte, das er zu seiner eigenen Verwunderung annahm, fragte sie, wie das denn da aussehe auf dem Bauplatz. Er antwortete: »Flach. Flach halt, wie überall im Lowcountry.« Sie sagte, da könne er dann doch schalten und walten, wie er wolle, das müsse doch günstig sein für so ein Museum. Erst mit einer Verzögerung wurde ihm bewußt, daß er sie nicht kurzerhand, wie es angebracht gewesen wäre, mit dem Bescheid abfertigte, das sei reichlich laienhaft gedacht, sondern lediglich bemerkte, so einfach könne man das nicht sagen.

Er fügte sogar noch eine Erläuterung hinzu, als wolle er ihr einfältiges Urteil entschuldigen und ihr zugestehen, daß sie nicht alles gewußt habe, was man über diesen Bauplatz wissen müsse; er sagte, das Grundstück liege ja direkt am Flußufer, und solche Nähe des Wassers könne einem bei der Planung durchaus unliebsame Einschränkungen auferlegen.

Sie sagte: »Direkt am Flußufer?! Aber das ist doch toll! Stell dir vor, wenn man da rausschaut und sieht den Savannah River und denkt an die tausend Geschichten, die sich da abgespielt haben, die Urgroßmutter in ihrem Schaukelstuhl auf dem Baumwollschiff, hoch oben auf der Ladung, und die Indianer, bevor die Engländer kamen, und die Sklaventransporte und das alles!«

Er lachte und sagte, jaja, aber er müsse leider auch an die Garagen denken und wissen, wie tief er damit gehen könne, denn er wolle das Haus ja nicht durch einen Parkplatz wie vor einem Supermarkt verschandeln. Sie ließ die Gabel sinken, sah ihn betroffen an und sagte: »Ach so. Ja. Daran hab ich gar nicht gedacht.« Dann fragte sie: »Ist es da sumpfig?«

Er sagte, das wolle er nicht hoffen. Nein, wahrscheinlich sei es da nicht sumpfig. Es gebe natürlich auch Untersuchungen des Bodens und ein Gutachten. Aber das wolle er erst einmal ungekürzt vor Augen haben. Sie fragte: »Und wie kommst du daran?« Er sagte, Davenport wolle ihm die Unterlagen ins Hotel schicken, und dazu eine genaue Karte des Grundstücks. Vielleicht lägen sie mittlerweile schon an der Rezeption. Sie fragte: »Bekommt das jeder?«

Er zuckte die Schultern. Dann sagte er, das wisse er nicht. Bisher sei davon nur allgemein die Rede gewesen; Sam Harper, der Chairman, habe aus dem Gutachten zitiert. Aber vielleicht würden die Unterlagen morgen, zum Ende der Konferenz, an die Architekten unter den Teilnehmern ausgehändigt. Und an andere Interessenten, die dafür in Frage kämen. Aber auch das wisse er nicht.

Sie lächelte, nickte, dann aß sie weiter. Er fühlte sich versucht, ihr zu sagen, sie brauche gar nicht so bedeutungsvoll zu lächeln, aber er ließ das. Es wäre ihm ein wenig albern vorgekommen, nun beharrlich so zu tun, als entginge ihm die Bevorzugung, die Davenport ihm mittlerweile angedeihen ließ. Und er mochte ihr schon gar nicht dieses Lächeln verweisen, das ihm so sehr gefiel und das ihn so angenehm erwärmte.

Nachdem sie ihr Dessert beendet hatte, fragte sie unvermittelt: »Hast du das schon deinem Chef berichtet?«

»Was denn?« In demselben Augenblick hätte er sich lieber auf die Zunge gebissen, als diese alberne Frage zu stellen. Aber sie wurde nicht einmal ungehalten. Sie sagte lächelnd: »Na, was denn wohl!«

Er spürte, daß er nicht länger zurückhalten konnte, was ihn so aufgebracht und so bekümmert hatte, daß er auf der Stelle zu ihr geflüchtet war. Er wollte es auch nicht länger zurückhalten. Er sagte, ja, er habe seinem Chef über den Ausflug an den Savannah River berichtet. Aber der Herr sei sehr ungnädig geworden, nein, nicht ungnädig, sondern ausfallend. Unverschämt.

Sie sah ihn mit großen Augen an. »Spinnt der Kerl?!«

Er sagte, das sei schon möglich. Es habe dem eitlen Großkotz wohl gar nicht geschmeckt, daß Davenport ihn, Hans Schumann, gefragt habe, wie er sich denn dieses neue Museum vorstelle, denn ebendas habe Davenport getan, und eher noch größeres Mißfallen habe erregt, daß er, der Angestellte des Großkotz, dazu eine Skizze angefertigt und sie Davenport überlassen habe. Denn daraufhin sei dem Herrn und Gebieter tatsächlich nichts Besseres eingefallen, als ihm einen heimtückischen Plan zu unterstellen und ihn davor zu warnen, und das ziemlich massiv.

Sie fragte: »Was für einen Plan?«

Er sagte: »Den Plan, mir den Auftrag von Davenport unter den Nagel zu reißen und mich damit selbständig zu machen.«

Sie sah ihn einen Augenblick lang mit halb geöffnetem Mund an, als habe es ihr die Sprache verschlagen, dann begann sie laut zu lachen. Sie lachte so ungeniert, daß ihm ein wenig unbehaglich wurde, er warf einen Blick zu dem Tisch nebenan, die Leute sahen in der Tat herüber, aber sie lächelten, Lillys Lachen schien ihnen zu gefallen. Er wollte sich ihr wieder zuwenden, als er im Hintergrund den roten Fleck sah, der auf der Treppe zum Pool aufgetaucht war und sich näherte.

Es war die kleine Asiatin von der Rezeption in ihrer Uniform. Sie hielt ein Blatt Papier in der Hand und sah sich suchend um.

Lilly hörte auf zu lachen. Ein merkwürdiges Gefühl beschlich ihn, es regte sich in seinem Magen und kroch abwärts in seine Beine.

Die Kleine entdeckte ihn, sie hob den Kopf, kam zu ihnen an den Tisch. Sie sagte: »Excuse me, Ma'm, Sir. Mr. Schumann ... ich habe eine Nachricht für Sie.« Sie hob das Blatt ein wenig an.

Das Gefühl, das in seinen Beinen abwärts kroch, war Kälte, nichts anderes, lähmende Kälte, er spürte sie an der Innenseite seiner Schenkel und in den Waden. Er sagte: »Ja?« und hob die Rechte, streckte sie halb, als habe er sich noch nicht entschieden, ob er es wolle, nach dem Blatt aus.

Sie sagte: »Entschuldigung, es ist nicht gut geschrieben, ich ... Ich habe es am Telefon mitgeschrieben, es ging sehr schnell, wissen Sie.«

Er ließ seine Hand sinken. Sie sagte ein wenig unterdrückt: »Es ist von Ihrer Frau. Sie hat angerufen.« Er antwortete nicht. Er spürte, daß Lilly ihn ansah.

Die Kleine fragte: »Soll ich es vorlesen? Oder wollen Sie…«

Er sagte: »Nein… Lesen Sie es vor. Bitte.«

Sie warf einen Blick auf den Nachbartisch, dann beugte sie sich vor, hob das Blatt und las mit halblauter Stimme: »Sie sollen sich bitte keine Sorgen machen. Es geht ihr gut. Sie kann jetzt…« Sie beugte sich noch ein wenig mehr über das Blatt, als habe sie Mühe, ihre eigene Schrift zu entziffern, dann fuhr sie fort: »… sie kann jetzt nicht länger telefonieren. Aber sie… sie meldet sich wieder.«

Sie richtete sich auf, sah ihn an. Lilly räusperte sich halblaut.

Er fragte: »Und das war alles?«

»Ja, Sir.« Sie nickte, hob die Schultern, als wolle sie sich entschuldigen. »Ich habe gesagt, ich kann sie zu Ihnen aufs Zimmer durchstellen. Oder Sie suchen lassen, wenn Sie nicht abheben. Aber das wollte sie nicht. Sie hat gesagt, sie kann jetzt nur diese Nachricht hinterlassen. Und ich soll alles genau mitschreiben. Und nach dem letzten Wort hat sie auch sofort aufgelegt.«

»Sie hat nicht gesagt, wo man sie erreichen kann?«

»Nein, Sir.« Sie zögerte, dann sagte sie: »Ich hab auf dem Display nachgeschaut, aber da stand *unknown caller*. Das steht da manchmal, glaube ich, wenn es ein Handy war. Dann wird die Nummer nicht angegeben, von der der Anruf gekommen ist.« Nach einer kleinen Pause sagte sie: »Vielleicht war es auch ein Telefon auf einer der Küsteninseln. Es klang so… Ich meine… Ich weiß nicht.«

Er nickte. Sie fragte: »Kann ich sonst noch etwas für Sie tun?«

Er gab keine Antwort. Lilly sagte: »Ich glaube nicht, danke.«

Die Kleine sagte: »Ma'm, Sir.« Sie ging zurück zur Treppe.

## 16

Lilly trank einen Schluck von ihrem Kaffee. Dann nahm sie den Kuchenlöffel wieder in die Hand, aber sie aß nicht weiter, sie legte den Löffel sorgfältig auf den Teller neben die Reste ihres Trifle.

Nach einer Weile sagte er: »Ich hab sie gar nicht gefragt, ob sie… ob Charlotte, meine ich… ob sie ängstlich geklungen hat.« Er starrte auf den Tisch. Dann sagte er: »Oder gehetzt.«

Lilly sagte: »Du kannst sie ja noch fragen.«

Er nickte, ohne sie anzusehen. »Ja. Natürlich.«

Sie wartete, aber er schwieg wieder. Sie sagte: »Allerdings glaube ich nicht, daß dabei viel herauskommt.«

Er sah sie an.

Sie sagte: »Das arme Kind, sie war ja selbst ganz verängstigt. Sie hat sich doch angestrengt, alles richtig zu verstehen und ordentlich aufzuschreiben, denke ich. Und dabei wird sie wohl nicht auch noch mitbekommen haben, ob Charlotte… wie Charlottes Stimme klang, weißt du.«

Er sah sie noch einen Augenblick lang an, dann nickte er. »Ja. Wahrscheinlich hast du recht.« Er senkte die Augen, starrte wieder auf den Tisch.

Lilly warf einen Blick hinüber zu den Leuten am Nachbartisch. Sie schienen nicht zuzuhören, zumindest taten sie so. Lilly legte eine Hand auf den Tisch, schob sie ihm entgegen. Sie fragte: »Wollen wir nicht zu unseren Liegen gehen?«

Er blickte auf, sah auf ihren Dessertteller. »Willst du denn nicht –«

Sie schüttelte den Kopf. »Nein, nein, ich bin fertig.« Sie stand auf. »Das war sowieso zu üppig.«

Er folgte ihr zu den Liegen, blieb stehen, als wolle er erst einmal abwarten, welche Position sie einnehmen würde. Sie legte sich auf die Seite, so, daß sie ihm ihr Gesicht zuwandte.

Er ließ sich auf seiner Liege nieder, legte sich auf den Bauch und drehte den Kopf zu ihr hin. Sie lächelte ihn an. Er lächelte, dann schloß er die Augen.

Nach einer Weile sagte er, ohne die Augen zu öffnen: »Wieso hat sie kein Wort von Roland gesagt?«

»Wer? Die Kleine?«

»Nein. Charlotte. Sie hätte dir doch etwas von Roland ausrichten können.«

»Von Roland, ja.« Sie lachte. »Weißt du… du hast meinen Mann ja ein paar Jährchen früher kennengelernt als ich. Aber du kennst ihn wohl doch nicht so richtig.« Sie seufzte. »Nein, ich glaube nicht, daß Charlotte mir irgend etwas von Roland auszurichten hatte. Er verläßt sich darauf, daß ich nicht herumrätsele, warum er wohl verschwunden ist. Er weiß, daß ich weiß, was ich von ihm zu halten habe.«

Er öffnete die Augen, sah sie an.

Sie sagte: »Ich kann mir auch nicht vorstellen, daß Charlotte so eine… so einen Auftrag gern übernommen hätte.

Ich meine, damit hätte sie ja auch eingestanden, daß sie mit ihm zusammen ist. Und daß der eine vom anderen weiß, daß es ihm gutgeht. Oder ihr.«

Nach einer Weile sagte er: »Vielleicht weiß sie gar nicht, ob es ihm gutgeht.«

Sie runzelte die Stirn. »Und wie das?«

Er sagte: »Vielleicht sind sie gar nicht beisammen. Vielleicht sind sie voneinander getrennt worden.«

Nach einer kleinen Pause sagte sie: »Ach ja. Ich verstehe. Die Entführungstheorie, nicht wahr?« Sie seufzte. »Die Gangster haben sie voneinander getrennt.«

Er erschrak, als sie unversehens die Hand ausstreckte und sich zu ihm hinüberbeugte. Sie strich ihm übers Haar. Als sie mit der Hand auch noch seine Wange berührte, richtete er sich jählings auf. Sie zog die Hand an sich. Er sagte: »Ich gehe mal in den Pool.«

Sie fragte: »Willst du mich nicht mitnehmen?«

»Doch, natürlich, wenn du auch ins Wasser möchtest.«

Er sprang als erster ins Wasser, schwamm bis ans Ende des Beckens und wieder zurück. Unterwegs kam sie ihm entgegen. Er wollte um sie herumschwimmen, aber sie verlegte ihm den Weg. Er trat Wasser, sie lachte, streckte ihm die Arme entgegen, legte die Hände auf seine Schultern und drückte ihn unter Wasser. Er griff nach ihr, bekam sie an den Hüften zu fassen und zog sie nach unten. Das Band ihres Strings konnte er nicht fühlen; vielleicht saß es tiefer. Es war, als wäre sie völlig nackt. Als sie beide prustend wieder auftauchten, sagte sie außer Atem: »Ist das nicht herrlich?«

Sie stieg vor ihm aus dem Becken. Nach ein paar Bahnen

mehr folgte er ihr. Sie saß auf ihrer Liege, lächelte ihn an. »Soll ich dir den Rücken einölen?«

»Nein, danke. Das geht schon.«

Nachdem er sich abfrottiert hatte, legte er sich auf den Rücken, schloß die Augen. Nach einer Weile sagte sie: »Du hast ein merkwürdiges Wort gebraucht, heute morgen, als ich dich gefragt habe, was *du* denn statt Fremdgehen sagen würdest.«

Nach einem kurzen Zögern sagte er: »Liebesverrat.«

»Ja. Ich hab das noch nie gehört.«

»Es ist nicht von mir. Ich meine, ich hab es mir nicht ausgedacht. Ich hab's gelesen. Es gibt ein Buch, das so heißt. Von einem Schweizer Professor, einem Germanisten. Sehr gescheiter Mann.«

Sie lachte. »Ein ganzes Buch übers Fremdgehen?! Entschuldigung, über Ehebruch? Was ist denn daran so kompliziert?!«

»Nicht nur Ehebruch. Es gibt ja auch Bindungen ohne Ehe. Oder besser: Liebesverhältnisse. Aber er nennt beides Liebesverrat. Die Treulosigkeit, meine ich, sowohl die in der Ehe wie außerhalb. Also auch die von Paaren ohne Trauschein.«

Sie sagte: »Der ist aber streng, der Herr!«

»Nein, nein, das hat mit Strenge nichts zu tun. Er untersucht ja den Liebesverrat in der Literatur, verstehst du. Liebesverrat als Thema der Literatur. Das heißt, er gibt gar keine moralischen Bewertungen seiner Beispiele ab.«

Sie lachte. »Sonst wäre es wohl noch mehr als ein Buch geworden, oder?«

Einen Augenblick lang wunderte er sich selbst darüber,

daß er sich noch immer nicht gereizt fühlte. Er sagte: »Na ja, nun unterschätz das mal nicht. Liebesverrat, das ist eines der ganz großen Themen der Literatur. So wie die Liebe, die erfüllte Liebe. Oder Krankheit. Oder der Tod.« Er öffnete die Augen, sah sie an. »Müßtest du eigentlich wissen. Du hast doch eine Menge gelesen.«

»Ist mir nie so aufgefallen.«

»Ist aber so. Das kommt immer wieder, alle diese Themen, von Anfang an.«

Sie wandte den Blick zur Seite, zupfte an dem Handtuch, auf dem sie saß. Er fragte sich, wieso er hier, nachdem seine Frau ihm ein erstes Lebenszeichen gegeben hatte, mit einer fremden Frau über Literatur diskutierte.

Nach einer Weile sagte sie: »Das heißt, die Leute sind nicht nur von Anfang an krank geworden. Und gestorben. Sie sind auch schon immer fremdgegangen.«

»Wenn du so willst, ja.« Er zuckte die Schultern. »Das bedeutet es wohl.«

»Und wer hat damit angefangen? Ich meine, bei diesem Professor?«

»Oh! Weiß ich nicht mehr so genau…« Er rieb sich die Stirn. »Ich glaube, das älteste Beispiel, das er anführt, stammt aus der *Odyssee*. Ja, das ist die Geschichte von Hephaistos, der mit der Aphrodite verheiratet war, dieser Schmied mit den verwachsenen Füßen, er konnte gar nicht richtig gehen, eine schwarze, rußgeschwärzte, humpelnde Mißgeburt, und seine schöne Frau betrügt ihn mit dem Ares, der ebenso schön ist wie sie, aber Hephaistos knüpft sich ein Netz, ein zauberkräftiges, er ist ja so ein halber Hexenmeister, und –«

Sie sagte: »Doktor Buzzard bei den alten Griechen.«

Er sah sie irritiert an. Sie sagte: »Entschuldige, das ist mir jetzt nur so eingefallen. Mach weiter, bitte.«

Er räusperte sich, dann sagte er: »Er läßt also sein Netz auf die beiden herunterfallen, nachdem der Ares wieder mal zu ihr ins Bett gekrochen ist, in sein Bett, das Ehebett des Schmieds, und das Netz zieht sich zusammen, es fesselt die beiden, so, wie sie sind, nämlich nackt und bloß, und der Hephaistos ruft ihre Verwandtschaft, die Götter, herbei und führt ihnen die beiden vor und macht sie zum Gespött.«

Sie lächelte. »Guter Trick. Das mit dem Netz. Das müßte man draufhaben. Der Liebhaber liegt zuoberst, mit nacktem Hintern, und er kommt nicht mehr runter, und die Leute besichtigen ihn! *Wo* steht die Geschichte noch mal?«

Er schüttelte ein wenig den Kopf, mit einem nachsichtigen Lächeln. Dann antwortete er: »In der *Odyssee*. Homer.«

»Ja.« Sie nickte. »Müßte man auch mal lesen, klar.« Sie seufzte. »Du meine Güte! So ein Leben ist viel zu kurz.«

Er dachte einen Augenblick lang nach, dann sagte er: »Aber das *Decamerone* kennst du?«

»Na, und ob! Boccaccio, nicht wahr?«

»Ja. Giovanni. Giovanni Boccaccio.«

»Jaja, ich weiß. Und ob ich das kenne.« Sie nickte, lächelte, fuhr sich mit beiden Händen durch die rotbraunen Haare, schüttelte sie. »Mein Vater hatte das. In zwei Bänden. Hat mein Bruder sich unter den Nagel gerissen. Mit vergoldetem Rücken und mit… wie nennt man das noch mal, wenn auch die Seiten, also obendrauf, von außen gesehen…«

Er sagte: »Du meinst Goldschnitt?«

»Richtig. Hab ich auch mal gewußt. Na gut, ich wollte sagen... Also, solche Bücher gibt's heute ja gar nicht mehr. Solche schönen. Die stellt kein Mensch mehr her.«

Er zuckte die Schultern. »Zu aufwendig. Zu teuer.«

»Na klar. Ich weiß auch gar nicht, ob mein Vater sie zu *seiner* Zeit gekauft hat. Die sahen noch älter aus. Wahrscheinlich hat er sie von meinem Opa geerbt. Ich hab sie jedenfalls gelesen.« Sie lachte. »Heimlich, natürlich. Sie waren ja auch noch illustriert. Ziemlich unanständig.« Sie lächelte. »Bloß waren auf den Bildern leider nur die Frauen nackt. Die Kerle waren immer nur in ihren Strumpfhosen und den dreiviertellangen Röcken und mit ihren Plastrons zu sehen, diesen Halstüchern, oder wie das heißt.«

»Plastrons gab es, glaube ich, erst später. Das *Decamerone* ist ja um...«, er blies die Wangen auf, pustete die Luft heraus, »so um die 1350 geschrieben worden. Denke ich.«

Sie lächelte. »Eins rauf, Schlaukopf! Na, egal... eins dieser Bilder sehe ich noch genau vor mir. Eine Frau vor einem ungemachten Bett, sie ist nackt von oben bis unten, trägt nur einen durchsichtigen Fummel und eine Art Glaskette, die ihr vor dem Bauch herunterhängt, und neben ihr steht ein alter, grauhaariger Kerl mit spitzen Schuhen und in seinen Strumpfhosen und solchem Rock, lilafarben und mit einem Pelzbesatz an Saum und Kragen, er hat so eine Stielbrille in der Hand und zeigt ihr eine Stelle in einem Buch, das er aufgeschlagen hält. Und er schaut ziemlich miesepetrig drein, aber das scheint sie gar nicht zu kümmern, sie guckt ganz verträumt in die Luft, lächelt bloß.«

Er nickte. »Vielleicht ihr Majordomus, dieser Alte. Oder ihr Ehemann.«

»Denke ich mir auch so.« Sie lachte. »Rechnet ihr gerade vor, was sie vergangenen Monat auf den Kopf gehauen hat, mit ihren Freunden, bei den Partys, die sie in ihrem Haus veranstaltet, wenn der Alte verreist ist. Geschäftlich, der Ehemann.«

Er sah sie an. »Könnte so gewesen sein, ja. Aber dann weißt du auch noch, um was es in den allermeisten dieser Geschichten geht?«

Sie dachte einen Augenblick lang nach, zögerte, lächelte, dann nickte sie. »Ehebruch. Liebesverrat. Ja, du hast recht. War um diese Zeit anscheinend schon wieder ein Thema. Die Frauen denken sich alle möglichen Tricks aus, damit sie mit ihren Liebhabern zum Zuge kommen, sie verstekken sie im Schrank oder in der Truhe oder in einem leeren Faß, und wenn der Alte weg ist oder schläft, geht's sofort zur Sache. Übrigens ziemlich fröhlich. Von schlechtem Gewissen nicht die Spur.«

Er wandte den Blick von ihr ab, sah hinauf in den wolkenlosen Himmel.

»Und noch was fällt mir ein«, sagte sie. »Schuld sind in diesen Geschichten fast immer die Frauen. Das ist mir damals schon aufgefallen. Sie machen die Kerle wild. Oder die Kerle sind unverheiratet. Diejenigen, die den Liebesverrat begehen, sind immer die Frauen. Ich hab mir überlegt, ob das daran liegt, daß die meisten Bücher von Männern geschrieben wurden. Die waren ja parteiisch, logo.«

»Jaja, aber das stimmt so ja nicht. Natürlich stimmt es, daß die Frauen unter den Autoren in der Minderheit waren. Und noch immer sind. Aber es ist eben nicht so, daß den Frauen immer die Schuld zugewiesen wird.« Er rieb sich die Stirn. »Denk doch mal... Du kennst doch *Effi Briest*, oder?«

»Na klar. Kenne ich.«

»Wer hat denn da die Schuld am Liebesverrat? Die Effi ist vielleicht bereit dazu, reif dafür, richtig, und das ist schlimm genug. Aber in Gang gesetzt wird das Abenteuer doch von diesem Major, diesem gebürsteten und gezwirbelten ›Damenmann‹, so wird er, glaub ich, genannt. Ein Weiberheld, würden wir heute sagen, nichts anderes. Und dabei ist er selbst auch noch verheiratet!«

Sie sagte: »Okay. Aber... könnten wir ein anderes Beispiel nehmen, bitte?«

Er sah sie verwundert an. »Warum denn?«

»Weil ich bei *Effi Briest* auf der Stelle den Chinesen sehe, der da in diesem schummrigen Landratsamt herumspukt, in dem sie und ihr Mann ihre Wohnung haben, der kleine Kerl mit blauem Rock und gelben Hosen und so einem flachen Hut mit Spitze, der Kapitän, der vor ihnen in dem alten Haus gewohnt hat, hat ihn doch von einer Asienreise mitgebracht, als seinen Diener, aber eines Tages stirbt er, der kleine gelbe Mann, man weiß nicht, warum, vielleicht ist er ermordet –«

»Jetzt langt's aber, Lilly!« Er richtete sich auf, stützte sich auf einen Ellbogen und sah sie an, runzelte die Stirn.

Sie sagte hastig: »Aber so steht's doch in dem Buch, der Fontane war doch bestimmt kein Spökenkieker, der Kapitän begräbt ihn, den Chinesen, aber der findet keine Ruhe und klettert nachts aus seinem Grab, und dann huscht er im dunklen Schlafzimmer an Effi vorbei und streift sie und –«

»Lilly!« Er legte seine Hand auf ihr Knie, drückte es ein wenig. »Hör auf, bitte! Und vergiß diesen blöden Chinesen!«

Sie preßte die Lippen zusammen, nickte. Er nahm die Hand von ihrem Knie.

Sie sagte: »Die weiße Frau taucht übrigens auch noch auf in der *Effi Briest*. Du weißt doch, wer das ist, die weiße Frau?«

Er sah sie mit einem durchdringenden Blick an. Sie sagte: »Okay, okay, ich höre ja schon auf!«

Er ließ sich zurücksinken, blickte in den Himmel. Dann legte er die Hand über die Augen.

Sie sagte: »Mach doch weiter. Bitte. Nimm ein anderes Beispiel.«

Nach einer Weile sagte er: »Ich wollte ja nur sagen, daß die Frauen nicht immer die schlechten Zensuren bekommen. In der Literatur jedenfalls.« Er nahm die Hand von den Augen. »Denk doch bloß an die vielen, vielen Ehemänner, die ihre Frauen mit einer anderen betrügen. Davon wimmelt es doch in der Literatur.«

»Wie im richtigen Leben, ja.« Sie rieb sich mit den Fingerspitzen beider Hände die Stirn. »Aber niemand regt sich darüber auf. Im Leben.« Sie nagte an ihrer Unterlippe. »Warum eigentlich in der Literatur? Na gut, sagen wir: Im Leben jedenfalls regt sich kaum jemand darüber auf. Hin und wieder einer von den Betrogenen, ja.«

Er sagte: »Na, hör mal!« Er sah sie an. »Hin und wieder bringt einer von den Betrogenen den Betrüger um! Auch im richtigen Leben!«

»Ja, schon. Aber relativ selten.« Sie zog eine Falte an

ihrem Handtuch gerade. »Die Türken, okay. Oder ein Algerier. Aber denen sitzt ja auch sonst das Messer ein bißchen lockerer. Die meisten Männer finden sich doch damit ab, auf irgendeine Weise. Sie arrangieren sich damit. Die Frauen sowieso. Was bleibt ihnen auch anderes übrig.«

Er schloß die Augen wieder. Sie sagte: »Und es ist ja auch kein Wunder. Dieses … diese Sache hat es schließlich von Anfang an gegeben. Dein Professor hat's bewiesen, nicht wahr? Und das siehst du ja *auch* so. Also ist anzunehmen, daß es das auch in Zukunft alle Tage geben wird, das Fremdgehen. Alle Tage, und alle Nächte, natürlich. Wenn's dunkel ist und niemand sieht, was da getrieben wird. Liebesverrat. Und die Betrogenen finden sich damit ab. Man arrangiert sich damit.«

Er schwieg. Sie wartete einen Augenblick lang, dann fragte sie unvermittelt heftig: »Warum kannst *du* dich nicht damit abfinden, verdammt noch mal?!«

## 17

Nach einer langen Zeit sagte er, ohne die Augen zu öffnen: »Ich hab mal mit einem Polier zusammengearbeitet. Netter Kerl. Guter Handwerker, aber vor allem ein wirklich netter Kerl. Schon älter, Anfang Fünfzig damals. War verheiratet mit einer Frau, die ungefähr so alt war wie er, also auch nicht mehr die Jüngste. Sie hatten einen Nachkömmling, einen Sohn, der noch bei ihnen wohnte. In einer dieser Serienwohnungen, drei Zimmer, Küche, Diele, Bad, Balkon. Speisekammer. Also ein Schlafzimmer, ein Kinderzimmer.

Und eines Tages zieht der Sohn aus, ziemlich unwillig, aber die Mutter hat gesagt, sie ist es leid, für ihn zu kochen und zu waschen und zu putzen, und jetzt muß er endlich mal auf eigenen Füßen stehen. Alles ganz plausibel. Doch kurze Zeit später nimmt sie einen Untermieter auf, er bezieht das Kinderzimmer. Ein Kerl von Anfang oder Mitte Dreißig, ohne feste Anstellung. Gelegenheitsarbeiter. Sie sagt, er habe sie im Supermarkt angesprochen und gefragt, ob sie in der Nachbarschaft nicht jemanden wisse, der ein Zimmer vermiete. Und sie sagt, die Miete könnten sie doch gut gebrauchen.«

Unversehens hob er die Hand und rieb sich heftig die Stirn, als verspüre er einen Juckreiz.

Sie sagte: »Ich hoffe, dein Polier hat den Kerl achtkantig rausgeschmissen.«

»Hat er nicht.« Er ließ die Hand wieder sinken. »Er hat mir gesagt, er wisse nicht, was er tun solle. Tun könne. Er wolle sie nicht verlieren. Und vielleicht gehe das ja vorüber. Vielleicht komme sie ja wieder zu Sinnen. Ja. Ein bißchen später hat sie dann auch schon mal eine ganze Nacht mit dem Untermieter verbracht. Im Kinderzimmer, in dem Bett, das der Nachkömmling hinterlassen hatte. Und nachdem das ein paarmal passiert war, hat sie eines Morgens gesagt, so gehe das nicht weiter. Sie fühle sich wie gerädert, und in dem Zustand könne sie nicht einmal die Hausarbeit tun. Und am Ende haben die beiden, haben diese… dieses infernalische Liebespaar, sie haben es geschafft, daß er, der Hausherr, ins Kinderzimmer gezogen ist und der Liebhaber ins Schlafzimmer. In das Schlafzimmer des Hausherrn. In sein Ehebett. Und das hat er dann fast ein Jahr lang ausgehalten. So lange, bis der Liebhaber sich verzogen hat. Wahrscheinlich, weil er eine Neue gefunden hatte.«

Sie sagte: »Das gibt's doch nicht!«

»Doch, das gibt es. Und ich erzähle es dir nicht, um zu beweisen, daß in Wahrheit dann doch wieder die Frauen die Schuld haben. Ich erzähl's dir nur, weil ich miterlebt habe, wie dieser Mann gelitten hat. Weil ich erlebt habe, wie ein Mensch leidet, der seine Liebe ernst nimmt und die Treue ernst nimmt, und der erleben muß, aus heiterem Himmel erleben muß, wie seine Liebe ... in den Dreck getreten wird. Wie ihm die Treue gebrochen wird. Wie er, der ganze Mensch, der er doch ist, mit Haut und Haaren ... verraten ...« Er merkte zu seinem Erschrecken, daß ihm die Stimme brach, aber er wollte diesen Satz nicht unvollendet lassen, er sagte mit schwankender Stimme: »... verraten und verkauft wird. An einen anderen, einen Fremden, verrät sie ihn. Seine Frau! An einen Dahergelaufenen.«

Sie sagte halblaut und sehr sanft: »He, he!« Sie streckte die Hand aus und berührte mit ihren Fingerspitzen seinen Arm.

Er sagte mit erstickter Stimme: »Das sind Höllenqualen, Lilly! Weißt du, wie du dich fühlst, wenn dir das passiert? Wie dieser Mann sich fühlte? Ich weiß es, Lilly. Ich hab's erlebt. Miterlebt. Du fühlst dich wie ... gehäutet. Bei lebendigem Leibe gehäutet und ... und ausgesetzt. Vor die Tür gesetzt! Und jedes Staubkorn, das der Wind vom Trottoir aufwirbelt, jedes lächerliche Staubkorn trifft dich wie eine Pistolenkugel. So empfindest du es, Lilly. So fühlst du dich.«

Sie beugte sich vor und legte die Hand auf seine Schulter. Er duldete die Hand. Nach einer Weile fuhr er sich über die geschlossenen Lider, öffnete die Augen und sah sie an. Sie sagte: »Ja, ich weiß es. Ich kenne es. Und jetzt hör, was ich dir sage: Laß das alles hinter dir. Deinen Polier und all das andere. Alles, was dich sonst noch niederdrückt. Vergiß alles, was du nicht mehr ändern kannst. Es kann dir doch gar keiner etwas anhaben! Dich kann doch gar keiner verkaufen. Keiner verraten! Stell dich auf deine Füße. Fang was Neues an.«

Nach einer kleinen Pause sagte sie eindringlich: »Sag Davenport, daß du großes Interesse an diesem Auftrag hast. Daß du ihn gern übernehmen möchtest. Für deine eigene Firma. Und dann... dann fängst du das neue Leben an. Hast du das gehört?«

Er schwieg eine Weile. Unversehens schüttelte er den Kopf. Ihre Augen weiteten sich. Er zögerte, dann blickte er auf seine Uhr und sagte: »Vielleicht sollte ich nicht auch noch heute nachmittag in der Konferenz fehlen.«

Sie sah ihn schweigend an. Schließlich nickte sie. Er schwenkte die Beine von der Liege, setzte sich ihr gegenüber. Ihre Beine berührten sich. Er stand auf. »Bis nachher dann. Und vielen Dank.«

Sie sagte: »Bis nachher.«

Er stand auf und ging. Sie schaute ihm nach. Er ging hastig, einmal schien er zu stolpern. Es sah fast so aus, als sei er auf der Flucht.

Als er die Treppe zum Souterrain des Hotels hinabgegangen und verschwunden war, streckte sie sich rücklings auf ihrer Liege aus. Sie legte die Hand über die Augen und verharrte so. Hin und wieder bewegten sich ihre Finger.

Zweimal nahm sie die Hand von den Augen, sah auf ihre Uhr, und jedesmal hob sie den Kopf und blickte hinüber zu der Treppe. Nachdem sie ein drittes Mal auf die Uhr geschaut hatte, stand sie plötzlich auf. Sie räumte ihre Sachen in die Badetasche, zog ihre Jacke an und ging zu der Treppe.

## 18

Er traf rechtzeitig in der Academy ein. Dieser Termin am Freitag nachmittag, die letzte Arbeitssitzung der Konferenz, war nur schwach besucht. Wahrscheinlich nutzten die meisten Gäste die Zeit lieber, um sich noch einmal in Savannah oder der Umgebung der Stadt umzusehen.

In einer Ecke des Foyers entdeckte er einen jüngeren, dickleibigen Mann in schwarzem Anzug, der ihm als Beauftragter oder Vertreter der Stadt, in der Schöne-Bergmann sein hochgelobtes Museum gebaut hatte, bekannt war. Dieser Mensch mit Namen Jürgen Wittkamp, ein examinierter Architekt, hatte desungeachtet während der ganzen Konferenz bislang den Mund nicht aufgemacht. Vielleicht war er nur nach Savannah geschickt worden, auf Kosten des Stadtsäckels, um diejenigen Stellen der Referate und Wortmeldungen mitzuschreiben, in denen seine Kommune wegen ihrer Verdienste um die Kunst lobend erwähnt wurde. Zur Veröffentlichung in *Der Bürger,* monatliche Mitteilungen der Stadtverwaltung.

Plötzlich durchfuhr ihn der Gedanke, daß ebendieser Kerl Schöne-Bergmanns Spion sein könnte, die trübe Quelle, die den mißtrauischen Gebieter zu Hause regelmäßig mit

Informationen über die Konferenz versorgt hatte und insbesondere mit Tratsch über alles, was sein offizieller Stellvertreter, der hier als Diplom-Architekt herausgestellte Hans Schumann, vor Ort unternahm, und nicht zuletzt das, was er unterließ. Bei genauerer Betrachtung kam eigentlich nur dieser Kerl dafür in Frage.

Er spürte plötzlich, wie die Wut in ihm emporkochte, heiß und kaum noch einzudämmen. Er wußte, daß es nicht klug wäre, ihr freien Lauf zu lassen. Es würde ihm vielleicht eine der Optionen, die er gegenwärtig noch besaß, verderben. Aber es widerstrebte ihm allzusehr, sich an die Kandare zu nehmen.

Er fixierte den schwarzgewandeten Schleicher. Der Herr Beauftragte schien ihm ausweichen zu wollen, er schaute angestrengt aus dem Foyer in den noch leeren Saal, als gebe es auf dem Podium etwas zu sehen. Als er seine Augen von dort abwandte, um sie in eine andere, unverfängliche Richtung zu lenken, geriet er unversehens in den Blick Schumanns, der ihn festzuhalten schien. Er zuckte leicht zusammen, setzte dann ein etwas mühsames Lächeln auf und deutete eine Verbeugung an. Bevor er seine Augen wieder ins Leere wenden konnte, ging Schumann auf ihn zu.

Er trat an ihn heran und fragte: »Ach, Herr… Wie war doch noch Ihr Name?«

»Wittkamp. Jürgen Wittkamp. Von der Bauverwaltung der Stadt –«

»Ja, ja, ich weiß.« Schumann winkte ab. »Wir sind uns während der Bauzeit ja oft genug begegnet. Was ich Sie fragen wollte: Was tun Sie hier eigentlich? Ich meine, zu welchem Zweck sind Sie nach Savannah gekommen?«

Der Schleicher stutzte, dann versuchte er abermals das Lächeln, das ihm auch diesmal nicht gelingen wollte. Er sagte: »Ich fürchte, ich verstehe nicht ganz …?«

»Was ist denn daran so schwer zu verstehen? Ich möchte wissen, wer Sie dafür bezahlt, daß Sie hier Tag um Tag Ihre Zeit totschlagen. Haben Sie eigentlich noch gar nicht gemerkt, daß das hier, abgesehen von dieser Konferenz, eine hochinteressante Stadt ist, in der es eine Menge hochinteressanter Sachen zu sehen und zu erleben gibt?«

Die Stimme Wittkamps wurde eng. »Nun machen Sie sich mal keine Sorgen um meine Freizeitgestaltung, Herr …«, er legte eine kleine Pause ein, »… Schumann. Und wenn Sie sich die Mühe machen wollten, die Teilnehmerliste dieser Veranstaltung zu studieren, dann werden Sie herausfinden, daß ich als offizieller Beobachter der Konferenz und als Vertreter meiner Behörde hier weile.« Er lächelte; es war ein böses Lächeln, und diesmal fiel es überzeugend aus, er hatte sich offenbar von seinem Schrecken erholt. »Oder hatten Sie geglaubt, wir hätten mit dem Museum, das Ihr Chef gebaut hat, nicht zuletzt auf unsere Kosten gebaut hat, unsere Tätigkeit eingestellt?«

»Es hätte mich jedenfalls nicht gewundert. Wundern würde mich allerdings sehr, wenn Sie hier nicht auch noch zu einem anderen Zweck … weilten. Ich meine, um nebenher für einen anderen Auftraggeber tätig zu werden. In Ihrer Position ist man doch dankbar für jedes Zubrot, das man ergattern kann, nicht wahr?«

Wittkamp tat einen Schritt zur Seite. »Ich habe nicht die Absicht, mir Ihre Unverschämtheiten auch nur eine Sekunde länger anzuhören, Herr …«

Schumann faßte ihn am Arm. »Das glaube ich Ihnen gern, Herr! Sie müssen ja vermutlich auch schon wieder Bericht erstatten. Aber vergessen Sie dieses Mal nicht, Ihrem Mäzen auszurichten, daß er sich das Honorar für Sie sparen kann. Der Mist, den Sie über mich zusammentragen, ist mir scheißegal. Haben Sie's verstanden, oder soll ich's wiederholen, zum Mitschreiben?«

Wittkamp schüttelte Schumanns Hand ab und ging in den Saal. Er ging gemessenen Schrittes, als habe der Wortwechsel, dem er soeben unterzogen worden war, sein Gemüt nicht im geringsten berührt.

Schumann atmete tief. Er sah um sich und begegnete dem Blick einer blonden Frau, die offenbar aufmerksam geworden war und ihn über die Schulter beobachtete. Er lächelte sie an, sie erwiderte das Lächeln und wandte sich ab.

Die Tür, die aus dem Foyer auf die Terrasse führte, stand offen. Er trat heran und warf einen Blick hinaus in den kleinen Garten am Fuß der Terrasse, die üppige Vegetation, die Blumenbeete, die Sträucher und Bäume. Lilly fiel ihm ein, sie hatte mit ihrer Zigarette ebenhier gestanden, um das Rauchverbot in der Academy zu umgehen. Er sog die Luft ein, die milde war und ein wenig süß.

Der Aufruhr, den der Schleicher in ihm entfesselt hatte, ebbte allmählich ab. Er begann sich zu fragen, wie sein nächstes Telefonat mit Schöne-Bergmann verlaufen würde. Wenn dieser skrupellose Despot tatsächlich eine Schranze wie Wittkamp als seinen Zuträger engagiert haben sollte und wenn der ihm wortwörtlich ausrichtete, was ihm aufgetragen worden war, dann würde Schöne-Bergmann sich auf unerhörte Weise provoziert fühlen. Er würde sich bloßgestellt und beleidigt fühlen, und sein Zorn würde kaum noch kalkulierbar sein.

Zu seiner eigenen Verwunderung fühlte Schumann sich von den Konsequenzen, die dieser Zorn haben konnte, nur wenig berührt. Er dachte an Lilly, wie sie in dieser Terrassentür gestanden und hinausgeblickt hatte. Und dann dachte er daran, wie sie mit ihren braungebrannten, schönen Beinen auf der Liege neben ihm gehockt und auf ihre Art mit ihm über Liebesverrat diskutiert und ihm, als sei er ein trübsinniger Knabe, dem zum erstenmal ein Mädchen weggelaufen ist, klarzumachen versucht hatte, daß niemand ihn verraten und verkaufen und niederdrücken könne.

Er trat von der Tür zurück, sah sich noch einmal im Foyer um und ging dann mit anderen Zuhörern in den Saal, wo das Podium nun besetzt war. Sam Harper stand über einen der Teilnehmer des Panels gebeugt und tauschte sich mit ihm aus. Herr Wittkamp war nirgendwo zu sehen; vielleicht hatte er tatsächlich schon einen stillen Winkel aufgesucht, um seinen Auftraggeber zu verständigen.

Schumann empfand eine leise Enttäuschung, als er auch Davenport nicht finden konnte. Er fragte sich selbst, ob er den Anwalt mittlerweile schon als seine große Hoffnung oder zumindest als Mentor betrachtete, auf dessen Beistand er sich auch in schwierigen Situationen verlassen konnte, und er rief sich zur Ordnung. Es fehlte noch, daß er von der einen Abhängigkeit in die nächste hineinschlitterte.

Während er noch darüber nachdachte, von wem im einzelnen er sich abhängig fühlte oder fühlen mußte oder eben nicht fühlen mußte, eröffnete Sam Harper, offenbar nicht ohne Stolz auf das bisher Geleistete, die letzte Arbeitssitzung der Konferenz und kündigte als ersten Referenten des Nachmittags Anson Jerrold an, den pensionierten, aber vielen Teilnehmern gewiß wohlbekannten Richter; Richter Jerrold werde über die gebräuchlichen Rechtsverhältnisse einer Stiftung referieren, die unter erheblicher Beteiligung einer kommunalen Institution, jedoch im wesentlichen durch die Investition eines privaten Stifters entstehe.

Schumann wollte dem Vortrag, dessen Thema ihn interessierte, folgen. Aber er glitt unmerklich und unaufhaltsam ab in ein Meer von Empfindungen und Erinnerungen und Überlegungen.

Zunächst einmal lenkte ihn der Richter selbst, ein schwerer, grauhaariger Mann mit Stoppelfrisur, in dunklem Anzug mit Weste und unmodisch dicker Krawatte, von seinem Vortrag ab. Schumann versuchte vergeblich, seine Erinnerung an Richter Thatcher zu vertreiben, den gestrengen Herrn, der in Tom Sawyers Heimatstadt am Mississippi Recht gesprochen und zu dessen Haushalt die Tochter Becky gehört hatte, die kleine Zierliche mit gebügelter Schürze und langen Zöpfen. In seiner Vorstellung hatte Becky immer ausgesehen wie Milch und Blut, ein Schätzchen mit roten Wangen und Lippen und goldblonden Haaren, und er hatte Toms Liebesweh mitempfunden – so wie auch jetzt, ganz unvermutet und absurderweise.

Eine noch gründlichere Ablenkung kam hinzu. Er hatte nicht im Blickfeld der blonden Frau, die im Foyer seinen Wortwechsel mit Wittkamp beobachtet hatte, Platz nehmen wollen und sich deshalb zwei Reihen hinter ihr niedergelassen. Unversehens bemerkte er ihren Haarschopf durch die Lücke zwischen den beiden Männern, die vor ihm saßen.

Sie trug ihr volles, langes Haar am Hinterkopf aufgesteckt, in einem dicken, schweren, schimmernden Knoten. So frisierte auch Charlotte ihr Haar hin und wieder.

Diesmal versetzte der Anblick ihm einen tiefen Stich, den er einige Sekunden lang körperlich zu spüren glaubte. Er rückte sich auf seinem Stuhl zurecht. Wo mochte sie in diesem Augenblick sein, jetzt, in dieser Sekunde?

An einem Strand, auf einer der Inseln, nicht weit von hier, im Osten, jenseits der Küste. Oder tief im Süden, in Florida. Die weißen Kämme der Brandung rollten heran und verliefen sich zu ihren Füßen. Sie lag auf dem Rücken, auf einem großen Badetuch, hatte den Kopf erhoben, sich auf die Ellbogen aufgestützt und zählte die Kämme. Sie trug ihren breitrandigen Hut. Ja, und einen String trug sie. Roland hatte ihn ihr gekauft. Sie hatte gelacht und gesagt, so etwas komme für sie aber nun wirklich nicht in Frage. Aber dann hatte sie ihn anprobiert. Und jetzt trug sie ihn.

Er versuchte, das Bild des Ladens an der Strandpromenade, in dem der Kauf stattgefunden hatte, zu verdrängen, die bunten, flatternden Fahnen vor der Tür, das gedämpfte Licht im Inneren. Aber er geriet vom Regen in die Traufe; die Frage tauchte auf, die ihn schon seit dem Augenblick beschäftigte, als die kleine Asiatin ihm Charlottes Botschaft ausgerichtet hatte. Er war sich sicher gewesen, daß Lilly diese Frage noch stellen würde und daß sie auch eine Antwort wüßte. Die Frage lautete, warum Charlotte bei ihrem Anruf so unter Zeitdruck gestanden hatte, daß sie sich nicht einmal mit ihm hatte verbinden lassen wollen.

Feigheit, würde Lilly antworten. Kein Zeitdruck, ach wo, sondern bloße Feigheit. Charlotte hatte sich mit ihm nicht verbinden lassen aus demselben Grund, der sie und Roland schon bislang daran gehindert hatte, die Zurückgebliebenen, ihre Ehepartner immerhin, über das aufzuklären, was geschehen war und warum es geschehen war. Aus schlichter, aus ganz ordinärer Feigheit hatten sie ihre Partner länger als vierundzwanzig, nein: bis zu Charlottes Anruf gut dreißig Stunden insgesamt im ungewissen gelassen.

Wäre sie mit ihm verbunden worden, dann hätte er sie selbstverständlich befragt, und sie hätte seine Fragen beantworten müssen. Die Fragen lagen doch auf der Hand: Wo bist du? Warum bist du ohne ein Wort der Erklärung verschwunden? Wann kommst du zurück?

Roland kannte solche Fragen, er hielt sie für überflüssig und lästig, also ging er jeder Situation aus dem Wege, in der er sie hätte beantworten müssen. Aber auch Charlotte konnte sich alles, was er, ihr Mann, von ihr hätte wissen wollen, all das, womit er sie bedrängt hätte, an den fünf Fingern abzählen, also vermied auch sie das direkte Gespräch mit ihm, die Konfrontation. Sie war ebenso wie Roland zu feige dazu.

Es hatte Charlotte bedrückt, nun gut, daß sie ihn im ungewissen über ihr Schicksal gelassen hatte. Also hatte sie schließlich das Hotel angerufen. Wahrscheinlich hatte Roland gesagt, er halte das für Blödsinn, die beiden könnten doch eins und eins zusammenzählen und würden nicht lange raten müssen, warum Charlotte und er sich abgesetzt hätten. Aber Charlotte hatte sich damit nicht anfreunden können, sie hatte angerufen. Vielleicht hatte sie das sogar getan, ohne daß Roland es wußte. Nun gut. Aber den Mut, mit ihrem Mann selbst zu reden, hatte sie nicht aufgebracht. Zu feige, nichts anderes, ganz einfach.

Und Lilly würde sagen: »Das war's denn auch. Glaub nur ja nicht, daß sie so schnell wieder anruft. Das hat sie zwar versprochen, aber davor wird sie sich zunächst mal drükken.« Er wisse nun ja, daß es seiner Frau gutgehe. Daß er sich keine Sorgen zu machen brauche. Und im übrigen hoffe Charlotte – so Lillys Weissagung –, daß alles Weitere sich finden werde. Insgeheim spekuliere sie vielleicht sogar darauf, daß sie ihm erst dann wieder begegnen würde, ob am Telefon oder Auge in Auge, wenn alle Beteiligten sich mit der neuen Konstellation abgefunden hätten.

Und Lilly würde noch weiter gehen. Sie würde nicht zuletzt denken, und wahrscheinlich würde sie es sogar aussprechen, in ihrer naiven Rücksichtslosigkeit, daß Charlotte sich übel verspekulieren könnte und vielleicht schon sehr bald Anlaß fände, ihrem Ehemann wieder entgegenzutreten. Nämlich zu dem absehbaren Zeitpunkt, in dem Roland die Lust verloren haben würde und sie sitzenließe, um wieder einmal zu ihr, Lilly, zurückzukehren.

Und wie würde dann er, Hans Schumann, sich verhalten? Ihm wurde heiß, als diese Frage, die ihn schon einmal beunruhigt hatte, ihn abermals überfiel. Er irrte eine Weile zwischen einer Reihe von Antworten hin und her, die ihm spontan einfielen und die sich im wesentlichen direkt widersprachen (er würde seine Frau ohne ein Wort in die Arme schließen – nein, nein, er würde ihr sagen, sie könne im Haus wohnen bleiben, aber er werde umgehend und für immer ausziehen). Um diesem Dilemma zu entgehen, versuchte er, sich auf den Vortrag des Richters zu konzentrieren, aber auch das half ihm nicht.

Am Ende biß er sich fest an dem Wort Feigheit. Es war

Lilly gewesen, die das Wort ins Spiel gebracht hatte, nicht wahr? Aber was wußte Lilly schon von Charlottes Charakter? Nichts, genau betrachtet. Sie hatte sie doch erst kurz vor dem Abflug in Düsseldorf kennengelernt. Sie wußte so gut wie gar nichts von Charlotte.

Charlotte *war* nicht feige. Ihm fiel wieder einmal – wie so oft, wenn er sich, mehr oder weniger stolz, ihre faszinierenden Eigenschaften vergegenwärtigte – jenes Erlebnis ein, das er mit ihr auf einer schon lange zurückliegenden Ferienreise in San Francisco gehabt hatte. Sie hatten sich den Yachthafen angesehen und waren auf Fisherman's Wharf in eine Bar namens ›Buena Vista‹ eingekehrt, eine Schwemme mit einer endlos langen Theke, die um diese Vormittagszeit bereits voll besetzt war und auf der eine ganze Batterie von vorgewärmten und mit einem Zuckerrand versehenen Gläsern stand, in die laufend Irish coffee gefüllt wurde, die Spezialität des Hauses.

Sie hatten neben einem Paar gestanden, das etliche Jahre älter war als sie und zwei Hocker ergattert hatte, und sie waren ins Gespräch gekommen, und der Mann, der einen dunkelblauen Anzug trug und nach einem exotischen Rasierwasser roch, hatte Charlotte seinen Hocker angeboten und, nachdem er sie als deutsche Touristen identifiziert hatte, sie zu einem Irish coffee eingeladen und erzählt, daß er und seine Begleiterin aus New York stammten und daß er an der Jahrestagung der American Bar Association im Radisson Hotel gleich nebenan teilnahm, und Schumann hatte zunächst geglaubt, der Mann sei ein Barbesitzer, was die beiden zum Glück nicht merkten, bis er begriff, daß Bar in diesem Fall die Anwaltschaft bedeutete.

Und nach der dritten Runde Irish coffee hatte die sehr ansehnliche Begleiterin, die offenbar nicht die Ehefrau war, gesagt, dieses Getränk sei hier, ebenhier im ›Buena Vista‹ erfunden worden, und zu Schumanns Verblüffung hatte Charlotte mit schon ein wenig schwerer Zunge erwidert, das stimme leider nicht, denn der Erfinder sei Joe Sheridan, und der habe 1942 als Chefkoch in Foynes, Irland, gearbeitet, dem Seehafen, in dem die Flugboote aus Amerika gelandet seien, und Sheridan habe sich seine Mischung aus irischem Whiskey und heißem Kaffee und Schlagsahne ausgedacht, um die durchgefrorenen Fluggäste und insgeheim vor allem die Piloten aufzuwärmen.

Er selbst hatte Charlotte gefragt, woher sie das denn wissen wolle, und sie hatte gesagt, im Flughafen von Shannon sei ein Schild zu Joe Sheridans Ehren angebracht und dort gebe es auch Prospekte, in denen man die Geschichte lesen könne. Und er hatte, um die leichte Verstimmung, die die Begleiterin des Anwalts erkennen ließ, auszuräumen, noch eine Runde Irish coffee spendiert, und nachdem sie auch noch die sechste oder sogar siebte Runde genossen hatten, waren sie aufgebrochen, und er hatte, merkwürdigerweise ein wenig neidisch, dem Anwalt und dieser ansehnlichen Begleiterin nachgeschaut, die Arm in Arm zum ›Radisson‹ gegangen waren, und das gewiß nicht, um an der Nachmittagssitzung der Bar Association teilzunehmen.

Der Clou dieses schönen Herbsttages hatte dann auch nicht mehr lange auf sich warten lassen. Er hatte es für eine gute Idee gehalten, und Charlotte auch, sich noch ein wenig die Füße zu vertreten und den Kopf auszulüften, und unversehens waren sie in eine sehr einsame Straße geraten, links und rechts nur endlose Lagerhallen, und vor ihnen waren wie aus dem Nichts zwei dubiose Gestalten aufgetaucht, Turnschuhe, Jeans und Bomberjacken, sie hatten sie offensichtlich taxiert, während sie sich näherten, und Charlotte war stehengeblieben, hatte ihre Umhängetasche geöffnet und die Rechte hineingesteckt und die beiden nicht aus den Augen gelassen.

Es hatte tatsächlich so ausgesehen, als habe sie in der Tasche eine Waffe, Pfefferspray vielleicht oder sogar eine Pistole, und warte nur darauf, daß die beiden sie angriffen, und das hatten wohl auch die beiden geglaubt, sie waren auf Distanz um sie herumgegangen, und Charlotte hatte sich in einem Halbkreis gedreht, die Augen immer auf diese Kerle gerichtet, bis der Abstand groß genug geworden war, um sich wieder sicher zu fühlen.

Er hatte mit trockenem Mund gefragt: »Was war *das* denn jetzt?« Und Charlotte hatte geantwortet: »Na, was soll das denn wohl gewesen sein? Das war die edle Kunst der Selbstverteidigung, ganz einfach.«

Das war ein schöner Urlaub gewesen, im Jahr nach ihrer Hochzeit. Oder zwei Jahre danach? Vor fast zwanzig Jahren jedenfalls. Er hatte nicht mehr an die ansehnliche Frau aus New York gedacht, nein, er hatte seinen Arm um Charlottes Taille gelegt, und sie waren, ein wenig schwankend, aber unbeirrt, so lange weitergegangen, bis sie ein Taxi gefunden hatten, das sie zu ihrem Hotel brachte. Charlotte hatte sich in der Unterwäsche auf ihrem Bett ausgestreckt, und er hatte das »Do not disturb«-Schild vor die Tür gehängt und die Vorhänge zugezogen, das helle Sonnenlicht hatte sich in eine bernsteinfarbene Dämmerung verwandelt.

Ja. Und Charlotte schlief schon, als er sich neben sie legte. Oder sie hatte so getan.

Ja. Wie auch immer – Lilly hatte wirklich keine Ahnung. Es war ihm lästig, aber er legte sich auch noch die Antwort zurecht, die er ihr entgegenhalten würde, wenn sie wegen Charlottes Anruf sich tatsächlich über ihre Feigheit, die vermeintliche, auslassen sollte: Wieso Feigheit?! Dummes Zeug! Womöglich hatte Charlotte sogar Mut bewiesen. Sie hatte sich für einen kurzen Augenblick der Bewachung durch ihre Entführer entziehen können, die Gangster waren unaufmerksam gewesen, und Charlotte war an ihr Handy gekommen oder an einen Münzfernsprecher.

Sie hatte ihn beruhigen wollen, und deshalb hatte sie ihm ausrichten lassen, es gehe ihr gut. Sie hatte natürlich nicht hinterlassen können, wo sie zu erreichen sei – wahrscheinlich hatte sie es selbst gar nicht gewußt. Und sie hatte auch nichts von Roland ausrichten können oder wollen, weil sie getrennt worden waren und sie auch nicht wußte, wie es ihm ging und wo er sich aufhielt. Und selbstverständlich hatte sie nicht die Zeit gehabt, sich mit ihrem Mann verbinden zu lassen – die Gangster konnten ja jeden Augenblick zurückkommen, und sie sollten wahrscheinlich doch nicht erfahren, daß sie telefoniert hatte.

Nachdem er auf diese Weise sein Mißtrauen und seine Eifersucht eingeschläfert hatte, überkamen ihn wieder die erbaulichen Erinnerungen an Charlotte. Charlotte, die Stolze, die Untadelige, von der er schon bei ihrer ersten Begegnung gewußt hatte, daß er sie zur Frau haben wollte. Hin und wieder raffte er sich auf und versuchte, den Referaten zuzuhören, auf Richter Jerrold folgten noch zwei weitere Experten, und er beteiligte sich sogar an den Diskussionen, stellte drei, vier Fragen und mehrere Zusatzfragen, gab sich aber jedesmal danach wieder seinen Erinnerungen hin.

Um Viertel nach sechs schloß Sam Harper die Veranstaltung mit dem Hinweis auf die abschließende Sitzung der Konferenz am nächsten, dem Samstag morgen, auf der die Zusammenfassungen der Ergebnisse vorgetragen und zur Diskussion gestellt würden. Als Schumann inmitten der Teilnehmer hinaus in das Foyer kam, sah er Lilly. Sie stand wieder an der Terrassentür, drückte ihre Zigarette aus, als sie ihn entdeckte, und lächelte ihn an. Er ging zu ihr.

Sie fragte: »Ich hoffe, es ist dir recht, daß ich gekommen bin?«

Er sagte: »Ich … Ja, natürlich.«

Sie nickte. »Und wie war der Nachmittag? Irgendwas Besonderes? Was Neues?«

»Nein.« Er zögerte, dann sagte er: »Na ja, vielleicht doch.«

Sie sah ihn fragend an. Er sagte: »Ich werde vielleicht morgen schon … mich auf den Weg machen.«

Die braunen Augen weiteten sich. »Nach Hause?«

Nach einer kleinen Pause sagte er: »Nein. Ich werde Charlotte suchen.«

## 19

Sie fragte nicht, was ihn zu diesem Entschluß gebracht hatte, und auch nicht, wie und wo überhaupt er Charlotte finden wollte. Sie nickte, nachdem er ihr gesagt hatte, was er vorhatte, dann schwieg sie einen Augenblick lang, warf einen Blick hinaus in den Garten und auf die glitzernde Fontäne des kleinen Springbrunnens.

Schließlich sah sie ihn wieder an. »Ich weiß nicht, ob du... Hättest du denn Lust, heute abend noch mal zusammen essen zu gehen? Mit mir, meine ich. Oder hast du was anderes vor?«

»Nein.« Er rieb sich die Wange. »Ich hab nichts anderes vor.«

Sie zog die Stirn ein wenig zusammen. »Du brauchst keine Hemmungen zu haben, wenn du lieber was anderes tust, das weißt du doch? Kein Problem, du kannst es ruhig sagen!«

»Nein, nein, ich will ja gar nichts anderes tun!« Er sah auf die Uhr. »Nur wird es womöglich schon wieder schwierig, einen Tisch zu bekommen. Ich hab heute nachmittag auch nicht daran gedacht.«

Sie lächelte. »Aber ich.«

Er sah sie verblüfft an. Sie sagte: »Nicht daß du glaubst, ich hätte dich festnageln wollen! Ich hab mir nur gedacht, daß du dazu gar keine Zeit findest.« Sie lachte. »Du hast sogar die freie Auswahl. Wir können zu ›The Lady & Sons‹ gehen...«, sie legte eine kleine Pause ein, dann sagte sie: »... oder in ›The Pirates' House‹.«

Er sagte: »Was denn... Hast du etwa *zwei* Tische bestellt?«

»Na klar. Ich wollte doch nicht, daß du glaubst, ich will dich vergewaltigen.« Sie lachte. »Und abbestellen kann ich ja immer noch.«

Er schüttelte den Kopf. Dann lächelte er. »Du bist wirklich… was Besonderes.«

»Danke. Das nehm ich mal als Kompliment.« Sie strich sich die Haare hinters Ohr, lächelte. »Also… was ist jetzt? Bei der ›Lady & Sons‹ ist das Essen vielleicht besser. Allerdings auch teurer, vermute ich.«

Er sagte: »Hättest du denn keine Angst, ins ›Pirates' House‹ zu gehen?«

»Weiß ich nicht.« Sie tat einen nachdrücklichen Atemzug. »Wird sich rausstellen. Und solange du bei mir bist, hab ich sowieso keine Angst vor Gespenstern. Oder fast keine.« Sie zog ein kleines Notizbuch aus ihrer Handtasche, schlug es auf und gab es ihm. »Halt das mal, damit ich die Nummer ablesen kann.« Sie nahm ihr Handy aus der Handtasche, näherte ihre Augen dem Notizbuch, las die Nummer ab und wählte sie.

Als er das Rufzeichen hörte, wandte er sich ab und trat an die Terrassentür. Er hörte, daß sie sich als Mrs. Hanebeck meldete, ihren Namen buchstabierte und sagte, sie habe am Nachmittag einen Tisch für zwei Personen reservieren lassen. Leider müsse sie die Bestellung rückgängig machen. Ihr Mann sei plötzlich erkrankt, er müsse vorerst das Bett hüten. Der Empfang bei ›The Lady & Sons‹ schien sehr entgegenkommend zu reagieren, Lilly sagte: »Danke Ihnen vielmals, ich werd's ihm ausrichten. Und ich hoffe, daß wir sehr bald doch noch zu Ihnen kommen können.«

Als das Gespräch beendet war und sie das Handy wieder in die Tasche steckte, wandte er sich zu ihr zurück. Er gab ihr das Notizbuch. Während sie in der Tasche einen Platz dafür suchte, fragte er: »Lügst du immer so überzeugend?«

Sie hob die Augen von der Tasche. »Lügen? Du meine Güte! Du bist ja ein noch größerer Korinthenkacker als mein Vater!«

Er fühlte sich auf eine peinliche Art schockiert, aber das wollte er ihr nicht offenbaren. Nach einem Zögern lächelte er. »Wie würdest *du* das denn nennen, was du diesen Leuten da erzählt hast?«

Sie zuckte die Schultern. »Eine kleine Erfindung war das. Oder besser noch: eine Entschuldigung. Findest du nicht?«

»Na ja. Wenn du meinst.«

Sie sagte: »Außerdem nutzt es ja vielleicht auch was.«

Er sah sie fragend an.

»Vielleicht hat ja Dr. Buzzard das gehört.« Sie lächelte. »Und hilft ein bißchen nach. Roland könnte doch tatsächlich krank werden. Mein Mann, verstehst du, von dem hab ich ja auch gesprochen. Starke Blähungen, zum Beispiel. Vielleicht hat er was gegessen, was ihm nicht bekommen ist. Oder ein ordentlicher Durchfall, das wäre doch das Passende auf so einer Reise ins Glück. Oder ein prächtiger, nässender Ausschlag an der richtigen Stelle.«

Er schüttelte den Kopf. »Also, weißt du ...«

Die braunen, schimmernden Augen schienen ihn festhalten zu wollen. »Sag nur, du würdest ihm nicht auch so was an den Hals wünschen!«

Er zögerte, dann sagte er: »Sollten wir nicht allmählich gehen? Für wann hattest du denn den Tisch bestellt?«

»Für sieben. Alle Zeit der Welt. Für den Fall, daß wir was daraus machen wollen.«

Im Taxi blieb sie stumm. Nach einer Weile fiel ihm dieses ungewöhnliche Schweigen auf, er überlegte, was ihr wohl die Sprache verschlagen haben könnte, und er kam auf den Gedanken, daß sie sich mit der Idee, ausgerechnet in Captain Flints Spukhaus zu essen, vielleicht doch übernommen hatte. Vielleicht hielt die Angst sie schon wieder in den Fängen.

Um sie abzulenken, fragte er sie, wie sie denn den Nachmittag verbracht habe. Sie sagte, sie sei in ein paar Buchhandlungen gewesen, auch in einem Laden auf der Bull Street, einem wunderschönen, so schön eben, wie früher die echten Buchhandlungen gewesen seien, und sie sei von einer sehr netten Frau bedient worden, einer, die wirklich was draufgehabt habe, und der sei keine dumme Frage zu viel gewesen.

Er nickte und fragte, ob sie denn etwas Bestimmtes gesucht habe, und sie zögerte einen Augenblick, aber dann sagte sie, sie habe einen Roman von Eugenia Price gekauft, *Savannah*, das sei eins von den Büchern, die Roland einfach mitgenommen habe, obwohl sie damit noch lange nicht fertig gewesen sei.

Er fragte sie, ob das Buch ihr gefalle, und sie sagte, na ja, es sei natürlich schon eine ziemliche Schnulze, reichlich dick noch dazu, und das gehe ja sogar noch weiter, in vier Bänden von 1820 bis wer weiß wohin, aber zum Lesen sei es halt sehr gemütlich. Sie lachte, und dann sagte sie, vor allem wolle sie jetzt wirklich wissen, ob die Heldin, diese wunderschöne Frau mit den vier Kindern, sich doch noch einlasse mit dem jungen Mark Browning, den ihr Mann von einer Schiffsreise nach Philadelphia mitgebracht und in das Haus in der Broughton Street aufgenommen habe.

Er sagte, es sei vielleicht besser, wenn sie nicht allzuviel

Aufregendes erwarte, zumindest nichts wie in Boccaccios Geschichten; er habe *Savannah* zwar ziemlich schnell gelesen, aber wohl doch aufmerksam genug, und er könne sich nicht erinnern, daß darin etwas wirklich Anstößiges passiere. Er sehe auch ein Foto von Eugenia Price vor Augen, das womöglich in diesem Buch gestanden habe, eine ältere Dame mit liebem Lächeln, einer großen Brille auf der Nase und in einem dunklen, eher sackförmigen Kleid, eine Matrone, könne man sagen.

Ja, ja, sagte sie, sie kenne das Foto, das sei in ebendiesem Buch abgebildet. Aber ob er wirklich im Ernst glaube, man könne einem Menschen ansehen, was in ihm vorgehe und was ihn interessiere und was ihn anmache? Und ob er glaube, die reiferen Frauen seien tatsächlich jenseits von Gut und Böse?

Er zuckte die Schultern. Und von da an schwieg sie wieder.

Als das Taxi vor dem verschachtelten, ziemlich verwittert anmutenden Holzbau anlangte, blieb sie sitzen, bis er bezahlt hatte und ausgestiegen war. Sie rückte nach und stieg auf seiner Seite aus, blieb neben ihm stehen, musterte ein wenig angespannt, wie ihm schien, die überdachte Veranda im Untergeschoß, die nicht sehr hell erleuchteten Fenster, jene im Obergeschoß mit hölzernen Läden rechts und links, die aber offenstanden. Dann hob sie den Finger und zeigte hinauf. »Da oben waren die Gästezimmer, nicht wahr? Und in einem davon soll dieser Pirat gestorben sein?«

»Captain Flint?« Er schüttelte den Kopf. »Da fragst du mich zuviel.«

»Doch, doch. Von da oben hat er doch immer nach seinem Maat gerufen. ›Hey, Billy Bones, come fetch the rum!‹« Sie lachte. »Das hat mir ganz besonders gefallen. Der Kerl ist drauf und dran zu sterben, aber er hat immer noch Durst auf seinen Rum!«

Er lächelte, warf ihr einen Seitenblick zu. Sie suchte die Fenster ab. Ihm schien, als atme sie ein wenig kürzer. Er sagte: »Wollen wir nicht reingehen?«

Sie nickte, ging entschlossen auf die Tür zu.

Der Kellner in langer Schürze, der sie in Empfang nahm, wollte sie gleich zu ihrem Tisch führen, aber Schumann sagte, er möchte zuvor noch einen Blick in einige der anderen Räume werfen, wenn das möglich sei, das Restaurant habe doch mehrere Räume, habe er gelesen oder gehört. O ja, antwortete der Kellner, es seien insgesamt fünfzehn verschiedene Zimmer, in denen serviert werde; außerdem gebe es einen Laden mit vielen interessanten Souvenirs.

Er führte sie in einige der matt erleuchteten Räume, in denen etliche Kinder mit den Erwachsenen bei Tisch saßen, und am Ende auch in den ältesten Teil des Hauses, das Herb House, von dem er ihnen zu berichten wußte, es sei 1734 errichtet worden und somit das älteste Haus in Georgia, und ursprünglich sei dieses Grundstück an der Steilküste des Savannah River für die Treuhänder der Kolonie in England reserviert worden, und im Herb House habe der Königliche Gärtner gewohnt, der auf dem exotischen Boden einen Versuchsgarten angelegt habe.

Aus Lillys Kopfnicken und Lächeln ersah Schumann, daß sie alle diese Details bereits kannte und sich darauf etwas zugute hielt und sich darüber freute. Er freute sich ebenfalls darüber, aber er fragte sich zugleich, warum.

Lillys Zufriedenheit verlor sich schlagartig, nachdem der Kellner sie zu ihren Plätzen geführt hatte. Sie saßen an einem Ecktisch vor einer dunkel getäfelten Wand, in die der Ausstatter ein zweiteiliges Seestück, das Gemälde eines Dreimasters, einmal auf ruhiger, grüner See und einmal in der wilden Gischt eines Sturms, eingearbeitet hatte. Der Tisch stand an einem Fenster, das von schweren, dunklen Vorhängen eingerahmt war, er wurde von einer matten Wandlampe mit Glasschirm beleuchtet. Im Halbdunkel schimmerten die Reflexe des Lichts auf den Gedecken, Gläsern und Bestecken.

Als der Kellner gegangen war, sagte sie: »Mein Gott, warum muß denn dieses ganze Ding so schummrig beleuchtet sein? Und dann kommen die Leute auch noch mit ihren Kindern hierher, die haben doch Prügel verdient, den Grusel werden die Kinder doch ihr ganzes Leben lang nicht loswerden!«

Er sagte, Kindern mache diese Atmosphäre und das Drum und Dran wahrscheinlich eher Spaß. Sie könnten ja nachher mal in den Andenkenladen gehen, er wette, daß es dort neben Gummimessern und -äxten auch die berühmte Hakenhand zum Überstreifen gebe und daß sie bei Kindern zu den beliebtesten Artikeln gehöre.

Sie sagte: »Jaja, natürlich, in Norderney spielen sie ja sogar ein Musical, *Käpt'n Hakenhand*, das spielen sie im Kurtheater und sind auch noch stolz darauf. Aber wie die Kinder das verkraften, das interessiert anscheinend keine Sau!«

Er schüttelte den Kopf. Dann sagte er, Kinder verkrafteten ja auch *Hänsel und Gretel* oder andere solcher Geschichten, in denen es ebenso grausam und gruselig zugehe wie bei Captain Flint. Zum Beispiel die von Klaus Störtebeker und den Heldentaten, die er vollbracht habe, nachdem er immerhin schon geköpft worden war.

Sie sagte heftig: »Laß mich nur ja mit *dem* in Ruhe! Mit dem verdammten Hurensohn hat mein Vater mich schon gequält, als ich drei oder vier war. Und diese Märchen von Ernst Moritz Arndt hat er mir vorgelesen, das, was die alten Frauen auf Rügen und in Mecklenburg dem Arndt erzählt haben, lauter Spökenkiekereien, aber echt!«

Er sagte: »Ja, ja, ich weiß. Ich kenne sie.« Unversehens erschrak er, als er sah, daß ihre Augen feucht wurden. Er sagte: »Komm, laß uns über was anderes reden!« Sie gab keine Antwort, es schien, als kämpfe sie mit den Tränen. Er streckte seine Hand aus, berührte ihre Hand. Sie reagierte nicht. Nach einem Zögern legte er seine Hand auf die ihre. Sie lächelte ihn an. Er klopfte ihre Hand ein wenig.

Er war froh, als der Kellner mit den Speisekarten und mit der Weinkarte kam. Sie schien tatsächlich aufzuleben, sie studierte das Angebot mit Interesse. Nachdem sie damit fertig war, sagte sie, sie werde sich Platz für das Dessert lassen, sie habe irgendwo gelesen, das sei hier besonders gut, und nach dem Lunch, den sie gehabt habe, müsse sie sowieso ein bißchen kürzertreten. Sie bestellte denn auch nur einen grünen Salat mit Kräutern.

Während er die Weinkarte las, schwieg sie. Er schlug ihr einen offenen Wein vor, einen Merlot aus dem Nappa Valley, zu immerhin zwölf Dollar das Glas. Sie streckte die Hand aus, und er gab ihr die Karte. Als sie sie ihm zurückgab, sagte er: »Hast du den ›Gewurtraminer‹ aus Oregon gesehen?«

Sie sagte: »Ja. Aber ich bin mir nicht sicher, ob bei *uns* jeder weiß, wie Gewürztraminer geschrieben wird. Der Merlot ist okay.«

Ihm wurde bewußt, daß er sich schon wieder über ihre Reaktion freute. Worüber denn nur? Darüber, daß sie den Wein bestätigte, den er ausgewählt hatte? Oder darüber, daß sie nicht daran dachte, sich über einen Gastronomen in Savannah, Georgia, lustig zu machen, der mit der Orthographie des Wortes Gewürztraminer Schwierigkeiten hatte? Und daß sie der Versuchung zu einem so selbstgefälligen Vergnügen widerstand, obwohl er sie mehr oder weniger dazu aufgefordert hatte?

Was hatte er mit Lilly Hanebeck zu tun, daß es ihn freuen sollte, sympathische Züge an ihr zu entdecken?

Nach dem kurzen Austausch verfiel sie wieder in Schweigen. Sie rückte ihr Besteck ein wenig zurecht, sah auf ihre Finger. Er versuchte, den Bann zu brechen, indem er, den Kopf im Nacken und die Decke musternd, einige Anmerkungen zu der schlichten Bauweise des Hauses machte und von da überleitete zu der meisterhaften Architektur, die ein knappes Jahrhundert später sich in dieser Stadt entwickelt habe. Sie hörte zu, nickte auch hin und wieder. Aber sie schwieg.

Diese verstockte Passivität ärgerte ihn, weil er zu erkennen glaubte, daß der Grund dafür einzig und allein in ihrer kindischen Gespensterfurcht zu suchen war; schließlich hatte sie selbst doch dieses Lokal ausgewählt und sogar den Tisch reservieren lassen. Aber mehr und mehr begann ihr Schweigen auch, ihn zu bedrücken.

Daß sie ihm keine Fragen gestellt hatte, als er ihr offenbarte, er werde morgen aufbrechen, um Charlotte zu suchen, war ihm freilich gerade recht gewesen. Denn er hätte ihr keine Antworten geben können. Er hatte, während die Referate und Diskussionen in der Academy noch im Gange waren, zwar hin und wieder vage gedacht, er könne Charlotte ja suchen, um dieser verdammten Sehnsucht nach ihr ein Ende zu bereiten. Aber solche Gedanken waren weit davon entfernt gewesen, bis in die Details eines Plans zu gehen, und sie waren nicht einmal zur Absicht gediehen, geschweige denn zu einem Entschluß.

Erst als Lilly, während er noch mühsam aus seinen Erinnerungen aufzutauchen versuchte, erst als schon wieder diese Lilly ihn im Foyer empfangen hatte, war die Vorstellung, er werde Charlotte suchen und natürlich auch finden und heimholen, übermächtig geworden, sie hatte ihn überwältigt, und er hatte damit nicht länger an sich halten können. Er hatte es wie eine beschlossene Sache aussprechen müssen.

Vielleicht hatte er nicht zuletzt Lilly auf diese Weise bedeuten wollen, daß jeder Versuch sinnlos und lächerlich sei, Charlottes Stelle bei ihm einzunehmen?

Mittlerweile freilich dämmerte ihm auch, daß es leichter gesagt als getan war, seine Frau zu finden. Wo sollte er sie suchen? Die Küste, an der sie irgendwo in einem Ferienhaus oder einer Pension, einem Hotel verschwunden sein konnte, war lang, von South Carolina über Georgia bis hinunter nach Florida. Die Stadt Charleston, in der es Hunderte und Tausende von versteckten Winkeln gab, war nicht weit entfernt, auch das Hügelland von Georgia oder Tennessee mit einer Vielzahl von stillen Urlaubsrefugien nicht weiter als eine Tagesreise.

Lilly, wenn sie denn nicht so beharrlich schwiege, könnte ihm zumindest sagen, welche Orte Roland aus seinem Jahr in Savannah in guter Erinnerung behalten hatte, von welchem Ort er ihr erzählt und vielleicht sogar geschwärmt hatte. Ein Ort, den er jetzt vielleicht aufsuchen würde. Sie gäbe ihm damit doch einen Anhaltspunkt.

Und Lilly könnte sogar noch mehr.

Sie wüßte ganz gewiß auch eine Antwort auf die Frage, wie er Schöne-Bergmann entgegentreten sollte – er mußte dem Herrn ja wohl oder übel eröffnen, daß er eine weitere Woche oder zwei in den USA bleiben werde. Wie bitte? Und warum? Weil seine Frau Charlotte, ohne ein Wort zu hinterlassen, verschwunden sei. Was denn, tatsächlich?! Und was die Polizei dazu sage? Nichts. Nichts? Wieso denn das? Weil die Polizei nichts davon wisse. Wie bitte?! Ja, zum Teufel! Er habe die Polizei nicht verständigt, weil gleichzeitig mit seiner Frau sein Freund verschwunden sei, ein geiler Schweinehund, der nach Aussage seiner eigenen Ehefrau noch nie etwas habe anbrennen lassen.

Ja. Und was zu allem Überfluß sollte er Davenport sagen? Sollte er ihm sagen, daß er ab sofort eine oder zwei Wochen untertauchen werde, aber nicht, um zu arbeiten und sich um das Museum Luther Davenport jun. zu kümmern, sondern weil er das Bedürfnis hatte, seine Frau zu suchen – irgendwo, irgendwie? Das Bedürfnis und auch den Anlaß dazu! Sollte er so etwas tatsächlich Luther Davenport eingestehen?

Vielleicht würde selbst Lilly auf diese oder andere Fragen keine Antwort wissen. Aber sie hätte zumindest eine Meinung dazu. Ja, das hätte sie ganz gewiß. Er müßte dieser Meinung ja keineswegs zustimmen, nein, nein, natürlich nicht, es bliebe ihm unbenommen, sich darüber lustig zu machen, er könnte Lilly sogar schlankweg sagen, sie habe wirklich keine blasse Ahnung. Aber er könnte sich zumindest an ihrer Meinung reiben. Er würde eine Antwort bekommen. Ein menschliches Echo finden. Und er müßte sich nicht so verzweifelt allein fühlen.

Warum zum Teufel gab sie sich so verdammt einsilbig?!

Als die Kalbslende mit Yukon-Kartoffeln, Zwiebeln und gebratenem Spargel, die er für sich bestellt hatte, serviert wurde, ließ sie die Gabel über ihrem Salat sinken und beobachtete, wie er das erste Stück Fleisch abschnitt und in den Mund steckte. Sie fragte: »Und? Wie ist das?«

Er antwortete kauend: »Sehr gut.«

Sie sagte, es stimme wohl kaum, daß das Essen bei der ›Lady & Sons‹ besser sei.

Er lachte und sagte, es stimme wahrscheinlich auch nicht, daß es im ›Pirates' House‹ billiger sei.

Als sie die Augen nicht von seinem Teller wandte, fragte er sie, ob sie ein Stück von dem Fleisch kosten wolle. Sie zierte sich ein wenig, er schnitt ein Stück ab und reichte es ihr, sie nahm es mit Daumen und Zeigefinger von der Gabel, wischte sich hernach die Finger mit der Serviette.

Auch das zweite Angebot lehnte sie nicht ab. Danach fragte er sie, ob sie auch den Spargel kosten wolle, der sei was Besonderes. Sie lächelte ein wenig unschlüssig, dann sagte sie: »Ja, aber nur ein bißchen!« Als er einen Augenblick lang zögerte, fragte sie: »Darf ich?« Sie reichte mit ihrer Gabel herüber und pickte ein Stück Spargel von seinem Teller.

Beim nächsten Angebot schüttelte sie den Kopf. Er hatte damit gerechnet, daß sie diesmal noch einen Schritt weiter gehen, ihren Mund öffnen und das Fleisch mit den Lippen von seiner Gabel nehmen würde, und er fühlte sich, als sie statt dessen das Spiel beendete, zugleich enttäuscht und erleichtert. Er dachte eine Weile über das merkwürdige Gefühl nach, das sich in seinem Bauch geregt hatte bei der Vorstellung, wie sie ihren Mund öffnen und ihn der Gabel nähern würde. Und dann versuchte er sich vorzustellen, wie Charlotte reagiert hätte, wenn sie dabei hätte zusehen können. Oder zusehen müssen.

Ihre Konversation schleppte sich wie zuvor mühsam dahin, ihm fiel auch kein Thema mehr ein, mit dem er das Gespräch halbwegs ungezwungen hätte beleben können. Seine Verstimmung nahm, da er die Ursache nach wie vor bei Lilly und in ihrer Angst vor den Gespenstern des Hauses suchte, unaufhaltsam zu.

Nachdem ihr Dessert serviert worden war, ein Bourbon-Pecan-Kuchen mit Schlagsahne, und sie die ersten Löffel gegessen und gelobt hatte, füllte sie einen Löffel und hielt ihn mit fragendem Blick ihm entgegen. Er sagte: »Nein, danke. Danke.«

Und dann entlud sich unversehens die Mischung aus Ärger und Frust, die ihm zu schaffen machte, er sagte ohne Umschweife: »Ich nehme an, *du* könntest mir sagen, wo ich Charlotte suchen sollte. Ich meine, du weißt doch sicher, welche Orte hier in der Umgebung Roland gern noch einmal sehen würde.«

Sie sah ihn an, nickte stumm. Er wartete auf eine Antwort, aber plötzlich sah er, daß ihre Augen sich wieder mit

Tränen füllten. Sie schaute auf ihren Teller, dann sagte sie: »Ja... aber könnten wir dazu vielleicht irgendwo anders hingehen?«

Er sagte ein wenig erschreckt: »Ja, natürlich. Wir müssen ja nicht hierbleiben.«

## 20

Die Luft war lau, als sie vor die Tür traten, um auf das Taxi zu warten, das sie hatten rufen lassen. Ein paar dünne, weiße Wolkenfetzen zogen unter den Sternen vorbei, die so klar zu erkennen waren, wie er sie lange nicht mehr gesehen hatte. Sie stand nahe neben ihm, und plötzlich merkte er, daß sie zusammenschauderte.

Er fragte: »Frierst du etwa?«

»Ach wo. Nein, nein.«

Er legte den Arm um ihre Schulter. Sie rückte noch ein wenig näher an ihn heran. Dann sagte sie: »Ich bin froh, daß wir aus dem Schuppen raus sind.«

»Aber das Essen war doch wirklich gut.«

»Ja, doch.« Sie lachte. »Ich hätte sogar noch mehr davon vertragen können.«

Er fragte sie, wohin sie denn gehen sollten, um ungestört noch ein wenig miteinander reden zu können, und er hätte sich nicht gewundert, wenn sie sein Zimmer oder das ihre vorgeschlagen hätte. Aber sie sagte: »Gehen wir doch in die Bar im ›Marriott‹. Da sind wir dann auch schon zu Hause.«

An der Rezeption des Hotels stand der breitschultrige Schwarze. Er verneigte sich leicht, »Ma'm, Sir!«, griff unter den Tresen, holte einen großen Umschlag aus dickem, gelbem Papier hervor und hielt ihn hoch. Schumann ging zu ihm und nahm den Umschlag in Empfang, es waren offenbar die Karte und das Gutachten, die Davenport ihm angekündigt hatte.

Als sie sich der Treppe zum Souterrain näherten, hörten sie wieder das Klavier, es war wieder einer dieser Ohrwürmer von Johnny Mercer, diesmal »Too Marvelous for Words«. Die Bar war besser besucht als am Vorabend, aber der Tisch, an dem sie gesessen hatten, war frei.

Bevor er sich niederließ, warf er im Halbdunkel noch einen Blick ringsum. Die Pianistin war die gleiche wie zuvor, sie lächelte ihn an. Und dann sah er, was er kaum glauben mochte: Nahe bei der Pianistin, auf dem Hocker am Ende des Tresens, saß wieder der Mann mit dem Bartschatten und den dunklen vollen Haaren. Er starrte zu ihnen herüber.

Wie in einer plötzlich aufflammenden, fahlen Beleuchtung glaubte Schumann zu erkennen, was hier gespielt wurde: Lilly hatte in die Bar gehen wollen, um sich zu vergewissern, daß der Mann mit dem Bartschatten dort wartete. Sie hatte den Kontakt zu ihm herstellen und ihm bedeuten wollen, daß sie und der Mann der entführten blonden Frau wieder im Hotel eingetroffen waren und es während der Nacht voraussichtlich nicht mehr verlassen würden. Er sollte das wissen.

Wozu? Du lieber Himmel, was verstand denn ein normales Hirn schon von den Komplotten, die solche Ganoven sich ausdachten! Sie hatten Lilly gekauft, oder vielleicht hatten sie sie gezwungen, bei ihrem Unternehmen mitzumachen. Und nun war er an der Reihe. Nachdem sie auch schon seine Frau eingespannt hatten, als die vorgebliche Geliebte Roland Hanebecks, mit dem sie vorgeblich weggelaufen war, brauchten sie nun ihn – zu irgendeinem unerfindlichen Zweck.

Er brütete vor sich hin, als die Kellnerin in schwarzem Kleid mit rotem Schürzchen zu ihnen kam. Lilly bestellte ihren Manhattan, die Kellnerin wandte sich zu ihm und fragte: »Und für Sie, Sir?« Er reagierte nicht. Erst als die Kellnerin ihn noch einmal ansprach: »Sir?«, schrak er zusammen. Er bestellte für sich einen Bourbon pur.

Er spürte, daß Lilly ihn ansah, aber er wich ihrem Blick aus. Er lehnte sich in dem kleinen, halbrunden Sessel zurück und tat so, als interessierten ihn vor allem die Gäste an den anderen Tischen. Eine Weile schwieg sie, dann sagte sie: »Also, was wolltest du denn von mir wissen?«

»Ach ja, natürlich. Entschuldige!« Er wandte sich ihr zu; es sah so aus, als risse er sich nur mit Mühe von seinen Beobachtungen los. »Ich wollte... nun ja, ich hab ja schon gesagt, wie ich vorgehen will. Ich meine, um Charlotte zu suchen.« Er rieb sich die Wange. »Sie kennt sich hier nicht aus. Aber Roland war ja schon hier. Und er war noch ein sehr junger Mann damals. Sehr aufnahmefähig. Ich denke mir also, wenn man nach so langer Zeit an so einen Ort zurückkehrt, dann möchte man auch die eine oder andere Erinnerung auffrischen. Mir ginge das jedenfalls so.«

Sie nickte. Er hielt ein. Es lag nicht zuletzt an seinem Mißtrauen, das ihn hinderte, ihr unverblümt zu sagen, was er wissen wollte. Aber vor allem war es ihm zuwider, ihr noch detaillierter darzulegen, wieso er Charlotte an ebenden Orten suchen wollte, die Roland möglicherweise aufsuchen würde. Er mochte sich keine Rechenschaft darüber ablegen, warum er sich davor scheute, aber er hoffte, daß Lilly es ihm ersparen würde. Und in der Tat half sie ihm auch dieses Mal aus der Verlegenheit.

Es dauerte nicht lange, dann sagte sie: »Beaufort. Beaufort, das gibt es doch hier irgendwo?«

Er sagte: »Es gibt eine Stadt an der Küste, die Beaufort heißt, ja. Oder ein ganzes County sogar. Oben in South Carolina, wenn ich nicht irre. Ich müßte es auf der Karte nachschauen, aber ich denke, es liegt etwa auf halbem Wege zwischen hier und Charleston. Also vierzig, fünfzig Meilen vielleicht.«

Sie nickte. »Ja, das könnte stimmen. Einer von diesen High-School-Jungs hatte schon ein Auto, so ein altes Riesenschiff, und mit dem sind sie dann da raufgefahren. In einer knappen Stunde waren sie da, hat Roland gesagt. Könnte ja stimmen. Zum Angeln sind sie gefahren, das muß ein gutes Revier sein da oben. Aber natürlich haben sie nicht nur geangelt. Sie haben auch schon mal Mädchen mitgenommen und Partys gefeiert. Oder sie haben die Mädchen an Ort und Stelle aufgegabelt.«

Er ging darauf nicht ein. Er dachte offenbar nach, rieb sich die Stirn. Nach einer Weile sagte er: »Ich muß es nachschauen, aber ich glaube, ich hab irgendwo gelesen, daß Beaufort aus ein paar Dutzend Inseln besteht. Das heißt, das müßte dann wohl doch der ganze Bezirk, das County sein. Nicht nur die Stadt Beaufort. Und wenn auch Roland das County gemeint hat, dann würde… na ja, die Suche würde dann wohl ziemlich schwierig.« Er lachte. »Auf welcher Insel soll ich anfangen?«

Sie sah ihn an, aber sie schwieg. Er sagte: »Es sei denn, du würdest dich noch an diese oder jene Besonderheit erinnern, eine … einen Ausblick vom Fenster etwa, eine Aussicht, von der er dir erzählt hat. Eine Sehenswürdigkeit. Zum Beispiel. Oder einen Straßennamen.«

Sie nickte, wandte den Blick von ihm ab, führte einen Finger an die Lippen, den Daumen unters Kinn. Er griff nach seinem Whiskey, trank einen großen Schluck.

Nach einer Weile ließ sie den Finger sinken. »Mir fällt im Augenblick nichts ein. Leider. Vielleicht kommt das ja noch, ich werd mich anstrengen. Aber …«, sie zögerte ein wenig, bevor sie fortfuhr, »aber vielleicht wäre es sowieso besser, nicht in Beaufort anzufangen. Vielleicht wäre es besser auf Tybee Island. Ich meine, er war genauso begeistert von Tybee Island. Und das ist ja auch viel näher. Wahrscheinlich war er viel öfter da als in Beaufort. Vielleicht fährt von Savannah sogar ein Bus dahin, über diese Brücke. Und das ist doch wohl nur eine einzige Insel, Tybee, nicht wahr? Nicht gleich ein paar Dutzend.«

Er senkte den Blick und starrte eine Weile vor sich hin. Schließlich sah er sie an. »War er sonst noch irgendwo? Im Hügelland, zum Beispiel, im Nordwesten? Richtung Tennessee?«

Sie schüttelte den Kopf. »Nein. Jedenfalls hat er mir davon nichts erzählt. Aber er war ja auch immer schon mehr ein … ein Wasserfreak.« Sie lächelte. »Hat er mir erzählt. So wie alle Ostfriesen, hat er gesagt. Das stimmt doch auch, oder?«

Er schüttelte den Kopf, verzog das Gesicht. »Ich weiß nicht, woher er die Weisheit hat. Scheint mir ziemlicher

Quatsch. Meine Großeltern konnten nicht einmal schwimmen.«

»Na ja, Roland! Der redet halt viel, wenn der Tag lang ist.«

Sie schwiegen beide eine Weile. Er fragte sich, warum sie ihm das alles erzählte, wenn sie tatsächlich mit den Gangstern paktierte. Was bezweckte sie damit?

Schließlich räusperte sie sich. »Ich weiß nicht, ob es dir hilft, aber... Es gibt noch einen anderen Ort, von dem er viel erzählt hat, mir und anderen auch. Bloß kann ich dir dafür keinen Namen nennen. Er hat mir auch keinen gesagt. Er hat bloß von den Sümpfen gesprochen, die es hier gibt, im Süden der Stadt.«

»Ja, das stimmt. Da gibt es sogar ein sehr großes Sumpfgebiet, ein riesiges, den Okefenokee-Sumpf. Das haben sie sogar zum Nationalpark gemacht, glaube ich.«

Sie nickte. »Du meinst den *Okefenokee National Wildlife Park,* oder so ähnlich. Von dem hab ich auch schon gehört. Da gibt's Bungalows, die du mieten kannst. Und da machen sie doch tatsächlich nächtliche Ausflüge mit dem Paddelboot, ›Moonlight Tours‹, hab ich irgendwo gelesen. So was mußt du dir mal vorstellen!« Sie hob schaudernd die Schultern. »Du paddelst da in der Dunkelheit über dieses faulige Wasser, und einer hält die Fackel hoch, und dann siehst du auf einmal rechts und links neben dir die Augen von den Alligatoren, die leuchten doch so gräßlich, und in diesem Sumpf wimmelt es ja von den Viechern!«

»Na ja, so gefährlich wird es nicht sein, sonst würden sie ja nicht die Touristen da rausfahren.«

»Glaubst du, ja, ja! Nein, danke vielmals.« Sie schüttelte

den Kopf. »Aber das war auch nicht der Okefenokee, in den Roland schon mal mit seinen Freunden gefahren ist, der liegt doch ziemlich tief im Süden, an der Grenze nach Florida, oder sogar schon ein Stück drüber. Und der, in dem Roland herumgekreuzt ist, lag ziemlich nahe an Savannah, das könnte sogar der gewesen sein, der auch in *Pompey's Head* vorkommt, vielleicht erinnerst du dich, das Sumpfgebiet, in das der junge Spund, als er noch Student ist, diesen Rechtsanwalt aus New York hineinpaddelt. Den, der ihn später in seine Kanzlei holt.«

Er nickte. »Ja, das steht in *Pompey's Head*. Er fährt ihn dahin, wo die Stockenten herumschwimmen, die der Anwalt unbedingt abschießen will. Ist Roland da etwa auch auf die Entenjagd gegangen?«

»Glaube ich nicht. Er war ja erst sechzehn oder siebzehn. Damit hätte er ganz bestimmt angegeben, wenn sie ihm damals einen Schießprügel überlassen hätten. Und wahrscheinlich hätte er so einem armen Vieh auch noch ein paar Federn ausgerupft, schöne bunte, um sie zu Hause herumzuzeigen.«

Sie schüttelte den Kopf. Dann sagte sie: »Ich glaube auch nicht, daß es viel Sinn hätte, da nach Charlotte zu suchen.«

»Warum nicht?«

Nach einem Zögern sagte sie: »Weil es da wohl nicht sehr bequem ist, in so einem Sumpf.« Sie fuhr hastig fort, als wolle sie ihm zuvorkommen: »Ich hab mal was darüber gelesen, auch ein Roman, aber das klang alles sehr überzeugend, die Polizei hat jemanden gejagt, der sich in dem Sumpf versteckt hat, und in dem Polizeiboot sitzt auch die Frau, von der die Geschichte handelt, und das erste, was sie überfällt, als sie in den Sumpf hineinfahren, ist der Gestank, das schaumige Wasser stinkt bestialisch, und dann kommen die Schnaken, oder wie die Biester heißen, und stechen sie blutig, und in den Zweigen der Bäume hängen die Schlangen…«

Er sagte: »*Der Samurai von Savannah*. Das ist von T. C. Boyle.«

Sie sah ihn verblüfft an. »T. C. Boyle, ja, so heißt der Autor. Und wieso kennst du das auch schon wieder?«

»Ich hab Boyle schon immer gemocht. Ich hab mir die deutsche Ausgabe dieses Romans gekauft, das Taschenbuch, sobald es erschienen war. Ist schon ziemlich lange her. Mit Savannah hatte ich damals noch gar nichts zu tun.«

Sie nickte. »Ich hab eine englische Ausgabe gelesen. Hatte Roland sich besorgt. Das Buch hieß da auch anders, ich weiß nicht mehr, wie. Aber es muß dasselbe sein. Er bringt sich um, am Ende, genau so wie ein Samurai, dieser kleine Japaner, den die Polizei jagt. Obwohl er gar nichts Böses getan hat. Macht Harakiri. Weil er sich von allen verraten fühlt. Verraten und verkauft.«

Er sagte: »Ja.« Unversehens fühlte er sich irritiert, und er wußte auch, warum. Es war diese Floskel »Verraten und verkauft«, sie hatte ihn schmerzlich berührt. Er war sich sicher, daß sie ihm heute schon einmal begegnet war. Aber wo? Und dann fiel es ihm ein: Er selbst hatte sie verwendet, als er Lilly von dem Polier erzählte, den seine Frau mit dem Untermieter betrogen hatte. Dem Mann, der von seiner eigenen Frau verraten und verkauft worden war.

Er spürte, daß seine Kehle sich zuzog, und er fürchtete, daß Lilly dieses Gespräch fortsetzen, daß sie sogar eine

Frage an ihn stellen würde. Er war sich fast sicher, daß ihm, sobald er antwortete, die Stimme bräche, daß womöglich sogar die Tränen ihm in die Augen schössen. Aber Lilly schwieg. Sie blieb reglos sitzen.

Erst nach einer langen Zeit, in der er damit beschäftigt war, seine Emotionen zu bewältigen, griff sie nach ihrem Glas. Sie schaute hinein, schüttelte es, trank es in einem Zug leer und stellte es ab. Er erwartete schon, daß sie der Kellnerin ein Zeichen geben würde. Aber sie wandte sich ihm zu.

Er erwiderte den Blick. Sie sagte: »Es ist dir sicher klar, daß du... daß du deine Entführungstheorie... na ja: daß du sie begräbst, wenn du Charlotte ausgerechnet an *den* Plätzen suchst, die... die Roland womöglich noch einmal sehen möchte?«

Er starrte sie an.

Sie sagte: »Vielleicht siehst du das ja anders. Aber, weißt du... ich denke mir, die Gangster, von denen du gesprochen hast, sie würden Roland vermutlich nicht fragen, wohin er denn gern mit Charlotte entführt würde. Oder ist das falsch gedacht?«

Einen Augenblick lang hielt er noch dem Blick dieser Augen stand, dann wandte er sich ab, suchte die Kellnerin und winkte ihr. Als er sich zurückwandte und zur Kenntnis nehmen mußte, daß Lilly ihn noch immer ansah, griff er nach seinem Glas, trank einen Schluck, stellte es ab. Er ließ die Hand am Fuß des Glases, drehte es ein wenig, betrachtete die Hand. Schließlich sagte er, ohne Lillys Blick zu erwidern: »Ich bitte um Verständnis, aber ich bin doch ziemlich müde. Der Tag heute war recht anstrengend. Und ich weiß nicht, was morgen alles auf mich zukommt.«

Sie sagte: »Ja, natürlich.«

Als sie aus dem Aufzug gestiegen waren, blieb er stehen und wandte sich ihr zu, lächelte ein wenig mühsam. Sie sagte: »Es tut mir leid. Das mit der Entführungstheorie. Vielleicht irre ich mich ja auch. Vielleicht war es bloß ein Kurzschluß von mir.«

Er sagte: »Kein Problem. Also dann... gute Nacht.«

»Gute Nacht.«

Er wollte sich schon abwenden, als sie sagte: »Sehen wir uns morgen noch mal? Ich meine, bevor du abreist?«

»Oh... natürlich. Ich denke schon.«

Sie nickte. Einen Atemzug lang zögerte sie, aber dann schien sie zu einem Entschluß zu kommen. Sie hob ihre Tasche, öffnete sie, schaute hinein und zog ein Päckchen in Geschenkpapier hervor. Sie hielt es ihm entgegen.

»Das ist für dich. Ich wollte es dir schon den ganzen Abend geben, aber...«, sie lächelte, »es ist immer wieder irgendwas dazwischengekommen.«

Er nahm ein wenig zögernd das Päckchen entgegen. »Aber... wofür ist das denn? Ich meine... was ist der Anlaß?«

»Muß es für so was denn immer einen Anlaß geben?« Sie lächelte, wandte sich ab und ging zu ihrem Zimmer. Nachdem sie die Tür mit der Codekarte geöffnet hatte, warf sie ihm über die Schulter noch einen Blick zu, nickte und verschwand. Die Tür fiel ins Schloß.

Er stand noch immer da, das Päckchen in der Hand, und schaute hinter ihr her. Schließlich hob er das Päckchen, betrachtete es von oben und von unten. Dann hielt er es ans Ohr und schüttelte es. Nein, unter der Verpackung bewegte sich nichts. Er klemmte Davenports Umschlag unter den Arm und fuhr, nach einem kurzen Zögern, mit einem Finger unter das Geschenkpapier, riß die Verpackung kurzerhand auf.

Es war ein Buch, nicht sehr dick, mit einem Hochglanzumschlag. Flannery O'Connor, *A Good Man Is Hard to Find.* Mit einer Einführung, zwei Beiträgen der Autorin zum Hintergrund der Story, zehn kritischen Essays und einer ausgewählten Bibliographie.

Auf dem Titel war ein Schwarzweißfoto der jungen Flannery zu sehen, in einem Lehnsessel vor einem Bücherregal sitzend, mit einem Exemplar ihres ersten Romans, *Wise Blood,* auf dem Schoß, adrett frisiert und angezogen mit einem offenbar von Hand geschneiderten Kleid, das die Oberarme und das Decolleté frei ließ, steif und glänzend das Kleid, aus Honanseide vielleicht, ausgestattet mit einem kleinen aufgestellten Kragen und einer künstlichen Ansteckblume über der linken Brust.

Die junge Flannery aus Savannah, ein Jahr, nachdem sie die ersten Symptome ihrer tödlichen Krankheit zu spüren bekommen hatte.

Diese Lilly hatte sich die Story gemerkt, die er sich vergeblich zu beschaffen versucht hatte. Und sie hatte eine Ausgabe aufgetrieben, die alles in allem sogar noch mehr war als die bloße Story.

## 21

Im Zimmer brannten wieder die beiden Nachttischlampen, er konnte, als er die Tür schloß, in dem gedämpften Licht wieder die Ecke von Charlottes Bett sehen. Er ging daran vorbei, legte Davenports Umschlag auf dem Schreibtisch ab, warf das Geschenkpapier in den Papierkorb darunter und trat mit dem Buch in der Hand ans Fenster. Die Vorhänge waren wie an den Vorabenden nicht geschlossen. In dem Haus gegenüber waren mehr als ein Dutzend Fenster noch erleuchtet.

Er suchte die Fenster ab. Hinter einigen, deren Vorhänge ebenfalls offenstanden, konnte er hier und da einen Menschen sehen. Ein wenig unterhalb seiner Höhe sah er sogar einen Mann und eine Frau, die an einem Tisch saßen und womöglich miteinander sprachen, es war nicht mit Sicherheit zu erkennen.

Er warf einen Blick auf das Buch. Unversehens wandte er sich zurück, er trat an den Schreibtisch, legte das Buch ab, bückte sich und holte das zusammengeknüllte Geschenkpapier aus dem Papierkorb. Er faltete das Papier wieder auf, legte es auf den Schreibtisch und strich es glatt. Während er noch damit beschäftigt war, schaltete er die Schreibtischlampe ein, und als er seine Arbeit beendet hatte, hob er das Papier in den Lampenschein und betrachtete es. Nach einem schnellen Seitenblick durchs Fenster beugte er sich sogar vornüber und roch an dem Papier, richtete sich allerdings sofort wieder auf.

Es war ein sehr schönes Papier, die Innenseite in einem matten Grau, das ihn an ein Mausefell erinnerte, die Außenseite rot in violett changierend, mit einer dünnen Struktur von silbrigen Fäden darüber, als sei es ein Muster für einen Brokatstoff. Er studierte eine Weile die Struktur. Dann begann er, das geglättete Papier sorgfältig zusammenzufalten.

Mitten in dieser Arbeit hielt er ein. Er schien eine Weile nachzudenken. Schließlich schüttelte er den Kopf, stieß die Luft heftig durch die Nase. Er nahm das Papier, zögerte einen Augenblick lang, bückte sich dann, hob den Papierkorb hoch und hielt ihn schräg, ließ das Papier hineingleiten. Bevor er den Korb wieder abstellte, hielt er ihn noch einmal in den Lampenschein, warf einen Blick auf das Papier.

Ein wenig später griff er nach dem Buch, schlug es auf, überflog im Stehen das Inhaltsverzeichnis, blätterte alsdann bis zum Anfang der Geschichte und las ihn. »The grandmother didn't want to go to Florida.« Nach einem Zögern nahm er seinen Daumen aus dem Buch, ließ die Seiten sich wieder schließen.

Wenn er sich jetzt auszöge, könnte er das Buch mit ins Bett nehmen und die Geschichte im Bett lesen. Vielleicht würde er darüber auch einschlafen. Und vielleicht sogar durchschlafen bis morgen früh.

Er warf einen Blick auf die Bourbon-Flasche. Dann schraubte er die Flasche auf, goß ein Glas halbvoll und ging mit dem Glas und dem Buch zu seinem Bett. Er stellte das Glas auf den Nachttisch und ließ sich auf dem Bett nieder, mit dem Buch in der Hand, blickte hinaus auf das Haus gegenüber.

Es waren in den vergangenen Minuten anscheinend einige Fenster weniger geworden, in denen noch Licht brannte. Er konnte auch die Frau und den Mann nicht mehr finden, obwohl er eigens dazu sich für einen Augenblick vom Bett erhob und den Kopf reckte. Was er einzig wahrnahm, war die Stille, die alles ringsum zuzudecken schien. Er lauschte, aber auch das Piano war nicht zu hören, das ihn schon einmal getröstet hatte, dieses Piano, dessen Klang von irgendwo heranwehte, wie in John Berendts Buch.

Plötzlich richtete er sich steil empor. Er fuhr mit der freien Hand an seine Stirn, rieb sich die Stirn.

Ihm war unversehens klargeworden, zumindest glaubte er, erkannt zu haben, warum Lilly über eine so lange Zeit dieses Abends so schweigsam gewesen war. Und es war ihm von einer zur anderen Sekunde fast schmerzhaft peinlich, daß er das nicht früher begriffen hatte.

Er hatte sie schrecklich enttäuscht. Er hatte ihr bitter weh getan. Sie hatte sich um dieses Buch, nach dem es ihn verlangte, gekümmert und hatte es tatsächlich aufgetrieben und besorgt und in ein besonders schönes Papier einpakken lassen und war mit dem Geschenk in die Academy gekommen, voller Vorfreude, weil sie es ihm gleich zu Beginn des gemeinsamen Abends hatte geben wollen.

Und er hatte sie begrüßt mit der Mitteilung, daß er am anderen Morgen aufbrechen und Charlotte suchen werde. Was bedeutete, daß er sie, Lilly, verlassen, daß er sie allein in dieser Stadt zurücklassen würde, in der sie von einer Angst in die andere fiel. Er hatte sie schockiert. Und, vielleicht noch schlimmer, brüskiert. Er hatte ihr seine Neuigkeit mehr oder weniger um die Ohren geschlagen.

Plötzlich fuhr ihm der Gedanke dazwischen, daß dieses Geschenk, das Buch, von dem sie wußte, daß ihm so viel daran gelegen war, nur als Ablenkungsmanöver hatte dienen, daß es ihn hatte einlullen sollen, und er fühlte sich ein wenig erleichtert. Er hielt sich an seinem Einfall fest, versuchte eine Weile lang, sein Mißtrauen zu begründen mit dem Verdacht, der in der Bar sich ihm nun schon zum zweitenmal aufgedrängt hatte: Lilly eine Komplizin der Gangster, der Mann mit dem Bartschatten ihr Kontaktmann. Und er, Hans Schumann, nach seiner Frau das zweite ahnungslose Opfer, das sie für ihre Zwecke zu mißbrauchen versuchten.

Er rief sich in die Erinnerung, daß sie ja auch keineswegs den ganzen Abend stumm geblieben war. Wenn er sie tatsächlich so sehr enttäuscht und gekränkt hätte, dann wäre doch zu erwarten gewesen, daß sie nur das Notwendigste mit ihm gesprochen hätte. Aber nein, sie hatte sich ja ganz anders aufgeführt!

Sie war an diesem Abend doch immer wieder genau so heftig und so engagiert aus sich herausgegangen, wie es ihrem Temperament entsprach. Das war ja schon in der Academy geschehen, als sie ihren Ehemann verwünschte, den Betrüger, die Krätze sollte er kriegen, und alsdann im ›Pirates' House‹, als sie sich über die Eltern empörte, die ihre Kinder dorthin führten, und über ihren Vater, der sie mit Klaus Störtebeker und Arndts Gespenstermärchen traumatisiert hatte. Und das hatte sich fortgesetzt, als sie in der Bar über Sümpfe und Alligatoren und Schlangen sich ausließ, die offenbar zu den Horrorszenarien ihrer Phantasie gehörten.

Aber es mißlang ihm dann doch, sich auf diese Weise zu entlasten. Die Erinnerung nicht zuletzt daran, daß sie zweimal im ›Pirates' House‹ um ein Haar in Tränen ausgebrochen wäre, ließ sich nicht unterdrücken. Er hatte das auf ihre Anspannung wegen des Ortes und dessen Historie geschoben, doch ihm war plötzlich auch klar, daß sie schon seit seiner rüden Eröffnung, er werde sie in Savannah allein lassen, unter einem quälenden Druck gestanden hatte.

Und das war ja noch nicht alles gewesen. Ihm zuliebe hatte sie den Tisch im ›Pirates' House‹ reservieren lassen, obwohl der bloße Gedanke, sich in diese Spukhöhle zu begeben, sie in Panik versetzte. Sie hatte insgeheim gehofft, er würde die Alternative wählen, die sie ihm gleichzeitig angeboten hatte, und mit ihr zu der Lady und ihren Söhnen gehen. Aber nein, er hatte das Gespensterhaus gewählt, weil er unbedingt diese Rarität hatte sehen wollen.

Und er hatte sich bei ihr nicht einmal bedankt dafür, daß sie ihm die Gelegenheit verschafft hatte.

Was würde sie von ihm denken? Für welche Art von Charakter würde sie ihn halten? Für welche Art von Mensch?

Er legte das Buch auf den Nachttisch, blieb noch einen Augenblick lang sitzen. Dann stand er auf und ging mit schnellen Schritten zur Tür. Es schien ihm unerläßlich, unaufschiebbar, sich bei Lilly zu entschuldigen, heute abend noch, jetzt, in dieser Minute. Und das mochte er nicht per Telefon absolvieren. Er wollte ihr dabei in die Augen sehen, um sicher zu sein, daß sie ihm nichts nachtrug.

Der Flur war ausgestorben. Während er über den weichen Teppich, der seine Schritte schluckte, zu Lillys Zimmer ging, hörte er durch eine der Türen, an denen er vorbeikam, die gedämpften Geräusche eines Fernsehprogramms. Vor der Tür mit der Nummer 428 blieb er stehen. Er neigte den Kopf ein wenig, dann klopfte er behutsam an.

Nichts regte sich. Vielleicht lag sie schon im Bett?

Der Gedanke, daß unversehens die Tür sich einen Spaltbreit öffnen, daß in dem Spalt ihr nacktes Bein, die runde, nur von einem Träger bedeckte Schulter erscheinen, daß ihre großen Augen ihn anschauen und sich bei seinem Anblick weiten würden, irritierte ihn. Er schüttelte unwillig den Kopf. Dann klopfte er noch einmal, ein wenig härter.

Vielleicht schlief sie schon.

Er warf einen Blick über die Schulter. Niemand war auf dem Flur zu sehen.

Als sich hinter der Tür noch immer nichts regte, hob er den Kopf und sah nach der Zimmernummer. Nein, kein Zweifel möglich. Es war das Zimmer, das sie mit Roland bezogen hatte.

Er näherte sein Ohr der Tür und lauschte. Unvermittelt zog er die Luft ein.

Ja, es war keine Einbildung. Er roch ein merkwürdiges, wenn auch nur vages Odeur. Es war ein fremdartiger, ein exotischer Geruch. Ihm fiel Lillys Parfum ein, diese Mischung wie aus mysteriösen Gewürzen und dem Hauch eines Sommermorgens.

Unsinn. Sie ging mit diesem Parfum ziemlich zurückhaltend um, es war unmöglich, daß man es durch die Tür hätte riechen können. Und selbst wenn sie sich ein aufwendiges Vollbad hergerichtet und irgendwelche abenteuerlichen Essenzen, die sie mitgebracht oder in dieser Stadt aufgetrieben hatte, hineingerührt haben sollte – dies war kein Spukhaus. Die Türen in diesem Hotel hingen nicht windschief in den Angeln, sie schlossen fugenlos und ziemlich dicht, da gab es soviel nicht zu riechen.

Er beugte den Kopf noch ein wenig näher an die Tür heran, zog plötzlich die Brauen zusammen.

Ja. In diesem Geruch gab es auch noch eine andere, eine etwas schärfere, herbere Komponente.

Er warf einen Blick über die Schulter, dann näherte er seine Nase wieder der Tür. Rauchte sie etwa Pot?

Es schien ihm durchaus möglich, sie war labil genug dafür. Aber er war sich nicht sicher. Seine Erinnerungen an die wenigen Joints, die er während der Schulzeit versucht hatte, waren verblaßt. Er hatte Angst gehabt, sich an diesen Zeitvertreib zu gewöhnen, also hatte er ihn gelassen.

Unversehens zuckte er zusammen. Was war das gewesen? Hatte er sich vielleicht getäuscht? Er hatte geglaubt, hinter der Tür eine Stimme gehört zu haben.

Und dann hörte er sie wieder. Es war Lillys Stimme, gedämpft, aber unverwechselbar.

Selbstgespräche?

Wohl kaum. Sie hatte Gesellschaft. Und es war gewiß nicht Roland, der schon nach zwei Tagen zurückgekehrt wäre. Es war auch keine Frau, natürlich nicht, darauf hätte er jede Wette abgeschlossen. Nein, nein.

Plötzlich wich er von der Tür zurück, als fürchte er, daß es gefährlich sei, sich in ihrer Nähe aufzuhalten. Er tat ein paar Schritte in die Richtung seines Zimmers, blieb stehen, blickte über die Schulter.

Ja. Es gab eine ganz andere Erklärung, und die war plausibel: Sie hatte sich den Kerl aus der Bar aufs Zimmer geholt, den haarigen Kerl mit dem Bartschatten, ihren Gangsterfreund. Sie hatte ihn, sobald sie die Tür ihres Zimmers hinter sich geschlossen hatte, angerufen und ihm gesagt, daß die Luft rein sei. Er hatte der blonden Pianistin noch einen Drink spendiert, hatte seine Zeche bezahlt und war hinaufgefahren in die vierte Etage. Er hatte, als der Aufzug anhielt, zunächst nur einen Blick hinausgeworfen, nach beiden Seiten. Dann war er mit ein paar schnellen Schritten zu der Tür ihres Zimmers hinübergegangen. Nur einmal hatte er anklopfen müssen, dann hatte die Tür sich schon geöffnet, er war dahinter verschwunden.

Ja. Und nun hockten sie da und rauchten einen Joint, oder sie lagen schon in den Betten und waren so high oder so geil, daß sie ihn nicht einmal hatten klopfen hören. Oder sie hatten ihn gehört, aber Lilly hatte dem Kerl, der sich aufrichtete, beruhigend abgewinkt, und nach einer Weile hatte sie halblaut gesagt, das werde der Architekt sein, aber er werde sich verziehen, wenn er keine Antwort bekomme.

Schumann ging zu seinem Zimmer, steckte die Codekarte in den Schlitz, hielt ein. Unversehens überschwemmte ihn ein Gefühl, das ihm aufs äußerste zuwider war. Es war die nackte Wut, ja der Zorn auf diese Lilly, die ihn so schmählich hinterging; aber es war nicht nur das.

Es war auch Eifersucht.

Er versuchte, genauer zu analysieren, was ihn da so heftig heimsuchte, daß er daran fast zu ersticken glaubte, aber es gab wenig Zweifel: Er war eifersüchtig. Es war geradezu lächerlich, aber er war eifersüchtig auf diesen Mann, wieso denn Mann, es war doch nichts anderes als ein haariger Affe, der das eine Weibchen poussierte und das nächste schon mit seinen Blicken verschlang. Ein zottiger Schrat, der seinen nimmermüden Paarungstrieb zu befriedigen suchte.

Was ging ihn solch ein Mensch, solch ein Rückfall der menschlichen Rasse an? Nein – die Frage ließ sich präziser stellen: Was ging ihn, Hans Schumann, diese Lilly an? Hatten etwa die ungehemmten Avancen, die sie ihm machte, seinen Verstand benebelt? Was hatte er denn mit einer Frau zu schaffen, die so naiv war wie diese, so naiv, ja, und nicht zuletzt so ordinär? Was konnte ihn kümmern, wen solch eine Frau auf ihr Zimmer bestellte und von wem sie sich besteigen ließ?

Während sich schon die nächste Überlegung daran anschloß, fiel ihm das Buch ein, das sie ihm geschenkt hatte. Und um so brutaler schmerzte ihn die Vorstellung, wie vielleicht eben jetzt dieser Affe sich über ihren Schenkel hob und sich auf ihren Bauch senkte und in sie eindrang und wie sie den Atem, den sie angehalten hatte, langsam herausließ.

Er zog die Codekarte aus dem Schlitz und ging zu den Aufzügen. Die Furcht war zu groß, daß er, allein und auf sich gestellt, von der Welt abgeschlossen in seinem Zimmer und von der Stille begraben, diesen widerlichen Gefühlsaufruhr nicht würde bewältigen können.

Bevor die Aufzugstür sich öffnete, fühlte er sich versucht, noch einmal den Kopf zu wenden und einen Blick auf ihre Zimmertür zu werfen. Aber er tat es nicht.

An der Rezeption war niemand zu sehen. Er wollte schon hinausgehen auf die Straße, als er einhielt. Nach einem kurzen Zögern ging er zurück und die Treppe zur Bar hinunter.

Der Schrat mit der schwarzen Behaarung war verschwunden, sein Platz am Ende des Tresens war frei, was auch sonst. Die Pianistin, die sich auf einem Streifzug durch *Porgy and*

*Bess* befand, lächelte Schumann zu, er erwiderte den Gruß. Er nahm einen Hocker weiter vorn, dessen benachbarte Plätze unbesetzt waren, und bestellte einen Whiskey ohne Eis. Als der Barmann das Glas vor ihn stellte, schob er einen Zehndollarschein über die Theke und sagte: »Das ist für Sie.«

Der Barmann steckte den Schein ein, sagte: »Thank you« und sah ihn fragend an. Schumann beugte sich ein wenig vor. »Sagen Sie... der Herr, der heute abend hinten in der Ecke saß und gestern abend auch, glaube ich...«

Der Barmann nickte.

»Ist er ein Hotelgast?«

»Ja. Seit Sonntag. Ein Geschäftsmann, ich weiß nicht genau, woher. Ein Yankee jedenfalls.«

»Sie meinen aus dem Norden?«

»Ja.«

Schumann nickte. »Und was macht er so?« Er schaltete ein Lächeln ein. »Ich meine, außer daß er sich für Ihre Blondine interessiert?«

»Für Emma?« Der Barmann deutete mit einer Kopfbewegung auf die Pianistin.

»Ja. Ich denke, er ist doch hinter ihr her, oder?«

Der Barmann lächelte. »Na ja, das sind viele, wissen Sie. Aber bei Emma ist nichts zu holen. Sie ist verheiratet. Und hat eine kleine Tochter.« Er blickte hinüber zu einem Gast, der einen Finger gehoben hatte. »Entschuldigen Sie mich.«

Schumann trank einen Schluck von seinem Whiskey. Er spürte abermals einen Anflug dieser lächerlichen, völlig unpassenden Eifersucht, trank noch einen Schluck, diesmal einen größeren.

Der Barmann kam zu ihm zurück, ein Glas in der Hand, das er sorgfältig abtrocknete. Schließlich hob er den Blick und sah Schumann an. »Übrigens interessiert er sich ja nicht nur für Emma.« Er lächelte. »Er interessiert sich doch auch für Ihre Begleiterin, nicht wahr? Die rothaarige Dame, meine ich.«

Schumann räusperte sich. »Wie kommen Sie denn darauf?«

Der Barmann zuckte die Schultern. »Schien mir nur so.« Er lächelte. »Ist ja auch eine sehr attraktive Frau. Und sehr aktiv. Interessiert sich für vieles.«

Schumann fixierte den Barmann, der intensiv sein Glas polierte. Nach einer kleinen Weile fragte er: »Und wie meinen Sie das?«

Der Barmann zuckte die Schultern. »Hab ich von Harvey gehört.«

»Was haben Sie gehört? Und wer ist Harvey?«

»Der Portier, der in dieser Woche die Frühschicht hat.«

»Ah ja. Und was hat Harvey gesagt?«

Der Barmann sah ihn an und lächelte. »Na ja, daß sie sich bei ihm erkundigt hat. Ihre Begleiterin. Über die Stadt. Und nach Adressen.«

»Adressen? Was für Adressen?«

»Na ja.« Er hob das Glas ins Lampenlicht und drehte es. »Sie hat ihn nach Voodoo-Läden gefragt. Das sind solche Shops, wissen Sie, in denen man Zauberzeug kaufen kann. Knochen und Steine. Und Wurzeln und Stöckchen. Weihrauch. Und irgendwelches Öl und Wasser mit irgendwas drin. Zeug eben, das die Voodoo-Leute brauchen.« Er zuckte die Schultern. »Gibt ja viele, die daran glauben.«

Gut ein halbes Dutzend Gäste, die laut miteinander sprachen und lachten, fielen in die Bar ein. Sie entschieden sich für den Tresen und besetzten die Hocker zu beiden Seiten Schumanns. Er schob das Geld für seinen Whiskey über die Theke, lächelte und nickte dem Barmann zu und ging hinaus.

Als er die Treppe zur Lobby emporstieg, hörte er von draußen einen langgezogenen, rollenden Donnerschlag. An der Rezeption stand Mr. Hamilton, der breitschultrige Schwarze. Schumann hob die Hand zum Gruß und ging zur Tür.

Mr. Hamiltons Stimme erklang: »Wollen Sie noch spazierengehen, Sir?«

Er blickte zurück. »Ja. Nur ein bißchen frische Luft schnappen.«

»Gehen Sie nicht zu weit, Sir! Es könnte ein Unwetter geben.«

»Danke, ja.«

Er trat vor die Tür. Der Nachthimmel hatte sich zugezogen, Sterne waren nicht zu sehen. Die dichten Wipfel der Bäume und die Fassaden der Häuser auf der anderen Seite der Liberty Street leuchteten sekundenlang auf wie fahle Kulissen, dem Blitz folgte abermals ein Donnerschlag.

Er fühlte sich schon wieder heftig enttäuscht, ja fast wie betrogen, und diesmal von einer blöden, blinden Laune des Wetters. Er hatte sich an die Hoffnung geklammert, diesem Hotelflur und der Tür mit der Nummer 428 und der erdrückenden Leere seines eigenen Zimmers noch eine Weile entrinnen zu können. Die Vorstellung hatte ihn belebt, zum Fluß hinunterzugehen und über die River Street zu wandern, ein langes Stück, und das Wasser zu riechen und vielleicht sogar die nahe See und hin und wieder einen Blick hinüber auf die Lichter von Hutchinson Island zu werfen und den Wind in den Haaren zu spüren und auf der erhitzten Stirn, und warum nicht auch ein paar Regentropfen.

Wieder flackerte ein Blitz, und wieder rollte ein Donnergrollen über die Stadt hinweg. Er blickte empor zum Himmel.

Unvermittelt setzte er sich in Bewegung. Er wandte sich nach rechts, ging zügig die Liberty Street entlang bis zur Barnard Street, bog nach links ab zum Orleans Square, dessen Bäume und Sträucher schon von den Böen geschüttelt wurden, und ging von dort auch noch ein Stück weiter in Richtung des Savannah River.

Als der Regen einsetzte, war er fast eine halbe Meile vom Hotel entfernt. Das Wasser traf ihn wie ein Guß aus tausend Eimern. Er sah kein Dach, an dem er sich hätte unterstellen können, in einen Vorgarten wollte er nicht eindringen, und so fand er sich binnen kürzester Zeit durchnäßt bis auf die Haut. Es hatte keinen Sinn, noch weiter in Richtung des Flusses zu gehen, womöglich fegte der Regen über die offene Uferstraße noch heftiger herein als hier zwischen den Häusern. Er kehrte um. Als er die Drehtür des Hotels erreichte, rann das Wasser in glitzernden Bächen aus seinen Haaren, aus seinen Hosenbeinen und den Schuhen.

# 22

Beim Weckruf durchs Telefon, der ihn am Samstag morgen um sieben aufschreckte, fühlte er sich wie zerschlagen. Er hatte in der Nacht, noch während er seine Kleider zum Trocknen über die Badewanne hängte, ein großes Glas Bourbon getrunken, und das hatte er fortgesetzt, zunächst am Schreibtisch, wo er den nicht sehr ergiebigen Versuch unternahm, seine Unterlagen und Notizen für den Bericht zu sortieren, den er Schöne-Bergmann noch vor Antritt der Suche nach Charlotte schicken wollte. Aber auch im Bett hatte er noch getrunken. Er hatte Flannery O'Connors Geschichte bis zum grausamen, verstörenden Ende gelesen, und als er schließlich über dem Buch einschlief, war die Flasche leer gewesen.

Bevor er in die Dusche ging, rief er den Zimmerservice an und bestellte ein Frühstück. Während er sich rasierte, erinnerte er sich an die wüsten Träume der vergangenen Nacht.

Die Eindrücke, die sein mißlungener Spaziergang zum Flußufer in ihm hinterlassen hatte, waren wohl eine dramatische Mischung eingegangen mit seinen Erinnerungen an einen Savannah-Film, er wußte nicht mehr, welchen, vielleicht war es Robert Altmans *Gingerbread Man* gewesen, in dem ein ähnliches subtropisches Unwetter bei Nacht die Stadt überfallen hatte, schwarze, spiegelnde Straßen, dichte, glitzernde Vorhänge von Regen, die wie breite Schleppen darüber hinwegzogen und an den Außentreppen und Balkonen in sprühende Fetzen zerfielen, und dazu die Bäume in den Vorgärten, wild schwankende Wipfel, und dazwischen die rot und gelb schimmernden Fenster, hinter denen die Lampen in den Häusern brannten.

Irgendwann hatte er sich auch im Inneren eines dieser Häuser wiedergefunden, und er hatte bemerkt, daß ein Fenster zur Straße offenstand und in den Windstößen hin und her schlug, es stand zu befürchten, daß der Regen eindringen und den Scalamandre-Vorhängen, den rot gewachsten Dielen aus Pinienholz, dem Teppich und den Empire-Möbeln schaden würde, und er war herbeigeeilt und hatte das Fenster geschlossen und verriegelt, und als er sich zurückwandte und durch den Bogen des Durchgangs in das dahinterliegende, zum Garten führende Zimmer schaute, hatte er Lilly gesehen, sie hatte ihm den Rücken zugewendet, und er hatte durch das weiße, wallende Gewand, das sie trug, ihr Gesäß erkennen können. Sie ging hinaus in den Garten, und er hatte sie aufhalten wollen, aber er wußte, daß es vergebens war.

Es klopfte. Ein rundlicher Asiate mit Stoppelfrisur, in weißem Hemd und schwarzer Weste brachte ihm das Frühstück und die *Savannah Morning News*. Er durchblätterte die Zeitung, trank dazu das große Glas Milch, das er bestellt hatte, um die widerliche Trockenheit in seinem Mund und seinem Hals zu vertreiben. Die Kriminalstatistik der Metropolitan Police für Savannah und Chatham County hielt ihn eine Weile fest, und Zeile für Zeile las er den Bericht über den Entwurf eines Hotelbaus, den die Architekten ändern würden, weil die Kommission für den Historischen Distrikt der Stadt dagegen Einwände erhoben hatte.

Als er die Zeitung weglegte und den Rest der Milch trank, fiel ihm ein, daß er im Traum sich abermals auch in seiner

Heimat wiedergefunden hatte. Sie waren mit den Fahrrädern unterwegs gewesen, irgendwo am Dollart, an einem heißen Sommertag, und sie hatten großen Durst gehabt und waren in ein Melkhuske eingekehrt, eins der kleinen Bretterhäuschen, die am grünen Wegrand standen und Schatten boten und in denen die Bauersfrauen, deren Höfe nicht weit davon lagen, den Touristen frische Milch und Selbstgebackenes servierten, und er hatte den Duft des Selbstgebackenen gerochen und den der Bretterwände, die in der Sonnenhitze leise knackten, und in der Hand hatte er die Kühle der Milch gespürt, die in großen Gläsern ausgeschenkt wurde, es war, nun ja, es war gewesen wie ein Stück vom Paradies. Aber er hatte die Milch nicht trinken können, richtig, der Traum war ganz anders weitergegangen.

Er war gar nicht dazu gekommen, die Milch zu trinken. Denn plötzlich war Charlotte erschienen, Charlotte, die er damals noch gar nicht kannte, und hatte gesagt, diese Milch könne man nicht trinken, sie sei ja noch gar nicht untersucht und nicht entkeimt, und sie hatte ihm das Glas weggenommen. Charlotte, die bis dahin auch noch nie im Rheiderland gewesen war, jedenfalls nicht in der Zeit, in der er noch mit seinen Freunden dort herumstreunte, auf den langen, geraden Wegen zwischen den Weiden, in den stillen Dörfern, die in der Mittagssonne schliefen, an den grünbewachsenen Ufern der Siele und Kanäle.

Bevor er sein Frühstück beendete, rief er den Zimmerservice an und sagte, er habe einen Anzug zum Aufbügeln und einen Packen Wäsche und ob er beides bis morgen früh zurückbekommen werde. Er wurde weiterverbunden, und fünf Minuten später klopfte es wieder, diesmal war es ein junges blondes Mädchen in einem hellblauen Kittel, sie holte den Anzug, der eine leicht gewellte Struktur angenommen hatte, und die Wäsche aus dem Bad und wünschte ihm einen schönen Tag.

Kurz nach halb neun fuhr er hinunter. Bevor er den Durchgang zum Frühstückszimmer kreuzte, blieb er einen Augenblick lang stehen. Als ein Ehepaar mit zwei Kindern dicht beieinander das Frühstückszimmer verließ und vorübergehend die Sicht verdeckte, ging er eilig an dem Durchgang vorbei. Er ließ die Lobby hinter sich, trat hinaus auf die Straße. Unter der Markise stand wieder der Portier mit dem Zylinderhut, der in Roland den Damenmann erkannt hatte. Er hob die Hand an die Krempe seines Huts: »Good morning, Sir.«

Schumann trat auf ihn zu. Er warf einen Blick zurück in die Halle des Hotels, aber von Lilly war nichts zu sehen. Er beugte sich ein wenig vor. »Sagen Sie ... Harvey? Sie sind doch Harvey?«

»Yes, Sir. Harvey Musgrave ist der Name.«

»Ich wollte Sie fragen, Harvey... Mister Musgrave –«

»O nein, nein, Sir! Harvey genügt!«

»Okay, Harvey... Es ist doch richtig, daß meine Bekannte, ich meine, die Dame mit den rotbraunen –«

»Jaja, ich weiß schon!« Harvey nickte. »Die Frau des Gentlemans, mit dem Ihre Frau abgereist ist, nicht wahr?«

»Richtig, das ...« Er räusperte sich. »Ich habe also gehört, daß sie, meine Bekannte, meine ich ..., daß sie sich bei Ihnen ... erkundigt hat ...«

Harvey hörte ihm offenbar aufmerksam zu, und währenddessen nickte er anhaltend. Er sah Schumann an, als verstehe er die Frage noch nicht ganz und warte gespannt auf die Fortsetzung.

Schumann räusperte sich, dann sagte er: »Bestimmte Adressen in der Stadt, verstehen Sie? Ich hab gehört, daß sie sich danach erkundigt hat.«

Harvey hörte auf zu nicken, er bog den Kopf zurück, als habe er endlich verstanden, um was es ging, und lächelte. »Ah ja, natürlich, Sir!« Nach einem Blick ringsum, als wolle er sich vergewissern, daß niemand lauschte, beugte er sich ein wenig vor und sagte: »Voodoo-Läden, Sir. Sie wollte wissen, ob ich ihr einen Voodoo-Laden empfehlen kann. Und wie sie dahin kommt.«

Schumann nickte. Harvey sagte: »Sie wissen, Sir, Voodoo… Ist mit den Sklaven hierhergekommen.« Er lächelte. »Und in Savannah gibt's noch immer eine Menge Leute, die daran glauben. An die Zauberei. Schwarze Magie und so.«

»Ja, ich weiß.« Schumann warf noch einmal einen Blick zurück in die Hotelhalle. Dann fragte er: »Hat sie gesagt, warum sie diese Adresse haben wollte? Ich meine, hat sie irgend etwas Bestimmtes genannt, was sie dort suchte?«

Harvey schüttelte den Kopf. Nach einer kleinen Pause sagte er: »Sie hat nur gesagt, daß sie Savannah ganz toll findet. Aber daß sie sich hier auch schon mal gräßlich fürchtet.« Er lächelte. »Wegen unserer Geister. Na ja, und wegen Voodoo.« Er sah Schumann an, hob die Schultern. »Vielleicht wollte sie sich einen Gegenzauber besorgen. Irgend etwas, mit dem sie sich schützen kann. Vor den Geistern oder den Zombies oder vor irgendwas sonst. Auch so was verkaufen sie ja in den Läden.«

Schumann rieb sich die Wange.

Harvey sagte: »Frauen in dem Alter suchen meistens allerdings etwas anderes.« Er lächelte. »Gibt's auch in solchen Läden. Jede Menge.«

»Und was ist das?«

»Liebestrank. Pülverchen, Öl zum Einreiben, was weiß ich. Alles mögliche, mit dem sie einen Mann ins Bett bekommen können. Einen bestimmten, verstehen Sie?«

Schumann nickte. Er rieb sich die Wange. Plötzlich sah er auf die Uhr. Er griff in die Tasche, holte einen Zehndollarschein hervor und gab ihn Harvey, der die Hand öffnete und den Schein verschwinden ließ.

»Thank you, Sir!«

Schumann fragte: »Sie können mir ein Taxi rufen?«

Als Harvey schon die Trillerpfeife zog und auf die Straße treten wollte, faßte Schumann ihn am Arm. »Halt, halt, ich wollte vorher noch etwas anderes wissen!«

Harvey sah ihn fragend an.

Schumann räusperte sich. Dann sagte er: »Können Sie mir einen Laden nennen, in dem ich eine Pistole kaufen kann? Nicht zu groß. Etwas Leichtes, aber doch effektiv. Und nicht allzu teuer, natürlich.«

## 23

Die abschließende Sitzung der Konferenz hatte begonnen, bevor Schumann die Academy erreichte. Als er das Foyer betrat, hörte er aus dem Saal die Stimme eines Redners, der gerade dabei war, den Referentinnen und Referenten der vergangenen Tage für ihre durchweg interessanten und instruktiven Beiträge zu danken.

Die Stimme aus den Lautsprechern kam Schumann bekannt vor. Er näherte sich von der Seite dem Durchgang aus dem Foyer in den Saal, um möglichst unbemerkt zu sehen, wer da sprach, und um einen günstigen Augenblick abzuwarten, in dem er nach einem noch freien Platz Ausschau halten konnte, der ohne großes Aufsehen erreichbar war.

Als er mit einem vorsichtigen Schritt zur Seite hinter der Portiere hervortrat, sah er, daß es Davenport war, der am Rednerpult stand. Er wollte sich erschreckt zurückziehen, doch Davenport, der frei sprach und dabei den Blick über das Publikum wandern ließ, hatte ihn schon gesehen, er hob die Hand, lächelte und winkte ihn in den Saal hinein.

Einige Leute wendeten die Köpfe, darunter natürlich Herr Wittkamp, der Zuträger. Schumann trat ein wenig zögernd ein, während Davenport fortfuhr. Ein freier Platz war nirgendwo zu sehen, aber aus der Ecke hinter der Portiere kam die schwarze Sekretärin der Konferenz, die heute Lindgrün statt Lachsfarben trug, und bot Schumann den Stuhl an, auf dem sie gesessen hatte. Er bedankte sich und wollte das Angebot ablehnen, aber sie bestand darauf; schließlich stellte er den Stuhl neben den Eckplatz der letzten Reihe, um dergestalt seine Sonderrolle zu beenden, und setzte sich.

Er brauchte eine Weile, bis er die richtige Position gefunden hatte. Das Schulterholster drückte ihn, er spürte auch sehr deutlich die Pistole an seiner linken Seite unter dem Jackett. Er hätte lieber ein kleineres und leichteres Modell gehabt, aber der Waffenhändler, ein weißhaariger

Herr, der Weste und Krawatte trug, hatte ihm erklärt, daß die Glock 26 bereits ein Kompaktmodell sei und noch kleinere Waffen keinen ausreichenden Schutz böten. Außerdem wiege diese Pistole tatsächlich weniger als ein Pfund, sie mute nur beim ersten Kontakt vielleicht ein wenig schwerer an.

Schumann vermutete, daß der Herr stark untertrieben hatte. Immerhin war er im Laufe des Gesprächs mit dem Preis beachtlich heruntergegangen. Die Glock allein hatte 429 Dollar kosten sollen, aber am Ende waren sie bei einem Gesamtpreis von 410 Dollar gelandet, für die Pistole, ein Bianchi-Tuxedo-Holster, ein Magazin und eine Schachtel *Taurus Pure Copper,* dem Herrn zufolge die beste Munition, die es für diese Waffe gab. Die Schachtel trug Schumann in seiner Hosentasche, das Magazin in der Seitentasche seines Jacketts, die Pistole hatte er mit dem Holster gleich umgeschnallt, weil er keine Tasche mit sich führte und auch nicht mit einem Paket von solchem Gewicht in der Academy hatte auftreten wollen.

Als Sam Harper in der Reihenfolge der Referenten seinen Namen aufrief und er aufs Podium stieg, um die Zusammenfassung seines Referats vorzutragen, fürchtete er, daß das Publikum sich über das straff sitzende Jackett und seine ausgebeulten Taschen wundern werde. Aber niemand, soweit er das erkennen konnte, beäugte ihn befremdet oder gar argwöhnisch. Auch in den Gesprächen, die er nach dem offiziellen Ende der Konferenz noch zu führen hatte, ließ niemand erkennen, daß ihm etwas Merkwürdiges an Mister Schumann aufgefallen wäre. Mit dem Interesse und dem offenkundigen Respekt, der ihm entgegengebracht wurde, konnte er vielmehr sehr zufrieden sein.

Schließlich kam Davenport zu ihm. Er legte Schumann die Hand auf die Schulter und führte ihn ein wenig zur Seite, als wolle er den noch anwesenden Teilnehmern der Sitzung zu verstehen geben, daß er nicht gestört werden möchte. Schumann sagte: »Ich muß mich sehr entschuldigen, Mister Davenport, aber –«

»Kein Anlaß, alles in Ordnung. Sie waren doch früh genug.« Der Anwalt sah ihn lächelnd an. Dann verschwand das Lächeln. Nach einer kurzen Pause fragte er: »Oder gibt es Probleme?«

»Nein, nein, ich ...«

Davenport sagte: »Sie sehen ein bißchen strapaziert aus. Müde, ja. Haben Sie schlecht geschlafen?«

»Nein, wirklich ...«, Schumann lachte, »ich hab sehr gut geschlafen. Sehr tief zumindest.«

Davenport antwortete nicht, aber er betrachtete ihn aufmerksam. Schumann blickte zur Seite, lachte. Aber dann wandte er sich zurück und sagte: »Na gut. Vielleicht hab ich ein Glas zuviel getrunken gestern abend.«

Davenport nickte. Nach einer Weile sagte er: »Ich habe Ihnen ja schon einmal gesagt, daß es manchmal hilft, sich einem Älteren anzuvertrauen.« Er lächelte. »Lebenserfahrung, wissen Sie. Vielleicht ist das alles ja nicht so neu, was Sie bedrückt. Ist alles irgendwann und irgendwo schon mal geschehen. Und vielleicht läßt sich aus solchen Erfahrungen auch schon mal ein guter Rat ableiten.«

Schumann nickte. Nach einer langen Pause sagte er: »Meine Frau ist verschwunden. Vor zwei Tagen.«

Davenport tat einen tiefen Atemzug, bevor er fragte: »Haben Sie die Polizei verständigt?«

Schumann zuckte die Schultern. Dann sagte er: »Um die gleiche Zeit wie meine Frau ist mein Freund verschwunden. Und beide haben ihr Gepäck mitgenommen. Gestern hat meine Frau im Hotel angerufen. Sie hat gesagt, es gehe ihr gut. Aber sie wollte nicht mit mir verbunden werden.«

Davenport nickte. Er fragte: »Ihr Freund... ist das der Mann der Dame, die Sie schon einmal hier abgeholt hat?«

»Ja.« Schumann lachte, ein wenig mühsam. »Wir sind gewissermaßen Schicksalsgefährten, sie und ich.«

»Sie ist eine sehr attraktive Dame,« sagte Davenport. »Und sehr sympathisch.« Nach einer Pause fragte er: »Was wollen Sie tun?«

Schumann warf einen Blick zu Herrn Wittkamp, der an der Terrassentür stand, dann sagte er, daß er morgen aufbrechen und sich auf die Suche nach seiner Frau machen werde. Deshalb werde er auch für Fragen zu dem Museumsbau, die Davenport vielleicht noch haben sollte, eine Woche lang oder auch zwei nicht zur Verfügung stehen, und das habe er ihm ohnehin sagen wollen. Davenport sagte, darum solle er sich jetzt keine Sorgen machen. Aber wo er seine Frau denn suchen wolle?

Schumann antwortete, es sei, obwohl er es sich eigentlich nicht vorstellen könne, natürlich nicht auszuschließen, daß sie absichtlich verschwunden sei, weil sein Freund sie zu einem Abenteuer verleitet habe. Allerdings verdiene der Freund sein Geld nicht zuletzt mit riskanten Geschäften, auch mit Partnern in Savannah, wo er überdies schon einmal ein Jahr als Austauschschüler verbracht habe. Und es sei nach seiner, Schumanns Vermutung auch keineswegs auszuschließen, daß betrogene Geschäftspartner ihn entführt hätten, und mit ihm seine, Schumanns, Frau, weil sie sie fatalerweise mit der Frau des Freundes verwechselt hätten.

Der Anwalt schüttelte den Kopf. Er sagte, er hoffe, daß Schumann ein paar halbwegs verläßliche Anhaltspunkte habe, um die beiden zu finden; und vor allem hoffe er, daß Schumann bedenke, wie gefährlich es sei, hinter Entführern herzuforschen. Schumann sagte, ja, natürlich, das wisse er. Er sei darauf vorbereitet.

Nach einer kleinen Pause fragte Davenport, ob er den Professor schon ins Bild gesetzt habe. Schumann antwortete, das werde er vor seiner Abfahrt noch tun.

Davenport sah ihn einen Augenblick lang schweigend an. Dann sagte er, er könne, wenn er Hilfe brauche, sich jederzeit an ihn wenden, und das solle er bitte nicht vergessen. Noch während er das sagte, bemerkte Schumann, daß er an ihm vorbei den Blick in das Foyer richtete, und er war ein wenig befremdet über diese Abschweifung. Aber dann sagte Davenport: »Ihre Gefährtin ist angekommen.«

»Meine Gefährtin?«

»Ja. Sie nehmen sie doch wohl mit auf die Reise?« Er hob die Hand und winkte in die Richtung des Foyers.

Schumann wandte sich um. Im Foyer stand Lilly. Sie trug ein dezent gemustertes graues Sommerkostüm, schwarze Pumps und eine klassisch streng geschnittene, schwarze Bluse. Den Haarschopf hatte sie straff nach hinten gekämmt und in einen kleinen Knoten gebunden. Davenports Begrüßung schien sie ein wenig in Verlegenheit zu bringen. Sie lächelte, hob die Hand und antwortete mit einem merkwürdig schüchternen Winken.

Der Anwalt setzte sich in Bewegung, Schumann folgte

ihm. Er versuchte, seine Gedanken, die sich überstürzten, und die Gefühle, die in ihm aufwallten, zu bändigen und zu kontrollieren. Was dachte sie sich nur dabei, ihm noch einmal hierherzufolgen, unter Leute, von denen immerhin einige so wie Davenport wußten, daß er nicht mit ihr, sondern mit einer ganz anderen Frau verheiratet war? Hatte er sich nicht deutlich genug ausgedrückt, als er sie beim Frühstück heute morgen allein gelassen hatte? Wollte sie nicht begreifen, daß er keinen Wert auf ihre Gesellschaft legte, geschweige denn auf ein Techtelmechtel?

Davenport hatte sie attraktiv genannt, ja, ja, und sogar sehr sympathisch. In der Tat machte sie in der Aufmachung, in der sie diesmal auftrat, einen seriösen, recht respektablen Eindruck. Aber der Anwalt hatte sie auch noch nicht in ihrem String gesehen. Und er hatte keine Ahnung von dem, was sie in ihrem Zimmer trieb, wenn sie sich unbeobachtet und unkontrolliert glaubte. Luther Davenport ließe es sich nicht einmal im Traum einfallen, daß sie selbst möglicherweise etwas mit dem Verschwinden ihres Mannes, dem Verschwinden Charlottes zu tun hatte.

Mit einem widerstrebenden Gefühl, das dem der Empörung nahekam, sah er, wie Davenport sich zur Andeutung eines Handkusses über Lillys Rechte beugte. Lillys Augen weiteten sich, sie erwiderte die Geste mit einem Lächeln, das noch immer schüchtern wirkte, aber zugleich erkennen ließ, daß sie sich von der Courtoisie des Anwalts beglückt fühlte. Den Freund ihres Mannes begrüßte sie, indem sie die Hand bis zur Schulter hob und die Finger ein wenig bewegte, es war eine Vertraulichkeit, aber durchaus dezent.

Von da an führten die beiden die Konversation allein.

Schumann stand dabei und hörte mit wachsender Verwunderung und wachsendem Zorn zu, wie Lilly die Fragen Davenports beantwortete, o ja, dieses hatte sie gesehen und jenes auch, aber das dritte noch nicht, ach ja, man müßte ein ganzes Jahr in dieser Stadt verbringen können, schon um den Wechsel der Jahreszeiten zu erleben, von allem anderen ganz abgesehen, eine wundervolle Stadt, im wahrsten Sinne des Wortes.

Während Schumann ingrimmig darauf wartete, daß Davenport womöglich auf den Trick hereinfallen und dieses Luder von Frau auch noch auf ein ganzes Jahr zu sich einladen würde, kam die schwarze Sekretärin der Konferenz vorbei. Sie zögerte, begriff offenbar, daß Schumann mit der Unterhaltung der beiden wenig zu tun hatte, und trat an ihn heran. Sie fragte halblaut: »Entschuldigen Sie, Sir – die Mappe mit den Zusammenfassungen ist fertig. Haben Sie die Ihre schon?«

Schumann schüttelte den Kopf. »Nein?«

»Würden Sie sie dann bitte im Sekretariat abholen und quittieren?« Sie lächelte. »Wir möchten das Büro schon bald schließen.«

»Ja, natürlich. Ich komme.« Er wartete ab, bis Davenport seinen Satz beendet hatte, dann sagte er: »Entschuldigen Sie mich einen Augenblick, bitte, ich muß noch zum Sekretariat!«

Lilly schenkte ihm ein Lächeln, Davenport nickte und fuhr fort.

Als Schumann mit der Mappe zurückkam, sah er den Fahrer John, er stand, die Uniformmütze in der Hand, neben dem Ausgang und hielt den Blick auf Davenport gerichtet. Davenport hob die Hand, sah auf seine Uhr und sagte: »Tut mir schrecklich leid, Mr. Schumann, aber jetzt muß ich leider weg, höchste Zeit. Wir sehen uns morgen früh noch beim Konzert?«

»Oh, ich … ich weiß noch nicht.«

Davenport zögerte, dann sah er Lilly an. »Aber Sie möchten doch kommen?«

Sie nickte, hob dazu jedoch die Schultern, zog die Mundwinkel ein wenig abwärts, als sei sie nicht sicher, ob sie auch kommen könne.

Davenport sagte: »Nun – ich hoffe sehr, daß ich Sie *beide* sehe!« Er beglückte Lilly abermals mit seinem Handkuß, nahm Schumanns Rechte und sah ihm in die Augen. »Wenn wir uns *nicht* mehr sehen sollten … lieber möchte ich sagen: wider Erwarten nicht mehr sehen sollten … dann vergessen Sie nicht, was ich Ihnen vorhin noch einmal gesagt habe: Lassen Sie mich wissen, wenn ich Ihnen helfen kann. Und womit.«

Schumann sagte: »Danke. Danke für alles.«

Davenport ließ seine Hand los und ging eilig zum Ausgang. John öffnete seinem Herrn die Tür und folgte ihm.

## 24

Lilly sagte: »Ein wirklich feiner Mann!«

Schumann räusperte sich. Dann sagte er: »Ich muß zum Hotel zurück. Ziemlich schnell. Muß mich an die Arbeit machen.«

»Ja. Natürlich.« Sie sah ihn an. »Läßt du mich denn mit dir fahren?«

Er runzelte die Stirn. »Was soll denn die Frage? Selbstverständlich. Ich hoffe nur, daß wir ein Taxi bekommen. Das Sekretariat ist wohl schon geschlossen.«

Unversehens setzte Lilly sich in Bewegung, sie lief hinter der schwarzen Sekretärin her, die eben mit eiligen Schritten durch das Portal hinausging. Lilly rief: »Mrs. Duncan! Hallo!«

Die Sekretärin wandte sich zurück. Lilly sprach mit ihr, die Sekretärin holte ihr Handy aus der Tasche und wählte. Nachdem sie gesprochen hatte, gab Lilly ihr die Hand. Die Sekretärin stieg in ein Auto, das am Gehsteig wartete. Lilly winkte, als das Auto abfuhr. Dann wandte sie sich Schumann zu, der ihr langsam auf die Straße gefolgt war. »Taxi kommt.«

»Danke.« Nach einer Weile fragte er: »Woher wußtest du eigentlich, daß die Sitzung heute früher enden würde als gewöhnlich?«

Sie zuckte die Schultern. »Ich hab Mrs. Duncan angerufen. Sie hat mir gesagt, daß nur noch die Zusammenfassungen vorgetragen werden.«

Er nickte. Sie schwiegen beide. Nach einer Weile spürte er jedoch, daß sie ihn ansah. Es kostete ihn ein wenig Mühe, aber schließlich erwiderte er den Blick.

Sie sah ihm fest in die Augen und fragte: »Warum bist du heute morgen nicht zum Frühstück gekommen? Und hast mir nicht einmal Bescheid gesagt?«

Er hob die Augenbrauen. »Oh … sollte ich das?«

Sie sah ihn schweigend an. Ihm wurde ein wenig unbehaglich. Er sagte: »Ich dachte, du wolltest dich ausschlafen.«

Sie sagte: »Laß doch die Spielchen. Du warst ärgerlich, du warst vergrätzt, ach, Quatsch: du warst stocksauer. Und das alles nur, weil ich gesagt habe, du müßtest deine Entführungstheorie sausenlassen? Und zwar dann, wenn du die beiden ausgerechnet an den Plätzen suchen wolltest, die Roland gern noch einmal sehen würde?« Sie schnaufte heftig auf. »Aber es ist doch wahr: Entweder hat Roland den Ort ausgesucht, wo sie jetzt sind, oder sie sind entführt worden. Und dann hatte er nichts mehr auszusuchen. Dann können sie überall sein. Überall und nirgends. Hab ich recht?«

Er sagte: »Nein. Hast du nicht.« Auf die Begründung dieses Urteils verzichtete er. Er wandte sich ab, blickte die Straße hinauf, als halte er Ausschau nach dem Taxi.

Sie sagte: »Du warst stocksauer.« Nach einer kleinen Pause fuhr sie fort: »Ich hab dieses Buch für dich besorgt. Nicht, daß ich es dir geschenkt hätte, damit du dich bedankst. Ich wäre bloß sehr froh gewesen, wenn ich gehört hätte, daß es dir Freude macht. Aber so was hast du nicht über die Lippen gebracht. Du warst zu sauer dafür. Wegen dieser lächerlichen Entführungstheorie.«

Er sagte: »Sie ist nicht lächerlich.« Sie seufzte. Er sagte: »Außerdem bin ich bei dir gewesen, um mich für das Buch zu bedanken. Vergangene Nacht.«

Er spürte, daß sie ihn ansah. Er sagte: »Ich hab an deine Tür geklopft. Du warst auch da. Ich hab deine Stimme gehört. Aber du hast mich nicht gehört, anscheinend. Oder du wolltest mir die Tür nicht öffnen.«

Sie schwieg. Er räusperte sich. Dann sagte er: »Ich weiß nicht – es hat merkwürdig gerochen. Ich hab schon gedacht, du hättest Pot geraucht. Ich bin jedenfalls gegangen. Ich wollte dich ja nicht stören.«

Eine Weile schwieg sie noch. Unversehens stieß sie heftig heraus: »Gottverdammich noch mal, jetzt langt's aber! Ich hab kein Pot geraucht! Ich hab mir in einem Voodoo-Laden eine Protection besorgt, einen Schutzzauber. Ja, lach nur! ›High John the Conqueror‹, das ist eine Wurzel. Ich hab's als Pulver gekauft, gemahlen, zum Verstreuen, und ein Weihrauchtöpfchen hab ich abgebrannt und die Wörter gesagt, die man bei so einem Zauber wiederholen muß, neunmal. Ja, lach nur! Kann schon sein, daß ich nicht gehört habe, wie du geklopft hast.«

Er sah sie an. Sie knöpfte ihre Bluse auf, griff hinein und holte einen silbernen Anhänger heraus, den sie auf der Brust getragen hatte. »Und das hier gehört auch dazu, das hab ich mir auch in dem Laden gekauft.« Er sah die verschlungenen Formen, die die Vorderseite bedeckten; ein Amulett. Sie sagte: »Es schützt vor Zombies und vor Geistern. Los doch, lach nur!«

Nach einer Weile sagte er: »Und das war alles, was du auf deinem Zimmer gemacht hast?«

Plötzlich sah er, daß sie errötete. Er mochte es nicht glauben, aber diese ausgebuffte Frau, die sich vor Flüchen und vulgären Ausdrücken nicht scheute – sie errötete über beide Ohren und bis in den Ausschnitt ihrer Bluse hinein.

Sie sagte: »Verdammt noch mal, was willst du denn noch alles wissen? Was hätte ich denn sonst noch auf meinem Zimmer machen sollen?!«

Das Taxi hielt neben ihnen an. Er ließ sie einsteigen, folgte ihr auf den Rücksitz. Sie schwiegen beide, während das Taxi über die Whitaker Street nach Süden fuhr.

Er überlegte, warum sie wohl so heftig errötet war. Weil sie sich mit ihrem Liebhaber aus der Bar ertappt sah? So klar war das leider nicht. Was sie ihm über ›High John the Conqueror‹ und dessen Anwendung erzählt hatte, klang durchaus plausibel, es paßte ja auch zu ihren Ängsten. Aber würde sie solch ein Ritual abgewickelt haben, wenn gleichzeitig der Schrat in ihrem Zimmer gewesen wäre?

Er warf ihr einen Seitenblick zu. Sie reagierte auf der Stelle und sah ihn an. Eine Weile hielt sie seinen Blick fest, dann sagte sie: »Ich weiß nicht, ob und wann du mir verzeihen kannst... und ob und wann wir uns noch einmal vor deiner Abreise sehen. Deshalb sage ich dir lieber sofort noch etwas, was für dich vielleicht sehr wichtig ist. Wichtig sein sollte, denke ich jedenfalls.«

Sie wandte sich ab, sah hinaus auf die Straße. Schließlich sagte sie: »Davenport ist von dir sehr angetan. Der Mann würde alles für dich tun, glaube ich.« Nach einer kleinen Pause fuhr sie fort: »Er sagt, du erinnerst ihn an seinen Sohn.« Sie fuhr sich übers Haar, prüfte den Sitz ihres Knotens. »Aber dieser Sohn war wohl... ein Fehlschlag. Hat sein Studium geschmissen. Und dann hat er sich eines Tages totgefahren. An einem Brückenpfeiler.«

Sie schwieg. Schumann sagte: »Und das alles hat er dir erzählt?«

»Ja.«

Schumann stieß die Luft durch die Nase. »Und jetzt will er mich adoptieren, oder wie soll ich das verstehen?«

Sie wandte sich zu ihm, die großen braunen Augen hielten ihn wieder fest, sie ließen ihn nicht ausweichen. Sie sagte: »Was bist du nur für ein Scheißkerl! Ja, mach nur weiter so! Mach dich nur weiter lustig über Menschen, denen etwas an dir liegt. Stoß sie vor den Kopf, immerzu, was wollen sie denn auch von dir, sie gehen dir auf die Nerven. Es ist dir doch unangenehm, nicht wahr, es ist dir peinlich, wenn jemand versucht, dir ein wenig näherzukommen?« Sie zögerte, dann fragte sie: »Hast du Angst vor so etwas?«

Er gab keine Antwort. Er war bestürzt und empört über die Art, in der sie ihn anging, und er hätte sie nur zu gern massiv zurückgewiesen. Aber er wußte nicht, was er dieser Frau sagen konnte, um sie mundtot zu machen.

Sie schwiegen, bis das Taxi vor dem ›Marriott‹ hielt, er zahlte. Harvey öffnete ihnen die Autotür, griff an seine Zylinderkrempe: »Ma'm, Sir!« Sie stiegen schweigend aus, gingen schweigend in die Lobby. Mr. Hamilton stand an der Rezeption, die kleine Asiatin ein wenig seitlich hinter ihm. Mr. Hamilton verbeugte sich leicht, er sagte: »Guten Tag, Ma'm, Sir.« Die kleine Asiatin verbeugte sich und lächelte.

Schumann sagte: »Guten Tag. Irgend etwas Neues?«

Mr. Hamilton schüttelte den Kopf. »Nein, Sir. Keine Nachrichten. Auch für Sie nicht, Ma'm.« Die kleine Asiatin schüttelte ebenfalls den Kopf.

Gemeinsam gingen sie zu den Aufzügen und fuhren hinauf. Als sie auf dem Flur vor ihren Zimmern angelangt waren, sagte Schumann: »Also, dann ...« Er nickte und wollte sich schon abwenden, als sie sagte: »Willst du nicht noch etwas essen, bevor du anfängst? Ein kleiner Lunch würde dir vielleicht guttun?«

Er schüttelte den Kopf. »Keine Zeit. Ich habe auch keinen Hunger.«

Er wollte sich schon wieder abwenden. Sie sagte: »Ich weiß ja nicht, wie du den Rest des Tages geplant hast… aber für den Fall, daß du heute abend doch ein ordentliches Dinner gebrauchen könntest…« Sie schnaufte auf, dann sagte sie: »Ich hab einen Tisch reservieren lassen.«

Er sah sie an, zog die Brauen zusammen. Sie sagte: »Auf der ›Georgia Queen‹, das ist einer von diesen Raddampfern, die auf dem Savannah River fahren, sein Liegeplatz ist unten im Hafen. Das Essen soll gut sein, und ich glaube, sie haben auch *live music* an Bord. Aber dezent. Die Tour dauert zwei Stunden. Manche Leute schwärmen davon. Um sieben heute abend müßten wir an Bord sein, dann geht's los.«

Er sah sie schweigend an. Sie sagte: »Ich wollte dich nicht festnageln, das ist doch klar, hoffe ich. Und auch, daß ich dich nicht einfangen möchte. Ich kann den Tisch immer noch abbestellen, wenn du keine Lust hast. Oder allein gehen.«

Er sagte: »Du bist sehr fürsorglich. Aber ich weiß nicht, wann ich mit meiner Arbeit fertig bin.«

Sie nickte. »Du kannst es dir ja noch überlegen.« Nach einem Blick auf ihre Uhr sagte sie: »Ich werd jetzt meine Badeklamotten einpacken und an den Pool gehen. Und was essen werde ich. Ich hab ordentlich Hunger. Okay, wahrscheinlich werde ich den Nachmittag da unten verbringen. Ich hab jede Menge zu lesen. Ich freue mich schon drauf.« Sie hob die Hand. »Viel Erfolg!«

Sie wandte sich ab und ging zu ihrem Zimmer.

## 25

Während er noch seine Notizen und den Ausdruck der Zusammenfassungen durchsah, überfiel ihn eine Art von Heißhunger. In die Ausführungen einer ältlichen Kunsthistorikerin, die am ersten Tag der Konferenz ein Referat über die Tradition des Aquarells in den Südstaaten gehalten hatte, war unversehens Lilly eingedrungen. Er hatte sie vor sich gesehen, wie sie in ihrer kurzen blaugelben Jacke und mit nackten Beinen am Pool vor dem Büfett stand und sich von dem Schwarzen in der fußlangen Servierschürze die Spezialitäten des Lowcountry empfehlen ließ.

Er stand auf und versuchte, hinunter in den Hof zu schauen, drückte die Stirn an die Fensterscheibe, aber die Perspektive blieb begrenzt. Einige Sonnenschirme des Restaurants lagen zwar in seinem Blickfeld, aber die meisten standen zu nahe am Haus, um sie aus dieser Höhe sehen zu können, und auch die Liegen am Pool waren von den Wipfeln der Bäume, die den Pool säumten, weitgehend verdeckt. Er konnte nur das Becken selbst und ein paar Liegen an seinem Ende sehen. Gehörten dazu auch die beiden, auf denen er und Lilly gelegen hatten? Das Handtuch, das er auf einer dieser Liegen erkennen konnte, war gelb, nicht himmelblau.

Er vergewisserte sich, daß das Fenster sich nicht öffnen ließ. Nein, natürlich nicht. Es hätte sich ja ein Gast hinunterstürzen können. Einer, dem die Frau weggelaufen war. Der Pool hätte vorübergehend geschlossen werden müssen.

Er trat vom Fenster zurück, starrte einen Augenblick lang ins Leere, dann ging er zur Minibar, musterte den Inhalt, nahm schließlich einen Kokosriegel und einen Beutel Erdnüsse heraus. Er öffnete die Tür noch einmal und nahm auch eine Flasche Mineralwasser, obwohl er eine andere gerade erst geöffnet hatte.

Nachdem er den Beutel aufgerissen und sich Erdnüsse in die Hand geschüttet hatte, setzte er sich wieder vor seine Notizen. Er warf sich die Handvoll Erdnüsse in den Mund, kaute sie, trank einen langen Schluck Mineralwasser, um sie hinunterzuspülen. Dann griff er, während er las, nach dem Kokosriegel.

Erst als er mit seinen Notizen fertig war und sie zur Seite legte, merkte er, daß der Erdnußbeutel und die Verpackung des Kokosriegels leer waren. Eine leichte Übelkeit stieg in ihm empor, der Kokosriegel war wohl zu süß und zu fett gewesen. Er füllte aus der ersten Flasche Mineralwasser das Glas und öffnete schon einmal die zweite. Nachdem er ein Glas leer getrunken und einige Male geräuschvoll aufgestoßen hatte, schloß er seinen Laptop an und schaltete ihn ein.

Dann holte er aus seinem Jackett die CD, die er aus dem Sekretariat der Konferenz mitgebracht hatte. Sie enthielt die Dateien aller Zusammenfassungen der Referate, die auf der Konferenz gehalten worden waren. Diese Dokumentation war nicht für den öffentlichen Gebrauch bestimmt, sie wurde auch niemandem der Teilnehmer der Konferenz angeboten, aber er hatte sich gedacht, daß es etwas Derartiges gab, und hatte danach gefragt, als er seine Mappe abholte. Und während er noch mit einer widersetzlichen Studentin, die als Hilfskraft für das Sekretariat arbeitete, darüber diskutierte, war Mrs. Duncan zurückgekommen und hatte die Studentin angewiesen, eine Kopie der Scheibe für Mr. Schumann anzufertigen.

Er überlegte eine Weile, wie er seinen Bericht für Schöne-Bergmann anfangen sollte, aber nachdem er auch den dritten Anfang, der ihm einfiel, verworfen hatte, kehrte er zum ersten zurück und begann kurzerhand zu schreiben. Ein vages, aber starkes Verlangen, einem solch schikanösen Auftrag nicht ohne irgendeine Art von Protest zu gehorchen, trieb ihn an.

Unter normalen Umständen wäre er schon am folgenden Tag nach Deutschland zurückgekehrt und hätte einen Tag später, am Montag, in der Klinik dem Professor seinen Bericht erstatten können. Es war nichts als eine Schikane, daß Schöne-Bergmann, der ja von Charlottes Verschwinden und einem Aufschub von Schumanns Rückflug bisher nichts wußte, verlangt hatte, diesen Bericht schon am Sonntag per E-Mail zu erhalten.

Schumanns Protest bestand darin, über bestimmte Formulierungen nicht, wie es sonst seine Art war, eine Zeitlang nachzudenken und sich dann erst zwischen den Möglichkeiten, die sich ihm anboten, zu entscheiden. Vielmehr wählte er durchweg spätestens die zweite Formulierung, die ihm in den Sinn kam, und versuchte so, die Zeit, die er nun einmal für diese überflüssige Arbeit aufwenden mußte, abzukürzen. Die CD erleichterte ihm sein Vorhaben, er strich im Ausdruck der Zusammenfassungen die Stellen an, die er in seinen Bericht übernehmen wollte, und kopierte sie dann von der CD in sein Manuskript.

Nur einmal unterbrach er diese Arbeit. Er hatte eine Weile auf eine Passage in den Zusammenfassungen gestarrt, als verstehe er deren simplen Sinn nicht, als er plötzlich aufstand. Er ging zum Fenster und schaute wieder hinunter zum Pool. Ein halbes Dutzend von Leuten, auch zwei Kinder, bewegten sich in dem blauen Wasser. Er sah zwei offenbar ältere Damen mit grellroten Badekappen, die hintereinander im Schildkrötentempo das Becken durchquerten. Und dann sah er Lilly.

Sie hielt sich an der Stange am Beckenrand fest, sah nach oben und unterhielt sich mit einem braungebrannten, noch jungen Mann, der auf dem Rand des Beckens stand und gestenreich auf sie einredete. Plötzlich hob der Kerl die Arme und sprang mit den Füßen voran ins Becken. Er tauchte unmittelbar neben Lilly ins Wasser ein und löste eine Fontäne aus, die über ihr zusammenschlug. Lilly zog den Kopf ein, dann wandte sie sich zurück zu dem Kerl, der dicht neben ihr auftauchte.

Schumann sah, wie beide lachten. Er stieß die Luft durch die Nase, wandte sich abrupt vom Fenster ab und setzte sich wieder an seinen Laptop. Eine Weile brauchte er, um eine Fortsetzung dessen, was er bisher geschrieben hatte, zu finden. Dann schrieb er in hohem Tempo weiter.

Als die Zeit auf drei Uhr vorrückte, schaute er in immer kürzeren Abständen auf seine Uhr. Um zwei Minuten vor drei schob er den Laptop zurück, hob nach einem kurzen Zögern den Telefonhörer ab und wählte Schöne-Bergmanns Nummer.

Das Rufzeichen wiederholte sich immer wieder. Er begann sich schon zu fragen, ob der Patient vielleicht darauf bestanden hatte, zum Wochenende entlassen zu werden, als jäh das rüde Organ in sein Ohr einbrach: »Ja?!«

Schumann haßte diese ungehobelte Art, sich bei einem Gesprächspartner zu melden, ohne seinen Namen zu nennen. Er fragte: »Spreche ich mit Herrn Professor Schöne-Bergmann?«

»Ja! Wer ist denn da?«

»Hier ist Hans Schumann.«

»Ach, der Herr Schumann!«

»Ja, der Herr Schumann. Sollte ich Sie etwa aus dem Schlaf gerissen haben?«

»Nein, haben Sie nicht. Ich war mal pinkeln, wenn's recht ist.«

»Oh, natürlich, Sie glauben gar nicht, wie recht mir das ist!« Schumann wurde sich klar darüber, daß diese Art von Gesprächsführung nicht die beste Vorbereitung dessen war, was er dem Herrn mitteilen wollte, aber er fühlte sich schon wieder bis aufs Blut gereizt.

Schöne-Bergmann bellte zurück: »Haben Sie etwa angerufen, um mir das zu sagen?«

»Nein, das denn doch nicht. Ich wollte Ihnen nur den üblichen Bericht erstatten.«

»Na, dann tun Sie das doch bitte!«

Schumann griff zum Glas und trank geräuschvoll einen Schluck Wasser, bevor er antwortete. Er sagte: »Der Bericht von heute ist sehr knapp und griffig, ganz wie Sie es lieben. Ich wollte Ihnen nur sagen, daß ich Ihnen noch im Lauf des Nachmittags den schriftlichen Bericht über die *ganze* Konferenz, den Sie so eilig haben wollten, an Ihre private E-Mail-Adresse schicken werde. Sie können ihn nach Ihrer Zeit wahrscheinlich also noch vor Mitternacht auf Ihrem Laptop lesen.«

»Ach, sieh mal an! Das ging also doch.« Er lachte. »Oder haben Sie sich bloß so beeilt, damit Sie Ihren Negersingsang hören können? Wann war das noch mal ... morgen früh beim Gottesdienst?«

Schumann sagte: »Wenn Sie erlauben, versage ich mir darauf die Antwort. Aber ich habe Ihnen noch etwas mitzuteilen.«

»Und das wäre? Noch was mit Kultur?«

»Nein, ich möchte Sie nicht überfordern. Ich wollte Ihnen nur sagen, daß ich meinen Aufenthalt hier um eine und eventuell auch um zwei Wochen verlängere. Für diese Zeit möchte ich also Urlaub nehmen.«

Schöne-Bergmann schien sich verschluckt zu haben, er begann zu husten, säuberte unter gewaltigem Aufwand seine Kehle. Dann sagte er mit schwacher Stimme: »Sind Sie noch bei Trost?!«

»Ja, bin ich. Und ich erinnere Sie daran, daß ich aus dem vergangenen Jahr noch fast drei Wochen Urlaub guthabe.«

»Das ist doch völlig uninteressant, Sie können doch nicht –«

»Doch, das kann ich. Und das muß ich.«

»Ach nein, das *müssen* Sie?! Ich will Ihnen mal –« Die Stimme versagte ihm, der Hustenanfall hatte sie wohl zu sehr strapaziert. Nachdem er sich noch einmal gewaltig geräuspert hatte, sagte er mühsam und nur noch mit halber Lautstärke: »Hat dieser plötzliche Urlaub vielleicht etwas mit Ihrer Frau zu tun? Und mit der Frau Ihres Freundes, dieser kleinen Rothaarigen? Wie heißt sie noch?«

Schumann hatte ihm anvertrauen wollen, warum er diesen Urlaub brauchte. Aber die niederträchtigen Andeutungen Schöne-Bergmanns, die offenbar auf Herrn Wittkamps Mist gewachsen waren, ließen seinen Zorn überkochen. Er sagte: »Ich wüßte nicht, was meine Frau und was die Frau meines Freundes Sie angingen.«

Schöne-Bergmann war offenbar noch nicht zufrieden. Er erwiderte, wie zuvor mit geschwächter Stimme, aber unverändert giftig: »Das will ich Ihnen gern erläutern: Ich bin nicht gesonnen, unsere Arbeit durch die Extravaganzen Ihres Geschlechtslebens beeinträchtigen zu lassen.«

Schumann sagte: »Und ich bin nicht gesonnen, mir weiterhin Ihre Unverschämtheiten anzuhören. Ich habe Sie informiert. Der Bericht geht Ihnen heute noch zu. Und damit auf Wiederhören.« Er legte den Telefonhörer auf.

Eine Weile blieb er regungslos sitzen. Seine Kinnmuskeln schwollen an, es dauerte eine Zeitlang, bis die Schwellungen wieder zurückgingen. Er öffnete den Mund, atmete ein paarmal tief ein und aus. Plötzlich sprang er auf.

Er ging zum Fenster und sah hinunter zum Pool. Aber er fand Lilly nicht, nicht im Wasser und nicht auf den Liegen, die er sehen konnte und auf deren einer immer noch das gelbe Handtuch lag. Schließlich wandte er sich zurück, setzte sich wieder an den Schreibtisch. Er las den Text, der auf dem Bildschirm sichtbar war, las ihn noch einmal und fing an, in hohem Tempo weiterzuschreiben.

Kurz nach vier Uhr war der Bericht fertig. Er reckte sich, trank ein Glas Wasser, ächzte. Dann ging er an den Anfang des Berichts zurück und las seinen Text noch einmal von vorn, brachte hier und da eine Korrektur an. Als er bis zur Hälfte des Textes gekommen war, sprang er unversehens wieder auf und ging zum Fenster. Lilly, mit einem String bekleidet, lag bäuchlings auf der letzten Liege am Rande des Pools, neben der Liege, die mit dem gelben Handtuch markiert war. Sie hatte anscheinend gelesen, ein aufgeschlagenes Buch lag vor ihr.

Aber sie las nicht. Der braungebrannte Kerl stand in seiner Badehose am Kopfende ihrer Liege und redete mit ausladenden Gesten auf Lilly ein. Sie schüttelte den Kopf und lachte, dann senkte sie den Blick wieder auf das Buch. Der Kerl redete weiter.

Schumann ging mit schnellen Schritten zurück zum Schreibtisch, begann wieder seinen Text zu lesen, trug wieder eine Korrektur ein. Plötzlich schüttelte er heftig den Kopf. Er speicherte die Datei kurzerhand. Dann schrieb er eine E-Mail an Schöne-Bergmann, er begnügte sich mit dem Satz: »Hier kommt der angekündigte Bericht« und seinen Initialen, hängte die Datei mit seinem Text an und schickte die Mail ab.

Er schaltete den Laptop aus, schob seine Papiere auf dem Schreibtisch zusammen und zog sich aus. Als er schon in Badehose und Bademantel an der Tür stand, wandte er sich zurück und ging mit schnellen Schritten zum Fenster, aber auf halbem Wege kehrte er um. Er wollte auf den Flur hinausgehen, als er sich abermals zurückwandte.

Er schloß die Tür noch einmal, trat an seinen Koffer, schlug den Deckel zurück und tastete nach der Pistole, die er mit dem Holster, dem Magazin und der Munitionsschachtel unter Hemden und Wäsche verborgen hatte. Nachdem er einen Augenblick lang überlegt hatte, ließ er diese Ausrüstung dort, wo sie war, aber er schloß den Koffer ab und steckte den Schlüssel in die Tasche seines Bademantels.

Der Braungebrannte hatte Lilly offenbar eine Weile in Ruhe gelassen, sie las in ihrem Buch, aber als Schumann die Treppe zum Pool emporgestiegen war, erhob er sich gerade von einer weiter vorn stehenden Liege, näherte sich Lilly wieder und begann auch schon wie zuvor auf sie einzureden. Lilly hob den Blick von ihrem Buch.

Sie sah, daß Schumann hinter dem Kerl herankam, hob den Zeigefinger an die Lippen und machte »Ssh!«

Der Kerl blieb am Kopfende ihrer Liege stehen und fragte: »Was ist denn?«

Lilly deutete auf Schumann und sagte: »Mein Mann ist da, sehen Sie! Und er braucht jetzt ein bißchen Ruhe.«

Der Kerl wandte den Kopf zu Schumann, er musterte ihn verblüfft, dann sah er Lilly an. »Ach du Scheiße! Ich hab gedacht, Sie machen Witze!«

Lilly lächelte. »Das war ein Irrtum.«

Der Kerl sagte: »Na, dann wünsche ich noch einen schönen Tag!« Er wandte sich ab, nickte Schumann zu und ging. Lilly lächelte Schumann an und klopfte auf die Liege neben sich, auf der neben dem gelben Handtuch auch die blaugelbe Jacke lag. Schumann sah, daß ihr Badedress heute himmelblau war. Er schob die Jacke und das Handtuch beiseite und ließ sich nieder.

»Und wer war *das* jetzt?«

»Ein Idiot.« Sie lachte. »Aber ein harmloser. Und ganz nett.« Sie setzte sich, stellte die Füße auf den Boden, beugte sich vor, griff nach dem Handtuch und der Jacke und legte sie ans Fußende ihrer Liege. »Entschuldige, wenn ich dich ›meinen Mann‹ genannt habe. Ich dachte, ich werd ihn los damit.« Sie lachte. »Bin ich ja auch.«

Als sie sich zurückwandte, saßen sie wie am Vortag Auge in Auge, ihre nackten Knie berührten sich. Sie lächelte ihn an. Er spürte, daß diese Nähe ihn in Verlegenheit brachte. Er hob die Füße auf die Liege und ließ sich auf dem Rükken nieder.

Sie fragte: »Möchtest du ein Kopfkissen haben?«

»Gibt es hier denn so etwas?«

»Hab ich besorgt.« Sie beugte sich zurück auf die andere Seite der Liege, wo ihre Badetasche stand, tastete hinter sich. Die braune, vom Schweiß ein wenig glitzernde Haut ihres Bauchs spannte sich. Als sie sich wieder aufrichtete, hielt sie in der Hand ein kleines, rechteckiges Polster. »Kopf hoch!«

Er hob den Kopf an. Sie schob ihm das Polster unter den Nacken, beugte sich über ihn, rückte das Polster ein wenig zurecht. Er roch ihr Parfum. Ihre dunklen Augen waren den seinen sehr nahe. »Gut so?«

»Ja, sehr gut. Danke.« Er schloß die Augen. Eine Weile lauschte er auf die Geräusche, die von ihrer Seite zu ihm gelangten. Die Bespannung der Liege knarrte ein wenig, als sie sich wieder darauf ausstreckte, irgend etwas raschelte, vielleicht die Seiten ihres Buchs. Hatte sie es weggelegt?

Nach einer Weile wurde es still. Seine Gedanken setzten sich in Bewegung. Warum hatte sie ihm nicht die kalte Schulter gezeigt, als er hier wie aus heiterem Himmel auftauchte? Er hatte doch, als sie sich am Mittag verabschiedeten, so getan, als werde seine Arbeit ihn bis in den Abend hinein beanspruchen. Und ihre Idee, auf dem Schiff zu essen, hatte er mit Mißachtung gestraft. Und er hatte sich nicht einmal von ihr verabschiedet. Sie hatte ihm viel Erfolg gewünscht, und er hatte darauf geschwiegen und war gegangen. Warum trug sie ihm nichts nach?

Und trug er *ihr* denn nichts nach? Sie hatte ihn einen Scheißkerl genannt.

Er erschrak ein wenig, als er plötzlich ihre Stimme hörte. Sie fragte: »Ist der Bericht fertig?«

»Ja.« Nach einer kleinen Pause fügte er hinzu: »Ich hab ihn schon abgeschickt.«

»Toll!« Er hörte, daß sie sich bewegte, und versuchte sich vorzustellen, wie sie ihre Position verändert hatte. Er war sich fast sicher, daß sie auf dem Rücken gelegen und sich jetzt auf die Seite gedreht und ihm zugewandt hatte. Sie hatte das Bein, das jetzt oben lag, ein wenig angezogen. Den Arm, der unten lag, hatte sie ausgestreckt, er ragte halb über die Liege hinaus, die Hand pendelte. Den anderen Arm hatte sie angewinkelt, den Unterarm auf die Liege aufgestützt. Ihre Brüste waren durch die neue Position ein wenig eingeengt, sie traten über den oberen Rand des Halters hervor. Er war sich sicher, daß sie sein Gesicht betrachtete.

Er war sich sicher, daß sie ihn anlächelte.

Unversehens sagte sie: »Hast du auch schon mit deinem Chef gesprochen?«

Er holte Luft, dann sagte er mit geschlossenen Augen: »Ja.«

Nach einer Pause fragte sie: »Und was hat er gesagt?«

Er seufzte. »Er hat die üblichen Unverschämtheiten… ausgekotzt. Pardon.«

Sie sagte: »Aber du hast dir nichts gefallen lassen.«

»Nein. Das habe ich nicht.«

Nach einer kleinen Pause sagte sie: »Ich hab auch nichts anderes von dir erwartet. Toll. Ich find das super, wirklich.«

Er spürte, wie die Ruhe, die er so lange schmerzlich vermißt hatte, sich in ihm ausbreitete. Er hatte an sich selbst gezweifelt, hatte befürchtet, daß er in dieser Phase seines Lebens, einer vermutlich entscheidenden Phase, schwere Fehler beginge. Savannah, diese so merkwürdige, so ungewöhnliche Stadt mit ihrem faszinierenden und zugleich erschreckenden Zauber, sie war ihm erschienen wie ein ferner, sehr fremder Ort, an den er verschlagen worden war und an dem er sich mit einem Rattenschwanz bösartiger Überraschungen konfrontiert fand.

Er hatte sich auf diese Reise doch gründlich vorbereitet, und trotzdem hatte er schon sehr bald nach seiner Ankunft sich an Anson »Sonny« Page erinnert gefühlt, den Romanhelden, der bei seiner Rückkehr nach Pompey's Head, seiner Heimatstadt immerhin, den klaffenden Spalt feststellen muß, der seine Erinnerungen von der Wirklichkeit trennt. Auch er, Schumann, hatte einen beunruhigenden Abstand zwischen Savannah und seinen Vorstellungen von der Stadt bemerkt, und ebendieser Abstand, diese Lücke, war ihm spätestens seit Charlottes Verschwinden vorgekommen wie eine Bresche, durch die solch gravierende Störungen seiner Existenz in sein Leben eindringen konnten. Er hatte sich schutzlos, hilflos gefühlt in Savannah.

Dergleichen Schwäche hatte sich unversehens verloren.

Er hatte gebangt, Lilly könne verschwunden sein, bevor er zu ihr gelangte. Doch nun, an ihrer Seite, fühlte er sich sicher. Er fühlte sich gestärkt.

Noch einmal lauschte er mit geschlossenen Augen zu ihr

hinüber. Er glaubte ihren Atem zu hören, aber sie schwieg. Er schlief mit einem Lächeln ein.

## 26

Sie machten sich so zeitig auf den Weg, daß sie zu Fuß zur Anlegestelle der »Georgia Queen« hinuntergehen konnten. Die Luft war noch warm, vom Fluß wehte ein angenehmer, leichter Wind herauf. Als sie über den Orleans Square kamen, blieb Lilly stehen, schüttelte stumm den Kopf und wies auf die üppigen Blumenbeete zu beiden Seiten der Freitreppe, die zur Tür eines Hauses aus glänzenden Klinkern emporführte. Er blieb neben ihr stehen, schaute auf die Pracht, deren Duft bis auf die Straße zu dringen schien. Sie sah ihn lächelnd an, er nickte lächelnd. Dann gingen sie weiter.

Es war fast, als bedürften sie keiner Worte, um sich zu verständigen. Als sie den Factors' Walk erreichten, drängten sich die Touristen noch vor den Läden und Restaurants. Es roch nach Gebratenem und nach dem speziellen, manchmal parfümierten Odeur der Läden, deren Türen offenstanden, und ein wenig auch nach dem Savannah River, der unterhalb des Steilufers vorüberfloß. Schumann ging voran, sie folgte ihm, er blickte hin und wieder über die Schulter, als wolle er sich vergewissern, daß er sie nicht verloren hatte, und als das Gedränge noch ein wenig stärker wurde, legte sie die Hand an seinen Unterarm, und er zog sie hinter sich her.

Sobald das Gedränge sich wieder lichtete, ließ sie den

Arm los und schloß zu ihm auf. Sie sagte: »Das war hier früher auch schon so, könnte ich mir vorstellen.«

Er sah sie fragend an. Sie sagte: »Der Factors' Walk, das war doch so eine Art Geschäftszentrum von Savannah, genau hier. Unten am Kai legten die Segelschiffe an, und hier oben wurde gehandelt. Hier haben sie sich goldene Nasen verdient, im 18. und 19. Jahrhundert, die Geschäftsleute. Und die Reeder. Mit Baumwolle und mit Reis. Und mit Indigo, auch das hat wohl viel Geld gebracht.«

Er fragte: »Woher weißt du so was?«

Sie zuckte die Schultern. »Angelesen. Roland hat natürlich einiges gehabt. Von damals noch. Und jetzt, nachdem feststand, daß wir mit euch fahren würden, hat er auch noch einiges angeschafft.« Sie lachte. »Außerdem kann ich's nicht lassen, ich kauf mir doch überall, wohin ich komme, den Stadtplan und die Stadtgeschichte, wenn's so was gibt. Oder diese kleinen Heftchen, die du im Buchladen bekommst oder im Tourist Office, über die Sagen der Gegend. Oder die Berühmtheiten.« Sie lachte. »Calamity Jane. Oder Wild Bill Hickok. Und wenn's dann wieder nach Hause geht, kann ich meinen Koffer kaum aufheben.«

Er sagte: »Wir haben wohl manches gemeinsam.«

Sie lächelte ihn an. »Das hätte ich dir von Anfang an sagen können.«

Er ging voran, als sie die Treppe zur River Street hinabstiegen. Über den dünnen, schwarzen Zwillingsschornsteinen der »Georgia Queen« mit ihren goldenen gezackten Kronen flimmerte die erhitzte Luft. Viele Leute standen schon an den Relingen der hochgetürmten weißen Deckaufbauten und schauten hinunter auf die Neuankömmlinge. Aus dem

Inneren des Schiffs war Musik zu hören, sie vermischte sich mit den gedämpften Geräuschen der Stadt. Lilly sagte: »Lauschen Sie den verführerischen Klängen der fünfziger bis achtziger Jahre!« Sie lachte. »So steht's im Angebot. Und tanzen können wir auch noch dazu.«

Er sagte: »Apropos, die Rechnung übernehme ich, wenn du gestattest.«

»Geht nicht. Ist alles schon erledigt. Ich hab von Rolands Konto bezahlt.«

Sie ging über die Laufbrücke, die das Schiff mit dem Kai verband, an Bord, er folgte ihr. Zu ihrem Empfang bereit stand eine junge Frau in weißer Bluse mit goldbetreßten, blauen Schulterstücken. Lilly nannte ihr ihren Namen, sie schaute in einer Liste nach, die sie auf einem Klemmbrett in der Hand hielt, trug einen Haken ein und sagte: »Yes, Ma'm, das Couples' Dinner. Tisch neunundreißig.« Eine andere junge Frau in weißer Bluse, jedoch mit weniger Gold auf den Schulterstücken, brachte sie zu einem Tisch, der nicht nahe der Reling, dafür aber in einem windgeschützten Winkel stand. Er fragte sich, ob Lilly auch das bedacht hatte.

Sie ließen sich nieder, die junge Frau gab ihnen die Getränkekarte und ging. Lilly sagte: »Ich hab das Dinner für Paare genommen, weil es was Besonderes sein soll. Aber ich weiß gar nicht, was das bedeutet. Hier gibt's doch sowieso nur das Büfett, oder?«

Nach einem Blick ringsum sagte er: »Es sieht so aus. Aber ich nehme an, es ist etwas billiger, wenn man sich zu zweit anmeldet statt einzeln.« Er wies auf die roten Rosen, die in einer Vase zwischen ihren Gedecken standen. »Und so was gibt's auch nicht auf jedem Tisch.«

Sie warf einen Blick auf die Rosen, zuckte die Schultern. Für einen Augenblick befürchtete er, daß er sie in Verlegenheit gebracht hätte und sie wieder so rettungslos erröten würde. Aber sie schlug die Getränkekarte auf und las ihm vor, was es an Weinen gab.

Sie standen noch einmal auf und suchten sich für die Abfahrt einen Platz an der Reling. Das Schiff geriet in ein leichtes Zittern, als das große Schaufelrad am Heck sich zu drehen begann und das Wasser aufschäumte. Die Kulisse der Stadt schien sich von ihnen zu entfernen, dann nahm sie eine sich sacht beschleunigende Bewegung zur Seite auf, und am Ende sahen sie sie in ruhigem Tempo vorübergleiten. Noch brannten in den Häusern und auf den Türmen nur wenige Lichter, aber sie schimmerten und funkelten in der Abenddämmerung.

Schumann versuchte zu ergründen, wie es dazu gekommen war, daß er dieses schöne Bild in Ruhe genießen konnte, entspannt, als stünde ihm keine Prüfung mehr bevor. Mehr noch: In Frieden, als hätte ihm niemand ein Leid getan, und sogar voller Zuversicht, als könne er sicher sein, daß er alle seine Angelegenheiten aufs beste besorgt und geregelt hatte. Es konnte nicht nur an dieser Abendstimmung liegen, am Bild der Stadt, das vage Glücksgefühle weckte, oder an dieser sanften Fahrt über einen Fluß, der schon so viele Katastrophen unbeirrbar überstanden hatte.

Lag es etwa an Lilly? Während er noch darüber nachdachte, platzte sie unversehens heraus: »Ich hab Hunger, offen gestanden. Wollen wir?«

Sie machten beide ausgiebig Gebrauch vom Angebot des Büfetts. Als sie den ersten Löffel von ihrem Lowcountry

Crab Cake genommen hatte, sagte sie unvermittelt: »Charlotte interessiert sich wohl nicht für solche Sachen?«

Er blickte auf. »Was für Sachen?«

»Na ja, solch historischen Kram, die alten Geschichten und so. Das … das Eigene an so einer Stadt.« Sie beschrieb mit ihrem Löffel einen Halbkreis. »Meinetwegen hier in Savannah der Geisterkram. Oder die Sklaven, die haben ja auch ihren Teil dazu beigetragen.«

Er wandte sich wieder seinem Teller zu. »Wie kommst du darauf? Ich meine, daß Charlotte sich dafür nicht interessiert?«

»Na, wir sind doch mit ihr unterwegs gewesen. Und jedesmal, wenn Roland uns irgendwas Altes gezeigt hat, Fort Pulaski zum Beispiel … also ich hab jedesmal den Eindruck gehabt, daß sie sich langweilt. Oder als wir auf dem Bonaventure Friedhof waren – na gut, wir sind in einen Platzregen gekommen, aber wir hatten ja Schirme dabei, und trotzdem bin ich das Gefühl nicht losgeworden, daß sie nur noch Angst hatte, sie könnte sich ihre Schuhe versauen.«

Er trank einen Schluck Wein. Sie sagte: »Es gibt da ein Denkmal auf einem Kindergrab, ganz weiß, Alabaster oder was das ist, ein kleines Mädchen, Little Gracie, so hat das Kind geheißen, sie sitzt da in ihrem dreiviertellangen Kleidchen, hat die Füße in den Stiefelchen übereinandergeschlagen und schaut zur Seite, so, als ob sie auf ihre Mama wartete, sie hat eine Ponyfrisur mit langen Haaren bis auf die Schultern, das Kind geht einem wirklich ans Herz, und ich hab mir vorgestellt, wie die Mutter vor hundert oder hundertzwanzig Jahren das Grab besucht und wie sie geweint hat, als sie das Kind so still und stumm und so brav da sitzen sah.«

Sie schluckte einmal heftig. Dann sagte sie mit einer plötzlich belegten Stimme: »Irgend so etwas hab ich zu Charlotte gesagt ...« Sie schluckte noch einmal. »Aber sie hat mich angeschaut, als hätte ich nicht mehr alle Tassen im Schrank. Und dann hat sie nach ihren Schuhen gesehen.«

Er zuckte die Schultern, aber er schwieg.

Sie sagte: »Vielleicht war das ja auch übertrieben von mir, ich hab manchmal ziemlich nahe am Wasser gebaut, zu nahe, das stimmt schon. Aber mich wundert, wenn ein Mensch an so einem Ort, auf so einem Friedhof zum Beispiel, wie er da nicht ins Grübeln kommt und herumgrübelt über das, was einmal war und wie alles zusammenhängt und ... na ja, und so.«

Er sagte: »Das ist nicht jedermanns Sache.«

Nach einer Weile fragte sie: »Sie war doch Lehrerin, oder?«

»Ja. Mathematik. Und Physik.«

Sie nickte. Dann sagte sie: »Aber sie ist nicht in ihrem Beruf geblieben.«

»Nein. Sie hat aufgehört, nachdem wir geheiratet hatten.« Nach einer Pause sagte er: »Wir haben ja gedacht, wir würden Kinder bekommen.«

»Ach so, ja. – Ja. So was ist wirklich Pech.« Nach einer kleinen Pause sagte sie: »Und wer läßt so was schon vorher testen.«

»Das hätte auch nichts geändert. Wir hätten so oder so geheiratet.«

»Klar.« Sie legte den Löffel ab, trank einen Schluck Wein. »Und wie ist sie unter die Ostfriesen gekommen? Sie stammt doch nicht von da, oder?«

Er sah sie an, lächelte. »Ist das jetzt die große Fragestunde?«

Er schien sie erschreckt zu haben, sie bewegte sich auf ihrem Stuhl, nahm eine andere Position ein, griff nach ihrer Serviette. »Entschuldige bitte! Ich hab mich mal wieder schlecht benommen. Soll nicht mehr vorkommen.«

»Kein Problem.« Er goß Wein nach, stellte die Flasche wieder in den Kühler. »Sie ist nicht unter die Ostfriesen gekommen. Wir haben uns an der Uni kennengelernt. An der TH in Aachen. Ich bin dahin gegangen, weil ich zu Schöne-Bergmann wollte. Und sie stammte aus Stuttgart, aber zu Hause wollte sie nicht studieren, und dann hat sie von der ZVS einen Studienplatz in Aachen bekommen, was ihren Eltern gefiel, weil eine Schwester ihrer Mutter in Aachen wohnte. Die sollte wohl ein bißchen auf sie aufpassen. Hat aber nichts gebracht, sie hat nur anfangs die Tante schon mal besucht, und der war es ganz recht, als das allmählich einschlief.« Er nickte. »Ja, so war das.«

Er hob sein Glas und prostete ihr zu. Nachdem sie getrunken hatten, sagte sie: »Dann habt ihr euch sozusagen auf neutralem Boden kennengelernt.«

»Sozusagen, ja.« Er lachte. »Und in Feindesland haben wir uns beide nicht besonders wohl gefühlt. Ich bin nie gern mit ihr nach Stuttgart gefahren. Ihre Eltern waren … nun ja, ein bißchen starr. Steif. Ich bin mir da immer wie im Examen vorgekommen. Auf dem Prüfstand.«

Sie nickte. Die großen Augen hafteten auf ihm, fast sah

es so aus, als sei sie zunehmend besorgt. Er lachte. »Okay, und umgekehrt war's so ähnlich. Nicht wegen meiner Eltern. Nicht unbedingt.« Er zuckte die Schultern. »Aber Ostfriesland ist wohl nicht Charlottes Fall. Nicht die Landschaft. Zu flach. Und auch nicht die Leute, vermute ich.« Er lachte. »Die Sitten und Gebräuche.«

Er wartete darauf, daß sie ihn nach Beispielen, bestimmten Ereignissen fragen würde, und er erschrak, als sie den Mund öffnete, ihm wurde plötzlich heiß. Er überlegte angestrengt, und er war schon mehr oder weniger entschlossen, ihr keine Antworten zu geben, sondern das Thema kurzerhand zu beenden, die Furcht hatte ihn gepackt, daß er zu weit gegangen sei, daß er zu viel von sich selbst und nicht zuletzt von Charlotte preisgegeben, daß er die gebotene Loyalität verletzt habe.

Aber sie stellte keine der Fragen, vor denen er sich fürchtete. Sie sah ihn noch immer an, aber sie hatte den Mund wieder geschlossen. Unversehens tat sie einen tiefen Atemzug. Sie sagte: »Ich werd mir jetzt was von dem Prime Rib holen. Ich bin mal gespannt, was das für eine Sauce ist, mit Brandy und Pilzen.«

Er sagte: »Ja. Klingt gut. Ich gehe mit.«

Nach dem Essen gingen sie auf dem obersten Deck, das ein wenig schwächer beleuchtet war, spazieren. Das Schiff war gut besetzt, aber sie fanden noch einen Platz an der Reling, von dem sie das dicht bewaldete dunkle Ufer, das ziemlich nahe vorüberzog, erkennen konnten.

Sie sagte halblaut: »Ob da wohl noch wildes Viehzeug herumstreift?«

»Ich dachte, du hättest nur Angst vor Geistern?«

Sie stieß ihn in die Seite. »Das war jetzt nicht nett!«

Er legte den Arm um sie, rüttelte sie ein wenig. »Ja, da hast du recht. Tut mir leid.« Er ließ sie wieder los. »Ich weiß es aber nicht, ob's da noch wilde Tiere gibt. Schlangen vielleicht.«

»Das reicht doch.« Nach einer Pause, in der sie den dichten Wald absuchte, sagte sie: »Aber die werden wenigstens nicht durch die Blätter glotzen, mit solch feurigen Augen, die im Dunkeln leuchten.«

»Nein, das wohl kaum. Vor dreihundert Jahren sah das freilich noch anders aus. Wahrscheinlich. Das muß ein richtiger Urwald gewesen sein. Aber da gab's ja auch noch Indianer in dieser Gegend. Gar nicht so wenige, glaube ich.«

Sie schnaufte. »Ja. Bis dann die Engländer gekommen sind und die ganze Sache mal ordentlich aufgeräumt haben.«

»Ach, so schlimm haben die wohl gar nicht zugeschlagen. Der General Oglethorpe ist mit den Indianern halbwegs zivil umgegangen, glaube ich. Und es waren nicht nur die Engländer. Die Spanier und die Franzosen haben sich hier ja auch breitgemacht. Ziemlich gewalttätig.«

»Weiß ich. Und alle zusammen haben sie den Indianern ihr Land geklaut.«

Er sah sie an. »Du hast ein richtig weiches Herz, stimmt's?«

»Ach, Quatsch.« Sie wandte sich ab und ging. Er folgte ihr.

Auf dem darunter gelegenen Deck warfen sie einen Blick in den Saal, aus dem die Musik kam. Ein Mann in glitzerndem Smoking saß an einem mahagonifarbenen E-Piano, die mittelgroße Tanzfläche vor ihm war gedrängt voll. Lilly begann mit den Fingern zu schnippen, ging ein wenig in die Knie und wiegte ihren Kopf im Rhythmus. Schumann vermied es, sie anzusehen, er sah starr geradeaus auf die Tänzer, setzte ein Lächeln auf.

Der Mann beendete die Nummer mit einer Reihe sich steigernder Akkorde, hielt den letzten eine Weile in einem Tremolo und ließ ihn dann jäh abbrechen. Die Paare auf der Tanzfläche begannen heftig zu klatschen, einige der Tänzer pfiffen auf den Fingern. Der Mann lachte, zog sein Brusttuch und tupfte sich den Schweiß von der braungebrannten Stirnglatze. Während einige Paare die Tanzfläche verließen, faltete er das Brusttuch und steckte es wieder ein. Er ließ seinen Blick über die Tanzfläche wandern, auf der viele Paare stehengeblieben waren, die ihn erwartungsvoll ansahen, lächelte und sagte dann in sein Mikrophon: »Also, Leute – ich denke mal, so viel Ausdauer muß belohnt werden!«

In das Lachen, die Pfiffe und das Händeklatschen hinein spielte er mit der rechten Hand die ersten, ruhigen Takte eines Themas im Swing-Tempo, das die Tänzer sofort wieder in Bewegung setzte, ließ dann erst die linke Hand und den Rhythmus folgen. Schumann spürte Lillys Hand an seinem Arm, er erwiderte notgedrungen ihren Blick. Sie lächelte ihn an. »Wollen wir? Nur diesen Tanz, okay?«

Er zögerte, aber er brachte es nicht fertig, ihr einen Korb zu geben. Er nutzte die nächste Lücke auf der Tanzfläche, trat rückwärts hinein und nahm die Arme hoch, um offen mit ihr zu tanzen. In demselben Augenblick war ihm klar, daß diese Nummer etwas anderes verlangte, und das wußte auch sie, sie sah ihn ein wenig erstaunt an, aber dann folgte sie seiner Vorgabe, sie nahm die Arme hoch und blieb auf Distanz.

Ihm wurde ein wenig unbehaglich, als er sah, daß jedermann um sie herum auf Tuchfühlung gegangen war. Er scheute sich mehr und mehr, seine Arme ausholen zu lassen, fühlte sich von der Frage gestört, was er mit ihnen tun sollte, und geriet prompt aus dem Tritt. Lilly lächelte ihn an, sie tat einen Schritt an ihn heran, nahm seine Linke und legte ihre Linke auf seine Schulter. Es blieb ihm nichts anderes übrig, er legte seinen rechten Arm um ihre Hüfte.

Eine Weile hielt sie ihren Kopf abgewandt, ließ sich von ihm führen. Dann lächelte sie ihn an: »Kennst du den Song?«

»Natürlich.« Er suchte nach dem Titel, aber er wollte ihm nicht einfallen.

Sie sagte: »That old black magic.«

Er nickte: »Ja, richtig. Johnny Mercer.«

»Was, das ist auch von dem?«

»Ja, ich glaube schon.«

Ihre Augen weiteten sich, sie lächelte, nickte, als wolle sie beteuern, daß es nur die Wahrheit war, was sie sagte: »Wir waren an seinem Grab! Das heißt, wir sind nicht extra hingegangen, aber wir sind daran vorbeigekommen. Er liegt auf dem Bonaventure Friedhof, mit seiner Frau!«

»Ja.« Er zuckte die Schultern. »War ja womöglich auch der berühmteste Mann, der aus Savannah stammte. Die Leute anderswo kennen vielleicht seinen Namen nicht, aber die meisten kennen seine Songs. Noch immer. Waren ja auch gute Songs, die er geschrieben hat. Intelligente Texte.«

Sie sagte: »Wunderschöne Songs! Wunderschön!« Sie schloß die Augen, lächelte. Nach einer Weile legte sie ihren Kopf an seine Schulter. Er spürte ihre Wange an seinem Kinn, ihr dichtes Haar an seinem Ohr, er roch ihr Parfum.

Dann spürte er die Berührung ihres Bauchs. Er fühlte sich versucht, den Druck zu erwidern, bewegte seine Rechte, die auf ihrem Rücken lag, ein wenig abwärts. Eine heiße Welle stieg in ihm auf, er hatte das Gefühl, daß seine Kehle sich zusammenzog.

Unversehens brach er den Tanz ab.

Sie hob den Kopf und sah ihn erschreckt an. Er faßte sie am Arm und führte sie von der Tanzfläche, trat mit ihr hinaus auf das Deck. Er blieb stehen, ging dann ein paar Schritte weiter und trat an die Reling. Sie folgte ihm.

Er starrte hinaus in die Dunkelheit.

Sie fragte: »Alles in Ordnung? Oder ist dir nicht gut?« Die großen, weit geöffneten Augen suchten sein Gesicht ab.

»Nein, nein… Ich… ich bin okay. Alles in Ordnung.« Er atmete ein paarmal tief ein und aus. »Mir war's nur auf einmal ein bißchen eng auf dieser Tanzfläche.« Er lachte ein wenig angestrengt. »Zu blöde, aber…«

Sie nickte stumm.

## 27

Sie waren nicht mehr an ihren Tisch zurückgekehrt. Sie waren an der Reling stehengeblieben und hatten zugesehen, wie die rotglühende Kulisse der Stadt aus der Ferne über das schwarze, spiegelnde Wasser wieder herangeschwommen kam. Nach einer langen Zeit, in der sie beide schwiegen, hatte Lilly offenbar nicht mehr an sich halten können, sie hatte geseufzt, und dann, als hätte ihr eigener Seufzer sie erschreckt, sich heftig geräuspert.

Er hatte sie angesehen. »Alles in Ordnung?«

»Ja, ja, alles in Ordnung. Ich hab nur...« Sie brach den Satz ab. Nach einer Weile fragte sie: »Was denkst du, wenn du so was siehst? Dieses... Feuer da, mitten in der Dunkelheit? Und unter diesen Wahnsinnssternen? Verstehst du, was ich meine?«

»Ja, ich glaube schon. Ich denke... na ja, das ist schon eine besondere Stadt.« Er suchte nach anderen, nicht ganz so dürftigen Merkmalen, mit denen Savannah sich kennzeichnen ließe, aber er fühlte sich noch immer gehemmt von der Furcht, zuviel preiszugeben, sich dieser Frau zu rückhaltlos zu offenbaren.

Sie sagte: »Es ist eine zauberhafte Stadt. Zauberhaft, ja... ich denke, das ist das richtige Wort. Da hast du die ganzen Spukgeschichten, die ganzen guten und bösen Geister gleich mit dabei. Aber zauberhaft – das sagt auch etwas über den Reiz, den so eine Stadt... nein, den *diese* Stadt ausübt. Die Faszination. Ich weiß nicht, wie's dir geht, du weißt ja viel mehr über die Geschichte von Savannah, aber ich glaube manchmal, du kannst das alles hier noch spüren, du kannst es schmecken, riechen, das fremdartige Zeug, das sie hier auf die Schiffe geladen haben, ich... ich weiß nicht, ob Indigo einen besonderen Geruch hat, aber ich bilde mir ein, ich könnte so was riechen, ein bißchen bitter, ich weiß, das ist sicher ziemlich verrückt, aber ich –«

Sie brach ab, schüttelte den Kopf. Er sagte: »Nein, das ist überhaupt nicht verrückt.« Sie sah ihn an. Er erwiderte den Blick, lächelte.

Sie schnaufte auf, dann sagte sie: »Und es ist ja noch viel mehr. Das Blut. Hier ist doch ziemlich viel Blut geflossen, nicht wahr. Ich bild mir ein, auch so was müßte man doch noch riechen können. Die Sklaven sind ausgepeitscht worden, wenn sie nicht pariert haben, nicht wahr. Und *wenn* sie pariert haben, dann haben sie ihren Schweiß vergießen müssen. In Strömen. Um ihre Herren reich zu machen. Steinreich. Und das Schießpulver müßte man noch riechen können, den Rauch aus den Donnerbüchsen, mit denen sie aufeinander geschossen haben. Die Spanier, die Franzosen, die Engländer. Das kann doch nicht alles spurlos verschwunden sein?«

Er nickte. Sie sagte: »Und es war ja nicht nur das Blut und der Dreck und Schweiß. Und Pulverdampf. Es war ja viel mehr. Du kannst es doch heute noch sehen, mit den Händen greifen, was die Leute hier geschaffen haben. Diese wunderbaren Häuser. Die traumhaften Möbel. Die Gärten, die überquellen von ihren Blumen und ... und vom Duft der Blumen, ja klar, das stimmt doch! Und diese aufgeräumten Plätze und Straßen, das Grün überall, die Parks und die Friedhöfe. Eine Kulturlandschaft, das sagt man doch so gern. Aber das hier – das ist wirklich eine! Und über all dem so ein ... so ein Hauch, ein kräftiger Hauch von ... von Exotik. Fremdartigkeit wäre vielleicht besser.«

Sie schüttelte den Kopf, holte Atem. »Du kommst hierher, und auf einmal hast du das Gefühl, daß hier alles anders ist. Daß alles möglich ist, verstehst du? Ja. Die größten Katastrophen.« Sie lächelte. »Und das größte Glück.«

Er sah sie an. Sie wandte sich ab, blickte zurück in die Richtung, aus der sie gekommen waren, über das Wasser, auf dem sich der breite weiße Schaumstreifen des Schaufelrads in der Dunkelheit verlor.

Nach einer Weile wandte sie sich wieder zu ihm. Ihre Augen glänzten, er war sich nicht sicher, ob sie feucht geworden waren oder ob sie nur die Decklichter reflektierten. Sie hob die Rechte, deutete auf die Stadt, die nicht mehr weit entfernt war. »Wenn ich dieses Feuer da sehe, dann bekomme ich ... na ja, so ein Gefühl von Sehnsucht. Tausend Geschichten, viele schlimme Geschichten, klar, aber auch viele schöne kann ich da sehen. Geschichten, die vom Glück handeln.« Sie atmete tief ein. »Und ich sehe, ich ahne tausend Versprechungen, ja. Ich weiß natürlich, daß viele davon nicht gehalten werden.«

Ein Lautsprecher in ihrer Nähe knackte, die Stimme des Kapitäns brach über sie herein. Er kündigte an, daß sie innerhalb weniger Minuten in Savannah anlegen würden, und bedankte sich dafür, daß die Schiffsgäste sich ihm und der »Georgia Queen« anvertraut hatten. Der Pianist im Tanzsaal intonierte eine Art von Tusch. Sie hörten undeutlich seine Stimme, auch er verabschiedete sich von seinen Gästen. Die ersten Tänzer verließen den Saal.

Schumann sagte: »Du warst noch nicht fertig, glaube ich. Du wolltest noch etwas sagen.«

»Ach, das war nicht so wichtig.«

Er sagte: »Ich denke doch. Du weißt, daß viele Versprechen nicht gehalten werden, hast du gesagt. Aber das war doch nicht alles, oder?«

»Und du willst immer alles erfahren, nicht wahr?« Sie sah ihn an, lächelte. »Na gut. Ich weiß halt auch, daß manche Versprechen eben doch gehalten werden. Und daß nicht jede Sehnsucht unerfüllt bleibt. Und das gibt mir ... ein Gefühl von Glück, verstehst du?«

Er zögerte, dann nickte er.

Während sie die Treppe hinuntergingen, rückten die hell erleuchteten Häuser der River Street sehr nahe heran, sie füllten die ganze Öffnung zwischen dem Deck über ihnen und dem Hauptdeck aus. Sie hörten Fetzen der Musik, die aus den Häusern zu dringen schien, und die diffusen Stimmen der Menschen, die am Ufer unterwegs waren oder stehenblieben, um die Ankunft des Schiffs zu beobachten.

Dann wurde plötzlich das Stampfen der Maschine lauter, es legte sich über die Geräusche der Stadt, das Schaufelrad drehte sich schneller und ließ das Wasser wild aufschäumen. Das Schiff stieß an den Kai an, aber die Fender bremsten den Aufprall, es war nur ein dumpfes Knarren zu hören, dann kam die »Georgia Queen« zur Ruhe.

Schumann sah auf seine Uhr, es war erst kurz nach neun. Er überlegte, ob er Lilly nicht noch etwas vorschlagen müßte, irgendeine Art von Programm oder zumindest von Unterhaltung. Er konnte mit ihr um diese Stunde wohl kaum auf geradem Wege zurück ins Hotel gehen und ihr auf dem Flur vor ihren Zimmern angenehme Ruhe wünschen; aber er schreckte auch davor zurück, sich noch bis in die Nacht hinein ihrer Präsenz auszusetzen.

Diese Frau sprach ihn unablässig an, ob sie nun etwas sagte oder über etwas stillschwieg, ob durch eine Bewegung ihrer Hand oder indem sie den Mund verzog, die Augen von ihm abwandte oder ihn ansah. Und er war sich seiner Reaktion auf diese permanente Herausforderung nicht sicher. Auf der Tanzfläche war er ihr noch einmal ausgewichen. Er hatte vor dem, was ihn da anfiel, die Flucht ergriffen, und er war alles andere als zufrieden mit dieser Lösung des

Problems. Er glaubte nicht, daß sie ihm die alberne Ausrede, er habe eine Art klaustrophobischen Anfall erlitten, abgenommen hatte. Und deshalb fürchtete er, sie wieder einmal gekränkt und verletzt zu haben.

Als sie das Gedränge der Menschen, die das Schiff verließen, hinter sich hatten, hielt er unversehens ein. Sie blieb vor ihm stehen, sah ihn fragend an.

Er sagte: »Ich weiß nicht, ob du noch Lust hast … Oder willst du schon ins Bett gehen?«

»Nicht unbedingt, nein.« Sie sah ihn prüfend an. »Aber was ist mit dir? Bist du sicher, daß du wieder okay bist?«

Er winkte ab. »Natürlich bin ich okay. Was soll mir denn fehlen?«

»Erzähl mir bitte keine Geschichten!« Sie schüttelte den Kopf. »Ich hab mir schon Vorwürfe gemacht, weil ich dich auf die Tanzfläche geschleppt habe. Du hast gar nicht gut ausgesehen vorhin, wirklich nicht! Rot wie eine Tomate. Entschuldige, aber du warst wirklich auffällig rot im Gesicht. Ist ja auch kein Wunder, du hast doch pausenlos gearbeitet. Die ganze Woche durch und sogar heute noch!«

»Ach was!« Er lachte. »So was kommt bei mir immer wieder mal vor. Es macht mir nichts aus, wirklich nicht!«

Am Ende gingen sie in eine Bar auf dem Factors' Walk. Das kleine Lokal war dicht besetzt, aber sie hatten Glück, neben den Plätzen am Tresen, bis zu denen sie sich vorgeschoben hatten, wurde ein Ecktischchen frei, das sie sofort belegten. Eine dunkelhäutige Frau mit einer viereckigen Schlägermütze und mehreren Halsketten, die mit einer anderen Frau am Tresen stand, reichte ihnen ihre Drinks herüber.

Schumann hätte am liebsten mit ihr, um sich von Lilly ein wenig freizumachen, ein Gespräch angefangen, aber ihm war klar, daß er damit nur in noch größere Kalamitäten geraten würde. Er fühlte sich von Lilly schon auf die peinlichste Art beschämt. Vielleicht hatte sie ihm etwas vorgespielt, aber wenn nicht, dann vertraute sie ihm offenbar so sehr, daß sie ihm nicht nur den Anfall auf der Tanzfläche glaubte; sie machte sich sogar Sorgen um seinen Gesundheitszustand. Das war mehr, als er ungerührt ertragen konnte. Ihm war, als werde er sich unaufhaltsam selbst zuwider.

So gingen ihm denn auch, nachdem sie ein paar Sätze über das bunt zusammengewürfelte Publikum ausgetauscht hatten, das ihnen beiden gefiel, die Worte aus. Ein peinliches Schweigen trat ein. Er überlegte krampfhaft, was er dagegen tun könnte. Aber auch diesmal half Lilly fürs erste ihm aus der Bedrängnis. Sie sagte: »Ich weiß, daß es sich nicht gehört, aber... Darf ich vielleicht doch noch was fragen, was mit Charlotte zu tun hat?«

Er lächelte. »Nur zu. Ich kann ja die Aussage verweigern, wenn es mir nicht paßt.«

»Ja, das ist gut, so machen wir's!« Sie legte eine Pause ein, dann sagte sie: »Was ich nicht verstehe, ist... Also, die meisten Frauen, die berufstätig sind und heiraten, die arbeiten doch weiter, bis sie schwanger werden. Wenn sie denn schwanger werden. Es rentiert sich ja auch, sie bekommen Mutterschaftsgeld und Erziehungsurlaub und Erziehungsgeld, das verschenkt man doch normalerweise nicht. Und so eine Lehrerin, denke ich, die hat doch sowieso ganz ordentliche Ansprüche. Aber du hast gesagt, wenn ich das richtig verstanden habe –«

»Ja.« Er ließ sie nicht ausreden. Sie sah ihn ein wenig erschreckt an. Er sagte: »Sobald wir geheiratet hatten, ist Charlotte aus dem Schuldienst ausgeschieden. Wir wußten ja noch nicht, daß wir keine Kinder bekommen würden.« Er wandte den Blick ab, sah in die Richtung des Tresens, an den ein paar neue Gäste sich heranzuschieben versuchten, Japaner allesamt, die steckenblieben und nach kurzer aufgeregter Beratung sich wieder hinausschoben.

Er sagte, ohne den Blick zu ihr zurückzuwenden: »Und die finanzielle Frage spielte für sie keine Rolle. Ihre Mutter war kurz zuvor gestorben, Charlotte hatte geerbt. Ziemlich viel.«

Sie nickte. »Ah ja. Klar.«

Er sah sie an. Er erwartete, daß ihr Blick Skepsis verriete, gewisse Zweifel, vielleicht sogar eine Spur von Geringschätzung. Aber die großen Augen ließen nur ein aufrichtiges, ungetrübtes Interesse erkennen.

Wider seinen Willen grob fragte er sie: »Und was hast *du* gemacht? Ich meine, du hast die Kinder bekommen, ja, und sie großgezogen. Aber irgendwann haben die dich ja auch nicht mehr Tag und Nacht in Anspruch genommen. Hast du denn irgendwas unternommen?«

Sie sagte: »Ach, weißt du … ich hab doch dauernd meine Romänchen übersetzt. Damit hab ich ja schon vor der Ehe angefangen, und das hab ich nie gelassen, nicht mal, als die Kinder noch klein waren.«

Er erinnerte sich. Roland hatte ihm gesagt, daß seine Frau freiberuflich als Übersetzerin arbeite. Es hatte ein wenig ironisch geklungen, so als sei Lillys Tätigkeit eher ein Sparren, den man ihr lassen müsse.

Er fragte: »Romänchen? Was für Romänchen denn?«

»Na ja, Romänchen, das hab ich nur gesagt, weil ich so bescheiden bin.« Sie lachte. »Keine Heftromane, nein, nein. Manchmal sind sogar richtig dicke Ottos dabei. Aber Kriminalromane meistens. Und manchmal auch was Melodramatisches. So was wie Eugenia Price. Bloß hat mein Verlag *die* leider nicht im Programm. Die würde ich gern übersetzen, die würde mir Spaß machen.«

Er nickte. »Und wie bist du daran gekommen?«

»Einer meiner Lehrer von der Sprachenschule hat mir das besorgt. Da hab ich noch gar kein Examen gehabt. Der hat nebenher für diesen Verlag übersetzt, Französisch und Englisch, und dann hat er mich ihnen empfohlen, für beide Sprachen. Na ja, im Lauf der Jahre ist da eine kleine Bibliothek zusammengekommen. Ich hab sie alle in meinem Arbeitszimmer stehen. Wenn du Lust hast, kannst du sie dir ja mal ansehen. Dir würde ich sogar was ausleihen, wenn du möchtest.«

Er nickte. Sie sagte: »Ich verdiene alles in allem gar nicht mal so wenig damit. Ganz zur Not könnte ich sogar ohne Rolands Geld durchkommen.« Sie lachte. »Aber das wird er nicht erleben. Der wird weiter zahlen, darauf kannst du dich verlassen.«

Um Viertel nach zehn brachen sie auf. Sie gingen gemächlich durch die milde Nachtluft zurück zum Hotel. Einmal, auf einem der Plätze, die sie überquerten, wehte ein zarter, süßer Duft an sie heran. Sie fragte: »Riechst du das?«

»Ja. Was mag das sein?«

»Ich weiß es auch nicht. Aber es ist das, was ich meinte, vorhin.«

»Ja. Ich weiß. Ich hab dich schon verstanden.«

Als sie auf dem Flur aus dem Aufzug stiegen, überfiel ihn urplötzlich der irrsinnige Gedanke, er könnte sie fragen, ob sie die Nacht nicht wieder auf seinem Zimmer verbringen wolle. Er preßte die Lippen zusammen.

Sie fragte: »Sehen wir uns noch, bevor du abfährst?«

»Ach, ich denke … ich werde wohl doch noch zu diesem Konzert gehen. Wenn du es auch noch mitnehmen willst, könnten wir ja vielleicht zusammen gehen?«

Sie lächelte. »Ja. Natürlich. Das würde mich freuen.«

»Also dann – gute Nacht, Lilly. Und vielen Dank für die Einladung.«

»Gern geschehen.« Sie hob den Kopf und gab ihm einen Kuß auf die Wange. »Gute Nacht.«

## 28

Er hängte sein Jackett in den Schrank, und sobald er sich ins Zimmer wandte, schaute er suchend auf den Schreibtisch. Dann freilich wurde ihm bewußt, daß der Bourbon in der vergangenen Nacht zu Ende gegangen war, das Zimmermädchen hatte die leere Flasche offenbar weggeräumt. Einen Augenblick lang überlegte er, ob er in die Bar gehen und eine neue Flasche kaufen sollte, für viel Geld voraussichtlich. Es widerstrebte ihm, einen überhöhten Preis zu bezahlen, aber es widerstrebte ihm zugleich, sich einzuschränken, als habe er irgend jemandem Rechenschaft abzulegen.

Am Ende half ihm der Gedanke, daß es ihm doch nicht

schwerfallen könne, auf den Bourbon vor dem Einschlafen zu verzichten. Er war schließlich kein Trinker, oder? Er konnte es jederzeit genausogut lassen.

Um die Schuhe auszuziehen, setzte er sich auf sein Bett, blieb danach eine Weile sitzen. Er sah hinaus auf das Haus gegenüber, fing an, die noch erleuchteten Fenster zu zählen, und brach das ab, als er sich verzählte. Der Gedanke kam ihm, daß er schon damit anfangen könne, seinen Koffer zu packen, aber das verwarf er, es war ihm zu lästig. Nach einem unschlüssigen Blick auf das Bett hob er die Füße hoch und streckte sich aus. Er schloß die Augen.

Wieder tauchte das Bild in ihm auf, das er schon zuvor gesehen hatte, auf der »Georgia Queen«, als Lilly ihn ins Verhör genommen hatte, um ihn über Charlotte auszuholen. Er sah das Watt vor sich, die weite Ebene aus dunklem, geädertem, glitzerndem Schlick unter dem hohen, grauen Himmel, in der sie die Kreierrennen ausgetragen hatten, Wettfahrten mit den hölzernen Einmann-Schlitten, auf denen die Wattfischer zu ihren Reusen hinausgerutscht waren, um den Fang einzuholen. Mit einem Bein kniete man sich auf den Schlitten, mit dem anderen stieß man sich von dem glitschigen Boden ab.

Es hatte nicht zuletzt Kraft erfordert, den Schlitten dergestalt in Fahrt zu bringen. Aber merkwürdigerweise hatte er, Schumann, bei diesen Wettkämpfen durchweg besser abgeschnitten als Roland, der Supersportler. Vielleicht hatte es daran gelegen, daß bei solchen Rennen der Schlick in alle Richtungen spritzte und die meisten Teilnehmer am Ende aussahen, als hätten sie sich durch das Watt gewälzt. Roland war auch im Sport stets auf seine Erscheinung bedacht.

Einmal an einem Julisonntag, als Schumann die Freundin Charlotte zu einem Besuch bei seinen Eltern mitgenommen hatte, war auch die jährliche Meisterschaft im Kreierrennen ausgetragen worden. Er hatte gedacht, er könne seiner Liebsten, da sie sich in Ditzum manchmal ganz offenkundig langweilte, eine angenehme Abwechslung bieten, und war mit ihr nach Pogum am Dollart gewandert, wo die Rennen stattfanden. Das Programm war ihm auch unterhaltsam genug erschienen, es hatte einen Freiluftgottesdienst der evangelisch-lutherischen Kirchengemeinde gegeben und Blasmusik, und ein Shanty-Chor hatte gesungen, ganz abgesehen vom Spektakel der Rennen.

Aber der Ausflug war zu einem totalen Fehlschlag geworden. Charlotte hatte es abgelehnt, sich dem Renngeschehen wenigstens so weit zu nähern, daß sie den Einsatz der Teilnehmer tatsächlich hätte erkennen und halbwegs angemessen beurteilen können. Sie hatte aufgeschrien, als ein Batzen Schlick reichlich fünf Meter von ihnen entfernt einschlug. Und als ein Vetter Schumanns, der in einem Junioren-Rennen Erster geworden war, mit breitem Lachen in dem braunschwarz verschmierten Gesicht zu ihnen gelaufen kam, um sich gratulieren zu lassen, stolperte sie rückwärts, streckte abwehrend beide Hände aus und gab einen Laut des Entsetzens von sich.

So war sie nun mal.

Schumann versuchte, die Erinnerung an diesen Sommertag zu verdrängen. Er beschwor einen anderen Sommertag herauf, nicht an der Ems und nicht am Dollart, es war ein Freibad in der Eifel gewesen, in einem Tal, umgeben von grünen Hügeln.

Er wußte sich nicht mehr an alle Einzelheiten zu erinnern, aber wahrscheinlich war es ihr erster gemeinsamer Badeausflug. Charlotte hatte einen einteiligen Badeanzug getragen, keinen Bikini, der Einteiler brachte ihre große, schlanke Figur um so mehr zur Geltung, die langen Beine, und als sie nach dem Schwimmen ihre Badekappe auszog und ihre langen blonden Haare ausschüttelte, hatten die Männer sie angestarrt. Und er war sehr stolz auf sie gewesen.

Die Gemütsbewegung, die die Erinnerung an das Kreierrennen wieder einmal in ihm ausgelöst hatte, ebbte allmählich ab. Seine Stirn, die er zusammengezogen hatte, glättete sich mehr und mehr. Am Ende schlief er ein.

Als er wieder wach wurde, hob er, als habe ihn etwas erschreckt und jäh aus dem Schlaf gerissen, den Kopf, schaute nach beiden Seiten, dann an sich hinunter. Im milden Schein der Nachttischlampen entdeckte er zu seiner Verwunderung, daß er noch angezogen war. Er hob den Arm und sah auf seine Uhr. Es war kurz vor Mitternacht. Er hatte mehr als eine Stunde geschlafen.

Er ließ den Kopf wieder auf das Kissen sinken, schloß die Augen noch einmal. Unversehens fühlte er eine schwere Last, die ihm die Brust einengte. Ihm war klargeworden, daß es nur noch wenige Stunden waren, die ihn von dem Beginn eines ganz unkalkulierbaren Abenteuers trennten.

Er hatte es angekündigt, und nun mußte er es wahrmachen, er mußte aufbrechen und Charlotte suchen, irgendwo, irgendwie. Wenn seine Entführungstheorie stimmte, konnte dieses Unternehmen gefährlich werden, lebensgefährlich womöglich. Wenn sie nicht stimmte, würde er bestenfalls mit der Erkenntnis zurückkehren, daß ein Kerl wie Roland ihn ohne Mühe ausstechen und ihm die Frau abnehmen konnte. Und das würde zugleich bedeuten, daß seine Lebensplanung katastrophal gescheitert war.

Er spürte, daß Schweiß auf seine Oberlippe und in seine Achselhöhlen trat. Die Stille ringsum legte sich auf seine Ohren, sie trennte ihn ab vom Rest des belebten Universums und schloß ihn, ihn allein, in eine verlorene, unauffindbare Höhle ein. In einer Art hilflosen Aufbegehrens streckte er die Rechte aus und tastete mit der gespreizten Hand das Bett neben dem seinen ab. Er fühlte das Muster der Tagesdecke, aber sonst fühlte er nichts. Jäh riß er die Augen auf, hob den Kopf und starrte hinüber auf das andere Bett.

Nein. Es war kein Wunder geschehen. Niemand lag in diesem Bett. Es gab da keine Wölbung zu sehen, zu ertasten, unter der sich ein Lebewesen hätte entdecken lassen, ein Mensch, eine Frau, die er hätte wecken können und die ihn umarmt und getröstet und gerettet hätte. Lilly. Nein, eben nicht. Die Tagesdecke lag akkurat auf diesem Bett, so wie es sich gehörte, flach wie ein Brett und ebenso regungslos.

Unversehens richtete er sich auf. Er schwenkte die Beine vom Bett, stellte die Füße auf den Boden, beugte sich vornüber und begann in seinen Haaren zu wühlen. Nach einer Weile ließ er die Hände sinken, starrte vor sich hin, bewegte die Lippen ein wenig.

Lilly, ja. Er würde sie ganz einfach fragen, ob sie nicht zu ihm kommen wolle. Sie würde nicht nein sagen. Die Art, wie sie sich ihm auf dem Schiff genähert hatte, war eindeutig gewesen. Vielleicht hatte er sie gekränkt, als er sie abgewiesen hatte. Aber sie würde ihm nichts nachtragen, nicht Lilly.

Er zog sich hastig die Schuhe an, ging ins Bad, richtete seine Haare, zog das Hemd glatt, es hatte ein wenig gelitten. Als er schon hinausgehen wollte, hielt er ein, überlegte eine Weile angestrengt.

Vielleicht wäre es besser, wenn er sich zuvor auszöge und im Bademantel an ihre Tür klopfte. Einmal war sie schon zu ihm gekommen, es wäre nur fair, wenn diesmal er zu ihr hinüberginge. Vielleicht hatte sie auch schon geschlafen und wollte nicht mehr das Bett wechseln.

Plötzlich sträubten sich ihm förmlich die Haare, ein Ekel packte ihn, um ein Haar hätte er gewürgt. Rolands Bett. Er müßte sich in Rolands Bett legen, wenn er bei Lilly übernachten wollte.

Er öffnete die Zimmertür, warf einen Blick nach beiden Seiten des Flurs, zog die Tür hinter sich zu und ging hinüber zu Lillys Tür. Aber er blieb davor nicht stehen, er schien zwar einen Augenblick zu schwanken, aber dann wechselte er ohne einzuhalten hinüber zur anderen Seite des Flurs und stellte sich an die Türen der Aufzüge. Er behielt den Flur im Auge und warf ab und zu einen Blick auf die beleuchteten Ziffern über den Aufzügen, die anzeigten, auf welcher Etage sie standen und ob sie sich bewegten. Wäre jemand gekommen, hätte er so tun können, als sei er auf dem Weg nach unten.

Während der wenigen Schritte zu ihrer Tür waren ihm unvermittelt Bedenken gekommen, schwere Bedenken.

Es war Viertel nach zwölf. Vielleicht schlief sie schon

fest. Vielleicht hatte sie ein Schlafmittel genommen. Wie lange und wie laut sollte er klopfen, um sie zu wecken? Und was genau sollte er ihr sagen, wenn sie öffnete?

Sollte er sie fragen, ob sie nicht bei ihm schlafen wolle? Sie würde glauben, er hätte sich die Sache noch einmal überlegt und wolle, daß sie *mit* ihm schlafe und nicht etwa neben ihm.

Nein.

Was sonst konnte er sagen? Sollte er sie fragen, ob sie denn gar keine Angst mehr habe, vor all den Horrorwesen, die ihr zuvor nachgestellt hatten? Vielleicht hatte sie ja tatsächlich keine Angst mehr. Sie hatte ›High John the Conqueror‹ verstreut, ihre Weihrauchkerze abgebrannt und die Beschwörungen gemurmelt, die man ihr in Harveys Voodoo-Laden angedreht hatte. Sie hatte ja auch schon in der Nacht zuvor, nachdem sie dieses Hexenwerk getan hatte, nicht mehr an seine Tür geklopft.

Natürlich war dieser ganze Kram nichts als Blödsinn. Aber wenn sie daran glaubte, dann genügte das. Sie würde keine Angst mehr haben. Keinen Grund, mit ihm zu gehen und mit ihm die Nacht zu verbringen. Keinen Grund außer vielleicht ihrem Geschlechtstrieb.

Plötzlich schüttelte er den Kopf. Womöglich hatte sogar das sich erledigt. Sie hatten sich um Viertel vor elf getrennt. Wer sagte, daß sie nicht sofort danach ihren Freund angerufen hatte, den Haarigen? Vielleicht saßen sie noch in der Bar? Nein, nein, warum denn so zögerlich, wer sagte denn, daß sie nicht jetzt, in diesem Augenblick, schon mit dem Kerl im Bett lag, ermattet und fürs erste befriedigt? Oder gerade bei einem Dakapo des Aktes?

Einen Augenblick lang stand er starr, hielt den Atem an. Dann stieß er verächtlich die Luft aus und ging zurück zu seinem Zimmer, streifte ihre Tür nur noch mit einem Seitenblick.

Als er in seinen Nachtshorts aus dem Badezimmer kam und die Lichter gelöscht hatte, als er die Decke zurückschlug und in sein Bett steigen wollte, stieg in ihm unversehens ein Gefühl empor, das wie eine Flutwelle über ihm zusammenschlug und ihn überwältigte. Er hätte nie geglaubt, daß sein Verlangen nach Lilly Hanebeck, die Sehnsucht nach dieser Frau so übermächtig werden könnte.

## 29

Um Viertel nach acht kam er zum Frühstück. Sie saß schon am Tisch, aber vor ihr stand nur eine Tasse Kaffee. Sie trug das blaue Kostüm, das sie nach ihrer ersten gemeinsamen Nacht getragen hatte, und dazu wieder eine weiße Bluse, diesmal mit einem kleinen Jabot, das ihr eine festliche Note verlieh. Neben ihrer Kaffeetasse lag eine Broschüre mit buntem Umschlag und ein Faltblatt, das aussah wie eine Autokarte. Sie las in der Wochenendausgabe der *New York Times*.

Er fragte: »Hast du schon gefrühstückt?«

»Nein, ich hab auf dich gewartet.«

»Schon lange?«

»Nein. Eine Viertelstunde vielleicht.« Sie lächelte. »Ich wußte ja nicht, wann du kommen würdest.«

Während sie ihren Toast bestrich, fragte sie: »Und? Wie hast du geschlafen?«

»Gut. Ganz gut, ja. Und du?«

Sie verzog den Mund, gab einen halben Laut von sich, der wie der Ansatz eines Stöhnens klang. »Na ja.« Sie lachte.

Er sah sie fragend an. Sie sagte: »Zuerst war's ganz gut. Ich bin auch ziemlich bald eingeschlafen. Aber kurz vor zwölf bin ich wach geworden. Und von Mitternacht an hab ich mich dann durchgezittert. Bis halb eins, und auch noch eine Weile danach.« Sie lachte. »Du weißt doch. Minervas Stunde. Die halbe Stunde vor Mitternacht für die guten und die halbe danach für die bösen Hexereien.«

Er sagte: »Aber ich dachte… Du hast dich doch geschützt, denke ich. Mit diesem High John und so weiter. Glaubst du denn nicht mehr daran?«

»Doch, doch! Aber… bist *du* etwa sicher, daß das *immer* funktioniert?« Sie lachte. »Vielleicht muß ›High John the Conqueror‹ ja auch mal ein Nickerchen machen. Und schon kann er nicht mehr auf mich aufpassen.« Sie biß in ihren Toast.

Er haderte mit sich. Warum war er nicht darauf gekommen? Wieso hatte er es nicht gespürt? Genau um die Zeit, als er auf dem Flur vor ihrer Tür gestanden hatte, war sie von ihren Ängsten gepeinigt worden. Sie hatte sich die Decke über den Kopf gezogen, die Ohren zugehalten, die Lider zusammengekniffen, vielleicht hatte sie auch mit schreckensstarren Augen die Ecken ihres Zimmers abgesucht. Während er sich ausmalte, wie sie den Haarigen umklammert hielt.

Wenn er sich bemerkbar gemacht hätte – sie hätte ihn mit offenen Armen aufgenommen. Sie wäre mit ihm auf sein Zimmer gegangen und hätte die erstickende Einsamkeit verjagt, die ihn bis zum Morgen geängstigt hatte. Sie wäre überallhin mit ihm gegangen. Sie hätte ihn nirgendwo allein gelassen.

Es wurde höchste Zeit. Er räusperte sich.

Sie blickte auf und lächelte ihn an.

Er sagte: »Was wirst du tun ... nach dem Konzert? Ich meine, in den kommenden Tagen? Hast du schon etwas geplant?«

Sie zuckte die Schultern. »Was werd ich tun? Ich werde wahrscheinlich noch ein paar Tage hierbleiben, auf Rolands Kosten. Werd mir das eine oder andere noch ansehen.« Sie lachte. »Vielleicht gehe ich auch noch mal in den Voodoo-Laden und verlange mein Geld zurück. Oder ich frage, ob sie nicht was Stärkeres haben als High John.«

Sie spießte ein Stück Speck auf und schob es zwischen die Lippen. Während sie kaute, sagte sie: »Vielleicht bleibe ich auch bis zum Jazz-Festival. Da stehen ein paar richtige Knüller auf dem Programm.« Sie trank einen Schluck Kaffee. »Und, mal sehen ... vielleicht kommen in der Zwischenzeit ja auch unsere Ehegesponse wieder zurück. Oder einer von ihnen. Wäre doch interessant, die Eindrücke von der Reise zu hören, solange sie noch frisch sind.«

Er schaute auf seine Frühstückswürstchen und schwieg.

Sie sagte: »Entschuldigung. Ich weiß ja, daß du so was nicht gern hörst.« Sie aß schweigend weiter.

Nach einer Weile sagte er, ohne sie anzusehen: »Vielleicht möchtest du nach dem Konzert ja auch ... mit mir fahren. Wir könnten doch ... zusammen ...« Er hob den Blick.

Sie legte ihre Gabel ab, lächelte ihn an.

Er sagte: »Ich meine, ich weiß ja nicht, wie wichtig dir das ist, was du hier noch tun möchtest.«

Sie sagte: »Absolut unwichtig.« Sie lachte. »Das heißt, ich wollte Rolands Konto noch ordentlich plündern, und das ist natürlich wichtig genug. Aber das kann ich auch tun, wenn ich mit dir an die Küste fahre. Da gibt's schicke Läden die Menge, hab ich gehört. Also: Wann fahren wir?«

Zeitdruck? Zwänge? Die drückende Notwendigkeit, eine großspurige Ankündigung wahrzumachen? Nichts mehr davon. Er spürte plötzlich nur noch Erleichterung. Erleichterung und Vorfreude auf diese Reise zu zweit.

Er schüttelte den Kopf. »Wir müssen hier ja nicht auf die Minute raus. Nach dem Konzert, irgendwann, denke ich.«

Sie legte die Hand auf den Mund. »O Gott – aber ich hab ja noch gar nicht gepackt!«

»Ich auch nicht.« Sie sah ihn verwundert an. Er sagte: »Ich … ich war zu faul.« Er lächelte. »Ich hoffe, sie setzen uns den Tag nicht noch auf die Rechnung. Ich werd gleich mal mit Mr. Hamilton verhandeln.«

»Wer ist Mr. Hamilton?«

»Der Chef der Rezeption. Der große Schwarze.«

Sie nickte. »Wunderbar. Und bis Tybee ist es ja sowieso nur ein Katzensprung.« Sie hob die Broschüre und das Faltblatt hoch, die neben ihrer Kaffeetasse lagen. Sie lächelte: »Weißt du, was das ist? Das ist Material über Tybee Island. Und eine Straßenkarte.« Sie hob, als wolle sie sich entschuldigen, die Schultern. »Ich wollte dir noch den einen oder anderen Tip mit auf den Weg geben.«

Er trank einen Schluck Kaffee. Dann sagte er: »Aber ich wollte nicht nach Tybee Island fahren.«

Sie sah ihn an, ihre Augen weiteten sich. Nach einer kleinen Pause sagte sie: »Wohin denn sonst?«

Er sagte: »Nach Beaufort. Ich will in Beaufort mit der Suche anfangen.«

Er hatte den Abend nicht vergessen, an dem sie im ›Pirates' House‹ und danach in der Bar des ›Marriott‹ gewesen waren. Er hatte sie nach den Orten gefragt, mit denen Roland Erinnerungen an seine Zeit in Savannah verband und an die er gern noch einmal zurückkehren würde. Lilly hatte ihm Beaufort genannt, aber dann hatte sie plötzlich diesen Ort verworfen und war zu Tybee Island umgeschwenkt. Sie hatte gesagt, dort sei Roland viel öfter gewesen, und wahrscheinlich sei es auch leichter, die Suche ebendort zu beginnen.

Er hatte darüber nachgedacht, ob sie ihn vielleicht von Beaufort hatte wieder ablenken und nach Tybee dirigieren wollen. Ihm war zwar kein einleuchtender Grund eingefallen, um dessentwegen sie das hätte tun sollen, aber er hatte beschlossen, auf jeden Fall entgegen ihrem Vorschlag in Beaufort anzufangen.

Allerdings war ihm, nachdem er ihr nun seine Entscheidung mitgeteilt hatte, ein wenig unbehaglich zumute. Wenn mehr, als auf den ersten Blick zu erkennen war, hinter ihrem Vorschlag steckte, zuerst nach Tybee Island zu gehen, dann würde auch sie sich an diesen Abend in der Bar erinnern. Und dann würde sie sich fragen, ob er ihr so sehr mißtraute, daß er ihren Rat in den Wind schlug.

Sie zuckte die Achseln. Dann sagte sie: »Okay. Aber das wird schwierig werden da oben.«

Mr. Hamilton sagte, er werde ihre Rechnungen bis zwölf Uhr fertig machen, und wenn sie sie bis zwei bezahlten, könne er davon absehen, sie noch mit der nächsten Übernachtung zu belasten. Er fragte, ob die Zimmer denn nicht reserviert bleiben sollten, und Schumann sagte: »Nein, danke, das ist nicht mein Problem«, und Mr. Hamilton nickte, ohne eine Miene zu verziehen. Er beschränkte sich auch auf ein Nicken und ein »Geht in Ordnung, Sir«, als Schumann hinzufügte, er solle, falls Mrs. Schumann anrufe, ihr sagen, daß ihr Mann sich auf die Suche nach ihr begeben habe.

Lilly stand daneben, aber sie schwieg. Mr. Hamilton hatte offenbar auch keine Frage, die nur sie hätte beantworten können.

## 30

Schumann hatte den Weg bis zum Kirchengebäude der First African Baptist Church am Franklin Square zu Fuß gehen wollen, und Mr. Hamilton hatte auch gemeint, das sei ein schöner Spaziergang, aber Lilly hatte Mr. Hamilton nicht ausreden lassen, sie hatte zu ihm gesagt: »Excuse me, please!« und dann zu Schumann: »O nein, o nein, das brauchst du gar nicht erst mit ihm zu diskutieren, von mir aus kannst du zu Fuß gehen, aber bitte ohne mich!«

Er hatte gesagt, was das denn solle, das sei doch nur ein Katzensprung, und sie hatte erwidert, sie sei aber keine Katze, und außerdem habe sie ja schon am Abend zuvor einen Gewaltmarsch absolviert, sie sei schließlich den ganzen Weg zur »Georgia Queen« mit ihm zu Fuß gelaufen, und auch noch den ganzen Weg zurück, ihre Beine täten ihr jetzt noch weh bis oben hin.

Er ließ ein Taxi kommen. Als sie auf dem Rücksitz saßen

und das Taxi abfuhr, klopfte sie ihm auf den Oberschenkel. »Das ist wirklich lieb von dir, danke.«

Sie fragte ihn, ob er wisse, was der Chor singen werde. Er wußte es auch nicht, und sie sagte, wahrscheinlich gehörten doch zumindest ein paar von den zig Hymnen zum Programm, die dieser Wesley geschrieben habe, der stehe übrigens auf dem Reynolds Square, vor dem ›Olde Pink House‹, in dem er, Schumann, mit Davenport zum Lunch gewesen sei, und Schumann sagte, nein, nein, der auf dem Denkmal sei John Wesley, der Gründer oder Mitgründer der Methodistenkirche, aber die mehreren tausend Hymnen für die Kirche habe sein Bruder geschrieben, Charles Wesley.

Sie sagte, das werde sie beim nächstenmal bestimmt wieder durcheinanderschmeißen, und er erwiderte, das sei aber wahrscheinlich noch nicht alles, er sei sich nämlich nicht sicher, ob sie überhaupt eine Hymne von Charles Wesley zu hören bekämen, denn die Kirche, in der das Konzert stattfinde, sei ja eine Baptistenkirche, und ob die Baptisten auch Lieder der Methodisten sängen, das wisse er gar nicht, das seien ja doch unterschiedliche Konfessionen. Sie sagte, na, dann Mahlzeit, und wenn's zwischen denen so zuginge wie zwischen Katholischen und Evangelischen in Irland, dann würden sie sich wohl eher gegenseitig die Kirchen anstecken, aber das hoffentlich nicht gerade, während sie drinsäßen.

In der Kirche waren einige Bankreihen für die Teilnehmer der Davenportschen Konferenz reserviert, Mrs. Duncan, die diesmal einen anthrazitfarbenen Hosenanzug trug, stand im Mittelgang und begrüßte Schumann und Lilly lächelnd und mit einem Nicken. Auch Herr Wittkamp hatte sich diese Gelegenheit zur Beobachtung nicht entgehen lassen, er saß halb zurückgewandt in seiner Bank und musterte die Neuankömmlinge.

Davenport kam einige Minuten nach ihnen. Er blieb bei der Sekretärin stehen und sprach mit ihr, während er nach beiden Seiten in die Bänke hineinblickte. Er sah Schumann und Lilly, hob die Hand zur Begrüßung, lächelte und neigte den Kopf.

Der Chor, der wenig später in einer langen Doppelreihe einzog, zählte fast achtzig Köpfe. Männer wie Frauen wie Kinder trugen die gleichen fußlangen, himmelblauen Roben, die auf den Vorderseiten durch ein weißes Kreuz unterteilt waren. Sie stellten sich auf beiden Seiten des Altarraums auf. Schumann suchte nach einem weißen Gesicht, aber er fand keines.

Er konnte auch nicht erkennen, ob ein regelrechter Gottesdienst stattfand. Zwar gab es einen Geistlichen in schwarzer Robe, der immer wieder vortrat und Gebete sprach, auch eine längere Predigt hielt, in der er sich mit einem Vers aus dem Brief an die Hebräer beschäftigte: »Darum ward ich entrüstet über dies Geschlecht und sprach: Immerdar irren sie mit dem Herzen.«

Aber das Schwergewicht lag doch auf den Beiträgen der Sänger. Geleitet von einem Dirigenten, der jeweils seinen Platz in der ersten Bank verließ und sich vor dem Altarraum am Ende des Mittelgangs aufstellte, eröffnete der Chor die Veranstaltung mit einem getragenen Spiritual, das Schumann nicht kannte, und er gab mit immer neuen Gesängen auch bis zum Ende den Ton an. Schumanns musikalische

Bildung fußte auf dem eher widerwilligen Umgang mit der Heimorgel, auf der er als Kind hatte üben müssen, aber er war beeindruckt vom Können der Solisten und vom Stimmvolumen und Zusammenwirken der Sänger insgesamt.

Lilly schien begeistert. Sie lächelte immer wieder Schumann an, schüttelte den Kopf, als könne sie die Qualität dieser Veranstaltung nicht fassen. Sehr bald schon wiegte sie sich in dem ausgeprägten Rhythmus der Lieder, und zu seiner Verwunderung fing sie unversehens an, eines davon mitzusingen, nur halblaut, aber Wort für Wort und deutlich:

You may run to the sea
   Can't hide
For a hidin' place
   Can't hide
An' the sea cry out
   Can't hide
You can't hide sinner, you can't hide.

Als der Chor ein wenig später »Swing low, swing low sweet chariot« zu singen begann, wiegte sie sich mit Kopf und Schultern von einer Seite auf die andere und schien drauf und dran, mit den Fingern zu schnippen. Er sah sie an, und sie erwiderte den Blick, aber der sanfte Verweis, den er ihr hatte erteilen wollen, schien bei ihr gar nicht anzukommen. Sie war völlig gefangen in der drängenden, pulsierenden Bewegung, mit der diese Musik einherkam.

Nur anfangs fühlte Schumann sich durch die offenkundige Entrückung seiner Begleiterin geniert. Mehr und mehr erfreute er sich daran, er wußte selbst nicht, wie es dazu kam, aber ihm gefiel auf einmal die unverstellte Naivität, die er in ihrer Hingabe zu erkennen glaubte, der unreflektierte, bedenkenlose Verzicht auf Pose und Maskerade, auf Formen und gutes Benehmen. Er ging lächelnd hinter ihr her, als sie nach dem Ende des Konzerts unversehens losstürmte, sich durch die Menschen drängte und Mrs. Duncan von hinten am Ärmel packte.

Als er die beiden erreichte, hatte die Sekretärin schon eine ihrer Visitenkarten herausgeholt und war dabei, etwas auf die Rückseite zu schreiben. Lilly wandte sich mit einem strahlenden Lächeln zu Schumann: »Mrs. Duncan weiß einen Laden, der sämtliche Platten von diesem Chor vorrätig hat!«

»Willst du die etwa alle kaufen?«

»Nein, aber ich möchte schon wissen, was es von ihnen gibt!«

Mrs. Duncan gab ihr lächelnd die Karte und verabschiedete sich.

Sie gingen langsam inmitten der Menschen weiter. Schumann, der sich in der warmen Sonne ganz unerwartet wie im Urlaub fühlte, wäre gern zu Fuß zum Hotel zurückgegangen, aber es war ihm klar, daß Lilly sich auch auf die einfache Wegstrecke nicht einlassen würde. Er reckte sich und sah sich um nach einem Taxi, aber die Straße vor der Kirche war verstopft von Privatwagen, und die zwei, drei Taxis, die in dem Strom mitschwammen, wurden schon abgefangen, während sie noch auf der Anfahrt waren.

Plötzlich stieß Lilly ihn an. »Guck mal, wer da wartet. Sucht der vielleicht uns?«

Am Gehsteig stand Davenports Wagen, daneben der Fahrer John, der seine Mütze in der Hand hielt und den Blick über die Konzertbesucher wandern ließ. Als er Lilly und Schumann entdeckte, kam er mit schnellen Schritten auf sie zu.

»Ma'm, Sir? Würden Sie mit mir kommen, bitte? Mister Davenport läßt fragen, ob er Sie mitnehmen kann?«

»O ja, gerne!« Lilly setzte sich in Bewegung, Schumann folgte ihr. Vom Rücksitz des Wagens stieg Davenport aus.

Auf der Fahrt zum Hotel verstand Schumann nur Fetzen der angeregten Unterhaltung, die hinter ihm geführt wurde. John hatte ihm die Tür zum Vordersitz geöffnet, Lilly war mit Davenport auf den Rücksitz gestiegen. Zunächst hatte sie dem Anwalt noch von dem Konzert vorgeschwärmt, einem wirklich einmaligen, einem wunderschönen Erlebnis. Aber dann waren sie auch schon auf die bevorstehende Reise zu sprechen gekommen, die Suche nach den verschwundenen Ehepartnern. Niemand der beiden hatte einen Versuch unternommen, Schumann in das Gespräch einzubeziehen.

Er wehrte sich, aber es gelang ihm nicht, einen Anflug von Zorn und noch dazu Schmerz zurückzudrängen. Was zum Teufel trieb Lilly dazu, mit dem alten Mann über ihre Eheprobleme zu reden? Glaubte sie wirklich, daß ihr das etwas nutzen würde? Oder ging es ihr nur um einen Flirt mehr, ein kleines, aber reizvolles, ein eitles Spiel mit einer Zelebrität, die so viel Geld und so viel Einfluß hatte? Und was dachte Davenport sich dabei, ihn, Schumann, so völlig außer acht zu lassen?

Als John vor dem Hotel an den Randstein fuhr und ausstieg, um Lilly die Tür zu öffnen, legte Davenport seine Hand auf Schumanns Schulter und sagte: »Seien Sie vorsichtig. Und vergessen Sie bitte nicht, daß Sie sich jederzeit an mich wenden können.« Er reichte ihm eine Visitenkarte.

Dann wandte er sich Lilly zu, die darauf wartete, sich zu verabschieden, und gab ihr seinen Handkuß. Sie stieg aus und blieb auf dem Gehsteig stehen, Schumann trat zu ihr. Als John abfuhr, winkte sie hinter dem Wagen her.

Der junge schwarze Portier, der am Sonntag anscheinend Harvey vertrat, ließ die Tür auffahren. Während sie hineingingen, legte Lilly ihre Hand an Schumanns Arm; sie sagte: »Ehe ich's vergesse: Er hat gesagt, ich soll gut auf dich aufpassen. Und weißt du auch, warum? Er braucht dich noch. Das hat er wörtlich gesagt.«

»Ach ja? Und was soll das bedeuten?«

Sie blieb in der Lobby stehen. »Na, hör mal! Was willst du denn noch mehr? Der Mann will dir den Auftrag geben! Das ist deine Riesenchance!«

Er fragte: »Ach ja? Und was ist mit dir? Braucht er dich etwa auch noch?«

Er wandte sich ab und ging weiter. Die kleine Asiatin stand mit großen Augen am Tresen der Rezeption. Sie sah Schumann an, hob die Schultern und schüttelte bedauernd den Kopf. Schumann nickte und ging zu den Aufzügen.

Lilly trat neben ihn, während er auf die Anzeigen über den Türen der Aufzüge schaute. Er tat so, als bemerke er nicht, daß sie den Kopf ein wenig nach vorn beugte und sein Gesicht musterte.

Sie fragte: »Was ist los?«

Er gab keine Antwort. Sie sagte: »Du bist doch nicht

etwa eifersüchtig?« Ihr entfuhr ein halb erstickter Laut, es klang so, als habe sie um ein Haar losgeprustet.

Er stieß heftig die Luft aus, schüttelte den Kopf. Die Botschaft, die er ihr zu verstehen geben wollte, war klar: Was für ein hanebüchener Unsinn! Aber er sah sie nicht an dabei.

Die Türen eines der Aufzüge öffneten sich, die Kabine war leer. Er ließ sie vorangehen, stellte sich dann wie sie, aber mit einigem Abstand von ihr, an die Rückwand des Aufzugs. Beide sahen sie die Türen an, die sich schlossen. Sie hob die Hand vor den Mund, und dann war ganz unmißverständlich ein Glucksen zu hören. Sie versuchte zu verbergen, daß sie lachte, aber es gelang ihr nicht.

Als sie ausgestiegen waren, sagte er: »Sobald ich fertig bin, lasse ich mein Gepäck runterholen, und dann gehe ich und besorge den Leihwagen. Das ist nur zwei Blocks von hier. Vielleicht kannst du ja auch mit deinem Gepäck runterkommen und in der Lobby auf mich warten.«

Sie sagte mit todernster Miene: »Mache ich.«

## 31

Eine gute Stunde später überquerten sie auf dem weitgespannten Bogen der Talmadge Memorial Bridge den Savannah River und fuhren hinein nach South Carolina. Ein paar weiße Haufenwolken türmten sich auf dem riesigen blauen Himmel, der vor ihnen lag, Schumann fühlte sich an Fahrten nach Holland erinnert, auf denen er noch während der Annäherung über die grüne Ebene den Geruch der Küste, der Dünen und der Brandung wahrzunehmen geglaubt hatte.

Sie blickte an den Pylonen und an den schweren Stahltrossen empor, die den Brückenbogen trugen und die sich in der Vorüberfahrt aufzufalten schienen wie die Rippen eines Fächers. Sie seufzte, dann sagte sie: »Was für eine Wahnsinnsbrücke! Die ist aber ganz neu, oder?«

»Zehn, zwölf Jahre, glaube ich. Vielleicht auch schon ein wenig drüber. Die alte Brücke ist hin und wieder gerammt worden, von den Dickschiffen, die Savannah anlaufen. Die brauchen ja ein bißchen mehr Platz als die Windjammer früher.«

Sie sah ihn an. »Aber diese hier ist hoffentlich noch nicht gerammt worden?«

Er lächelte. »Soviel ich weiß, nicht. Wir sind hier ja auch reichlich fünfzig Meter über dem Wasserspiegel. Und zwischen den Pylonen, warte mal… ja, ich glaube die Spannweite ist gut und gerne dreihundert Meter.«

Sie kroch ein wenig in sich zusammen. »Unheimlich.«

»Was denn?«

»Das ist ja eine Wasserwüste unter uns! Und wir hängen da fünfzig Meter hoch darüber.«

»Na ja, dafür können aber auch die Riesenpötte unter uns durchfahren, ohne anzuecken.«

»Hör auf, das ist ja noch schlimmer!«

Er warf ihr einen Seitenblick zu. »Wieso denn das?«

»Es kann ja trotzdem was passieren. Und weil wir dann in einen Schornstein fallen könnten, wenn's schiefgeht! Oder ins Steuerhaus, krach und durch die Decke, das ist doch nur dünnes Blech! Oder in den Schiffsbauch, bis ganz nach unten! Bis in die Bilge, da, wo das Schmutzwasser steht!« Sie schauderte. »Hast du denn gar keine Phantasie, du Stockfisch?«

»Doch, habe ich.« Er lachte, klopfte mit der flachen Rechten auf ihre Hand, die auf ihrem Oberschenkel lag, zog seine Hand sofort wieder zurück.

Nach einer kleinen Pause sagte er: »Nur stelle ich die manchmal ab. Zum Beispiel, wenn ich über den Savannah River fahre.«

Als sie das Marschland erreichten, sah sie hinaus auf den weiten grünen Teppich, dessen Wasseradern in der Sonne glitzerten. Sie begann zu summen, und er erkannte eines der Lieder, die der Chor gesungen hatte. Er nutzte eine Pause, die sie einlegte, und fragte: »Was ist das?«

»Ein Negerlied. Ein Sklavenlied. Ein Lied, das die Sklaven auf den Sea Islands gesungen haben, unten in Georgia. Ein schönes Lied.« Sie zögerte, dann sang sie:

There she stan's right by yer side,
Don't she look jus' like a bride …

Sie brach ab, lachte. »Na, so schön kann ich wirklich nicht singen.«

»Doch. Ich fand's jedenfalls schön.« Er warf einen Blick zu ihr hinüber. »Woher kennst du das?«

»Ich hab ein paar Platten mit solcher Musik. Und Roland hat mal ein Buch angeschafft, ein schönes Buch, von einer Frau, sie hat die Sklavenlieder von den Inseln gesammelt. Die gehören ja zum Gullah, du weißt schon, zu dieser schwarzen Kultur.«

»Aber wieso kannst du sogar die Texte?«

»Hab ich auswendig gelernt. Ich hab immer viel auswendig gelernt. Das ist ganz nützlich, wenn du in eine Sprache reinkommen willst.«

Er warf ihr einen Seitenblick zu, dann lächelte er und schüttelte den Kopf.

Sie sagte: »Ja, aber das ist doch nichts Besonderes! Ist nur ein Trick.«

Nach einer Fahrt von weniger als einer Stunde bog er in Beaufort auf die Bay Street ein. Zu ihrer Rechten tauchte die Bucht auf, weiße Segel bewegten sich kaum merklich über das blaue Wasser. Ein paar hundert Meter weiter kamen sie in das Zentrum der Stadt, rechts und links der Straße reihten sich die Restaurants und Läden aneinander, vor denen die Menschen meist gemächlich herumspazierten, Galerien, Buchhandlungen, Modeboutiquen, Läden für Antiquitäten, Zeitungen, Tabakwaren, Souvenirs, Sportartikel, Kunstgewerbe, zwei Supermärkte – alles, was der Mensch in einem Urlaubsort an der See braucht oder zu brauchen glaubt.

Er genoß die Feiertagsstimmung, die diese Szene ausstrahlte. Als er an einer Ampel neben einem Schallplattenladen anhalten mußte, beschloß er, bei nächster Gelegenheit eine CD des Chors zu kaufen, den sie gehört hatten, und sie Lilly zu schenken. Vielleicht gab es auch ein Album mit mehreren Scheiben, das als Geschenk ein wenig ansehnlicher war.

Unvermittelt fragte Lilly: »Hältst du auch Ausschau nach den beiden?«

Er hatte völlig vergessen, warum er hierhergefahren war.

Er sagte: »Natürlich. Und du könntest ja auf deiner Seite vielleicht auch ein bißchen aufpassen.«

»Klar, kann ich. Und was willst du machen, wenn wir sie finden?«

Er atmete schwer auf. Nach einer kleinen Pause sagte er: »Dann halte ich an und steige aus und frage Charlotte, was sie hier tut.«

Als sie sich dem Ende der Bay Street näherten, sagte er: »Frag doch mal, wie wir zum Informationszentrum kommen. Ich hab auf der Karte nachgeschaut, aber ich bin mir nicht ganz sicher.«

Er hielt an, Lilly ließ ihr Fenster herunter. Eine große blonde Frau, die in einer Art Rucksack ein Baby vor dem Bauch trug, wies ihnen die Richtung. Schumann bog ab in die Carteret Street und fuhr in Richtung Norden. Die Häuser veränderten sich zusehends, sie gingen auf Distanz zueinander, zogen sich hinter grüne Vorgärten und knorrige alte Bäume mit ihren Vorhängen aus Spanischem Moos zurück.

Lilly sagte: »Ob Minerva noch immer hier in Beaufort wohnt?« Sie lachte. »Ich hab mir gerade vorgestellt, sie käme plötzlich durch so ein Gartentor, rund und stämmig, in ihren weiten Gewändern und mit ihren lilafarbenen Brillengläsern und dem Hut und ihrer großen Tasche und dem ganzen Zauberkram.«

»Ja. Interessante Vorstellung.«

»Sie lebt doch noch, oder?«

»Keine Ahnung. Ich nehme es an. Jedenfalls, wenn sie nicht bloß erfunden ist. Bei John Berendt war sie ja noch sehr emsig. Und so alt ist das Buch doch noch gar nicht.«

»Nein. Und der Film ist noch jünger. Und da taucht sie ja gleich am Anfang auf. Aber im Film wird es wohl eine Schauspielerin gewesen sein.« Sie schaute nach rechts und nach links in die Seitenstraßen hinein, schien die Vorgärten abzusuchen.

Er sagte: »Bloß glaube ich nicht, daß sie in diesem Viertel hier wohnt.« Er warf ihr einen Blick zu, lächelte. »Könnte höchstens sein, daß sie hier einen Kunden hat. Vielleicht hat sie ihm gerade das Haus gesichert. Hat so eine Art Hülle darüber gezaubert, oder sagen wir: eine Tarnkappe, die die bösen Geister abhält.«

Sie sagte, ohne ihn anzusehen: »Du kannst ruhig versuchen, mich zu verarschen. Ich weiß selbst, daß sie in dem Buch in einer Holzhütte lebt, mit einer nackten Glühbirne als Beleuchtung, in einer Bruchbude, in der es nach Schweinefleisch und grünem Gemüse riecht. Aber in dem Buch steht auch, daß wir hier, genau hier, im Herzen von Voodoo-Land sind. Und wenn du mich fragst, dann kann hier viel passieren. Vielleicht passieren hier sogar Dinge, die du nicht für möglich halten willst.«

Im Tourist Office versah eine junge Frau, die zweimal unterdrückt gähnte, während sie sie bediente, den Sonntagsdienst. Sie fragten sie nach einem kleineren Hotel, ein Hotel garni genüge ihnen, und sie nannte ihnen drei Adressen. Während die junge Frau einen Zettel ausfüllte, den sie ihnen mitgab, sah Lilly die Broschüren und Faltblätter durch, die auf der Theke angeboten wurden, und packte einige davon in ihre Tasche.

Sie blieben gleich in dem Hotel, das als erstes auf ihrem Zettel stand. Es lag in einer Seitenstraße, ein altes Haus,

aus Holz gebaut, in blendendem Weiß gestrichen, das auf seinen beiden Etagen durchgehende Balkone mit kunstvoll gedrechselten Geländern besaß. Eine Durchfahrt neben dem Haus führte auf einen üppig begrünten Hof und die Parkplätze für Gäste.

Die weißhaarige Dame, die ihnen öffnete, stellte sich als Mrs. Ribaut vor und fragte: »Möchten Sie ein Zimmer mit Bad oder mit Dusche?«

Schumann sagte: »Wir möchten zwei Zimmer haben, bitte.«

Die Dame sagte: »Oh ...«

Lilly zeigte keine Reaktion. Die Dame lächelte und sagte: »Sie sind Geschwister?«

Schumann sagte: »Nein.«

Die Dame sagte: »Oh, verzeihen Sie ... wie dumm von mir!«

Lilly sagte: »Ich möchte ein Zimmer mit Bad.«

»Natürlich. Und Sie, Sir?«

»Eines mit Dusche genügt.«

»Gern, Sir.«

Ein rothaariger Bursche mit Namen Bobby Lee, den Mrs. Ribaut herbeirief, indem sie ein Glöckchen schwang, öffnete ihnen die Aufzugtür und kam mit ihrem Gepäck hinterher. Die Zimmer lagen beide auf der Rückseite des Hotels, auf der zweiten Etage und nebeneinander.

Von seinem Balkon konnte Schumann einen Ausschnitt blauen, glitzernden Wassers sehen, aber er bezweifelte, daß es schon der offene Atlantik war. Es mußte einer der zahllosen Wasserläufe oder Meeresarme sein, die die Küste hier zerfaserten.

Zur Trennung von Lillys Balkon und dem seinen diente eine weißgestrichene, senkrecht durch eine Fuge geteilte Holzwand, die oben und unten Lücken ließ. Schumann musterte die Wand, und dabei entdeckte er, daß sie an der Hauswand mit Scharnieren befestigt war; wenn man einen Riegel am Geländer löste, konnte man sie falten und zurückschwenken und die Balkone miteinander verbinden.

Eine Weile betrachtete er noch wie geistesabwesend die Wand, dann ging er zurück ins Zimmer. Er nahm ein frisches Hemd aus dem Koffer, tastete nach der Pistole und fand sie gut verwahrt unter der Wäsche. Nachdem er sich gewaschen und das Hemd gewechselt hatte, fuhr er hinunter. Mrs. Ribaut hatte sich wieder zurückgezogen, auch von Bobby Lee war nichts zu sehen.

Schumann griff nach der *Beaufort Gazette,* die auf dem Tresen der Rezeption lag, und ließ sich in einem Sessel am Fenster zur Straße nieder. Während er die Zeitung las, warf er ab und zu einen Blick durch das Fenster, aber niemand ging vorbei, es gab auch kein Auto zu sehen. Er hatte die Zeitung fast bis zur letzten Seite durchgelesen, als Lilly erschien, in grüne Jeans und eine hellgrüne Bluse gekleidet.

Sie strahlte ihn an: »Tut mir leid, ich hab mich noch ein bißchen frisch gemacht, ich weiß auch nicht, aber ich kam mir richtig klebrig vor.«

Am liebsten wäre er mit ihr in ein gepflegtes, stilles Restaurant eingekehrt, aber es war noch entschieden zu früh zum Abendessen. Sie bummelten ein Stück über die Bay Street, dann gingen sie durch eine Passage zwischen den Häusern hindurch auf deren der Bucht zugewandte Rückseite und in den Waterfront Park. Lilly hatte diesen Wechsel vorgeschlagen, sie hatte sich in einem ihrer Prospekte über die Örtlichkeit informiert.

Auf der Bucht waren noch immer die spitzen weißen Segel unterwegs. Das Wasser funkelte in der Sonne.

Es dauerte nicht lange, bis Lilly sich auf einer Bank niederließ und neben sich auf den Sitz klopfte. »Komm, wir setzen uns einen Augenblick. Das ist doch ein wunderschöner Ausblick von hier.«

Schumann nickte. Bevor er sich setzte, sah er sich noch einmal um, und dann deutete er auf die Rückseite der Häuser an der Bay Street, die an den Park angrenzten. »Sieh mal, die Restaurants haben auf dieser Seite anscheinend alle eine Terrasse oder so etwas. Wenn wir uns dahin setzen, bekommen wir auch noch einen Drink vor dem Abendessen.«

Lilly erhob sich mit einem Seufzer und folgte ihm. Sie fanden einen schönen Tisch auf der Terrasse eines Restaurants, das um diese Zeit noch nicht sehr viele Gäste hatte. Die Terrasse lag ein wenig höher, so daß der Ausblick eher noch besser war als der von Lillys Bank. Er nahm ein holländisches Bier, Lilly überlegte einen Augenblick, ob es nicht noch zu früh sei, aber dann bestellte sie doch schon mal einen Manhattan. Sie sagte: »Dann trink ich halt nachher weniger.«

»Warum? Hast du Angst, du verlierst die Kontrolle?«

»Ach wo. Aber das sind Kalorien, mein Lieber, und nicht zu knapp! Siehst du nicht, wie fett ich bin?«

»Fett? Was soll das denn?« Er schüttelte den Kopf. »Willst du Komplimente hören?«

»Natürlich!« Sie lächelte. »Immer her damit!«

Er schwieg eine Weile, dann sagte er: »Du bist nicht fett. Du bist vielleicht gut gepolstert. Aber das ist doch alles an den richtigen Stellen.« Nach einem Zögern sagte er: »Das paßt doch alles zusammen, finde ich. Und zwar perfekt.«

Sie lächelte ihn an: »Danke.«

Nachdem er den ersten langen Schluck getrunken hatte, spürte er, wie eine angenehme Müdigkeit in ihm emporkroch.

Unversehens sagte sie: »Ich bin ein bißchen faul, das weiß ich. Und es tut mir leid.« Er spürte, daß sie ihn ansah, riß die Augen auf, die sich halb geschlossen hatten, und erwiderte ihren Blick. Sie sagte: »Du hättest dich jetzt wahrscheinlich lieber noch eine Zeitlang auf der Bay Street umgesehen. Ich meine, da wäre die Chance ja auch viel größer gewesen, daß sie uns über den Weg laufen.«

»Nein, nein, was soll das denn?« Er tätschelte ihre Hand ein wenig, spürte wieder, wie angenehm ihm diese Berührung war, zögerte, zog dann jedoch seine Hand zurück. Nach einer Weile sagte er: »Das ist doch ohnehin ein Lotteriespiel.«

Sie sah ihn an, aber sie schwieg.

Zum Essen gingen sie in ein anderes Restaurant, ein Fischrestaurant, das Lilly aus einem Prospekt, den sie mitgebracht hatte, heraussuchte. Zum Auftakt bestellte sie für sich eine Tasse Lowcountry Bouillabaisse, Schumann nahm ein Gericht namens Oysters Olivada. Die sechs Austern kamen mit Olivenbutter gegrillt, kräftig gewürzt und mit grünen und schwarzen Oliven. Er sah, daß Lilly trotz ihrer Bouillabaisse stark an den Austern interessiert war, und bot ihr eine an, die sie sofort nahm.

Zu seiner Verwunderung hatte er nach der zweiten Auster keinen Appetit mehr. Lilly nahm noch eine, aber den Rest ließen sie zurückgehen, Lilly sagte, sie wolle wirklich nicht aus den Nähten platzen, und Schumann beruhigte den Kellner, er sagte, die Austern seien sehr gut, aber er habe wohl seinen Appetit überschätzt.

Er verzichtete auch auf den Hauptgang, dessen Bestellung er aufgeschoben hatte, weil er zuvor hatte wissen wollen, wie es nach den Austern, die er sehr selten aß, um seinen Hunger bestellt sein würde. Lilly sah ihn beunruhigt an. »Alles in Ordnung mit dir?«

»Ja, ja, ich hab bloß … hab im Augenblick keinen Hunger. Vielleicht später.«

»Aber du hast doch seit heute morgen nichts mehr gegessen?«

»Das macht doch nichts.« Er lachte. »Das schadet mir doch auch nichts, wenn ich mal kürzertrete, nach der ganzen Schlemmerei.«

Sie zögerte, dann sagte sie: »Könnte es sein, daß eine von deinen Austern nicht gut war?«

Er machte eine abwehrende Handbewegung. »Doch nicht in diesem Restaurant!«

»Das kann in jedem Restaurant passieren.« Sie zog die Stirn zusammen. »Und das kann gefährlich sein.«

Er lachte. »Willst du mich jetzt ins Krankenhaus bringen?«

Er blieb sitzen, aber er sah nicht auf ihren Teller, während sie ihren Red Snapper in Paprika aß. Er trank drei Gläser von dem kalifornischen Chardonnay, den sie ausgesucht hatten, er trank sie, obwohl dieser Wein ihm anfangs nicht richtig schmeckte, und er nahm mit ihr auch noch den Kaffee. Auf das Dessert hatte sie zu seiner Erleichterung verzichtet, sie sagte, sie könne mit dem besten Willen nichts mehr essen.

Sie bestand darauf, die Rechnung zu bezahlen. Als der Kellner die Kreditkarte zurückbrachte und sie den Beleg unterschrieben hatte, sagte sie: »Sie sollten mal nach Ihren Austern sehen.«

Der Kellner sah sie verwundert an. Sie sagte: »Sie sind dem Herrn überhaupt nicht bekommen.«

Schumann wollte dieser Reklamation widersprechen, aber sie war schon aufgestanden und neben ihn getreten. Als er aufstand, spürte er, wie der Schweiß ihm jäh auf die Stirn trat.

Sie sagte zu dem Kellner: »Es kann durchaus sein, daß wir uns noch einmal bei Ihnen melden.« Der Kellner wollte antworten, aber sie ließ ihn nicht dazu kommen, sie faßte Schumann am Arm und ging mit ihm hinaus.

Vor der Tür blieb sie stehen, aber sie ließ seinen Arm nicht los. Die großen Augen suchten sein Gesicht ab. Sie fragte: »Gehen wir zu Fuß zum Hotel, oder sollen wir lieber ein Taxi nehmen?«

Er lachte ein wenig angestrengt. »Wieso denn Hotel, es ist doch noch viel zu früh zum Schlafen? Willst du denn nicht noch irgendwohin gehen? Ich lade dich ein, jetzt bin ich dran.«

»Ich möchte nicht mehr irgendwohin gehen. Ich werd mir einen gemütlichen Fernsehabend machen. Und du sollest dich erst mal hinlegen. So, wie du aussiehst.«

Er lachte. »Was soll das denn? Wie sehe ich denn aus?«

Sie sagte: »Wie ein Eimer Spülwasser.«

Sie brachte ihn bis an seine Zimmertür. Während er aufschloß, fragte sie: »Soll ich mitgehen, bis du im Bett liegst?«

»Also, Lilly!«

»Reg dich nicht auf, ich will dir ja nicht an die Wäsche gehen. Okay... wenn ich irgendwas für dich tun kann, brauchst du nur an die Wand zu klopfen. Oder zu rufen.« Sie zögerte, dann sagte sie: »Die Trennwand auf dem Balkon kann man zusammenklappen. Hab ich vorhin gesehen. Wenn's dir recht ist, mach ich das, dann brauchst du nicht mal deine Tür aufzuschließen, wenn du was nötig hast. Dann kann ich über den Balkon kommen.«

»Okay, okay! Und jetzt fang an mit deinem Fernsehabend!«

Sie sah ihm in die Augen. »Und du denkst nicht etwa, daß ich lieber einen Arzt rufen sollte?«

»Nein, verdammt noch mal! – Entschuldige.«

Sie legte die Finger ihrer Rechten an seine Wange, dann ging sie zu ihrer Zimmertür.

Schumann trat in sein Zimmer, schloß seine Tür ab. Plötzlich fürchtete er, daß seine Knie nachgäben, er stützte sich mit einer Hand auf die Klinke, klammerte die andere um den Türrahmen.

Die Beklemmung verging nach einer Weile. Er atmete ein paarmal tief durch, dann löste er sich von der Tür und bewegte sich langsam zu seinem Koffer. Mit einer Hand griff er in den Koffer, nahm seine Nachtshorts heraus. Er wollte sie aufs Bett werfen, als er plötzlich erstarrte.

Er blickte zurück auf den Koffer, dann ließ er die Shorts fallen, streckte die Hand aus und tastete die Stelle ab, von der er die Shorts genommen hatte. Er fand keinen Widerstand, er konnte nur das weiche Material der Wäsche fühlen.

In einer jähen Bewegung beugte er sich über den Koffer, räumte die Wäsche beiseite, starrte in den Koffer.

Die Pistole war verschwunden, und mit ihr das Holster und die Schachtel mit der Munition.

Nach ein paar Sekunden, in denen er regungslos verharrte, hatte er unversehens das Gefühl, daß sich sein Magen umdrehte. Er stolperte in das Badezimmer, stieß in dem engen Raum schmerzhaft ans Waschbecken und erbrach sich. Es gelang ihm mit knapper Not, den Toilettendeckel hochzuklappen und den Schwall in die Schüssel zu lenken. Beim zweiten oder dritten heftigen Würgen gaben seine Beine nach, er fiel schwer auf die Knie, stützte sich mit beiden Unterarmen auf dem Toilettenrand ab.

Hinter sich hörte er ein Geräusch. Er wandte den Kopf und blickte mit tränenden Augen über die Schulter.

An der Tür des Badezimmers stand Lilly.

## 32

Die Dämmerung war schon fortgeschritten, als Lilly sein Zimmer verließ und auf den Balkon hinaustrat. Schumann, der im Bett lag und eine Kompresse auf der Stirn trug, blickte hinter ihr her, er sah undeutlich, wie sie sich zurückwandte, ihm winkte und in die Richtung ihres Zimmers verschwand. Das Fieber ließ seinen Blick verschwimmen. Er schloß die Augen.

Lilly hatte ihn aus dem Badezimmer herausgeholt und ihn ins Bett gebracht. Sie hatte ihm beim Ausziehen geholfen, dann hatte sie ihn für eine kurze Zeit verlassen, sie war hinuntergefahren zur Rezeption und mit einem Eimer zurückgekehrt, den sie neben das Bett stellte. Wenig später war auch der Arzt erschienen, ein älterer, glatzköpfiger Mann, der Schumann gründlich untersuchte und danach erklärte, es könne sich durchaus um eine Fischvergiftung handeln.

Den wesentlichen Teil des Konsultationsgesprächs hatte er mit Lilly geführt, fast so, als sei der Patient ein unmündiges Kind und Lillys Obhut anvertraut. Schumann fühlte sich provoziert, aber diese Irritation hatte nicht lange vorgehalten, sie war ihm irgendwie abhanden gekommen. Schließlich hatte er sich ins Leere fallen lassen. Es war ihm gerade recht gewesen, daß jemand für ihn die Verantwortung übernahm.

Der Arzt hatte ein Rezept für verschiedene Tabletten ausgestellt, und Lilly hatte Mrs. Ribaut gefragt, wo die nächste Apotheke sei, Mrs. Ribaut hatte Bobby Lee zur Apotheke geschickt, und dann war sie, sobald Bobby Lee die Arznei gebracht hatte, persönlich heraufgekommen und hatte an die Tür geklopft, sie hatte die Tabletten übergeben und gefragt, ob sie sonst noch etwas tun könne.

Schumann hatte diese Geschehnisse mehr oder weniger in einem Dämmerzustand erlebt. Die Frage, was mit seiner Pistole geschehen sein könnte, hatte er nicht vergessen, aber sie war von dem Gewirr um seine Person und seinen Gesundheitszustand unaufhaltsam in den Hintergrund gedrängt worden. Jetzt, da er allein und vorerst versorgt war, trat sie wieder hervor.

Er fühlte sich herausgefordert, eine Lösung für diese Frage zu finden, aber es fiel ihm sehr schwer, sich die möglichen Antworten klarzumachen und die plausiblen von den unsinnigen zu unterscheiden. Immer wieder schien eine grellfarbene, absonderlich rauschende Welle durch seinen Kopf zu laufen, er spürte, wie sie von innen an seine Augen schlug und nicht nur seinen Blick, sondern auch seine Gedanken trübte. Es mußte das Fieber sein, von dem der Arzt gesagt hatte, es könne im Lauf des Abends durchaus noch ansteigen.

Wer konnte die Pistole genommen haben? Im ersten Augenblick hatte er natürlich an Bobby Lee gedacht. Einem Burschen in seinem Alter, der vermutlich ständig an Geldmangel litt, war ein solch dreister Diebstahl durchaus zuzutrauen. Die fünf Dollar Trinkgeld, die Schumann ihm gegeben hatte, waren ihm vermutlich zu wenig gewesen. Vielleicht hatte er die Pistole samt Zubehör unterdes schon verhökert, für einen Freundschaftspreis von 100 Dollar an einen Ganoven, mit dem er hin und wieder ein Geschäft machte.

Aber zugleich hatte auch Schumanns Mißtrauen gegen Lilly sich wieder geregt. Sie hatte doch gewußt, daß die Trennwand ihrer Balkone sich zur Seite schieben ließ, sie hatte ihm ja darüber berichtet, und sie war dann auch ganz offenbar ohne Schwierigkeiten über den Balkon zu ihm gekommen. Wenn Roland und Charlotte nun doch entführt worden waren und wenn Lilly mit den Entführern nun doch unter einer Decke steckte – war es dann nicht logisch, daß sie dieses Wissen ausgenutzt hatte?

Er vergaß, daß er seine Entführungstheorie praktisch

schon begraben hatte – wie hätte er sonst diese Reise für sinnvoll halten, wie hätte er Charlotte und Roland auf der Bay Street suchen können, als stehe es in ihrem Belieben, sich dort wie Touristen, nein: wie ein sozusagen normales Liebespaar, das lediglich von zu Hause durchgebrannt war, zu ergehen? Wie schwachsinnig hätten die Entführer sein müssen, die den beiden solche Freiheiten gewährten? Und ebendas hatte auch schon Lilly ihm eröffnet.

Doch abermals schob er diese Argumentation beiseite. Es fiel ihm leichter, sich davon zu überzeugen, daß Lilly durchaus die Gelegenheit gehabt hatte, die Pistole an sich zu nehmen. Vielleicht hatte sie, bevor sie zum Abendessen aufbrachen, ganz zielbewußt gewartet, bis er vorausgegangen war und sich an der Rezeption niedergelassen und mit der *Beaufort Gazette* beschäftigt hatte. Dann war sie über den Balkon und durch die offene Balkontür in sein Zimmer gegangen.

Die Gangster hatten sie beauftragt, seinen Koffer zu durchsuchen. Das hatte sie getan, und sie hatte die Waffe gefunden und an sich genommen. Er sollte entwaffnet werden, zu welchem Zweck auch immer.

Eine Welle, die weniger grell war als die vorangegangenen, aber größer und schwerer, lief durch seinen Kopf. Seine Gedanken verwirrten sich, er schloß die Augen. Wenn es Lilly nicht gewesen wäre, und auch nicht Bobby Lee – wer denn sonst in aller Welt?

Jemand anderes aus dem Haus. Sie waren doch wohl kaum die einzigen Gäste. Und die Schlösser an den Türen stammten noch aus der guten alten Zeit, die Schlüssel waren groß und die Bärte simpel. Jemand, der sich damit auskannte, konnte die Schlösser wahrscheinlich mit einem Dietrich aufsperren. Aber wenn es so geschehen war – wie sollte er, Schumann, dann noch den Täter aufspüren?

Er mühte sich ab, doch er fand keine Antwort. Seine Gedanken wurden lahm. Am Ende schlief er ein.

Es waren wirre Träume, die seinen Schlaf durchzogen, und auch sie brachten ihm keine Erleuchtung. Leute, die er nicht kannte, bedrohten ihn, er wollte fliehen, aber sie folgten ihm, und unversehens fiel er in jenen Abgrund, der kein Ende nimmt, er fiel und fiel immer tiefer. Er spürte, wie er während des Sturzes wach wurde, aber er öffnete die Lider nicht, er war zu müde.

Plötzlich hörte er ein leises Geräusch. Er riß die Augen auf. Neben seinem Bett saß im Dämmerlicht Lilly.

Sie hielt die Hände noch am Sitz des Stuhls, den sie herangerückt hatte, sah ihn betroffen an. »Entschuldige bitte! Ich hab nicht aufgepaßt, das war der Stuhl!«

Er nickte. Sie fragte: »Möchtest du irgend etwas?«

Er schüttelte den Kopf. Sie sagte: »Du mußt aber zumindest was trinken. Komm, ich helfe dir.«

Sie stand auf, trat an seinen Nachttisch heran. Sie hob die Hand, dann fragte sie: »Stört es dich, wenn ich die Lampe einschalte?«

Er murmelte: »Nein, nein!«

Sie schaltete die Nachttischlampe ein. Das Licht war nicht sehr hell, aber es traf seine Augen wie eine unerwartete Berührung. Er kniff die Lider zusammen.

Sie füllte ein Glas mit Wasser, reichte es ihm, und als er nicht sofort danach griff, schob sie ihre freie Hand unter seinen Nacken, hob seinen Kopf an und näherte das Glas seinen Lippen. Er sagte: »Was machst du denn da, ich bin doch kein Sterbenskranker!«

Er nahm ihr das Glas aus der Hand, stützte sich auf einen Ellbogen und trank. Ein wenig Wasser lief über den Rand des Glases und tropfte auf seine Brust.

Sie stand neben dem Bett, hielt beide Hände in halber Höhe, als sei sie bereit, jederzeit einzugreifen, wenn er nicht länger fähig sein sollte, das Glas zu halten. Erst jetzt sah er, daß sie ihren himmelblauen Bademantel und die Pantoletten trug. Sie hatte sich offenbar schon fürs Bett umgezogen, aus dem Ausschnitt des Bademantels sah die hellrote Paspel eines Oberteils für die Nacht hervor.

Als er das Glas von den Lippen nahm, fragte sie: »Genug?«

Er nickte. Sie nahm ihm das Glas ab, stellte es auf den Nachttisch. Einen Augenblick lang blieb sie ein wenig unschlüssig stehen, dann fragte sie: »Ist es dir recht, wenn ich noch so lange hier bleibe, bis du deine Tabletten nehmen mußt? Du kannst ruhig schlafen, ich hab mir was zu lesen mitgebracht.«

Es war fast schon dunkel, als er wieder wach wurde. Sie saß vornübergebeugt auf dem Stuhl, hielt ein Taschenbuch in den Schein der Lampe und las. Er sagte mit einer schwachen Stimme: »Das ist doch... ist doch unbequem. Du wirst Rückenschmerzen bekommen.«

Sie blickte auf, lächelte. »Ach wo, das geht schon.«

»Warum legst du dich nicht neben mich? Das Bett ist doch breit genug für drei.«

Sie schwieg einen Augenblick. Dann sagte sie: »Okay. Wenn es dich nicht stört.«

»Nein. Stört mich nicht.«

Bevor er sich in den Schlaf zurücksinken ließ, sah er noch einmal zu ihr hinüber. Sie hatte sich von ihm abgewandt, lag auf der Seite, auf einen Ellbogen aufgestützt, die Decke über der Hüfte, und las im gedämpften Licht ihrer Nachttischlampe. Ihre Haare, ihre Schulter und der Oberarm wirkten auf dem Hintergrund des gelbroten Lampenscheins wie ein Scherenschnitt, anheimelnd und beruhigend.

## 33

Während der Nacht wurde er wach von dem fast schmerzhaften Bedürfnis, seine Blase zu leeren. Es war finster im Zimmer, Lilly hatte die Balkontür offengelassen, aber die Vorhänge zugezogen.

Er schwenkte die Füße aus dem Bett, mußte gegen einen Schwindel ankämpfen, der ihn jäh überkam, stützte sich mit beiden Händen auf dem Bett ab. Nach einer Atempause wollte er aufstehen, doch er geriet ins Taumeln und fiel zurück aufs Bett. Er legte abermals eine Pause ein, richtete sich dann mit zusammengebissenen Zähnen wieder auf, tastete schwer atmend nach dem Nachttisch. Aber er fand den Schalter der Lampe nicht. Seine Hand stieß gegen das Glas, es fiel um.

Unversehens wurde die Lampe auf Lillys Nachttisch eingeschaltet, Lilly sprang aus dem Bett und kam mit schnellen Schritten auf den bloßen Füßen um das Bett herum. »Wohin willst du?«

»Auf die … auf …«

Sie sah ihn prüfend an. »Auf die Toilette?«

Er nickte.

»Komm, ich helfe dir!« Sie faßte ihn unter den Armen, zog ihn empor und geleitete ihn ins Bad. Er legte den Arm um ihre Schultern und stützte sich schwer darauf. Ihm wurde vage bewußt, daß sie den Bademantel nicht mehr trug. Sie brachte ihn bis an die Toilette, ließ ihn dann los, beugte sich vor und sah ihm ins Gesicht. »Geht das so? Nicht, daß du mir umkippst!«

»Nein, nein. Geht schon.«

Sie ging hinaus und schloß die Tür. Als er die Wasserspülung in Gang setzte, kam sie wieder herein. Sie brachte ihn zurück zu seinem Bett und deckte ihn zu.

Das war nicht ihre einzige Begegnung in dieser Nacht. Zwei- oder dreimal wurde er aus seinem dumpfen, schweren Schlaf gerissen, weil sie ihn geweckt hatte. Sie stand im Lampenschein neben seinem Bett, eine Hand an seiner Schulter, lächelte ihn an und sagte: »Tut mir leid, aber du mußt noch mal trinken.« Sie hatte das Glas vollgegossen, ihm geholfen, sich aufzurichten, und hatte ihm das Glas gereicht.

Bei einer dieser Gelegenheiten hatte sie ihn aus einem Traum herausgeholt, in dem er plötzlich verstanden hatte, warum seine Pistole gestohlen worden war, es war ihm so klar erschienen wie das Einmaleins. Die Gangster hatten sich nicht etwa vor ihm gefürchtet und ihn deshalb entwaffnen lassen. Wie denn auch, sie waren wahrscheinlich wesentlich stärkere Kaliber gewohnt als einen Architekten, der sich als Privatdetektiv versuchte.

Nein, nein: Sie hatten diese Pistole haben wollen, um ihr

Problem mit Roland zu lösen, radikal zu lösen und ohne eine Spur zu hinterlassen, die zu ihnen selbst hätte führen können.

Sie wollten einen Showdown inszenieren, das vorgebliche Finale zwischen dem Verführer Roland, der seinem Freund die Ehefrau ausgespannt hatte, und ebendiesem Ehemann, der das nicht hatte hinnehmen wollen, der Narr hatte sich unterderhand eine Pistole gekauft und hatte den beiden nachgestellt und sie in der Tat aufgespürt, es war zum Streit gekommen, die Ehefrau hatte ihrem Mann gesagt, sie werde nicht zu ihm zurückkommen, und er hatte sie im Affekt erschossen, dann hatte er die Waffe auch noch auf den Freund gerichtet, der seine eigene Pistole gezogen hatte, und das Ende vom Lied war, daß beide schossen und sich wechselseitig umbrachten.

Er hatte die wahre Szene gesehen, er hatte sie erlebt, so, wie sie sich tatsächlich abgespielt hatte. Es mußte ein Rastplatz an der Autobahn gewesen sein, sehr früh am Morgen, dichter Wald ringsum, aber er war nicht auf der Verfolgung der beiden dorthin gelangt, sondern weil die Gangster auch ihn in ihre Gewalt gebracht hatten, sie hatten ihn gezwungen, in dem Auto, das er in Savannah gemietet hatte, auf diesen Parkplatz zu fahren, auf dem schon einige andere Autos warteten, und dann hatte einer ihm den Kopf nach unten gedrückt, und nach einer kleinen Weile hatte er aus der Nähe drei Schüsse gehört, und in der schneidend klaren Szenerie seines Traumes sah er auch, was passiert war und wie es weiterging.

Roland und Charlotte waren aus dem Auto, das ein wenig entfernt neben dem seinen stand, ausgestiegen, beide waren gefesselt, und ein Mann, der neben die Fahrertür von Schumanns Auto trat, hob eine Pistole, Schumanns Pistole, und schoß zweimal auf Charlotte, sie brach zusammen, ihre gefesselten Hände fuhren noch einmal krampfhaft empor, bevor sie in ihren Schoß fielen, und dann schoß der Mann auf Roland, der über das Dach des anderen Wagens hinweg mit weit aufgerissenen Augen die Szene beobachtet hatte, und auch Roland ging zu Boden.

Und dann ließen sie Schumann aussteigen, und ein anderer Mann trat an die Stelle, an der Roland gestanden hatte, und stützte seine Hand, in der er eine Pistole hielt, auf das Dach des anderen Autos und schoß auf Schumann. Er hatte jäh gespürt, wie es ihm die Brust zerriß, und er hatte mit einem Gefühl, als schwebe er und schwebe immer weiter, immer höher, die Szene hinter sich gelassen, aber er wußte, was dort noch geschah, er konnte es sehen.

Der Mann, der Charlotte und Roland getötet hatte, war neben den leblosen Körper getreten, der mit grotesk verdrehten Gliedern vor der Fahrertür von Schumanns Auto lag, Schumanns Leiche, er hatte die Pistole, Schumanns Pistole, mit einem Tuch abgewischt und sie der Leiche in die Hand gedrückt. Sie hatten den Leichen von Charlotte und Roland die Fesseln abgenommen, und der Mann, der auf Schumann geschossen hatte, hatte seine Pistole abgewischt und sie in Rolands Hand gedrückt. Und dann hatten diese Männer und die zwei, drei anderen, die zu ihnen gehörten, sich noch einmal umgesehen und waren in die Autos gestiegen, mit denen sie den Transport begleitet hatten, und waren über die Autobahn davongefahren.

Als er wach wurde und die Augen aufriß, sah er Lilly,

die im Lampenschein sich über ihn beugte, eine Hand auf seiner Schulter, in der anderen das Glas mit frischem Wasser, und ihn prüfend ansah. Er sagte: »Die Polizei ... nein ...«

Sie fragte: »Was ist mit der Polizei?«

Er schluckte. »Nein. Unmöglich. Das ist unmöglich.«

»Komm. Trink erst mal.« Sie gab ihm das Glas, hielt wieder ihre Hände bereit, bis er ausgetrunken hatte, nahm ihm das Glas ab und stellte es auf den Nachttisch. Sie zögerte einen Augenblick lang, dann fragte sie: »Was war denn mit der Polizei?«

Er starrte an ihr vorbei in das Halbdunkel des Zimmers. Er sah wieder Charlottes Gesicht in dem Augenblick, in dem dieser Mann mit seiner, Schumanns, Pistole auf sie geschossen hatte. Ihr Gesicht hatte sich nicht verzerrt, nein, nein, es war auch nicht schreckensstarr gewesen. Sie hatte nur ungläubig, ganz und gar ungläubig auf diese Pistole gesehen, auf das kleine schwarze Loch der Mündung, das auf sie gerichtet wurde. Und sie hatte noch immer diesen ungläubigen Ausdruck gehabt, als sie in den Knien einknickte und nach hinten stürzte und ihre blonden Haare, die sie an diesem frühen Morgen offen trug, emporwehten und dann herniederfielen.

Lilly fragte: »Willst du es mir nicht sagen?«

Er sah sie geistesabwesend an. Wieder lief diese widerliche Welle durch seinen Kopf, er glaubte, ein Brausen zu hören, das anschwoll und wieder erlosch. Nach einer kleinen Pause sagte er: »Die Polizei. Man müßte sie benachrichtigen.«

»Warum müßte man sie benachrichtigen?«

»Meine Pistole.«

Sie starrte ihn an. Nach einem Zögern setzte sie sich auf den Rand des Bettes. Sie fragte: »Was ist mit deiner Pistole?«

»Sie ist weg. Verschwunden.«

»Wo hattest du sie denn?«

Ihn überkam das vage Gefühl, daß er Lilly besser nichts von der Pistole erzählt hätte. Aber bevor er sich den Grund klarmachen konnte, warum es besser gewesen wäre, darüber zu schweigen, kam schon wieder diese Welle, er hörte ihr Brausen und wartete darauf, daß es wieder verginge.

Lillys Augen ließen ihn nicht los. Sie fragte noch einmal: »Wo hattest du denn diese Pistole?«

»Im Koffer.«

Er bettete sich wieder, ließ den Kopf aufs Kissen sinken.

»Und warum kannst du das der Polizei nicht sagen?«

Er antwortete, und er sprach stockend, in langsamem Tempo, als hätte er Mühe, seine Worte aneinanderzureihen: »Der Mann, bei dem ich sie gekauft habe, hat gesagt, ich muß mich mit so einer Waffe in acht nehmen. Jedenfalls, wenn ich keine Lizenz beantragen will. Und auf die Lizenz nicht warten will. Weil es verboten ist, eine solche Waffe zu tragen. Verborgen zu tragen.«

Er legte eine Pause ein. Sie wartete, sah ihn aufmerksam an. Er sagte: »Wenn sie dich damit erwischen, ist es ein Vergehen. Beim erstenmal. Beim zweitenmal ist es schon ein Verbrechen, und du gehst dafür mindestens zwei Jahre ins Gefängnis. Jedenfalls im Staat Georgia.« Er fuhr sich über die Stirn. »Und wer weiß, was im Waffengesetz von South Carolina steht. Vielleicht schicken sie dich hier noch länger hinter Gitter.« Er sah sie an. »Verstehst du? Ich kann nicht zur Polizei gehen.«

Sie nickte. Nach einer langen Pause fragte sie: »Und wann ist dir diese Pistole gestohlen worden?«

»Das kann nur hier gewesen sein. Hier, bei Mistress ... na, Mistress ...«

Sie sagte: »Ribaut. Mrs. Ribaut.«

»Ja, richtig.« Er schüttelte den Kopf.

Sie ließ wieder eine längere Zeit verstreichen. Dann fragte sie: »Und wer könnte dafür in Frage kommen?«

Er zuckte die Schultern. »Keine Ahnung.« Er sah sie an. Eine Weile erwiderte sie seinen Blick, dann hob sie die Rechte und legte sie auf seine Stirn, wandte ihre Augen ab und sah auf einen imaginären Punkt an der Wand, als sei sie dabei, seine Temperatur zu prüfen, und wolle sich darauf konzentrieren.

Im ersten Augenblick regte sich sein Widerstand gegen diese Behandlung. Aber ihre Hand war kühl, die Berührung war ihm angenehm. Er schloß die Augen.

Schließlich nahm sie die Hand weg. Er öffnete die Augen und sah sie an. Sie sagte: »Trink noch etwas. Das ist gut gegen das Fieber, glaube ich.«

Sie füllte noch einmal ein Glas, und er trank es leer. Nachdem sie das Glas abgestellt hatte, lächelte sie ihn an. »Und jetzt sollten wir noch mal ein bißchen schlafen. Oder?«

»Ja, schlafen wäre nicht schlecht.« Er lächelte. »Tut mir leid, daß ich dich um deine Nachtruhe bringe.«

»Tust du ja nicht. Es bleibt genug davon übrig, keine Bange.«

Sie beugte sich vor und küßte ihn auf die Stirn. Dann löschte sie seine Nachttischlampe und ging hinüber auf die andere Seite des Betts.

## 34

Als er am Montag morgen wach wurde, war Lilly verschwunden. Die Vorhänge waren zurückgezogen, der helle Sonnenschein fiel ins Zimmer.

Er drehte sich auf den Rücken und lauschte eine Weile. Vom Hof her konnte er nichts hören, aber einige vage Geräusche, die offenbar aus dem Haus kamen, drangen zu ihm. Im Flur vor seiner Tür schien eine Diele zu knarren. Dann konnte er hören, daß der Aufzug sich in Bewegung setzte, und einige Zeit später begann etwas leise zu rauschen. Er überlegte eine Weile, dann war er sicher, daß dieses Geräusch in der Wand hinter ihm entstand. Eine Wasserleitung. Vielleicht war Lilly zur Morgentoilette in ihr Zimmer hinübergegangen und stand jetzt unter der Dusche.

Plötzlich spürte er wieder den Druck, der ihn in der Nacht aus dem Bett getrieben hatte. Er richtete sich vorsichtig auf, stellte die Füße auf den Boden, wartete darauf, daß der widerliche Schwindel wiederkommen würde. Aber sein Kopf blieb klar. Er stand vorsichtig auf und tastete sich ins Bad. Nachdem er sich erleichtert hatte, trat er vor den Spiegel, beugte sich vor und betrachtete sein Gesicht.

Ihm schien, als lägen seine Augen ein wenig tief in den Höhlen. Die Bartstoppeln färbten seine Wangen dunkel. Er überlegte, ob er sich rasieren sollte, aber er verwarf das. Diese Entscheidung war ihm nicht ganz geheuer, er dachte über sie nach, und dann fand er eine Erklärung dafür: Wenn er sich rasierte, würde er sich in gewisser Weise gesund melden; und solch ein Effekt war wohl nicht das, was er wollte.

Freilich war ihm auch diese Erkenntnis nicht recht, er schüttelte unwillig den Kopf und verließ das Bad. Mit einer gewissen Befriedigung stellte er fest, daß er tatsächlich noch nicht wieder gesund war: Er fühlte sich unsicher, bewegte sich unwillkürlich Fuß für Fuß. Er fühlte sich geschwächt.

Mit einem letzten, fast stolpernden Schritt erreichte er das Bett, drehte sich und ließ sich aufs Gesäß fallen, fing sich mit beiden Armen ab. Er atmete ein paarmal tief ein und aus. Dann lauschte er. Das leise Rauschen in der Wand hatte aufgehört.

Sein Blick wanderte hinaus auf den Balkon. Wahrscheinlich war die Luft draußen besser als in dieser Krankenstube. Er überlegte eine Weile, dann erhob er sich und ging mit vorsichtigen Schritten hinaus.

Die Blumen und Pflanzen auf dem Hof waren gewässert worden, er konnte, als er sich über das Geländer beugte, den frischen, süßen Duft riechen. Bobby Lee war anscheinend schon wieder am Werk.

Auf dem blauen Wasser, das von dem Balkon aus zu sehen war, kroch langsam ein Segel vorüber. Einen Augenblick lang wünschte er sich, auf diesem Schiff an der Pinne zu sitzen und den Kurs bestimmen zu können, irgendwohin an eine Küste, die er noch nicht kannte und die er hätte erkunden können. Wieder einen Augenblick später ergänzte sich dieses Bild, er sah Lilly, die an der Vorschot saß, und dann Lilly, die ihm half, das Schiff auf den Strand zu ziehen, und schließlich Lilly, die neben ihm in die unbekannte Gegend eindrang, an deren Grenze sie gelandet waren.

Er schüttelte den Kopf, trat von dem Geländer zurück und sah hinüber zu Lillys Zimmer. Ihre Balkontür stand offen, aber es kam kein Laut von drinnen, und durch das Fenster konnte er nichts erkennen. Er trat einen Schritt näher, rief: »Lilly?« Aber er bekam keine Antwort.

Vielleicht war sie noch im Bad, war gerade dabei, ihre Haare zu trocknen, und konnte ihn nicht hören, weil der Fön seine Stimme überdeckte?

Er trat an die Balkontür heran, zögerte, ging dann einen Schritt in das Zimmer hinein, rief noch einmal: »Lilly?«, aber er bekam wieder keine Antwort. Er ging noch ein wenig weiter, so weit, bis er die Tür des Badezimmers sehen konnte. Die Tür stand offen, im Bad brannte kein Licht. Lilly war offenbar nicht im Zimmer.

Er wandte sich zurück, war schon im Begriff, auf den Balkon und wieder in sein Zimmer zu gehen, als sein Blick auf ihren Koffer fiel. Er stand auf dem Bock neben dem Kleiderschrank, der Deckel war zurückgeschlagen.

Schumann zögerte, aber dann trat er an den Koffer heran. Wäsche, Oberteile, sorgfältig aufeinander geschichtet, die blaugelbe Badejacke, die er kannte.

Mit einer schnellen Handbewegung griff er in den Koffer, tastete die Stoffe ab, drückte die Finger hinein. Aber er fand den Widerstand nicht, den er suchte, die harte Ausbuchtung.

Die Badejacke verrutschte ein wenig, darunter tauchte der pechschwarze, glänzende Umschlag eines Buchs auf. Er hob die Jacke an und las den Titel des Buchs, zwei Wörter, die in grellgelben und grellroten Lettern gedruckt waren: *Voodoo & Hoodoo*.

Darunter entdeckte er ein zweites, etwas größeres Buch, dessen Titel lautete: *Sticks, Stones, Roots & Bones,* und auf dessen Umschlag in einer Collage von stilisierten Fotografien das abgebildet war, wovon es handelte: Stöcke, Steine, Wurzeln und Knochen – das Material, das Handwerkszeug eines Wurzeldoktors, des Voodoo-Magiers. In beiden Büchern steckten mehrere Lesezeichen.

Schumann wandte den Kopf und lauschte hinaus auf den Flur. Nichts war zu hören. Er legte die Badejacke sorgfältig, um möglichst keine Falte zu verschieben, an eine andere Stelle des Koffers und schlug hastig das größere Buch an einem der Lesezeichen auf. Er fand eine Karte der Dutzenden von Küsteninseln, von Tybee Island vor dem Festland von Georgia bis hinauf nach Bull Island im Norden von South Carolina. Er überflog die Legende, las, daß auf diesen Inseln die Gullah-Leute gesiedelt hatten, legte das Buch beiseite und schlug das erste Lesezeichen in dem anderen, dem pechschwarzen Buch auf.

Er las die angestrichene Stelle, die mit einem Ausrufezeichen versehen war: »Nimm eine schwarze Katze und koche sie, bis das Fleisch von den Knochen fällt. Dann bringe die Knochen zu einem Fluß und wirf sie hinein. Der Knochen, der stromaufwärts schwimmt, ist der Glücksknochen. Trage ihn in deiner Tasche.«

Er starrte hinaus auf den Balkon. Es war nicht möglich, daß sie so etwas ernst nahm. Nein. Das Ausrufezeichen konnte nur bedeuten, daß sie dieses magische Rezept der Kuriosität wegen angestrichen hatte.

Er schlug die Seite mit dem nächsten Lesezeichen auf, überflog die wiederum angestrichene Stelle, beugte sich plötzlich vor und las die Stelle noch einmal: »Nimm ein paar Haare aus der Achselhöhle und von der Scham und mahle sie mit frischem Kaffee. Gieße den Kaffee mit einem Filter auf, süße ihn reichlich und gib ihm davon zu trinken. Er wird sich in dich verlieben.«

Noch einmal wandte er seinen Blick hinaus.

War sie etwa auf der Suche nach einem Liebeszauber gewesen? Und war sie deshalb, als sie am Samstag nach dem Ende der Konferenz auf dem Gehsteig standen und auf das Taxi warteten, so puterrot geworden, als er sie fragte, was sie des Nachts in ihrem Zimmer getan habe?

Das war die Freitagnacht gewesen, die Nacht, in der er vor ihrer Tür gestanden und ihr Gemurmel gehört und diese Räucherkerze gerochen hatte, und das hatte er ihr vorgehalten, und sie hatte ihm ihr Experiment mit ›High John the Conqueror‹ eingestanden. Aber er war damit nicht zufrieden gewesen und hatte sie gefragt, ob das denn alles gewesen sei, was sie auf ihrem Zimmer getrieben habe, und hatte sie damit in diese offenkundige, schreckliche Verlegenheit gebracht.

Er hatte geglaubt, daß sie vielleicht doch ihren haarigen Freund bei sich gehabt habe, aber das hatte sie eben nicht. Sie war so peinlich in Nöte geraten, weil sie just in der Stunde, in der er sich vor ihrer Tür einfand, ein geheimes Verführungsritual praktiziert hatte, einen Liebeszauber, nicht die Prozedur mit dem angereicherten Kaffee natürlich, aber irgendeine andere, simplere, die sie in diesen Büchern gefunden hatte und ohne größeren Aufwand auf ihrem Zimmer in Gang setzen konnte.

Er wollte schon weiterblättern und nach einer solchen Prozedur suchen, als er erschreckt auf seine Uhr sah. Er hatte nicht darauf geachtet, wie lange er schon in diesem

Zimmer war, aber er fürchtete ohnehin, daß Lilly in jeder Minute zurückkommen könnte. Hastig legte er die Bücher wieder in den Koffer, deckte die Badejacke darüber, zupfte sie zurecht und ging über den Balkon zurück in sein Zimmer.

Er hatte sich noch nicht lange auf seinem Bett ausgestreckt, als er vom Flur her Geräusche hörte. Dann klopfte es an die Tür, er hörte Lillys Stimme: »Kannst du aufmachen, Hans? Oder soll ich über den Balkon kommen?«

»Ich komme!« Er erhob sich und schloß die Tür auf. Lilly war dabei, einen Bett-Tisch hochzuheben, den sie vor der Tür abgestellt hatte. Hinter ihr stand Mrs. Ribaut, die ebenfalls einen Bett-Tisch trug. Auf jedem der Tische stand ein Frühstück bereit.

Lilly sagte: »Augenblick, ich werd dir aber erst mal dein Bett machen!«

»Ach was, das ist nicht nötig.«

»Doch, das ist dringend nötig.«

Am Ende saßen sie beide nebeneinander im Bett, jeder mit einem der Tische über den Oberschenkeln, und frühstückten. Auf seinem Tisch stand im wesentlichen Schonkost, weißes Brot und eine Art Zwieback, Rührei, schwach gewürzt, aber sein Appetit nach Kräftigerem regte sich, und Lilly entging das nicht, sie fragte ihn und gab ihm von ihrem Speck und ihrer Wurst ab. Sie sagte, das könne unter Garantie nicht schaden.

Mrs. Ribaut hatte lächelnd erzählt, Lilly sei extra in den Supermarkt gegangen, um den Zwieback zu besorgen, sie habe ihr auch bei der Zubereitung des Frühstücks geholfen, sie sei wohl doch sehr besorgt um ihn, und dafür habe sie gewiß ein besonderes Dankeschön verdient, und er hatte gesagt, jaja, das sei wohl wahr. Mrs. Ribaut hatte guten Appetit gewünscht und war mit einem Lächeln gegangen.

Als Lilly ihm die zweite Tasse Kaffee eingoß, erinnerte Schumann sich an das, was Mrs. Ribaut berichtet hatte. Plötzlich spürte er ein merkwürdiges Gefühl im Magen, es war keine Übelkeit, aber er mochte sich auch nicht entscheiden, wie sonst er es einordnen sollte. Er hielt eine Weile an sich, doch schließlich konnte er die Frage nicht unterdrükken: »Hast du auch den Kaffee aufgegossen?«

»Ja. Ich hab ihn sogar frisch gemahlen, Mrs. Ribaut hat eine Mühle in der Küche, sie mahlt ihren Kaffee immer selber.« Sie sah ihn erschreckt an. »Schmeckt er nicht?«

»Doch, doch.« Das Gefühl regte sich, es verstärkte sich ein wenig. Es war eine Art von Aufregung, ja, vielleicht konnte man es so nennen. Es brachte ihn ein wenig aus dem Gleichgewicht. Aber es rief keinen Widerstand in ihm hervor.

Sie hatten fast zu Ende gefrühstückt, als er unversehens fragte: »Was ist eigentlich Hoodoo?«

Er spürte, daß sie ihn wieder ansah, und er vermutete, daß ihre Augen sich abermals erschreckt geöffnet hatten. Sie fragte: »Wie kommst du denn *darauf*?«

Er gab einen Brummlaut von sich, als habe seine Frage keine besondere Bedeutung. »Ich hab es irgendwann gelesen, und ich wollte es sofort nachschlagen, aber ich bin dann nicht dazu gekommen. Wie's manchmal so geht. Ich hab aber auch vermutet, daß es irgendwas mit Voodoo zu tun hat, und das machte auch Sinn.«

»Ja.« Sie trank einen Schluck Kaffee. »Ich hab eine Definition gelesen, nach der Hoodoo die Variante von Voodoo ist, die die Afroamerikaner praktizieren. Also die Schwarzen in den USA. Der eigentliche Voodoo ist ja in der Karibik entstanden, auch unter den Schwarzen, aber eben nicht den amerikanischen.«

Er sagte: »Mein Gott. Das scheint ja eine richtige Wissenschaft zu sein.«

»Ja, ist es. Aber eine, an die du nicht glauben willst.«

Nach dem Frühstück kam der Arzt, den sie offenbar um einen zweiten Besuch gebeten hatte. Er zeigte sich zufrieden. Schumann fragte ihn, um dem dritten Besuch einen Riegel vorzuschieben, nach der Rechnung, er antwortete, das sei bereits erledigt. Lilly brachte ihn hinaus, Schumann hörte undeutlich, wie die beiden vor der Tür noch eine Weile miteinander sprachen. Abermals empfand er einen Anflug von Empörung, weil man ihn dergestalt bevormundete, und zugleich Erleichterung, weil ihm die Sorge abgenommen wurde.

Als sie zurückkam, fragte er sie, wieviel sie bezahlt habe. Sie sagte, das solle er vergessen. Er erwiderte, das komme gar nicht in Frage, und sie sagte, natürlich komme das in Frage, sie habe den Arzt doch vor allem zu ihrer eigenen Beruhigung bestellt; wenn's nach ihm, Schumann, gegangen wäre, hätte er bestimmt keinen Arzt haben wollen, darauf wette sie. Er sagte, darüber würden sie noch reden.

Sie sagte jaja, und dann fragte sie ihn, ob sie ihn eine Weile allein lassen könne, sie wolle sich in ein paar Läden umsehen, von denen sie in den Prospekten gelesen habe, und er sagte, es gehe ihm gut, sie könne ihn getrost sich selbst überlassen, und irgendwann werde er ohnehin aufstehen und sich draußen ein wenig umtun. Sie sagte, damit solle er aber bitte warten, bis sie zurück sei.

Als sie gegangen war, überlegte er, ob er sich sofort rasieren und anziehen sollte, aber die Vorstellung war ihm zuwider, er hatte keine Lust, die Mühe auf sich zu nehmen, die damit verbunden war. Er blieb im Bett und beschäftigte sich mit den Zeitungen, Lilly hatte aus dem Supermarkt die *Washington Post* und USA *Today* mitgebracht, und Mrs. Ribaut hatte die *Beaufort Gazette* dazugegeben.

Irgendwann wurde es ihm lästig, die Zeitungen immer wieder neu zu falten oder sie in der Rückenlage mit ausgebreiteten Armen hochzuhalten, die Arme begannen auch, ihn zu schmerzen. Er legte die Blätter beiseite, trank noch ein Glas Wasser und bettete sich dann auf den Rücken, legte die Arme zu beiden Seiten flach aufs Bett.

Sehr bald fielen ihm die Augen zu. Aber bevor er einschlief, tauchten noch einmal die glänzenden Umschläge der Bücher vor ihm auf, die er in Lillys Koffer entdeckt hatte, die grellen, großen Lettern, die verfremdeten Fotografien der struppigen Wurzeln, der bleichen Knochen.

Es war offenkundig, daß sie einen Liebeszauber gesucht und daß sie ihn auch gefunden und in der Freitagnacht angewendet hatte. Und es war wohl kaum anzunehmen, daß sie zu diesem Mittel gegriffen hatte, um Roland zurückzuholen.

Nein. Sie hatte ihn, Schumann, einfangen wollen. Und wahrscheinlich hatte sie es heute morgen sogar noch einmal versucht, mit dem Kaffee, den sie mit ihrem Intimhaar versetzt und den sie gemahlen und aufgegossen hatte.

Sie hatte versucht, ihn zu manipulieren. Und nach seinem

Verhaltenskodex hätte er sich dagegen zur Wehr setzen, er hätte schon wieder zutiefst empört und erzürnt sein müssen, und gewiß auch angeekelt.

Aber er war nicht empört. Er war auch nicht erzürnt oder angeekelt. Er fühlte sich vielmehr umworben. Es tat ihm wohl, was sie mit ihm versucht hatte.

## 35

Als Lilly zurückkam, saß Schumann rasiert und angezogen an dem kleinen eichenen Küchentisch, mit dem Mrs. Ribaut das Zimmer ausgestattet hatte, sein Skizzenblock lag vor ihm, und er zeichnete. Er war ausgeruht aufgewacht und hatte urplötzlich das Verlangen gespürt, sich mit den Unterlagen zu beschäftigen, die Davenport ihm in Savannah hatte ins Hotel bringen lassen. Er hatte das Bodengutachten gelesen, die Karte studiert und sich dann darangemacht, ein paar Entwürfe für Davenports Museum zu skizzieren.

Lilly war mit einer großen, elegant aufgemachten Einkaufstüte hereingekommen, er wollte schon in die Tüte hineinschauen, um den Einkauf gebührend zu bewundern, als er gerade noch rechtzeitig merkte, daß sie ihn bereits auf dem Leib trug, eine dunkelblaue Designerjeans, dazu einen Lackgürtel mit großer, kreisrunder Schnalle und eine cremefarbene, dunkelblau bestickte Seidenbluse mit weiten Ärmeln. Die Sachen, in denen sie gegangen war, hatte sie in die Tüte packen lassen.

Er bewunderte ihr Outfit, nicht zuletzt, weil es ihm tatsächlich gefiel, und sie ließ es ihn von allen Seiten sehen, indem sie eine langsame Pirouette drehte. Dabei fiel ihr Blick auf den Tisch und Schumanns Handwerkszeug.

Sie hielt ein, deutete auf den Tisch und fragte: »Darf ich?« Schumann zuckte mit den Schultern. Sie trat an den Tisch heran, warf einen Blick auf die Karte, betrachtete Schumanns Skizzen.

Er sagte: »Ich hatte Lust zu arbeiten. Ich hab schon viel zu lange herumgelungert, weißt du.«

Sie nickte, lächelte. Dann wandte sie sich zu ihm zurück, deutete mit dem Finger auf die Skizzen. »Das ist für Davenport?«

»Ja.« Er hob die Schultern. »Nur ein paar Skizzen. Nichts Besonderes.« Sie trat an ihn heran, sah ihm in die Augen. Unversehens gab sie ihm einen Kuß auf die Wange.

Sie beschlossen, zum Lunch ein Stück hinauszufahren, und sie entschieden sich für Lady's Island. Lilly setzte sich, nachdem sie sich umgezogen hatte, ans Steuer, sie hatte gesagt, es sei vielleicht doch noch zu anstrengend für ihn, und zu seiner eigenen Verwunderung hatte er zugestimmt.

Sie fuhr auf den Highway und über die Seebrücke hinüber auf die Insel, er wartete darauf, daß die Passage sie wieder gruseln ließe, aber am Steuer schien sie keine Angst zu haben. Sie fand drüben auch auf Anhieb das kleine Restaurant, das sie aus ihren Prospekten herausgesucht hatte. Der Tisch, den sie hatte reservieren lassen, entsprach durchaus seinen Vorstellungen, er stand unter einem Sonnenschirm auf einer Terrasse am Ufer und bot nach Süden die Sicht auf St. Helena's Island, nach Westen einen weiten Blick über den Port Royal Sound.

Er sagte, er müsse wohl doch etwas tun, um wieder zu Kräften zu kommen, und bestellte ein Steak. Sie begnügte sich mit einem großen Salat, aber als sein Steak kam, sagte sie: »Warte mal, einen Augenblick bitte, es soll dir nicht noch mal so gehen wie gestern abend!«, und sie langte mit Messer und Gabel über den Tisch, schnitt ein Stück von dem Steak ab und kaute es, wandte die Augen zur Seite und nach oben, als prüfe sie die Qualität des Fleischs und die Zubereitung.

Er wartete, Messer und Gabel in der Hand, und sah ihr zu. Schließlich nickte sie und sagte: »Doch, das ist in Ordnung.«

Er lächelte und nahm ein Stück von dem Fleisch. Während er kaute, sagte er: »Und was hätten wir gemacht, wenn *du* dich jetzt vergiftet hättest?«

Sie sah ihn an, lächelte. »Ich glaube, ich kann ein bißchen mehr ab als du. Ich kann Schusternägel essen.«

»Komm, gib nicht so an.« Er erwiderte ihren Blick. »Womöglich hast du es nur darauf angelegt, dich heute nacht von *mir* pflegen zu lassen. Hab ich recht?«

Sie schwieg eine Weile, aber sie bewahrte das Lächeln. Dann sagte sie: »Wäre schon möglich. Gute Idee.«

Unversehens geriet er in Verlegenheit. Er ließ ihre Augen los und widmete sich wieder seinem Steak.

Als sie ihren Kaffee bekommen hatten, lehnten sie sich auf den bequemen Stühlen zurück und schauten ein wenig träge auf das Wasser hinaus. Nach einer Weile fragte sie: »Wer war eigentlich zuerst hier – die Spanier oder die Engländer?«

»Die Spanier. Vor rund vierhundertfünfzig Jahren. Aber

vor den Engländern sind dann auch noch die Franzosen an Land gestiegen. Du kannst es an den Namen sehen.«

Sie lachte. »Mrs. Ribaut!«

»Ja, natürlich. Beaufort und Port Royal und auch Mrs. Ribaut. Wer weiß, von welchem Missionar sie abstammt. Oder von welchem Freibeuter.«

»Phantastisch.« Sie sah wieder hinaus auf das Wasser, auf dem einige Schiffe unterwegs waren.

Unvermittelt sagte er: »Du hast doch mal gesagt, vielleicht hätte Roland sich einen Liebestrank oder so etwas besorgt und Charlotte damit verrückt gemacht... Hast du das tatsächlich für möglich gehalten?« Sie schwieg eine Weile, dann sagte sie: »Ja. Ich hab nicht angenommen, daß er so etwas bei Charlotte nötig hatte. Aber daß es so etwas gibt, das halte ich für möglich. Und du doch auch.«

Er spürte, daß sie sich ihm zuwandte, aber er hielt seinen Blick hinaus aufs Wasser gerichtet, als wolle er die Schiffe, die dort fuhren, nicht aus den Augen verlieren. Sie sagte: »Ich meine, mit deiner Entführungstheorie warst du doch selbst noch nie so richtig glücklich. Aber du wolltest auch nicht glauben, daß Charlotte mit Roland ganz einfach durchgebrannt ist, auf die sozusagen normale Art.« Nach einer kleinen Pause fragte sie: »Was bleibt dann anderes übrig als so ein Liebeszauber?«

Er fühlte sich in die Enge getrieben, und er spürte, daß er zornig wurde, aber er wollte sich nicht provozieren lassen. Und so schnell wollte er auch nicht aufgeben. Er sagte: »Vielleicht können wir mich mal für einen Augenblick aus dem Spiel lassen. Ich wollte ja nur wissen, ob du so etwas für... für machbar hältst.«

»Ja. Hab ich doch gesagt. Und ganz bestimmt an dieser Küste hier. Im Herzen von Voodoo-Land, du weißt doch. Und noch dazu in einer Stadt wie Savannah.«

»Aber nicht zu Hause? Hast du dich zu Hause noch nicht damit beschäftigt?«

»Zu Hause?« Sie blies die Luft durch die Lippen, dann lachte sie. »Tristan und Isolde, ja. Ich hab das Textbuch gelesen, bevor wir reingegangen sind, und ich hab ihr die Daumen gedrückt, als sie ihm ihren Liebestrank verabreicht hat.« Nach einer kleinen Pause sagte sie: »Manche Leute muß man ja wirklich zu ihrem Glück zwingen.«

Er sagte: »Glück, na ja ... Bei den beiden kann man eigentlich nicht von Glück reden.«

Eine Motoryacht, die eine Zeitlang auf dem Sund gekreuzt hatte, näherte sich von der Seite. Der Mann im Steuerhaus sah herüber zu ihnen, und das tat auch ein zweiter Mann, der aus dem Niedergang zur Kajüte herausschaute. Schlagartig ging das Motorengeräusch zurück auf ein schwaches Brummen, es klang, als wolle die Yacht anlegen. Sie trieb langsam am Bootssteg des Restaurants vorbei. Dann wurde plötzlich der Motor wieder auf Touren gebracht, die Yacht fuhr in einem langgestreckten Bogen wieder hinaus auf den Sund.

Der Kellner kam und fragte, ob sie zufrieden seien. Schumann löste seinen Blick von der Yacht und sah Lilly an. »Möchtest du nicht was trinken?«

»Nein, nein, ich will ja fahren. Aber du kannst doch was nehmen.«

Er nahm einen Whiskey Soda, und sie entschied sich für ein Eis, das in einer wie ein Schiff geformten Schale von erheblicher Länge kam. Sie sagte, das sei ja unmöglich zu schaffen, und machte sich daran.

Er sah ihr eine Weile zu, dann fragte er: »Würdest *du* jemanden zu seinem Glück zwingen? Ich meine, würdest du es versuchen?«

Sie beschäftigte sich angelegentlich mit ihrem Eis. Schließlich sagte sie: »Zu Hause? Nein. Ich käme mir blöd vor, glaube ich.«

»Und hier?« Sie antwortete nicht. Er sagte: »Was ist so anders hier? Hier, an dieser Küste? Und in Savannah?«

Sie sagte: »Hab ich dir schon mal gesagt. Auf der ›Georgia Queen‹. Bevor wir wieder in Savannah angelegt haben.« Sie warf ihm einen Blick zu. »Schon vergessen?«

»Nein. Tausend Versprechungen. Die größten Katastrophen. Und das größte Glück. Alles hier zu finden.«

Sie nickte. »Ich weiß nicht, wie es dir geht. Aber es gibt doch solche Städte. Vielleicht sind es auch nur die Namen von Städten.« Sie sah ihn an. »Ich weiß nicht, ob du das kennst. Für mich war zum Beispiel Samarkand immer so ein Schlüsselwort. Ich hab mir wer weiß was darunter vorgestellt, tausendundeine Nacht und Wohlgerüche und wunschloses Glück, alles auf einmal.«

Er sagte: »Timbuktu. Oder Vineta.«

Sie ließ den Löffel sinken. »Ja, ja, genau! Eine Stadt, die einmal da war, so ein Platz für alle Verheißungen, der aber nicht mehr vorhanden ist, nicht mehr zugänglich. Oder vielleicht hat er auch nie existiert, war immer nur ein Traum.«

Er sagte: »El Dorado.«

»Ja, natürlich!« Sie sah ihn an. »Woher kommt so was?«

Er zuckte die Schultern. »Weiß ich auch nicht. Aber…

nun ja, die meisten Menschen ... oder sagen wir mal: sehr viele sehnen sich doch nach einem Ort, an dem alles anders ist, alles besser. An dem alle ihre Wünsche in Erfüllung gehen. Vor allem, wenn sie mal eine Enttäuschung erlebt haben, einen Fehlschlag. Und wer hat das nicht. Bei vielen geht das Leben doch irgendwann in eine Richtung, die sie nicht gewollt haben. Und das möchte man umkehren, denke ich. Man möchte noch mal von vorn anfangen. Na ja, und wo geht das besser als an einem neuen, einem fremden und fernen Ort. Einem Ort wie im Märchen. Und das verdichtet sich dann vielleicht zu einer fernen, sagenhaften Stadt.«

Sie nickte: »Einer Stadt, die reich ist. Die goldene Dächer hat. Und die schön ist. Und in der immer die Sonne scheint.«

»Ja. Und wenn dann noch wie hier, wie in Savannah, ein kräftiger Schuß Magie hinzukommt, Zauberei, Abenteuer, dann ist der Reiz perfekt.«

Sie sah ihn an. »Glaubst du, das ist im Grunde alles irreal, was wir hier erleben? Oder zu erleben glauben? Nur eine Täuschung? Vielleicht sogar eine Selbsttäuschung?«

»Nein, nein!« Nach einer kleinen Pause sagte er: »Oder sagen wir lieber: Ich weiß es nicht. Sicher ist nicht alles davon irreal. Denke ich mir. Davenports Konferenz war sicher nicht irreal. Unsere Dampferfahrt auch nicht. Und die Geschichte, der wir hier begegnen, ist es mit Sicherheit nicht, die exotische Vergangenheit dieser Stadt. Die von Savannah und auch die von Beaufort. Die lebt noch immer.«

Er schüttelte den Kopf. »Und gerade das ist vielleicht auch der Grund dafür, daß wir manchmal glauben, wir seien in einer anderen Welt gelandet. An einem Ort, an dem die

Bilder, die wir seit ewigen Zeiten in uns tragen, Wirklichkeit geworden sind. An dem alles möglich ist. Einem Ort, an dem wir endlich das tun können, was wir tun möchten.«

Nach einer Weile sagte sie: »*Möchtest* du denn noch mal von vorn anfangen? *Willst* du das denn?«

Er zog die Stirn zusammen, sah hinaus auf das Wasser. Sie war einen Augenblick lang irritiert, dann folgte sie seinem Blick.

Die Motoryacht näherte sich wieder, in einem weitgezogenen Bogen und wieder von der Seite. Aber diesmal wurde der Motor nicht gedrosselt, die Yacht fuhr in gleichmäßigem Tempo am Steg des Restaurants vorbei und wieder hinaus in den Sund.

Er löste seinen Blick von den beiden Männern, die in der Ferne entschwanden. Dann sagte er: »Ich würde gern ins Hotel zurückfahren.«

Sie sah ihn an. Er erwiderte ihren Blick, zuckte lächelnd und wie entschuldigend die Schulter. »Ich bin ein bißchen müde.«

## 36

Er hatte die Müdigkeit nur vorgeschützt. In Wahrheit hatte er sich nicht mehr wohl gefühlt, auf dieser Terrasse, die sich allmählich geleert hatte, am Rande des bewohnten Landes und wie auf dem Präsentierteller. Er hatte nicht gewußt, nach welcher Seite er Ausschau halten sollte, hinaus auf das offene Wasser, auf dem diese merkwürdige Motoryacht kreuzte, oder vielmehr nach hinten, wo die Türen des Restaurants, die auf die Terrasse hinausführten, wie dunkle Löcher gähnten.

Aber schon während der Fahrt zurück über die Seebrücke hatte er gespürt, daß er tatsächlich müde wurde. Vielleicht lag es an der Erleichterung, dieser Terrasse entkommen zu sein, vielleicht auch daran, daß Lilly keine Fragen mehr stellte.

Der Hof des Hotels lag still in der Nachmittagssonne. Auf den Parkplätzen standen nur zwei Autos, beide mit einem Kennzeichen aus South Carolina. Bevor er in sein Zimmer ging, fragte er Lilly, ob sie vor dem Abendessen noch einmal weggehe; sie antwortete, das wisse sie noch nicht.

Er öffnete die Balkontür, zog die Vorhänge zu und legte sich im Dämmerlicht in Hose und Hemd aufs Bett. Nach kurzer Zeit stand er jedoch wieder auf, er schlug die Bettdecke zurück, zog sich aus und kroch unter die Decke. Es dauerte nicht lange, bis er einschlief.

Irgendwann erwachte er aus einem tiefen Schlaf. Er glaubte, daß ein Lichtstreifen über ihn hinweggeglitten war, und er war sich sicher, daß er nicht mehr allein war, aber er scheute sich, die Augen zu öffnen. Schließlich hörte er ein leises Geräusch. Er überwand sich, öffnete die Lider einen Spaltbreit und spähte hinüber zum Balkon.

Lilly war hereingekommen. Sie trug ihren Bademantel und war dabei, behutsam um das Bett herumzugehen. Sie ging weiter, bis sie auf seiner Seite in seinem Rücken stand. Ein Schauer überlief ihn, aber er schloß die Lider.

Er ahnte, daß sie sich über ihn beugte. Er glaubte, ihren unterdrückten Atem zu hören, einen Hauch ihres Parfums zu riechen.

Nach einer Weile hörte er wieder ihre leisen Schritte. Wieder glitt der Lichtstreifen über ihn hinweg. Er öffnete die Augen. Sie war hinausgegangen, der Vorhang bewegte sich noch ein wenig und kam dann wieder zur Ruhe.

Er tat einen tiefen Atemzug, dann hob er das Handgelenk und sah auf die Uhr. Es war fast sechs, er hatte länger als zwei Stunden geschlafen. Er stand auf, wusch sich und zog sich an. Dann ging er auf den Balkon hinaus, tat zwei Schritte hinüber, beugte sich vor und warf einen Blick in Lillys Zimmer.

Die Vorhänge waren zurückgezogen. Sie lag in ihrer Unterwäsche auf dem Bett und las. Der Slip und der Büstenhalter, beide in einem zarten Blau, hoben sich ab von ihrer braungebrannten Haut. Der Anblick traf ihn fast wie eine körperliche Berührung, er glaubte zu spüren, wie sein Bauch sich zusammenzog. Er wollte sich schon zurückziehen, aber dann wurde ihm plötzlich klar, daß ebendas ein Voyeur täte, der heimlich beobachtet und heimlich die Flucht ergreift, bevor es brenzlig wird. Er holte Atem und klopfte an die Fensterscheibe.

Lilly sah von ihrem Buch auf, sie lächelte und rief: »Komm rein!«

Er zögerte, dann trat er durch die offene Balkontür in ihr Zimmer. Sie erhob sich vom Bett, blieb einen Augenblick lang vor ihm stehen, als sei diese Art, sich ihm zu präsentieren, eine vertraute Gewohnheit.

Sie sagte: »Na? Ausgeschlafen?« Dann wandte sie ihm ihre braungebrannte Rückseite zu, ging ohne Hast auf den nackten Füßen an den Kleiderschrank, nahm den Bademantel heraus und streifte ihn über.

Hernach, als er in seinem Zimmer saß und darauf wartete, daß sie ihn abholte, fragte er sich, ob sie ihn nicht schon bemerkt hatte, als er an ihrem Fenster erschienen war und sie halbnackt auf dem Bett gesehen hatte. Vielleicht würde sie es ihrem Liebeszauber zuschreiben, daß er sich nicht zurückgezogen hatte, sondern in ihr Zimmer gekommen war und bei ihrer Präsentation mitgemacht hatte, als gehöre das tatsächlich zu ihrem alltäglichen Umgang.

Diesmal war ihm, trotz des drängenden Reizes, den er noch immer spürte, nicht wohl bei dieser Überlegung. Wenn sie ihre jüngste Begegnung tatsächlich so auslegte, dann würde sie glauben, sie könne ihn dirigieren. Sie würde glauben, sie hätte ihn fest im Griff.

Zum Abendessen gingen sie zu Fuß in ein Restaurant in einer Seitenstraße, das wieder Lilly herausgesucht hatte. Das Haus war ein Bau aus dem 18. Jahrhundert, das vor einigen Jahren mit offenbar großer Sorgfalt renoviert worden war. Das Interieur war ein wenig dunkel, das ganze Haus wirkte mit seinen niedrigen Decken und den verwinkelten Zimmern auch ein wenig mysteriös, aber Lilly schien sich darin wohl zu fühlen.

Nach der Vorspeise fragte er sie unvermittelt: »Wie ist das eigentlich hier in Beaufort? Hast du hier keine Angst vor den Geistern?«

Sie lächelte, zuckte die Schultern. »Vergangene Nacht hatte ich ja keine Zeit dafür.«

»Ja, natürlich. Entschuldige, das war wirklich eine blöde Frage.«

»Nein, nein, du hast ja recht. Ist ja auch ziemlich dumm, daß ich diese Angst nie so richtig losgeworden bin.«

»Glaubst du tatsächlich, daß das bis auf deine Kindertage zurückgeht?«

»Ja, ich denke schon, ich hab dir doch von den Gruselgeschichten erzählt, die meinem Vater so gut gefallen haben, daß er sie unbedingt auch mir erzählen mußte.« Sie lachte. »Übrigens ist auch meine erste Bekanntschaft mit *deiner* Heimat so eine Art Gruselgeschichte.«

»Wieso denn das? Hat Roland dich etwa bange gemacht?«

»Nein, nein.« Sie hob ihr Glas und trank einen Schluck. »Da hab ich an Roland noch gar nicht gedacht. Ich war vielleicht sieben oder acht Jahre alt damals. Nein, das war *auch* mein Vater. Er war ein Liebhaber von Orgelmusik, hat auch ganz gut auf der Orgel spielen können. Und da ist er mit mir in den Ferien einmal ein paar Tage nach Ostfriesland gefahren, oder eine Woche sogar, er stammte ja von da, und wir haben gut ein Dutzend oder noch mehr von diesen alten Orgeln abgeklappert, die ihr da habt. Meine Mutter hätte das gelangweilt, die ist zu Hause geblieben.«

Er sah sie fasziniert an. »Und wo wart ihr da überall?«

»Lieber Himmel, ich weiß nicht mehr, wie die Käffer alle heißen, Rysum und Uttum und … und … Groothusen war auch dabei, glaube ich. Das muß so ein Orgelfestival gewesen sein, wir waren jeden Tag in einer anderen von diesen kleinen Kirchen, in einem anderen Orgelkonzert. Ich glaube, wir waren sogar mal in Ditzum.«

Er fragte in drohendem Ton: »Was hast du gesagt – Käffer?!«

Sie tätschelte seine Hand. »Nein, da muß ich mich versprochen haben, es ist ja sehr schön da, vor allem im Sommer.« Sie lachte. »Und wenn's gerade mal nicht regnet.«

Er schüttelte, als könne er solche Unterstellung nicht fassen, den Kopf. Dann beendete er dieses Geplänkel, er fragte: »Aber was war gruselig daran?«

Sie sagte: »Na ja, unsere Touren am Tag hab ich ja gemocht und die Konzerte. Und die vielen kleinen Kirchlein auch. Bloß wenn's in die Nacht hinein ging, dann ist mir oft doch ziemlich schummrig geworden. Wir haben nie in einem Hotel gewohnt, wenn ich mich richtig erinnere, immer privat in einem dieser kleinen, niedrigen Häuschen mit den knallroten oder grasgrünen Fensterläden, in denen die Leute Zimmer mit Frühstück anboten. Und das war oft unterm Dach, wo die Balken knackten und wo du auch schon mal den Wind singen hören konntest. Und die Dielen knarrten wie verrückt, auch des Nachts.« Sie schüttelte sich, dann lachte sie. »Na ja, vielleicht war's auch nur das Heimweh. Ich war ja doch noch eine richtig Lütte.«

Er sagte: »*Ich* müßte mal mit dir nach Ostfriesland fahren.«

Ihre Augen wurden groß, sie lächelte ihn an. »O ja, bitte!« Nach einer kleinen Pause sagte sie: »Und was machen wir dann alles?«

Er wurde ein wenig verlegen, griff nach seinem Glas. »Alles, was Spaß macht, natürlich.«

»Dann aber auch Pultstockspringen, bitte!«

»Was denn, das kennst du *auch*?«

»Na klar. Ich hab später sogar mal mitgemacht, bei einem Mädchenwettbewerb.«

»Und? Wie war's?«

»Super.« Sie lachte. »Abgesehen davon, daß ich zweimal in den Wassergraben gefallen bin.«

Ein Kellner, dem eine Kellnerin assistierte, brachte die Hauptgerichte. Eine Zeitlang widmeten sie sich schweigend dem Essen.

Unvermittelt fragte er: »Was hältst du davon, wenn wir morgen nach Savannah zurückfahren?«

Sie ließ ihr Besteck sinken, sah ihn überrascht an. Nach einer Pause sagte sie: »Ich dachte, du wolltest sie auch noch auf Tybee Island suchen? Ich meine, wenn du sie hier nicht finden kannst?«

Er schnitt ein Stück von seinem Fleisch ab, kaute eine Weile. Dann sagte er: »Ich möchte mich nicht verrennen.« Nach einer Pause fügte er hinzu: »Dieses ganze Unternehmen war doch sinnlos. Wem sollte es denn etwas bringen?«

## 37

Am anderen Morgen gegen elf Uhr fuhren sie von Beaufort ab. Lilly hatte ihn gefragt, ob sie wieder fahren solle, und er hatte gesagt, das wäre ihm schon recht. Bobby Lee holte ihr Gepäck herunter und lud es in den Kofferraum. Schumann gab ihm mit einem gewissen Widerstreben noch einmal fünf Dollar, und er bedankte sich sehr artig.

Mrs. Ribaut kam hinaus in den Hof und winkte ihnen, während Lilly langsam in die Durchfahrt zur Straße steuerte. Die Hotelwirtin sann vermutlich noch immer über die Frage nach, warum dieses nette Paar getrennte Zimmer hatte haben wollen.

Am Vorabend waren sie nach dem Essen noch in eine Bar auf der Bay Street gegangen, die eine Terrasse hinaus zum

Waterfront Park hatte. Sie hatten eine Flasche kalifornischen Pinot noir getrunken, über Ostfriesland und andere Weltgegenden gesprochen und hinausgeschaut auf die dunkle Bay, auf der die Positionslichter der Schiffe still einherzogen.

Als sie auf ihrer Etage anlangten, hatte er darauf gewartet, daß sie ihn fragen würde, ob sie zu ihm kommen könne. Aber sie hatte sich mit einem Kuß auf die Wange und einem Lächeln von ihm verabschiedet und war in ihr Zimmer gegangen.

Er hatte sich nicht entscheiden können, ob er erleichtert sein oder sich vorwerfen sollte, daß er ihr nicht angeboten hatte, die Nacht neben ihm zu verbringen, um die Geister abzuwehren. Dieser Zwiespalt hielt ihn eine ganze Weile wach.

Er konnte noch nicht lange geschlafen haben, als er plötzlich wieder aufwachte und wieder das beunruhigende Gefühl hatte, daß er in seinem Zimmer nicht allein war. Er fuhr in die Höhe, tastete nach dem Schalter der Nachttischlampe, fand ihn aber nicht. Sein Reisewecker, an den er geraten war, stieß mit einem klirrenden Geräusch an den Metallfuß der Lampe.

Unversehens hörte er Lillys Stimme. Sie flüsterte durchdringend: »Nicht erschrecken, nicht erschrecken! Ich bin's nur, Lilly!«

Er sah einen Schatten, der sich vor dem ein wenig helleren Vorhang bewegte. Plötzlich fiel das matte Licht der Nachttischlampe auf der anderen Seite des Betts in seine Augen, Lilly hatte die Lampe eingeschaltet. Sie stand in ihrem Bademantel neben dem Bett, hielt eine Hand an den Mund, sah ihn betroffen an.

»Entschuldige bitte! Ich hab dich nicht erschrecken wollen, deshalb bin ich ganz vorsichtig über den Balkon hereingekommen. Das war idiotisch, es tut mir leid. Aber ich wußte auch nicht, wie ich dich wecken sollte. Es tut mir wirklich leid!«

Er sagte: »Okay, okay«, fuhr sich durch die Haare, rieb sich die Wangen. Dann sah er sie an: »Was ist denn?«

Sie zögerte, dann sagte sie: »Ich hab so gräßlich geträumt. Von einer Kirche, in der irgendwelche Schatten herumgeisterten.«

Er sagte grimmig: »So wie hier in meinem Zimmer.«

Unversehens begann sie zu lachen. Sie unterdrückte das Lachen auf der Stelle, legte wieder die Hand auf den Mund. Dann sagte sie: »Entschuldige, aber das ... das klang jetzt so komisch!«

»Ja, sehr komisch!« Er rückte ein Stück herüber auf ihre Seite, zerrte an der Decke der Betthälfte neben ihm, zog sie unter der Matratze heraus und schlug sie zurück. »Also komm schon!« Sie löste sofort den Gürtel ihres Bademantels, zog ihn aus und warf ihn auf einen Stuhl. Er sah den leichten Schlafanzug aus Shorts und kurzärmeligem Oberteil, den sie darunter trug. Sie legte sich ins Bett, zog die Decke hoch, wandte sich ihm zu, rückte ein wenig näher und streckte eine Hand aus, mit der sie seine Schulter berührte. »Aber du bist mir nicht böse, nicht wahr?«

»Nein, bin ich nicht!« Er ließ sich zurücksinken. »Und wie wär's, wenn wir jetzt ein bißchen schliefen?«

»Ja, natürlich, sofort!« Sie wandte sich zurück, schaltete die Lampe aus. Er glaubte zu hören, daß sie wieder in seine Nähe rückte.

Er fragte: »Wie spät haben wir's denn eigentlich?« Bevor sie antworten konnte, sagte er: »Ach, Quatsch, ich weiß es doch!« Er hob den Kopf an, sah im Dunkeln zu ihr hinüber und glaubte, ihre Augen schimmern zu sehen. »Mitternacht eben vorbei, stimmt's? Minervas Stunde.«

Sie lachte unterdrückt. Nach einer Weile sagte sie: »Mannomann! Kannst du dir überhaupt vorstellen, wie wohl ich mich jetzt fühle?«

Er gab keine Antwort. Sie rückte noch ein wenig näher, streckte wieder ihre Hand aus und tastete nach ihm. Ihre Fingerspitzen berührten sein Kinn. Sie hielt einen Augenblick lang ein, dann führte sie die Hand zur Seite und legte sie auf seine Schulter.

Er lag da stocksteif und versuchte mühsam, mit dem Gefühlswirrwarr fertig zu werden, den sie in ihm angerichtet hatte. Es war eine Art von primitivem Stolz dabei, der Stolz darauf, daß er es vermochte, diese Frau von ihrer Gespensterfurcht zu befreien. Und es war vor allem das kaum noch zu beherrschende Verlangen, sie zu berühren, so, wie sie ihn berührte, und sie an sich zu ziehen und sich mit ihr zu vereinigen. Aber es war nicht zuletzt auch der Widerstand gegen das, was ihm wie eine Kapitulation erschien, nämlich ihr endlich doch den Willen zu tun, den sie so lange und so beharrlich durchzusetzen versucht hatte, bis hin zu dem hinterhältigen Versuch, ihn mit einem obszönen Trick zu manipulieren und unmündig zu machen.

Sie drückte seine Schulter mit den gespreizten Fingern, dann zog sie ihre Hand zurück.

Nach einer Weile sagte er: »Ich weiß nicht, wie wohl du dich fühlst. Aber ich fühle mich ziemlich wohl.«

Irgendwann während der Nacht hatte er dann eine Berührung an seinem Unterschenkel gespürt. Er hatte einige Zeit gebraucht, um sich klarzumachen, daß es ihr Fuß war, den sie unter seine Decke ausgestreckt hatte. Im Halbschlaf hatte er sich auf die Seite gelegt und ihr zugewandt, hatte seinen Schenkel über den ihren gekreuzt und war ihr ein wenig näher gerückt.

Danach war er in den Tiefschlaf zurückgeglitten. Er war erst wieder wach geworden, nachdem ein wüster Traum ihn aufgewühlt hatte. Es war Lilly gewesen, die sich ihm in großer Nähe präsentiert hatte, breitbeinig und auf ganz unmißverständliche Art, und er hatte mit beiden Händen nach ihr gegriffen, und noch während er das tat, war seine Erregung übergekocht, und noch während das geschah, hatte er Lilly sagen hören: »Hoppla!«

Er war wach geworden. Er hatte gehört, daß Lilly aus dem Bett stieg, er hatte ihren dunklen Schatten gesehen, der sich von dem matt schimmernden Vorhang abhob, sie war ins Badezimmer gegangen. Sie hatte die Tür geschlossen, aber er hatte das Licht durch die Ritzen scheinen sehen und gehört, daß sie das Wasser laufen ließ.

Er hatte im Dunkeln das Bett und seinen Bauch betastet, und ihm war klargeworden, was geschehen war: Er war Lilly noch näher gerückt, oder sie war ihm nahe gerückt, vielleicht hatte sie sich umgedreht und hatte ihre Rückseite an ihn herangeschoben. Und das hatte er nicht mehr ausgehalten. Er hatte Lilly besprengt. In seinem Traum war etwas geschehen, was in der Realität so ähnlich hätte geschehen können.

Er hatte versucht, das Bett und seinen Bauch zu trocknen,

und er war damit gerade fertig gewesen, als Lilly aus dem Bad zurückgekommen war. Sie hatte sich in das Bett gelegt und die Decke hochgezogen. Dann hatte sie sich ihm zugewandt und den Arm ausgestreckt. Sie hatte im Dunkeln nach seiner Schulter getastet, hatte sie gefunden und die Finger um sie geschlossen.

Er hatte gesagt: »Es tut mir leid. Entschuldige bitte.«

Sie hatte gesagt: »Dummkopf. Was gibt es denn da zu entschuldigen?« Nach einer Weile hatte er gehört, daß sie unterdrückt lachte.

»Lachst du etwa?«

»Ja, natürlich.« Nach einem Seufzer hatte sie gesagt: »Das kommt davon, wenn man versucht, sich selbst in den Hintern zu treten. Du kleiner standhafter Zinnsoldat!«

Sie hatte sich aufgerichtet, sich über ihn gebeugt und ihn geküßt. Vielleicht hatte der Kuß die Wange treffen sollen, aber er war auf seinen Lippen gelandet.

## 38

An diesem Morgen gab es nicht viel Verkehr auf dem Highway. Als sie durch das Marschland fuhren, warf sie einen Blick hinaus auf die glitzernden Wasserläufe. Dann fragte sie: »Ob die Leute hier auch pultstockspringen?«

Er zuckte die Schultern. »Das könnte ich mir schon vorstellen. Wie willst du sonst über die Gräben rüberkommen? Du kannst doch nicht jedesmal bis zum nächsten Steg laufen. Und dann womöglich das gleiche Stück wieder zurück.«

Sie lachte. »Aber die Erfinder waren bestimmt die Ostfriesen.«

»Wer denn sonst?«

Nach einer Weile begann sie zu singen. Sie kannte offenbar die Worte des Lieds nicht, es war aber kein Summen, sondern eher ein Gesang ohne Worte, und er glaubte die Melodie zu erkennen.

Als sie geendet hatte, fragte er: »Haben wir das nicht auch am Sonntag gehört, in der Kirche?«

»Ja. Ich weiß den Text nicht mehr. Und die Melodie war auch nicht ganz richtig, aber so ungefähr kam es hin.«

Nach einer kleinen Pause sagte er: »Du bist sehr musikalisch, nicht wahr?«

»Na ja. Es geht so. Nicht so musikalisch wie mein Vater. Ich hab auch nicht Orgelspielen gelernt, das wäre in Bremen wohl ein bißchen aufwendig geworden. Aber eine Geige hat er mir gekauft. Und meine Mutter hat aufgepaßt, daß ich auch jeden Tag übe.«

Er sah sie an. »Und? Wie weit hast du's gebracht? Ich wette, du warst Konzertmeisterin im Schulorchester. Oder die Primgeigerin in eurem Streichquartett.«

»Jaja, von wegen!« Sie lachte. »Die Überei hat mir gestunken. Ich hab mich einfach quergelegt, verstehst du?« Sie warf ihm einen Blick zu. »Es gibt irgendwo so eine klassische Stelle, ich weiß nicht mehr, bei wem. Da heißt es ungefähr: Herr Soundso schabte sein Cello.« Sie lachte. »Und genau so hab ich meine Geige geschabt. Bis meine Mutter meinem Vater gesagt hat, wenn ich weiterhin jeden Tag übte, würde sie wahnsinnig. Und das war dann das Ende meiner Karriere.«

»Hat er dir das verziehen?«

»Nein.«

Er sah sie prüfend an, als wolle er herausfinden, ob sie dieses Erlebnis für eins der gängigen Vater-Traumen hielt, über die mittlerweile alle Welt zu berichten wußte. Aber sie gab seinen Blick lächelnd zurück.

Er sagte: »Diese Stelle steht übrigens bei Thomas Mann. Glaube ich.«

Sie sah ihn an. Dann sagte sie: »Du bist sehr gebildet, nicht wahr?«

Er runzelte die Stirn.

Sie hob die Rechte vom Lenkrad. »Nur keine Aufregung! Das hatte nichts zu bedeuten. Ich wollte dir nur das Kompliment zurückgeben.« Sie lachte wieder.

Er war dabei, sich behaglich in seinem Sitz zurechtzurücken, als sie plötzlich gespannt in den Rückspiegel sah. Sie sagte: »Mein lieber Mann, der hat aber vielleicht einen Zahn drauf!«

Er wandte den Kopf nach hinten und sah ein großes schwarzes Auto, das sich ihnen auf der Überholspur näherte. Er sagte: »So schnell fährt der aber nicht.«

»Jetzt hat er ja auch abgebremst. Komisch. Fährt auf der Überholspur und bremst ab. Was soll das.« Sie sah in den Seitenspiegel, dann wieder in den Rückspiegel.

Er gab keine Antwort. Er blickte nach rechts und nach links in den dichten Wald, in den sie hineingefahren waren.

Sie sagte: »Jetzt legt er wieder zu, schau dir diesen Idioten an!«

Das schwarze Auto überholte sie in schnellem Tempo, bog dann vor ihnen auf die rechte Spur ein. Auf dem Rücksitz sah er einen Mann, der einen Hut trug, und neben dem Mann einen vollen, blonden Haarschopf. Er beugte sich ein wenig vor, aber er konnte nichts Genaueres erkennen. Das Auto entfernte sich zu schnell von ihnen.

Als es hinter einer Steigung verschwunden war, fragte sie: »Hast du gedacht, es ist Charlotte?«

Er sagte: »Nein.« Nach einer kleinen Pause sagte er: »Es gibt ziemlich viele blonde Frauen, weißt du.«

Sie sah ihn an, aber er erwiderte den Blick nicht. Sein Herzschlag beruhigte sich allmählich.

Lilly wandte den Blick wieder auf den Highway. Eine Weile schwiegen sie beide. Sie waren nicht mehr weit von der Talmadge Memorial Bridge entfernt, als plötzlich die Pieps-Version des Walkürenritts ertönte. Es war der Weckruf seines Handys, das er am Morgen in die Seitentasche seiner Jacke gesteckt hatte. Lilly verlangsamte das Tempo, sie sah ihn erschreckt an. »War sie es doch?«

»Ach, Unsinn.« Er kämpfte mit dem Sicherheitsgurt. Sein Herz schlug ihm bis zum Hals.

Lilly fragte: »Soll ich anhalten?«

»Nein, wozu denn!?« Schließlich brachte er das Handy aus der Tasche heraus, er blickte auf das Display. Es war nicht Charlottes Handynummer. Es war eine Festnetznummer von zu Hause, aber er kannte sie nicht. Erst nach ein paar Sekunden wurde ihm klar, daß der Anruf wahrscheinlich von Schöne-Bergmanns Anschluß in der Klinik kam; er erinnerte sich vage an die Durchwahlnummer, die Schöne ihm sicherheitshalber gegeben, die er aber nie benutzt hatte, weil er es gewöhnt war, mit ihm über sein Handy zu telefonieren.

Er sagte: »Es ist mein Herr und Gebieter. Anscheinend langweilt er sich im Krankenhaus.«

»Und? Was kann er von dir wollen?«

»Wahrscheinlich will er mich beschimpfen.« Er zuckte die Schultern. »Oder er will mir kündigen. *Und* mich beschimpfen.«

»Willst du dir das anhören?«

»Nein.« Er schaltete das Handy aus.

»Bravo!« Sie stieß ihre Faust gegen seinen Oberarm. »Ich bin stolz auf dich!«

Ihm wurde klar, daß er nun auch für Charlotte nicht mehr erreichbar war. Er zögerte einen Augenblick lang, dann legte er seine Hand auf Lillys Rechte.

Sie lächelte. Nach einer Weile warf sie einen Blick zu ihm hinüber. »Danke, das war sehr schön. Aber jetzt nimm bitte die Hand weg, ich muß mich konzentrieren. Gleich beginnt der Ritt über den Savannah River.«

Er nahm seine Hand zurück. Sie sagte: »Wie groß war dieses Loch noch mal?«

Er sagte: »Fünfzig Meter hoch. Und dreihundert Meter breit.«

»Ach, du Scheiße!«

Kurz nach zwölf kamen sie vor dem ›Marriott‹ an. Harvey öffnete die Autotür, lüftete den Zylinder. »Ma'm, Sir! Wie schön, Sie wiederzusehen!«

Der Page kam mit seinem Karren und lud ihr Gepäck auf. Schumann sagte zu Lilly: »Hör mal, ich könnte eigentlich den Wagen gleich zurückbringen. Dann haben wir nachher Ruhe.«

»Ja, wunderbar. Ich komme mit, wenn du magst.«

»O ja. Das mag ich sehr.«

Den Weg von dem Autoverleih zurück zum Hotel gingen sie in einem entspannten Bummeltempo. Als sie an einer Ecke stehenbleiben und auf die Ampel warten mußten, schloß er die Augen und hielt sein Gesicht in die Sonne. Lilly beobachtete ihn lächelnd, dann tippte sie mit einem Finger auf seine Nasenspitze: »Pause beendet, wir haben Grün!«

Vor dem großen Blumenbeet auf einem Platz, den sie überquerten, blieb sie wieder stehen, schüttelte bewundernd den Kopf. Als sie weitergingen, sagte sie: »Das ist schon merkwürdig. Ich komme mir vor, als wäre ich zum erstenmal hier. Und als wäre alles noch schöner, als ich es mir vorgestellt habe.«

Sie sah ihn an. Er lächelte und nickte.

Als sie in die Halle des ›Marriott‹ kamen, stand die kleine Asiatin an der Rezeption. Sie stand da, als hätte sie auf sie gewartet. Sie verbeugte sich zweimal: »Guten Tag, Ma'm, guten Tag, Mr. Schumann!« Dann sah sie sie mit großen Augen an.

Schumann sagte: »Nun, da sind wir wieder.« Er lächelte. »Ich hoffe, Sie haben noch etwas für uns frei?«

»O ja, natürlich, Sir!« Sie verbeugte sich wieder. Dann sagte sie: »Aber… Mrs. Schumann ist auch schon hier, Sir. Sie ist gestern abend angekommen.«

Sie zögerte, dann sagte sie: »Sie ist allein gekommen.« Sie sah Lilly an, dann wieder Schumann. »Ich glaube, sie ist jetzt auf dem Zimmer. Es ist… es ist das Zimmer, das Sie schon hatten, Sir.«

## 39

Eine halbe Stunde später verabschiedete er sich von Lilly in der Bar. Sie waren dorthin gegangen, nachdem Lilly ein Zimmer (»Nein, bitte nicht auf der vierten Etage«) genommen und ihr Gepäck hatte hinaufbringen lassen.

Sein Gepäck war in der Kofferkammer abgestellt worden. Als er dem Pagen diese Anweisung gab, hatte Lilly den Blick abgewendet. Dann hatte er sie gefragt, ob es ihr recht wäre, wenn sie noch einen Drink nähmen, als Appetizer vor dem Lunch. Sie hatte genickt. »Klar.«

Eine Gruppe lärmender Männer, Vertreter vielleicht, saßen in einer Ecke der Bar, in der sie ein paar Tische zusammengerückt hatten, sonst gab es keine Gäste. Der kleine Tisch, an dem sie schon zweimal gesessen hatten, war frei. Lilly setzte sich, Schumann ging zum Tresen, bestellte ihren Manhattan und für sich einen Whiskey.

Nachdem die Barfrau, die diesmal hinter dem Tresen stand, ihnen die Getränke gebracht hatte, hob Schumann sein Glas und prostete Lilly zu. Sie lächelte und prostete zurück.

Sie tauschten ein paar Vermutungen über die Männer aus, deren Stimmung hin und wieder überbordete, aber dieses Gespräch begann sehr schnell zu erlahmen. Nach einer Weile taten sie so, als lauschten sie auf die Witze, die an dem Tisch in der Ecke gerissen wurden. Hin und wieder tauschten sie nach einer besonders groben Pointe auch noch ein Lächeln aus oder bekundeten ihr Einverständnis durch ein Kopfschütteln. Aber am Ende sahen sie nur noch schweigend vor sich hin.

Schumann, dem die Situation immer unerträglicher wurde, sagte schließlich: »Ich denke, ich gehe jetzt mal zu ihr.«

Sie sah ihn an, nickte. »Ja, tu das.«

Er zögerte.

Sie sagte: »Geh nur.« Dann sagte sie: »Ich bezahle die Rechnung.«

Er stand auf. Unversehens beugte er sich zu ihr hinab und gab ihr einen Kuß auf die Lippen.

In der Tür wandte er sich noch einmal zurück. Aber sie schaute ihm nicht nach; sie war aufgestanden und zu der Barfrau an den Tresen gegangen.

Während er auf den Aufzug wartete, erinnerte er sich an seine Reaktion, als die kleine Asiatin sich abgemüht hatte, sie mit der veränderten Lage bekanntzumachen. Er hatte befürchtet, daß Lilly lächeln und sagen würde: »Na – hab ich dir's nicht gesagt?« Aber sie hatte nichts dergleichen getan.

Im Aufzug schaute er in den Spiegel, strich sein Haar zurecht, zog eine Hemdfalte glatt.

Vor der Tür von Zimmer 419 hielt er ein. Er tat einen tiefen Atemzug, dann klopfte er an.

Es dauerte ein Weilchen, bis er von drinnen Charlottes Stimme hörte; sie war offenbar an die Tür gekommen. »Ja, bitte?«

»Ich bin's. Hans.«

Es dauerte noch einmal drei, vier Sekunden. Dann wurde die Tür geöffnet.

Charlotte hatte ihre Haare in einen Knoten hochgebunden. Sie trug die braunen Jeans und eine Bluse, die er ihr vor zwei oder drei Monaten bei einem Stadtbummel gekauft hatte.

Einen Augenblick lang fragte er sich, ob sie sich ihm an den Hals werfen würde, womöglich schluchzend. Aber das tat sie nicht. Sie trat einen Schritt zur Seite, hob eine Hand ein wenig an und sagte: »Komm doch rein, bitte.«

Er ging an ihr vorbei, vorbei an dem Doppelbett und an dem Schreibtisch, auf dem ein paar von Hand beschriebene Blätter und Charlottes vergoldeter Schreibstift lagen, ging bis zum Fenster. Er warf einen Blick hinaus auf das Haus gegenüber, wandte sich dann zurück.

Sie war ihm gefolgt, stand nun neben dem Schreibtisch. Sie hob wieder die Hand ein wenig an und sagte: »Setz dich doch.«

Er ließ sich im Sessel nieder. Sie fragte: »Möchtest du etwas trinken?«

»Nein, danke.« Er holte Atem. Er suchte nach Worten.

Sie sagte: »Du warst mit Frau Hanebeck unterwegs?«

Er zog die Augenbrauen empor. »Mit Lilly, ja. Und woher weißt du das?«

Sie schüttelte den Kopf, als sei das eine müßige Frage. »Man hat es mir gesagt.«

»Wer ist ›man‹?«

»Ist das nicht unerheblich?« Sie setzte sich in den Sessel ihm gegenüber, legte den Kopf ein wenig auf die Seite, griff mit der Rechten in den goldfarbenen Knoten. Dann hob sie den Blick. Sie sagte: »Der Portier hat es mir gesagt.«

Sie schlug die langen Beine übereinander. An den nackten Füßen trug sie die Sandaletten, die sie sich vor der Abreise gekauft hatte. Er sah, daß ihre Zehennägel in einem neuen Farbton lackiert waren.

Er hob den Blick und sah sie an.

Sie sagte: »Hör zu, ich will nicht so tun, als ob deine Reise mit Lilly das einzige wäre, was in der Zwischenzeit passiert ist. Ich will nichts totschweigen von dem, was ... was *mich* angeht. Nichts, was du ... wissen solltest. Wissen mußt, meine ich. Ich will sagen, natürlich kann man nicht einfach so weitermachen.«

Sie sah auf ihren Schenkel, griff plötzlich mit den Nägeln von Daumen und Zeigefinger daran, als habe sie auf dem Stoff der Jeans eine Fussel entdeckt, strich dann mit dem Handrücken zweimal über die befallene Stelle.

Sie sagte: »Ich meine ... da sollte natürlich nichts verheimlicht werden.« Sie hob den Blick, sah ihn aus den blauen Augen an. »Es geht nur, wenn ich offen zu dir bin, das weiß ich. Und das will ich auch sein. Rückhaltlos offen.«

Er sagte: »Könntest du es mir für den Anfang ganz schlicht erklären, in einem einzigen Satz vielleicht? Oder auch in zweien, meinetwegen?«

Sie war offenbar völlig verblüfft. Sie sah ihn mit leicht geöffnetem Mund an, schüttelte den Kopf, dann zuckte sie die Schultern und sah zum Fenster hinaus, als erwarte sie von dort eine Erklärung. »In einem einzigen Satz!«

Schließlich wandte sie sich zurück. Sie blickte zu Boden, schüttelte noch einmal den Kopf. Dann sagte sie: »Also gut.« Sie holte Atem, hob den Blick und sah ihn an. Sie sagte: »Es war ein Irrtum. Es war ein schrecklicher, ein katastrophaler Irrtum.«

Er sagte: »Ein Irrtum.«

»Ja! Wenn du verlangst, daß ich dir in einem einzigen Satz sagen soll, was geschehen ist, dann kann die Antwort nur so lauten: Es war ein Irrtum. Tragisch ist ein großes

Wort, aber wenn es nicht so groß wäre, zu groß vielleicht, dann würde ich sagen: Es war ein tragischer Irrtum.«

Nach einer kleinen Pause sagte er: »Tragisch ist in der Tat ein großes Wort.«

»Ja, und deshalb habe ich es ja auch nicht verwendet! Aber was erwartest du denn auch von einem einzigen Satz als Erklärung für … für so eine … Erfahrung?«

Sie stand auf, ging hastig zum Schreibtisch, kam mit den beschriebenen Blättern zurück, hielt sie ihm entgegen, als wolle sie sie ihm im nächsten Augenblick an den Kopf werfen. »Hier, hier findest du vielleicht das, was du suchst! Aber das ist mehr als ein Satz. Das sind fünf vollgeschriebene Blätter. Oder sechs sogar! Und es ist noch immer nicht ganz fertig. Ich hab mich heute morgen sofort nach dem Frühstück darangemacht. Ich hab's für dich geschrieben. Hier, willst du sie nicht nehmen?!«

Er nahm die Blätter. Sie ließ sich in den Sessel fallen und legte eine Hand über die Augen. »Ich könnte mir vorstellen, daß du darin auch den Satz findest, auf den es dir ankommt. Den Satz, den du hören willst, natürlich, ich weiß. Und du hast ja auch einen Anspruch darauf.«

Sie nahm die Hand von den Augen, sah ihn an. »Es war ein Irrtum, ja, ein katastrophaler Irrtum. Aber es war auch ein Irrtum, den ich nie wieder begehen werde. Nie wieder, hörst du?«

Nach einer kleinen Weile faltete er die Blätter zusammen und schob sie in die Innentasche seiner Jacke.

Sie fragte: »Was denn … willst du sie nicht lesen?«

»Nicht jetzt. Und nicht hier. Ich muß ein bißchen an die Luft gehen.« Er stand auf. »Das verstehst du sicher.«

Sie holte tief Atem, dann sagte sie: »Ja, natürlich.« Sie stand auf.

Er wollte an ihr vorbeigehen, aber sie griff nach seinem Arm, hielt ihn fest. Dann schlang sie beide Arme um ihn und küßte ihn.

## 40

Er hatte sich, während sie mit Roland untergetaucht war, ein paarmal insgeheim vorgestellt, wie es wäre, wenn sie zurückkäme. Er hatte befürchtet, daß er eine Zärtlichkeit von ihr nicht mehr ertragen würde, von einem Kuß oder noch mehr ganz zu schweigen. Es war ihm unvermeidbar erschienen, daß die Vorstellung ihn überwältigen und krank machen würde, er käme mit den Relikten in Berührung, die Roland bei seinen Intimitäten mit ihr hinterlassen hatte.

Er hatte sich geirrt. Charlottes Kuß durchdrang ihn, und am Ende erwiderte er ihn. Es dauerte eine Weile, bis er sich von ihr löste. Sie widersetzte sich, er mußte Kraft aufwenden, um ihre Arme von sich zu streifen. Er verließ das Zimmer.

Hinter dem Tresen der Rezeption stand wieder Mr. Hamilton. Er lächelte, hob einen Finger. Schumann ging zu ihm. Mr. Hamilton hatte einen Zettel hervorgeholt. »Willkommen, Sir. In Ihrer Abwesenheit sind zwei Anrufe für Sie eingegangen, beide von demselben Gentleman.« Er sah auf den Zettel. »Professor …«

»Schöne.« Schumann nickte. »Professor Schöne-Bergmann. Und was wollte er?«

Mr. Hamilton hob die Schultern. »Das hat er nicht gesagt. Wir haben ihm gesagt, Sie seien abgereist. Und wir wüßten nicht, wo wir Sie erreichen könnten.«

Schumann nickte. »Danke, ja.«

Mr. Hamilton sagte: »Wissen Sie schon, Sir, wohin Sie Ihr Gepäck haben möchten?«

»Nein, nein, noch nicht. Ich werd's Ihnen später sagen.«

»Natürlich, Sir. Das geht in Ordnung.«

Harvey ließ, als er Schumann herankommen sah, die Tür aufgleiten. Er hob zwei Finger an die Zylinderkrempe und lächelte. Schumann fühlte sich versucht, ihm mit der Faust eins auf den Zylinder zu geben.

Er wandte sich nach rechts, ging unter den Straßenbäumen die Liberty Street in Richtung Osten entlang. Der erste Tag kam ihm ins Gedächtnis, an dem er diesen Weg im gesprenkelten Sonnenlicht zurückgelegt hatte. Das war vor einer Woche gewesen, des Morgens, am Eröffnungsmorgen der Konferenz. Charlotte hatte mit Lilly und Roland noch beim Frühstück gesessen.

Roland, ja. Wahrscheinlich hatte er an diesem Tag seinen Eroberungsfeldzug begonnen. Hatte ihn systematisch und zielstrebig durchgeführt und war, nachdem die Beute ihm zugefallen war und er sie konsumiert hatte, weitergezogen. Wahrscheinlich saß er jetzt schon wieder zu Hause und betrieb seine Geschäfte. Hatte eine kleine Freundin zu Gast und wartete in aller Ruhe ab, wann Lilly wieder bei ihm eintreffen würde.

An der Abercorn Street wandte Schumann sich nach Norden, in Richtung auf den Savannah River. Als zu seiner Rechten die ausgedehnte Grünfläche des Colonial Cemetery auftauchte, überlegte er nicht lange, er nahm den nächsten Eingang und betrat den Friedhof. Einen Augenblick lang blieb er in der Nähe einer jungen Frau mit lang auf den Rücken herabhängenden, dicken blonden Haaren stehen, die eine Gruppe von Touristen auf die Führung über den Friedhof einstimmte.

Er hörte eine Weile zu, und er erinnerte sich: Hier lagen nicht nur die Opfer des Gelbfiebers von 1820 begraben, sondern auch ein berühmter Bürger Georgias, einer der Unterzeichner der Unabhängigkeitserklärung und späterer Gouverneur des Staates. Er war von einem General beleidigt worden, mit dem er Florida hatte erobern wollen und gescheitert war, hatte die Schmach nicht auf sich sitzenlassen mögen und den General zum Duell gefordert. Bei diesem Showdown war er jedoch übel getroffen worden, zwar nur im Dickfleisch des Schenkels, aber vielleicht hatte er die Wundfäule bekommen, jedenfalls war er drei Tage später abgegangen.

Als die Touristen sich in Marsch setzten, trennte Schumann sich von ihnen. Nach wenigen Metern hielt er jedoch ein, ließ sich auf einer Bank nieder. Das Gemurmel der Touristen und die helle Stimme ihrer Führerin verloren sich hinter der nächsten Wegbiegung. Nur noch die Stimmen der Vögel waren zu hören und die gedämpften Geräusche der Stadt.

Ein Duell, ja. So etwas müßte es noch geben, in diesen korrumpierten Zeiten. Sein Haß gegen Roland kochte empor, den niederträchtigen Schuft, der ihn aus seiner wohlgeordneten Welt herausgestoßen hatte. Roland, der alles Elend verschuldet hatte, das über ihn gekommen war.

Er vertiefte sich in die Vorstellung, wie er auf zwanzig Schritte Roland gegenüberstünde, im Morgengrauen, vielleicht auf diesem Friedhof hier, ja, wenn die dünnen Nebelschleier noch zwischen den Bäumen hingen. Er würde auf das Kommando die Pistole heben, zielen, er würde den Schuß aus Rolands Waffe hören, der ihn verfehlte, und dann würde er feuern. Nicht auf das Dickfleisch, o nein, er würde ihm die Kugel mitten in die Brust setzen, nein, nein, noch besser: Er würde ihm das Genital zerfetzen, diese widerliche Wucherung aus dunklem, runzeligem Fleisch, so daß es damit ein für allemal vorüber war. Und Roland würde sich in seinem Blut wälzen und winseln wie ein gepeinigter Hund.

Nur Mut, Roland, die Ambulanz ist schon unterwegs.

Schumann erhob sich und ging weiter in Richtung Norden. Nach wenigen Schritten blieb er abermals stehen. Er zog Charlottes Blätter aus der Tasche und begann zu lesen. Anfangs las er Wort für Wort, aber je weiter er kam, um so schneller bewegten sich seine Augen über die Zeilen. Die letzten beiden Seiten überflog er nur noch. Als er zum Schluß gekommen war, dem unvollständigen Satz »Ich glaube aber«, mit dem der Text abbrach, ließ er die Blätter sinken, starrte den gewalzten Weg zwischen den Gräbern hinunter.

Nach einer Weile faltete er die Blätter zusammen und steckte sie wieder ein. Er ging bis zur nächsten Bank, ließ sich ein wenig schwerfällig darauf nieder.

Er wußte nicht, was er von diesem Schriftstück, was er von Charlottes Darlegung halten sollte. Dergleichen widerfuhr ihm nicht zum erstenmal, er hatte schon zuvor gelegentlich manches, was sie tat oder was sie sagte, nicht verstehen können. Aber diesmal berührte es ihn besonders schmerzlich.

Über das, was zwischen ihr und Roland geschehen war, hatte er durch diese Lektüre kein Wort erfahren. Es stand auch nicht darin, auf welche Weise sie Lilly ausmanövriert und das Hotel verlassen hatten oder wo sie gewesen waren oder wie sie ihre Zeit verbracht hatten oder warum und wie Charlotte allein zurückgekommen war.

Das Wort »Irrtum« tauchte allerdings schon auf der ersten Seite auf, und es zog sich über alle sechs Seiten hinweg. Von diesem Irrtum hieß es auch wiederholt, daß sie ihn nie wieder begehen werde.

Und mehrfach wurde überdies erwähnt, daß er, Schumann, in den vergangenen Jahren mehr und mehr in seinem Beruf aufgegangen sei, leider. Sie habe sich zwar stets bemüht, darauf Rücksicht zu nehmen, und ihre eigenen Interessen weitgehend zurückgestellt. Aber sie sei sich am Ende nicht einmal mehr sicher gewesen, ob er sie überhaupt noch liebe. Leider.

Schumann starrte in den Wipfel der alten Eiche, die auf der anderen Seite des Weges stand. Was sollte das bedeuten? Sollte es heißen, daß sie vergeblich auf einen Liebesbeweis von ihm gewartet hätte? Und daß sie nur deshalb mit Roland losgezogen wäre?

Plötzlich bedrückte ihn, daß er ein Fremder war in dieser Stadt, allein und ohne Freunde. Er hätte einen Mitmenschen gebraucht, einen objektiven Vertrauten, der ihm sagte, wie diese Eröffnung, diese merkwürdige Beichte einzuschätzen war.

Und dann dachte er an Davenport. Der Anwalt hatte ihm

doch mehrfach seinen Rat angeboten, und er hatte das sogar ausdrücklich getan, als Schumann ihm bekannt hatte, daß Charlotte verschwunden war.

Schumann schaute auf die Uhr. Halb zwei vorbei, die Zeit des Lunchs ging zu Ende. Und er mußte sich ohnehin mit Davenport in Verbindung setzen, um ihm zu berichten, daß er wieder zur Verfügung stand.

Er erhob sich bedächtig, setzte sich langsam in Bewegung, aber nach wenigen Schritten blieb er schon wieder stehen, senkte den Kopf.

Halb acht Uhr abends in Deutschland. Irgendwann mußte er sich auch bei Schöne-Bergmann zurückmelden, egal, was der auf dem Herzen hatte oder auch nur auskotzen wollte. Und je schneller das geklärt wurde, um so besser.

## 41

Nach einem kurzen Zögern holte er sein Handy aus der Tasche und wählte Schöne-Bergmanns Nummer. Unterdessen ging er langsam weiter. Es dauerte eine Weile, aber dann meldete sich eine Frauenstimme: »Professor Schöne-Bergmanns Apparat, Hedwig Schöne hier.«

Was tat Schönes Frau um diese Zeit noch im Krankenhaus? Hatte er eine Herzattacke gehabt? Oder war er vielleicht schon wieder zu Hause?

Schumann meldete sich, sie war anscheinend ein wenig überrascht, aber sehr freundlich wie immer. Sie sagte, ihr Mann sei im Bad, es sei vielleicht besser, wenn sie ihn jetzt nicht störe. Schumann sagte, er könne eventuell auch später noch einmal anrufen; er habe sich nur gemeldet, weil er gehört habe, daß der Professor ihn habe sprechen wollen. Sie sagte, o ja, das habe er ihr gesagt; er habe gern wissen wollen, wie es ihm gehe. Schumann stutzte; dann sagte er, danke, es gehe ihm gut.

Nach einer kleinen Pause sagte sie: »Entschuldigen Sie, Herr Schumann … es geht mich natürlich nichts an. Aber ist … ist mit Ihrer Frau alles in Ordnung?«

Er räusperte sich. Dann sagte er: »Ja, natürlich. Es geht ihr gut, danke.«

Sie sagte: »Na, Gott sei Dank! Das hätte mir auch schrecklich leid getan.«

Herr Wittkamp. Herr Wittkamp hatte berichtet, natürlich.

Es widerstrebte ihm, diese Art Gespräch fortzusetzen, er fragte kurzerhand, ob er sich heute noch einmal melden solle. Sie sagte, nein, nein, er solle sich keine Mühe machen, das sei morgen ohnehin günstiger; sie werde ihrem Mann ausrichten, daß es ihm und Charlotte gutgehe.

Als die Verbindung getrennt war, blieb er einen Augenblick lang stehen, rieb sich heftig die Stirn. Dann ging er mit großen Schritten weiter.

Es war Viertel vor zwei, als er vor dem cremefarbenen Haus mit den grünen Fensterläden anlangte. Er ging durch den Vorgarten, fuhr mit der Hand durch das Spanische Moos, das von einer der alten Eichen bis über den Wegrand hing, stieg die geschwungene Freitreppe empor und klingelte.

Der Türöffner summte, er trat ein. Vor ihm tat sich ein Vestibül auf, das auf mirakulöse Weise direkt aus dem 19.

Jahrhundert hierher versetzt schien. In den Steinboden war ein großflächiges Mosaik eingearbeitet, dahinter flankierten zwei weiße Säulen mit Kapitellen aus stilisiertem und vergoldetem Blattwerk einen Treppenaufgang, dessen Geländer mit Messing eingelegt war. Auf einem Piedestal zur Seite stand eine dunkel schimmernde Bronzebüste, vielleicht ein römischer Philosoph oder Feldherr, vielleicht aber auch der General Oglethorpe in der Freizeittoga.

Aus einer Seitentür trat ein junges Mädchen in blauem Rock und weißer Bluse. Sie sagte: »Guten Tag, Sir. Was kann ich für Sie tun?«

Er sagte, sein Name sei Schumann, er hätte gern Herrn Davenport gesprochen.

Sie antwortete, Herr Davenport sei leider nicht anwesend. Schumann fragte, ob er ihn denn im Lauf des Nachmittags erreichen könne, und sie antwortete, nein, das glaube sie nicht.

Als er sie schon fragen wollte, ob Herr Davenport vielleicht irgendwo anders zu erreichen sei, erschien in der offenen Tür hinter ihr Mrs. Duncan, die als Sekretärin der Konferenz ihn so umsichtig betreut hatte. Sie lächelte ihn an und sagte: »Guten Tag, Sir. Kommen Sie doch herein, bitte!«

Sie trat zur Seite und ließ ihn in einen mittelgroßen Raum ein, dessen Sprossenfenster zur Straße lagen und der ringsum mit deckenhohen Regalen voller Aktenordner und Bücher ausgestattet war. Ein junger Mann und eine Frau in mittlerem Alter saßen an einem ausladenden Schreibtisch einander gegenüber, sie schauten Schumann an und nickten ihm zu.

Mrs. Duncan fragte: »Möchten Sie einen Kaffee, Sir?« und sagte, nachdem er die Frage bejaht hatte, zu dem jungen Mädchen, das ihnen gefolgt war: »Einen Kaffee für Mr. Schumann, Lucy.« Dann führte sie Schumann durch einen weiten Türbogen in den angrenzenden Raum, dessen französische Fenster auf eine Terrasse hinausgingen. Dahinter war ein üppiger Garten mit altem Baumbewuchs zu sehen. Mrs. Duncan bot Schumann den Lehnsessel vor einem breiten, mit Papieren bedeckten Schreibtisch an, an dem sie sich niederließ.

Sie fragte ihn, wie es ihm gehe und wie seine Reise gewesen sei, und dann sagte sie, Mister Davenport sei leider nach Atlanta gereist und werde voraussichtlich erst am Freitag zurückkommen. Sie könne ihn, Schumann, allerdings telefonisch mit ihm verbinden. Nur müsse sie vorher klären, wann Mister Davenport Zeit für ein solches Gespräch habe. Nach einem Blick auf die Uhr sagte sie, das sei jetzt leider noch nicht möglich, weil er sich gerade in einer Konferenz befinde. Aber wenn Schumann ein wenig Zeit habe ...

Einen Augenblick lang überlegte Schumann angestrengt, was er tun sollte, tun könnte. Tun müßte. Dann sagte er, nein, nein, das wäre gewiß zu viel Aufwand, er habe sich ja nur bei Mister Davenport zurückmelden wollen. Irgendwann müsse er sich jetzt auch um seinen Rückflug nach Deutschland kümmern. Er lachte ein wenig angestrengt, bevor er sagte, die schönen Zeiten von Savannah gingen leider zu Ende.

Mrs. Duncan sah ihn aufmerksam an, dann fragte sie, ob er Mister Davenport denn nicht wenigstens eine schriftliche Nachricht hinterlassen wolle, er werde sich ganz gewiß freuen, wenn er bei seiner Rückkehr so etwas vorfände.

Schumann zögerte einen Augenblick, dann sagte er, ja, das sei eine gute Idee, er werde, sobald er im Hotel sei, ihm einen Brief schreiben und den noch vor seiner Abreise zur Post geben. Mrs. Duncan sagte, ob er den Brief denn nicht gleich hier schreiben wolle, sie werde ihn aufbewahren, und dann sei er bereits an der richtigen Stelle.

Schließlich ließ er sich von ihr durch eine gepolsterte Tür in das Zimmer nebenan führen, einen großen, getäfelten Raum, der mit Gemälden, Teppichen und Möbeln aus den ersten Jahrzehnten des 19. Jahrhunderts, dazu einer großen Menge von Büchern ausgestattet war. Es war Davenports Arbeitszimmer, beherrscht von einem breiten Empire-Schreibtisch mit Blick in den Garten.

Mrs. Duncan führte Schumann zu einem prachtvollen Möbel an der Seitenwand, einem Sekretär, der mit einer hohen Vitrine aus Kirschholz überbaut war. Sie gab ihm Briefpapier, Schreibgerät und zwei Umschläge mit dem Aufdruck von Davenports Kanzlei.

Das junge Mädchen servierte ihm den Kaffee an diesen Arbeitsplatz. Danach ging Mrs. Duncan mit ihr hinaus, sie schloß die gepolsterte Tür hinter sich.

Schumann trank einen Schluck Kaffee, dann sah er unter sich auf den Sheraton-Stuhl, den Mistress Duncan ihm herangeholt hatte. Der Bezug war erneuert, aber das Gestell konnte durchaus aus Sheratons Zeit stammen. Zumindest war es einer seiner Vorlagen nachgebaut.

Nach dieser Recherche beschäftigte sich Schumann mit dem Sekretär. Er fand eine kleine Metallplakette mit dem

Text *By W & H Farmer – New York 1805*. Eine Weile blickte er in den Garten hinaus. Dann wandte er sich wieder dem Sekretär zu; er erhob sich und entzifferte einige Aufschriften auf den Rücken der durchweg alten Bücher, die hinter den Glasscheiben der Vitrine standen.

Am Ende konnte er die Erkenntnis nicht länger verdrängen, daß ein weiterer Aufschub nicht möglich war. Er legte sich ein Blatt zurecht, nahm den Kugelschreiber, den Mrs. Duncan ihm gegeben hatte, und begann zu schreiben.

Eine halbe Stunde später war er fertig. Er hätte sich gern noch ein Weilchen an Davenports Schreibtisch gesetzt und hinausgeblickt in den Garten, aber das Risiko, dabei ertappt zu werden, schien ihm zu groß. Noch einmal ließ er seinen Blick durch diesen Raum wandern, in dem alle häßlichen, ekelhaften, alle abscheulichen Beschwernisse der Gegenwart nahezu unwirklich erschienen. Dann ging er mit der Kaffeetasse und dem Brief, den er zugeklebt hatte, hinaus.

Mrs. Duncan nahm den Brief, als sei er ein Dokument von großer Bedeutung, mit beiden Händen entgegen. Sie verabschiedete Schumann mit großer Freundlichkeit.

Er machte sich in ruhigem Tempo auf den Rückweg. Aber irgendwann, er war noch nicht sehr weit gekommen, beschleunigte er seinen Schritt. Als er in die Liberty Street einbog, lief er fast. Er ging mit einem Nicken an Harvey vorüber, ging zur Rezeption.

Die kleine Asiatin begrüßte ihn mit einer leichten Verbeugung. »Sir?«

Er sagte: »Guten Tag … ach, wie heißen Sie eigentlich?«

Sie lächelte erfreut. »Sie können Jo zu mir sagen, Sir.«

»Jo, das ist ein schöner Name. Hören Sie, Jo … welche

Zimmernummer hat noch mal Mrs. Hanebeck? Sie wissen schon, die …«

Sie nickte. »Jaja, ich weiß, Sir. Mrs. Hanebeck wohnt auf Zimmer 309.«

»Danke, Jo.« Er wollte sich schon abwenden und zu den Aufzügen gehen, als sie sagte: »Aber sie ist nicht da, Sir!«

Er wandte sich zurück.

Sie sagte: »Sie ist ausgegangen, Sir.« Sie sah so unglücklich drein, als hätte sie ihn über einen Schicksalsschlag informiert, den sie ihm leider nicht hatte ersparen können.

Er blickte zu Boden, nagte an seiner Unterlippe. Dann fragte er: »Wann war das? Ich meine, wann ist sie gegangen?«

Sie sah auf die Uhr hinter dem Tresen. »Vor ungefähr einer halben Stunde, Sir.«

Nach einer kleinen Pause fragte er: »Und Sie wissen nicht, wohin sie gegangen ist?«

»Nein, Sir. Leider nicht. Aber …«, sie schien neue Hoffnung zu schöpfen, hob den Zeigefinger, »sie hat mit Harvey gesprochen, Sir. Vielleicht hat sie Harvey gesagt –«

»Danke. Danke, Jo.« Er eilte hinaus.

Harvey hob zwei Finger an die Zylinderkrempe. Schumann trat an ihn heran und fragte: »Harvey … wissen Sie zufällig, wohin Mrs. Hanebeck gehen wollte?«

»Aber sicher, Sir!« Harvey setzte ein breites Lächeln auf. »Sie wollte wissen, wo der Old Town Trolley abfährt.« Er beugte sich ein wenig vor. »Sie wollte die Stadtrundfahrt mit dem Trolleybus machen.«

»Und wo ist die Abfahrt?«

»Savannah Visitor's Center, Sir. Martin Luther King

Boulevard.« Er deutete die Straße hinunter. »Einen Block hinter Montgomery.«

Schumann zog seine Geldbörse, holte einen Fünfdollarschein heraus und legte ihn Harvey in die offene Hand.

»Danke, Sir. Aber Sie müssen sich beeilen! Der Trolley fährt alle zwanzig Minuten ab!«

Wenn das stimmte, war sie schon unterwegs. Schumann lief die Straße hinunter, er war außer Atem, als er an der Abfahrtstelle ankam. Lilly war nirgendwo zu sehen. Er kaufte sich an der Kasse ein Ticket für 23 Dollar und nahm einen Prospekt der Tour an sich. Der nächste Trolley stand schon bereit, aber er ging daran vorbei, sah sich nach einem Taxi um und fand sofort eines. Er sagte dem Fahrer, er suche einen Fahrgast des Trolleys, der zuletzt abgefahren sei, und ob sie den wohl einholen könnten. Er wollte dem Fahrer den Prospekt mit den Stationen der Tour über die Lehne reichen, aber der Fahrer winkte ab, er sagte, er kenne die Tour, kein Problem.

Die ersten drei Stationen hatte der Trolley anscheinend schon passiert, es war nichts von ihm zu sehen. Schumann fragte sich, ob er dem Fahrer trauen könne, aber als sie den Madison Square erreichten, sahen sie plötzlich vor sich den roten Wagen, der Taxifahrer sagte: »Bingo.«

Der Bus hatte angehalten, Touristen stiegen gemächlich ein und aus. Schumann gab dem Taxifahrer 20 Dollar und sagte ihm, er solle warten, eventuell brauche er ihn noch. Er stieg aus und suchte die Fenster des Trolleys ab. Aber er fand Lilly nicht.

Er ging bis zum vorderen Ende des Trolleys, kehrte um und suchte noch einmal alle Fenster ab. Und dann sah er sie. Sie saß allein auf der hintersten Sitzbank, war auf die andere Seite gerückt und schaute drüben aus dem Fenster. Er winkte dem Taxifahrer ab und stieg in den Trolleybus ein.

Sie sah ihn erst, als er fast schon ihren Platz erreicht hatte. Sie sah ihn ungläubig an, dann erhellte ein strahlendes Lächeln ihr Gesicht. Er blieb ein wenig verlegen vor ihr stehen. Plötzlich fühlte er wieder den schneidenden Schmerz in der Brust.

Sie klopfte lächelnd auf den Platz neben sich. »Komm.«

## 42

Er wußte nicht, wie er das Gespräch beginnen sollte. Nach einem Räuspern sagte er: »Hier gibt's ein paar interessante Gebäude auf diesem Platz, wenn ich mich nicht irre.« Er deutete auf ein großes Backsteingebäude an der gegenüberliegenden Ecke. »Das da war mal ein Waffenarsenal. Aber jetzt ist das ›Savannah College of Art and Design‹ darin zu Hause. Das war wohl die erste Bleibe, die sie hier gefunden haben. Mittlerweile haben sie noch eine ganze Reihe von Dependancen in der Stadt. Ich glaube, irgendeine davon ist auch auf dem Platz hier.« Er kniff die Augen zusammen, spähte durch die Fenster.

Sie hob den Finger, deutete auf das stattliche Haus an der anderen Ecke. »Das da drüben, das gehört jetzt auch dem College. Früher war's mal ein Freimaurertempel.«

Er sah sie verblüfft an. Sie lächelte, hob die Broschüre, die sie auf ihrem Schoß gehalten hatte. »Ich hab mich ein bißchen vorbereitet.«

»Natürlich.« Er schüttelte den Kopf. »Entschuldige bitte.«

Der Trolleybus fuhr ab. Beide blickten sie aus dem Fenster. Das Schweigen, das Schumann befürchtet hatte, trat ein. Aber während er noch krampfhaft überlegte, wie er es durchbrechen könnte, wandte sie sich ihm zu.

Sie fragte: »Warst du bis jetzt bei ihr?«

»Nein, nein.« Er schüttelte den Kopf. »Ich war nur kurz bei ihr. Dann bin ich spazierengegangen.«

Sie nickte, sah ihn aufmerksam an. Er sagte: »Und ich war bei Davenport.«

»Oh!« Sie lächelte. »Und? Was hast du ihm gesagt?«

Er zuckte die Schultern. »Ich konnte ihm nichts sagen. Er ist in Atlanta. Voraussichtlich bis Freitag.«

Nach einer kleinen Pause fragte sie: »Kannst du ihn denn da nicht erreichen?«

»Doch. Aber das wäre ziemlich kompliziert. Mrs. Duncan müßte ihn anrufen und fragen, wann er Zeit für ein Gespräch mit mir hätte, und dann könnte ich ihn um diese Zeit anrufen und mit ihm reden, es sei denn, es ist ihm eine neue Verhandlung mit den Leuten in Atlanta dazwischengekommen, und so weiter.«

Die junge Frau, die die Rundfahrt mit ihren Hinweisen und Erläuterungen begleitete, wies die Touristen im Bus über den Lautsprecher auf das Mercer-Haus hin, an dem sie vorbeifuhren, den Ort, an dem John Berendts Geschichte von Jim Williams und seinem jungen Freund, dem Tunichtgut Danny Hansford, begonnen und geendet hatte.

Als die Durchsage beendet und das heftige Gemurmel erstorben war, sagte Lilly: »Aber das hättest du doch versuchen sollen, denke ich. Wenn sie es dir schon angeboten hat. Warum hast du es nicht getan?«

Er sah sie an. »Ich hab ihm einen Brief geschrieben. Und den wird Mrs. Duncan ihm am Freitag übergeben. Oder wann immer er zurückkommt.«

Ihre Augen hielten ihn ein paar Sekunden lang fest. Dann nickte sie, wandte sich ab und sah aus dem Fenster.

Die Stadt glitt langsam und sehr nahe vorüber, die schwarzen Speere der Gitter an den Vorgärten, das Grün der Büsche dahinter und die Farbenpracht der Blumenbeete, die Kandelaber und die Freitreppen, die fleckenlosen Ziegelfassaden, die sich hier und da hinter den grauen, zerschlissenen Vorhängen aus Spanischem Moos versteckten. Ihm wurde bewußt, daß der Abschied ihm schwerfiel. Der Abschied tat ihm weh. Er würde sich nach dieser wohlgestalteten, dieser bildschönen Stadt sehnen.

Unversehens sagte Lilly: »Hast du ihm geschrieben, daß er dir den Auftrag geben soll? Und daß du dich selbständig machen willst?«

»Nein.«

Sie sah ihn an. »Warum nicht?«

Er rückte sich auf dem Sitz zurecht. »Lilly… so gut war diese Idee nicht, wirklich nicht! Okay, dem Mann liegt was an mir, da hattest du wohl recht. Aber das bedeutet doch noch lange nicht, daß er mir diesen gewaltigen Auftrag geben würde! Mir, einem Einzelkämpfer, zunächst mal! Und einer Firma, die noch gar nicht besteht! Der Mann kann ja auch nicht ganz allein entscheiden, er hat doch wahrscheinlich noch andere mit im Boot, Geldgeber. Vielleicht springen da einige noch ab, vielleicht wegen des Jepson Centers, verstehst du? Und vor allem die Stadt, die Stadt muß doch bei diesem Projekt mitziehen!«

Sie sah ihn schweigend an. Er wollte sich von diesen Augen nicht beeindrucken lassen. Er sagte: »Wirklich, Lilly! Wenn ich ihm so einen Vorschlag gemacht hätte – er hätte glauben müssen, ich sei größenwahnsinnig! Und noch etwas!«

Er rückte sich wieder zurecht. »Noch etwas, was du nicht bedacht hast. Was du nicht bedenken konntest, natürlich, du kennst das Geschäft ja nicht.« Er sah sie eindringlich an. »Was glaubst du, was mein Chef gemacht hätte, wenn ich so vorgegangen wäre?« Er nickte. »Er hätte in der ganzen Branche verbreitet, daß ich diesen Auftrag auf hinterhältige Weise abgefischt hätte, daß ich ihn darum betrogen hätte, während ich in seinem Auftrag und auf seine Kosten hier in Savannah gewesen sei. Es mag sein, daß nicht jeder Kollege dieser Meinung gewesen wäre. Manch einer hätte es ihm vielleicht sogar gegönnt. Aber den Ruf, ich sei ein Falschspieler, den hätte ich abbekommen. Und er wäre mir erhalten geblieben, auf immer und ewig.«

Nach einer Weile sagte sie: »Und was machst du, wenn dein Chef dich trotzdem rausschmeißt? Obwohl du brav geblieben bist? Du hast doch gesagt, daß er dich vielleicht rausschmeißt. Oder?«

Er räusperte sich. »Ich glaube nicht, daß er das tun will.«

»Und warum glaubst du es nicht mehr?«

Es wurde unruhig im Bus. Sie näherten sich der Haltestelle Forsyth Park, die meisten der Touristen standen auf, um auszusteigen, vermutlich wollten sie die Fontäne fotografieren, auf die die Fremdenführerin hingewiesen hatte, die größte Fontäne in den USA, hatte sie gesagt, und eine Nachbildung der Fontäne auf der Place de la Concorde, eine Frauengestalt obenauf und darunter wasserspeiende Schwäne und Tritonen. Anstelle der ausgestiegenen Passagiere stiegen andere ein, die mit dem Trolley zuvor gekommen waren und ihre Fotos im Kasten hatten.

Schumann starrte einen Augenblick lang wie verloren in das kompakte, saftige Grün der Parkanlage. Er versuchte, sich an eine Beschreibung dieses Platzes zu erinnern, die er irgendwo gelesen hatte, die Beschreibung des Kiefernwaldes, der hier gestanden hatte, bevor auch er den Nachfahren von Oglethorpes Siedlern anheimgefallen war. Der Wald hatte, wenn die Brise ihn anrührte, einen traurigen Gesang hervorgebracht, eine Musik, die an die Musik der atmenden See erinnerte.

Jetzt gab es nur noch wenige Kiefern hier. Die Eichen, die Platanen und Magnolienbäume hatten sie zurückgedrängt. Aber auch sie weckten Schumanns Verlangen, sich in ihren Schatten zurückzuziehen, ihre Musik zu hören und Schutz zu suchen vor bedrängenden Problemen, vor Fragen, auf die er nicht antworten mochte.

Lilly warf ihm einen stummen Blick zu. Als jedoch das Rumoren der Touristen sich gelegt hatte, stellte sie ihm unerbittlich noch einmal die Frage, von der er mittlerweile gehofft hatte, sie habe sie aufgegeben: »Warum glaubst du nicht mehr, daß er dich rausschmeißen will?«

Nach einer Pause antwortete er: »Ich hab mit seiner Frau gesprochen.«

»Mit seiner Frau? Was hat die denn damit zu tun? Fragt er die etwa, bevor er jemanden rausschmeißt?«

Er zog die Brauen zusammen, schüttelte unwillig den Kopf. »Ich hab ihn angerufen, und sie hat das Gespräch angenommen.« Er schüttelte noch einmal den Kopf. »Er war gerade im Bad.«

»Und was hat sie dir gesagt?«

Er atmete schwer auf. »Er hat seit Sonntag dreimal versucht, mich zu erreichen. Zweimal im ›Marriott‹, und dann noch einmal, als du dabei warst. Auf dem Highway, auf der Rückfahrt heute, bevor wir auf die Talmadge-Bridge gekommen sind.« Dann sagte er: »Er hat wissen wollen, wie es mir geht.«

Sie sagte: »Gratuliere.«

Er sah sie unwillig an. »Was soll die Ironie? Ich überschätze so etwas nicht. Aber es zeigt auf jeden Fall, daß er nicht daran denkt, mich rauszuschmeißen.«

Der Trolleybus fuhr ab. Nach einer Weile spürte er, daß sie ihn ansah. Er erwiderte den Blick und fühlte sich auf der Stelle von diesen Augen festgehalten. Er wollte sich losreißen, aber sie ließ ihn dazu nicht kommen. Sie sagte: »Als du bei ihm angerufen hast, heute… Wolltest du da gut Wetter machen?«

Er runzelte die Stirn. »Gut Wetter?«

»Ja! Wolltest du sichergehen, daß du in sein Büro zurückkehren kannst? Und dort bleiben kannst, bis du in den wohlverdienten Ruhestand gehst?«

Er warf den Kopf zurück, holte tief Atem, dann sah er sie an. »Sag mal, was denkst du dir eigentlich? Was soll diese ganze Fragerei? Willst du mich ins Examen nehmen und mir hernach eine Zensur ausstellen? Ein Charakterzeugnis?«

Sie sagte: »Du gehst immer auf Nummer Sicher, nicht wahr?« Nach einer kleinen Pause sagte sie: »Hat dir schon mal jemand gesagt, daß du ein Feigling bist?«

Er sah sie ungläubig an. Dann holte er Luft, um ihr zu antworten. Aber plötzlich sah er, daß ihr die Tränen in die Augen schossen. Sie wandte sich ab, holte ein Taschentuch hervor und tupfte sich damit über die Augen. Er vergrub sich in seinen Sitz, starrte durch das Fenster auf der anderen Seite. Aber er sah die Stadt nicht mehr, durch die sie fuhren.

Die Fremdenführerin meldete sich, sie kündigte den nächsten Halt an, die Kathedrale St. John the Baptist. Als die Durchsage beendet war, sagte Lilly, ohne ihn anzusehen: »Willst du denn die Tour bis zum Ende mitmachen? Diese Kirche liegt, glaube ich, an der Ecke von Liberty Street. Von da kannst du gerade durchgehen bis zum Hotel. Schneller kommst du nicht mehr hin.«

Noch einmal fühlte er sich herausgefordert. Aber er drängte das Gefühl zurück. Nach einer kleinen Pause fragte er: »Willst *du* denn bis zum Ende mitfahren?«

Sie lächelte. Dann sagte sie: »Ich zieh das durch.«

Hinter dem nächsten Block konnte er schon die weißen Doppeltürme der Kathedrale sehen. Ihm wurde klar, daß seine Gemeinschaft mit dieser Frau, worin immer sie bestanden hatte, zu Ende ging. Er spürte ein Würgen im Hals, sein Herz schlug so heftig, daß er glaubte, sie müsse es hören. Er fürchtete, daß ihm die Stimme versagen würde, aber er überwand sich. Ohne ein Wort konnte er nicht von ihr gehen.

Er sagte: »Lilly… es tut mir leid.«

Bevor er weitersprechen konnte, sagte sie: »Mir auch.« Sie sah ihn an, lächelte. »Das mit dem Feigling hab ich nicht so gemeint.«

Er sagte: »Vielleicht hast du ja recht. Aber ich kann nicht anders, glaube ich. Bloß …« Er hielt ein, schüttelte heftig den Kopf. »Das, was ich jetzt tue, kann ich auch nicht, das ist das Teuflische daran.« Er sah sie an. »Ich weiß nicht, wie ich das aushalten soll, mich von dir zu trennen! Ich möchte –« Die Stimme brach ihm, er wollte nicht weitersprechen, weil er fürchtete, die Tränen nicht zurückhalten zu können.

Sie lächelte. »Das wirst du schon schaffen.« Sie zögerte, dann öffnete sie ihre Handtasche, holte ein kleines Stoffpüppchen hervor und reichte es ihm. »Hier, ein bißchen Voodoo kann ja nicht schaden. Das hier sorgt dafür, daß man glücklich ist.«

Er nahm das Püppchen, betrachtete es. »Das kann ich nicht annehmen. Du brauchst das doch heute nacht, nehme ich an? Und auch danach, oder?«

»Ich komme schon über die Runden. Keine Bange!«

Der Trolleybus hielt an. Schumann stand auf, er steckte das Püppchen in die Tasche, dann beugte er sich plötzlich zu Lilly hinab, fast wären sie mit den Köpfen zusammengestoßen. Er drückte sein Gesicht an ihre Wange, sagte: »Lilly …«

»Ja, ich weiß. Geh jetzt.« Er ging durch den Gang zur Tür, fast stolperte er. Als er ausgestiegen war, ging er zurück bis zum Fenster an der hintersten Sitzbank. Aber Lilly sah ihn nicht.

Sie hatte sich abgewandt, zur anderen Seite hin. Sie hatte den Kopf gesenkt und drückte ihr Tuch auf die Augen.

*Bitte beachten Sie*
*auch die folgenden Seiten*

## *Hans Werner Kettenbach im Diogenes Verlag*

### *Minnie oder Ein Fall von Geringfügigkeit*

Roman

Es sollte eine Urlaubsreise werden. Die Geschäfte in Nashville waren abgeschlossen, nun wollte Wolfgang Lauterbach ausspannen, eine Woche lang durch den Süden der USA bummeln. Aber er gerät in eine rätselhafte Geschichte, von der er nur eines begreift: Leute, die er nie zuvor gesehen hat, trachten ihm nach dem Leben, sie verfolgen ihn durch Tennessee und Georgia.

»Ein Thriller, den man nach der Lektüre nicht so leicht vergessen wird. *Minnie oder Ein Fall von Geringfügigkeit* kann getrost mit den besten Romanen der Schweden Sjöwall/Wahlöö, des Engländers Jack Beeching oder des rebellischen Südafrikaners Wessel Eberson verglichen werden.« *Plärrer, Nürnberg*

»Ein Glücksfall – Hans Werner Kettenbach auf der Höhe seiner Kunst.« *Die Zeit, Hamburg*

### *Hinter dem Horizont*

Eine New Yorker Liebesgeschichte

Der Deutsche Frank Wagner hat den Atlantik überquert wie einst Millionen von Einwanderern: in der Hoffnung, den Horizont der Alten Welt hinter sich zu lassen und endlich das Zentrum des Lebens zu finden. In Manhattan begegnet er der Amerikanerin Nancy Ferencz. Es beginnt eine Liebesgeschichte. Doch ist New York die Erfüllung der Sehnsucht?

»Natürlich gibt es heute wie früher Journalisten, die sich aufs Erzählen verstehen: Hans Werner Kettenbach beispielsweise mit seinem Liebesroman *Hinter dem Horizont*.« *Süddeutsche Zeitung, München*

## *Sterbetage*

Roman

»Es gilt eine Geschichte von hoher erzählerischer Qualität vorzustellen: Kettenbach entfaltet in behutsamer Weise das Ereignis einer ›unmöglichen Liebe‹ zwischen einer jungen Frau und einem alternden Mann. Alles in dieser Geschichte ist unauffällig, passiert ohne große Worte. Kettenbach erzählt in einer eigenartigen Mischung von Sprödigkeit und Zartheit, von Humor und Melancholie, aber immer auf erregende Art glaubwürdig. Es ist ein Buch über die Trauer des Alterns, ein Buch über das Sterben, aber in erster Linie doch wohl ein Buch über das Lieben in einer Zeit, die das große Gefühl verbietet, auch wenn sie von Toleranz und Freiheit spricht.« *Neue Zürcher Zeitung*

»Ein Meisterstück – Patricia Highsmith hätte es nicht besser gemacht.« *Die Zeit, Hamburg*

## *Schmatz*
## *oder Die Sackgasse*

Roman

Uli Wehmeier, Texter in einer Werbeagentur, gerät – scheinbar unaufhaltsam – in eine bedrohliche Lage, sein ganzes Leben ist in Frage gestellt. Seine Frau erträgt die Besessenheit, mit der er sich in seine Arbeit kniet, nicht mehr. In der Agentur fühlt er sich durch die Schikanen des neuen Creative Directors Nowakowski immer stärker eingeengt und abgewürgt. Wehmeier reagiert auf seine Art, er spielt mit dem Gedanken an einen Mord, als könne er so die Bedrohung seiner Existenz abwehren.

»Wie gut, daß es noch immer Autoren gibt, die uns nicht mit wohlgemeinten Belehrungen zu traktieren gedenken, sondern auf die einsambefeuernden Erzählkünste vertrauen...«
*Süddeutsche Zeitung, München*

## *Der Pascha*

Roman

»Ich habe eine merkwürdige Beobachtung gemacht.« Damit beginnt Martin Marquardts Abenteuer, eine lebensgefährliche Expedition zur Erforschung der Wahrheit. Ist es wahr, daß seine Geliebte ihm die Treue hält, die er von ihr ebenso wie von seiner Ehefrau fordert? Oder betrügen ihn beide? Der Computer-Fachmann Marquardt versucht immer bedenkenloser, sich Gewißheit zu verschaffen. Als die beiden Frauen sich gegen seinen Herrschaftsanspruch solidarisieren, gerät der Pascha aus dem Dreiecksverhältnis, in dem es sich für ihn so behaglich leben ließ, unversehens in einen tödlichen Zweifrontenkrieg.

»...sehr exakt, richtig bis ins letzte Detail.«
*Neue Zürcher Zeitung*

## *Der Feigenblattpflücker*

Roman

Faber ist freier Feuilletonjournalist. Aber insgeheim sehnt er sich danach, auch einmal politische Schlagzeilen zu machen. Nebenbei arbeitet er als Lektor für einen kleinen Verlag, und eines Tages gerät ihm ein Manuskript in die Hände, das verdächtig nach einem Schlüsselroman aussieht: Da packt einer aus, ein Insider der politischen Szene, und berichtet Skandalöses über die allerhöchsten Regierungskreise. Wer rechnet hier mit wem ab? Jemand, der in eine üble Abtreibungsgeschichte verwickelt war. Der vermutlich im Dunstkreis einer gewissen Landeshauptstadt zu finden ist. Eine Veröffentlichung und Entlarvung wäre politischer Sprengstoff...

»Eine kenntnisreich geschriebene Story aus dem Polit- und Journalistenmilieu; das darf man erwarten von einem, der seit vielen Jahren als Journalist tätig ist. Ein

Roman, der alle Qualitäten hat: temporeich geschrieben, spannend, anregend für den Geist.«
*Thomas Kropf / Neue Zürcher Zeitung*

## *Davids Rache*

Roman

Sieben Jahre nachdem Oberstudienrat Christian Kestner eine Reise nach Georgien unternommen hat, wird er von den damaligen Ereignissen wieder eingeholt: In Georgien herrscht mittlerweile Bürgerkrieg. David Ninoschwili, einst sein Gastgeber, kündigt seine Ankunft im Westen an. Nach den Regeln georgischer Gastfreundschaft wird er bei dem wohnen, den er damals bewirtet hat: bei Kestner. Die Familie reagiert mit offener Ablehnung. Nur für zwei, drei Wochen, versichert Kestner – und hat sich gründlich getäuscht. Denn der Georgier entwickelt undurchsichtige Aktivitäten und große Sympathie für Kestners Frau. Die Phantasie des Oberstudienrats beginnt zu blühen, er fängt an, den Fremdling zu beschatten und gegen ihn zu intrigieren...

## *Die Schatzgräber*

Roman

Kaum vorstellbar, daß Großonkel Wilhelm und Opa Heinrich, zwei biedere Kleinbürger, anno 1928 einen Bankraub begangen haben sollen. Aber Onkel Leo, der leider meist einzige Mann in Maria Mendels Leben, behauptet steif und fest, daß unter einem Pflaumenbaum die damals geraubten Goldbarren vergraben seien. Onkel Leo ist ein hinreißender Geschichtenerzähler, doch diese Erzählung vom Familienschatz ärgert Maria so sehr, daß sie sich auf die Suche macht. Sie möchte den Mythos vom ungehobenen Schatz, die alten Geschichten von Schuld, Versäumnissen und verpaßten Gelegenheiten aus der Welt schaffen – und gerät dabei in einen Strudel tragikomischer Ereignisse, die ihr Leben ziemlich auf den Kopf stellen.

»Kettenbachs Roman über den Unterschied von Wahrnehmung und Wirklichkeit ist pure Erzähllust voll sanfter Eindringlichkeit, ein Schatz, den im Buchladen zu heben sich lohnt.« *Die Woche, Hamburg*

## *Grand mit vieren*

Roman

Paris, Mitte der siebziger Jahre. Während der internationalen Konferenz zur Bekämpfung des Terrorismus wird der Journalist Claus Delvos in seinem Hotelzimmer durch eine Bombe getötet. Warum mußte er sterben? Wurde er Opfer einer Verwechslung? Was sind die Hintergründe der Tat? Je länger Peter Grewe, Kollege und Freund von Delvos, der Sache nachgeht, desto tiefer gerät er in den Sumpf von Bonner Politmachenschaften. Und desto mehr verstrickt er sich in den Fängen des vermeintlich schwachen Geschlechts.

»Kettenbach ist der einzige deutsche Autor, der das Kunststück der Meister des internationalen Kriminalromans zuwege bringt: dem Leser mit unwiderstehlicher Spannung die moralischen Bruchstellen, das untergründige Rumoren seiner Zeit und Gesellschaft bewußtzumachen.«
*Gerhard Beckmann/Die Welt, Berlin*

»Hans Werner Kettenbach gehört zu den wenigen renommierten deutschen Kriminalautoren.«
*Thomas Hauschild/Westdeutscher Rundfunk, Köln*

## *Glatteis*

Roman

Ausgerechnet beim idyllischen Ferienhäuschen am See stürzt Erika, die attraktive Ehefrau von Tiefbauunternehmer Wallmann, zu Tode. Ein tragischer Unfall, meint die Polizei. Ein fast perfekter Mord – vermutet dagegen der Angestellte Scholten, der einige unschöne Details aus dem Eheleben der Wallmanns kennt. Er stellt auf eigene Faust Nachforschungen an, nicht ahnend, daß er sich dabei auf gefährliches Glatteis begibt.

»Ein meisterhafter Erzähler und einer der wenigen zeitgenössischen deutschen Kriminalromanciers von Rang.« *Ulrich Baron/Rheinischer Merkur, Bonn*

## *Die Konkurrentin*

Roman

Eine sympathische Frau strebt das höchste Amt der Stadt an. Doch sie hat starke Gegner, die versuchen, ihr den Weg zu verlegen. *Die Konkurrentin* ist ein satirischer Politthriller über die Rituale und Taktiken, ohne die in der Demokratie keine Wahlen zu gewinnen sind. Es ist zugleich ein ergreifender Roman über den Konflikt zweier ungleicher Schwestern und damit die Erinnerung an ein dramatisches Kapitel deutscher Geschichte.

»Kettenbach erweist sich als glänzender Erzähler im schmierigen Brackwasser von Machtmißbrauch und Intrigantentum – und sein Roman behandelt auf nachdrückliche Weise den politischen Zeitgeist.«
*Landshuter Zeitung*

## *Kleinstadtaffäre*

Roman

Als der namhafte Schriftsteller Carl Wallot zu einer Lesung nach Merzthal reist, empfängt man ihn nicht gerade gastfreundlich. Doch gibt es da auch die attraktive Susanne, die ihn umwirbt – Wallot bleibt länger, als er es geplant hatte. Und mehr und mehr von dem, was er in dem kleinen Provinzstädtchen beobachtet, erscheint ihm merkwürdig. Etwa die Ehe Susannes

mit dem wesentlich älteren Keppler, Großfabrikant und Mäzen von Merzthal, Wohltäter mit nicht ganz weißer Weste.
Der weltläufige Wallot, der den Lokalpatriotismus, den Stolz der Merzthaler auf ihre Heimatstadt belächelt und sich ihnen hochüberlegen fühlt, beginnt zu schnüffeln und wittert bald Stoff für einen pikanten Provinz- und Schlüsselroman. So vermutet es wenigstens der Ich-Erzähler Jörg Froberger, ein junger talentierter Lokalredakteur, der sich in Merzthal auskennt und zudem jedes Geschehen um Susanne mit liebevoll-eifersüchtigem Blick verfolgt.
Doch der Schriftsteller hat die Rechnung ohne die Merzthaler gemacht.

»Kettenbach entwirft Geschichten, die vor Spannung schier bersten, in konzis gebauten Dialogen entfalten sich die Charaktere der Beteiligten. Und dann kommt – sein Markenzeichen – die verweigerte Antwort, die Implosion des Plots.«
*Markus Schwering/Kölner Stadt-Anzeiger*

## *Bernhard Schlink im Diogenes Verlag*

»Schwungvoll geschriebene, raffiniert gebaute Romane, in denen die politische Aktualität und die deutsche Vergangenheit präsent sind.«
*Dorothee Nolte / Der Tagesspiegel, Berlin*

»Bernhard Schlink gehört zu den Autoren, die sinnlich, intelligent und spannend erzählen können – eine Seltenheit in Deutschland.«
*Dietmar Kanthak / General-Anzeiger, Bonn*

»Bernhard Schlink gelingt das in der deutschen Literatur seltene Kunststück, so behutsam wie möglich, vor allem ohne moralische Bevormundung des Lesers, zu verfahren und dennoch durch die suggestive Präzision seiner Sprache ein Höchstmaß an Anschaulichkeit zu erreichen.« *Werner Fuld / Focus, München*

»Bernhard Schlink ist ein sehr intensiver Beobachter menschlicher Handlungen, seelischer Prozesse. Man liest. Und versteht.«
*Wolfgang Kroener / Rhein-Zeitung, Koblenz*

*Die gordische Schleife*
Roman

*Selbs Betrug*
Roman

*Der Vorleser*
Roman
Auch als Diogenes Hörbuch erschienen, gelesen von Hans Korte

*Liebesfluchten*
Geschichten

*Selbs Mord*
Roman

*Vergewisserungen*
Über Politik, Recht, Schreiben und Glauben

*Die Heimkehr*
Roman

Bernhard Schlink & Walter Popp
*Selbs Justiz*
Roman